KB232144

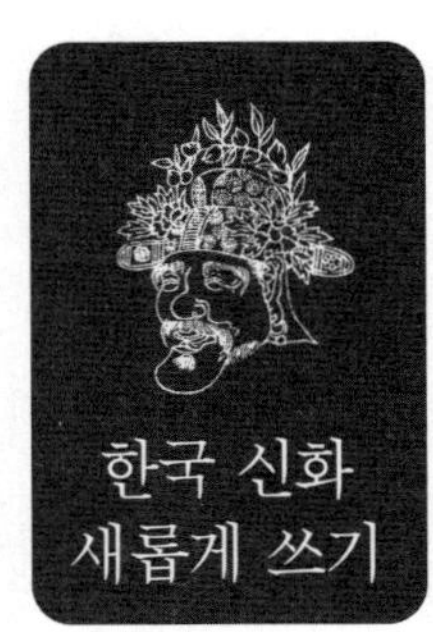

한국 신화
새롭게 쓰기

창작과 소통 총서 02

한국 신화 새롭게 쓰기

임금복 지음

도서출판 모시는사람들

작가들의 창작 방식은 자유롭다. 작가 자신의 상상력과 그들의 우주관을 밝혀주는 모든 바탕의 기원에는 작가들의 영혼색채와 심리, 관심과 태도, 시대정신과 문화적 성향 등이 놓여 있다. 이러한 요소들은 모든 작가들에게 창작 원류의 밑바탕을 이루고 있다. '하늘 아래 새로운 것이 없다.' 라는 말이 있듯이 모든 분야의 사유의 코드들은 작가들의 상상의 용광로로 흘러들어와 자신의 영혼과 융합하기도 하고, 승화되기도 하고, 나머지는 빠져 나가면서 변형되기도 한다. 그렇다면 그러한 영혼의 융합 양식과 신화와 연결짓는 고리들은 어떠한 담금질을 겪은 후 영혼의 보습이 될까? 그것은 바로 한국 신화의 주인공이나 서사구조가 작가의식과 만나면서 융합되거나 통섭되면서 재창작하게 된다.

'바리공주', '단군과 웅녀, 그리고 호랑이', '주몽', '처용', '호동왕자와 낙랑공주', '바보온달과 평강공주', '황진이' 등 신화 속의 주역인 캐릭터에 어떻게 관심을 보여주고 어떤 방식으로 재창작할 수 있을까? 우선 다양한 고전 – 〈구지가〉, 〈구천〉, 〈단군신화〉, 〈바리공주〉, 〈심청전〉, 〈별주부전〉, 〈춘향전〉, 〈변강쇠가〉 – 에 관심을 가졌던 박상륭이 있다. 또 〈단군신화〉에 관심을 가졌던 김성희·김승희·양귀자·박진규, 서사무가 〈바리공주〉에 관심을 가졌던 송경아·장진영·김선우, 〈주몽신화〉에 관심을 가졌던 서정주·송수권·윤금초·이광수·송하춘, 〈처용가〉 및 〈처용설화〉에 관심을 가졌던 방기환·윤후명·윤대녕·이인성·박상륭·신상성·김소진·구광본, 〈호동왕자와 낙랑공주 이야기〉에 관심을 가졌던 김혜순·문정희·윤정선, 〈바보온달과 평강공주 설화〉에 관심을 가졌던 김지원·박라연·최은옥, 〈황진이 설화〉에 관심을 가졌던 이태준·박종화·최인호·윤정선이 있다. 이들 작가들은 우리 고전 문학의 원류인 신화에 남달리 관심을 갖고, 자신의 영혼의 존재 방식과 실존적 세계와 접맥시켜 다양한 장르로 다시 창작해 보여주고 있다.

10년 전 공동 프로젝트 과제—재창작된 신화 텍스트 탐구—를 하기 전까지 현대문학을 전공했던 필자로서 고전문학에 대한 관심은 그리 많지 않았으나 박상륭 텍스트를 연구하던 즈음 고전문학에 대한 관심이 점점 늘어나기 시작했다. 그때 성신여대 국문과 고전문학 전공 심치열 교수에 의해 학진 프로젝트 '고전문학의 현대적 계승과 장르적 변용 연구'라는 주제 연구에 동참하자는 요청을 받게 되었다. 1년 동안 프로젝트팀과 함께 고전이 재창작된 작품의 자료 발굴과 재창작된 텍스트 스터디를 1년 동안 쉬지 않고 하면서 한국문학사에서 거론되는 작가들과 작품들에 고전문학 작품이 많이 수용되고 재창작되고 있음을 재발견하게 되었다.

그때 놀랄만한 감동을 받았다. 무의식에 침잠되어 있던 의식이 잠깨워지는 순간이기도 했다. 한마디로 평생 연구할 주제를 다 찾은 느낌이 들었다. 프로젝트 결과물은 논문 한 편으로 갈무리가 되었지만, 그 후 논문이나 평론을 쓸 기회가 있을 때마다 개인적으로 고전문학이 재창작된 작품들을 분석하는 글을 쓰게 되었다.

그때 고전의 대표작이나 정전들이 문학의 영속성과 불멸성이 특별한 작가적 안목과 시선을 가진 자들에게 발견되었고 그들에 의해 한국문학이 보다 풍부해진다는 점을 새삼 확인하게 되었다. 어떻게 보면 신화나 설화의 주인공들은 작가들의 시선에 의해 주인공으로 다시 창작되면서 조우하게 된다. 그것은 다시 학자나 평론가가 재창작된 작품을 비평하는 행위로 조우하면서 신화의 주인공들은 시공을 초월하여 죽지 않는 영원한 한국인의 캐릭터이자 인류의 캐릭터라 생각하게 되었다. 불멸의 캐릭터들이 어떤 장르의 옷을 입느냐? 시의 옷, 소설의 옷, 동화의 옷이나 희곡의 옷 등으로, 또 어떤 느낌과 분위기를 걸친 영혼의 옷인가와 어떠한 해석의 옷을 입는가가 다만 차이를 보였을 뿐이었다.

한국인의 원형무의식의 소유자, 바리공주, 웅녀와 호랑이, 단군, 주몽, 처용, 호동왕자와 낙랑공주, 바보온달과 평강공주, 황진이 등은 한국이 존속하고 한국문학이 존속하는 한 영원히 독자를 기다리고 작가를 기다릴 것이다. 필자는 한국인의 주인공들을 통해 재창작자와 재해석자, 재생산자들에게는 든든한 한국 영혼이자 인류 영혼의 버팀목이라는 사실을 생각해보게 되었다.

인생의 여러 갈림길에서 20대 중반 대학원에 진학해 공부하는 것으로 삶의 길을 걸어왔던 지난 시간들을 생각해보면 벌써 25년 이상이나 공부를 한다는 자의식이 심리적 저층에 주요 생각으로 자리잡고 살아왔었다. 끊임없이 자신 속에 있는 인류원형의 무의식성, 여성연구자로서 정체성 등을 탐색하고 지내왔던 여정을 지천명의 나이에 생각해보니 그러한 모든 것들이 자기 구원의 길을 걸어왔던 것이 아닌가 생각해보게 된다. 50이 넘어서야 인생을 조금 알 것 같고 그러다 보니 작가들이 치열하게 세상을 그려내듯이 학자 역시 학문의 방식을 통해 자신의 길을 걸어오는 것이 아닌가 생각된다. 그 학문의 길에서 자신과 인연이 닿았던 작품 세계를 자유롭게 선택하며 집중하게 되었던 한국인의 신화적 주인공. 그러한 신화적 주인공과 독자로 연구자로 만났던 관념의 길 걷기, 학문의 길 걷기의 작은 성과를 종합해 보았으며 이 글들은 실제로 2004년부터 2007년까지의 연구라 할 수 있다. 그리고 주제는 '한국 신화 새롭게 쓰기 연구' 라고 부를 수도 있겠다.

2002 기초학문 프로젝트 주제였던 '고전 문학의 현대적 계승과 장르적 변용 연구' 는 공동 참여자 모두 각자 논문 한 편씩 발표하는 것으로 그쳤었다. 필자는 그 이후 연속적으로 고전문학이 재창작된 현대문학에 관심을 가졌던 한 성과와 관심의 결과물 묶음집을 개인적으로 정리하고 싶었다. 시간이 지났지만 우리 연구 주제를 함께 했던 프로젝트팀 신선희 교수, 심치열 교수, 나정순 박사께도 감사드린다.

끊임없이 동학 사상 및 동학 문학, 다원적 종교, 기타 학술서적 출판 사업에 애정을 갖고 활발한 활동을 하시며, 흔쾌히 출판을 허락해주신 도서출판 모시는사람들 박길수 대표님께 감사드린다.

2012년 9월
리은 서재에서 임금복

차 례

제4부_ 호동왕자와 낙랑공주, 바보온달과 평강공주, 황진이 새로 쓰기 —————————— 227

제1부_ 바리공주 새로 쓰기

고전문학의 현대적 계승과 장르적 변용

여성작가가 새로 쓴 '바리공주' 연구

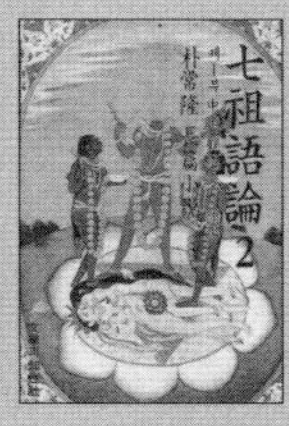

다양한 고전 관련 작품
(구지가, 구천, 단군신화, 바리공주,
심청전, 흥부전, 별주부전, 춘향전,
변강쇠가 등)이 녹아 있는
박상륭의 소설 『칠조어론』

장진영의 「바리데기」가 실린 작품집과
김선우의 작품집 『바리공주』

송경아의 소설 「바리」가 실린 작품집

고전문학의 현대적 계승과 장르적 변용[*]
- 박상륭의 소설 『칠조어론』을 중심으로

1. 머리말

고전은 고전으로 끝나지 않는다. 고전에 축적된 지혜와 전형화된 인간의 유형, 문학적 양식은 '문학적 관습'으로 오늘의 우리 문학작품 속에 계승되고 있기에 소멸되지 않는다. 이는 인류의 연면한 정신이 그 기저에서 결코 단절되지 않는다는 것을 입증한다. 고전의 의미망은 인류 의식의 원형, 인간의 보편적인 관심사, 노랫말의 미의식 등이 문학적 상상력과 다양하게 연맥되어 형성되는 것이기에 영구한 생명력을 지니게 된다. 따라서 작가들은 상상력을 동원하여 고전적 지혜와 문학적 관습의 부활을 위해 노심초사한다.

박상륭은 『칠조어론』(1990~1994)[1]에서 한국 고전뿐만 아니라 전 세계의 고전[2]들을 다양하게 접맥시키고 있다. 이전에도 박상륭은 '사복 설화'와 '원효 설화'를 수용한 중편소설 「유리장」(1971)을 선보였다. 그 밖에도 박상륭은 제주도의 무가 '차사본풀이'가 수용된 「최판관」(1971), 송강 정철의 '장진주

* 「고전문학의 현대적 계승과 장르적 변용」은 『현대소설연구』제22호, 한국현대소설학회, 2004, 289-307쪽에 발표된 원고임.

사’의 메타포와 ‘가야금산조’의 예술적 리듬 등 많은 고전과 설화를 차용하거나 변용한 『죽음의 한 연구』(1975)가 있다.

이 글에서는 신화, 종교, 철학, 고전 등 다양한 양상이 총화되어 있는 작품인 그의 장편 연작소설 『칠조어론』에 한국 고전문학이 어떻게 수용되었는지를 밝혀보고자 한다. 특히 필자는 박상륭의 이 소설에서 차용되고 있는 고전적 소재가 현대적인 관점에서 어떻게 구현되고 있는가, 다시 말해 소재적 차원에서 이미지의 변형 및 의미 부가 등과 같은 창작적 방법론이 어떻게 실현되는가를 논구함으로써 정신적 원형성의 수용 양상과 메타포의 변용 양상을 살펴보고자 한다.

박상륭의 『칠조어론』에 수용된 고전문학 장르는 고시가, 향가, 신화, 무가, 서사무가, 고소설, 판소리 사설 등으로 다양하다. 고전문학 장르는 고시가인 〈구지가〉, 향가인 〈처용가〉·〈풍요〉, 신화인 〈단군신화〉, 무가인 〈구천〉九天과 서사무가인 〈바리공주〉, 그리고 고소설인 〈심청전〉·〈홍부전〉·〈별주부전〉·〈춘향전〉, 판소리 사설인 〈변강쇠가〉가 산견된다. 따라서 필자는 『칠조어론』에서 한국 고전문학이 현대적으로 수용된 양상을 다음과 같이 살펴보겠다.

첫째, 〈단군신화〉 및 〈심청전〉, 〈춘향전〉 등을 중심으로 고전의 내용 중 회자되는 대목의 메타포 차용을 중심으로 살펴본다. 둘째, 〈구지가〉와 〈구천〉 등을 중심으로 고전 어구인 노랫말이 합성 및 변용된 양상을 살펴본다. 셋째, 〈처용가〉를 중심으로 고전에 투영된 인간 심리 재해석의 첨가를 살펴본다. 넷째, 〈바리공주〉를 중심으로 고전 결구에 덧붙여 표출된 후일담적 상상력의 구현을 살펴본다. 다섯째, 〈변강쇠가〉를 중심으로 고전에 표출된 주제 의식의 강화 양상을 살펴본다.

이 연구는 박상륭의 『칠조어론』을 통해, 한국 고전문학의 문학적 무의식이 이 작가에게 어떻게 계승·표출되고 있는지 그 양상을 밝혀보고자 한다. 특히 『칠조어론』은 주인공 및 서술자가 통우주로부터 분리된 소우주적 속성의 개인으로 출발하여 대모험 중 '붉은 용'의 퇴치 과정과 삼계육도적三界六道的 사유의 우주를 다양한 어법으로 규명하며 보여주고 있다. 또 이 작품은 몸의 해탈 구도를 통한 대장광설의 구조를 취하고 있다. 이러한 구조는 무플롯이자 초플롯으로 파악하고, 소설 대목은 한조각 한조각 뜯어 이해한다[3]는 전제하에 읽으려고 한다. 필자는 이러한 독법을 적용하여 『칠조어론』에서 한국 고전문학이 계승되고 고전의 장르가 다양하게 통합된 양상에 초점을 맞추어 분석하려고 한다.

2. 『칠조어론』에 반영된 고전의 수용 양상

박상륭의 『칠조어론』은 고전의 수용 양상의 특징으로 다양한 장르적 총합을 꼽을 수 있다. 여기서는 고시가, 향가, 신화, 무가, 서사무가, 고소설, 판소리 사설 등이 『칠조어론』에 수용되는 유형을 다섯 가지로 나누어 살펴보겠다.

1) 고전의 내용 중 회자되는 대목의 메타포 차용 — 〈단군신화〉 외

박상륭은 『칠조어론』에서 〈단군신화〉 및 고소설 〈심청전〉·〈흥부전〉·〈별주부전〉·〈춘향전〉, 판소리 사설의 〈변강쇠가〉를 '고전의 내용 중 회자되는 대목의 메타포 차용하기'로 보여주고 있다. 이들 작품은 많은 작가나 한국 일반인의 무의식에 회자되고 있는 대표적인 고전이며, 그 중 작품의 핵심적 대목 일부는 끊임없이 차용되어 왔다. 특히 박상륭은 이들 고전 작품에서 유명한 대목에 자신의 메타포를 덧붙이는 방법으로 쓰고 있다.

먼저 그는 〈단군신화〉를 통해서 문학적 메타포를 보여주고 있다. 현대적으로 재창작된 〈단군신화〉[4]를, 이미 박상륭은 『죽음의 한 연구』에서 '반쯤 계집된 호랑이'라는 비유 어법으로 차용하였다. 이와 달리 『칠조어론』에서는 '웅녀'를 '웅녀증' 熊女症, '웅녀신화' 熊女神話로 명명하여 주체적 메타포로 차용하고 있다. 즉 웅녀가 단군신화에서 부차적인 존재, 즉 타자화된 존재로 자리매김되어 있는 것[5]을 차용하여, 박상륭은 단군보다 웅녀를 부각시켜 드러내고 있다.

〈단군신화〉 중 핵심 모티프인 웅녀가 설정되어 있는 부분은 다음과 같다.

> 1) 이어서, 하나쯤 더 덧붙일 村見이 있다면 그것은, 이 노동요는, 자기 부정, 고행, 아픔의 자초 같은 것을 목적으로 하고 있어, 禪的(이란 '俗的' 또는 '사회적' 이라는 말에 대비하여 쓰는 말인데) 熊女症(또는 '드룩症'), 그런 點心的 被虐性을 드러내고 있단 것이겠습지.
>
> (『칠조어론』1,[6] 40쪽)
>
> 2) 그래서 이것은, '熊女神話' 처럼, 宗敎인데, 民譚化한 宗敎라는 것입습지.[밑줄 및 번호 필자(이하 모두)]
>
> (『칠조어론』1, 141쪽)

먼저 1)은 웅녀 관련 대목에서 박상륭이 '신수'의 게송 "身是菩堤樹 心如明鏡臺 時時勤拂拭 勿使惹塵埃"(『칠조어론』1, 37쪽)를 노동요와 관련시켜 해석하는 부분이다. 그래서 그는 노동요와 관련시켜 웅녀가 자기부정, 자기 고행을 자초한 것으로 보면서, 이 심리 상태를 '선적 웅녀증'(禪的 熊女症)·'점심적 피학증'(點心的 被虐症)으로 명명하고 있다. 2)는 박상륭이 언급한 소설 맥락에서 남성성이 부족한 아들이 동화적인 바보로 환치되고 독룡毒龍이나 외눈박이 거인에게 잡혀간 공주를 구원할 때 자기 능력이 회복되는 내용이다. 이 부분을 박상륭은 웅녀신화熊女神話가 민담화된 종교라는 의미로 부각시켜 명명하고 있다.

다음으로 박상륭은 〈단군신화〉에서 식물 이미지를 나타내는 '신단수', '쑥'과 '마늘'의 메타포를 차용하고 있다. 특히 쑥과 마늘은 고행의 의미로 어둠을 견디거나, 쓰고 맵고 답답한 시련을 견디는 자만이 인간이 될 수 있으며, 곰의 내적 투쟁의 시련[7]에 필수 항목으로 보았다. 그 장면과 관련되는 대목은 다음과 같다.

> 1) 어쨌든, 반모섬의 양지에 앉아, 한 우주를 꿈꾸고 있었던, 저 한 원숙한 늙은네는, 신명들린 巫 같았을 터이며, 神檀樹도 같고, 그리고 무엇보다도, 태우지도 않는 불을 우거지도록 훨훨 이고 있는 가시떨기나무 같았던 것입지.
>
> (『칠조어론』 1, 120-121쪽)

> 2) (저것이, 植物에 대해서는 飮食이 되는 것일 것이지만, 사람이라는 이상스러운 動物 속에서는, 그것이 익으면, 鑛脈이 되거나 飮食이 되는 대신, 智慧가 되어 있는 것일 것이다, 마늘과 쑥, 天路歷程에 쓰이는 路資.)
>
> (『칠조어론』 3, 144쪽)

> 3) 그는, 蓮座로, 넉잠 자는 누에모양, 요 며칠을 지내온 것인데, 반 잠보다는 훨씬 더 깊은 잠, 깨어 있기라고 쳐서는, 깨어 있기를 훨씬 넘어서버린 깨어 있기의 잠, 그러는 동안은, 그의 숨쉬기며, 맥박도 느려져, 체온까지도 떨어져내려 있어, 말하자면 그는, 제 발바닥에서, 먹어두었던 쑥과 마늘즙을 핥아 사는, 겨울 곰이었다.
>
> (『칠조어론』 3, 172-173쪽)

위의 인용문에서 1)은 늙은네인 '사도 요한'을 신단수神檀樹에 비유하는 메타포로 쓰인 부분이다. 박상륭은 단군신화를 '신명 들린 무'巫와 신단수, '가시떨기나무'에 비유된 반모섬에서 '요한계시록'을 썼던 사도 요한을 비유하는 어법으로 차용하고 있다. 2)는 '촛불중'이 꺼져 가는 촛불을 바라보는 대목이다. 이 부분은 사라져 가는 촛불을 더 이상 육안肉眼으로 볼 필요가 없으며, 이때야말로 영안靈眼으로 빛이 접어들 때고, 영적 진화가 이루어지는 때에 나타나는 장면이다. 즉, 여기에서 쑥과 마늘은 천로역정에 이르는 고행의 통과제의로 진입·승화되는 과정의 매개체로 비유되고 있다. 다음 3)은 촛불중이 인간의 비극에 대해 고뇌하는 부분이다. 짐승이 되고 싶은 욕망과 짐승에서 벗어나고 싶은 욕망 중에 짐승적 속성 때문에 배고파하는 촛불중이 축생도에 존재하는 것은 신神밖에 없다고 말하는 부분이다. 이 부분에서 박상륭은 축생도적 고뇌의 존재로 쑥과 마늘을 견디는 '겨울 곰'의 이미지를 차용하여 보여주고 있다.

다음으로 고소설과 관련된 메타포가 투영된 장면을 살펴보겠다.

박상륭은 이미 〈심청전〉을 단편소설 「심청이」[8]와 장편소설 『죽음의 한 연구』[9]에서 '심청'을 모티프로 쓰고 있고, 『칠조어론』에서는 심봉사가 청이를 안고 젖동냥을 먹이는 장면을 '심봉사뎐'과 '심봉사한탄경'(『칠조어론』 3, 324쪽)으로 차용하고 있다.

또한 작가는 〈별주부전〉을 「토생원전」(1967)[10]과 『죽음의 한 연구』[11]에서 이미 차용한 바 있는데, 특히 『칠조어론』에서는 '별주부 자라'를 주인공으로 하는 고대소설 〈토끼전〉이나 판소리 〈수궁가〉가 토별가兔鼈歌로 나오며, 또 '별퇴가경'(『칠조어론』 3, 324쪽)으로 한자 어순을 바꿔 차용하고 있다. 또 〈흥부전〉은 『죽음의 한 연구』[12]에서 옹기점 작대기 치기라는 '놀보'의 심보로 은유화하거나, 『칠조어론』에서 '흥부박타령경', '놀부뎐'이라는 제목으로 나오며, 〈춘향전〉은 '튜향모탄식주' 로 나온다.

　다음 〈홍부전〉, 〈변강쇠가〉가 차용된 장면을 보자.

> 그 연극의 제목들은, '심텽던' '놀보던' 으로부터, '강쇠타령' '적벽가' 등이라고
> 했는데, 관중들은, '강쇠타령' 중의, '그 벗고 농치는' '사랑가' 대목도 좋아했으
> 되, '심텽이' 가 '인당수' 에 뛰어드는 대목도, 서러싸서, 좋아했으며, '홍보' 가
> '박' 타는 대목도 좋아했다 한다. (중략) 그흐, 그랬을 것이, '강쇠타령' 중, '사랑
> 가 농치는 대목' 의 '옹가년' 이던 것이, 관중석에 앉아, '심텽이 새벽닭 달래는 대
> 목' 을 듣는다고 하면, 그렇게도 서러히 울 수가 없는 따위, 이런 것 저런 것, 등을
> 보면, 그렇다는 것이다.
>
> 　　　　　　　　　　　　　　　　　　　　　　　　　　　　(『칠조어론』 1, 307쪽)

　위의 장면은 '패관' 으로부터 '강쇠타령' 중의 '그 벗고 농치는 사랑가 대
목', '심텽이가 인당수에 뛰어드는 대목', '홍보가 박타는 대목' 을 좋아하고,
'강쇠타령' 중의 '사랑가 농치는 대목' 은 '옹가년' 이 '심청이 새벽닭 달래
는 대목' 을 듣는 것으로 그려지고 있다.

　이상과 같이 박상륭은 일반적으로 회자되거나 작가의 무의식에 침윤되어
있는 고전 작품의 유명한 대목을 문학적 메타포의 활용으로 차용하고 있다.
박상륭이 고전을 수용한 첫 번째 양상은 신화와 고소설의 작품에서 핵심적
의미 대목이나 제목을 하나의 문학적 메타포로 차용하여 이미지를 정립하
거나, 명칭을 변용하여 수용하는 것이다. 이점은 작가의 무의식에 전승되어
온 고전의 대목을 되살려 활용한 것으로 보인다.

2) 고전 어구인 노랫말의 합성 및 변용 – 〈구지가〉 외

시인들은 고전 시가 중 주로 향가와 무가를 새롭게 변용하여 쓰고 있다. 시인들이 주로 향가나 무가를 시로 계승하고 있음에 비해 박상륭은 소설에 시를 접맥하여 다시 쓰고 있다. 〈구지가〉[13]와 〈풍요〉,[14] 무가인 〈구천〉九天이 구체적인 사례들이다.

박상륭은 〈구지가〉와 〈구천〉, 〈풍요〉 등을 현대소설 『칠조어론』의 한 대목에서 고전 어구인 노랫말의 합성 및 변용으로 보여주고 있다.

먼저 〈구지가〉가 수용된 구체적 맥락을 살펴보자.

> 1) 거북아 거북아 대가리를 내어놓아라
>
>   만약 내어놓지 않으면 구어 살러 먹겠다.
>
> (『칠조어론』1, 213쪽)
>
> 2) 리로 리런나 또드락딱 거북님입지 또드락딱
>
>   로라리 리로런나 또드락딱 거북님입지 또드락딱
>
>   로라리 리로 리런나 또드락딱 대가리를 내어놓으십지 또드락딱
>
>   오리런나 또드락딱 만약 내어놓지 않으면 또드락딱
>
>   나리런나 또드락딱 구위살라 먹겠습지 또드락딱
>
>   로런나 또드락딱 폐 둥둥 또드락딱
>
>   로라리로 리런나 또드락딱 폐 둥둥 또드락딱
>
> (『칠조어론』3, 303쪽)

위의 장면에서 『칠조어론』 속의 '공'公·'촛불중' 과 관련해, 1)은 공公이 '호구가' 呼龜歌를 무명無明을 벗어나기 위한 노래로 쓰고 있는 대목이다. 2)는

촛불중이 구지가 대목을 읊조리는 주문呪文이자 넋살이자 시조時調로 호구가로써 새로운 신명을 불러오는 장면에 쓰고 있다. 이처럼 『칠조어론』에 수용된 〈구지가〉 새로 쓰기의 양상은 전문이 그대로 수용되거나 무가 〈구천〉과의 접맥을 통해 합성된 노래로써, 두 경우 모두 무명에서 벗어나거나 새로운 신명을 갈망하는 맥락으로 다시 쓰고 있다. 그 밖에 〈구천〉 속에 완전히 〈구지가〉가 들어가 있는 경우는, "리로 리런나/ 로리라 리로런나/ 로라리 리로 리런나/ 오리런나/ 나리런나/ 로라리로 리런나/ 리로 리로 (중략) 거북님입지 거북님입지/ 모가지를 내어놓으십습지/ 만약 내어놓지 않으면입지/ 구어 살라 먹겠습지"(『칠조어론』4, 79쪽)에서 촛불중이 한 그루의 선목禪木 뿌리를 뒤뜰에 심는 부분에서, 〈구지가〉의 노랫말에 한 꿈의 뿌리에서 날아오른 흰 새의 두 머리, 색화공품色化空品을 드러낼 때 나오고 있다.

또 〈구지가〉와 접맥되어 나타난 〈구천〉을 살펴보자. 무가 〈구천〉의 노랫말은 "리로 리런나/ 로리라 리로런나/ 로라리 리로리런나/ 오리런나/ 나리런나/ 로런나/ 로라리로 리런나"[15]로, 9개 방향方向을 말하며 운율의 반복만으로 되어 있다. 이 작품을 박상륭은 이미 「유리장」(1971)[16]에서 수용하였고, 이번 『칠조어론』에서는 더 확대·변용하여 보여주고 있다.

    1) 리로 리런나

      로리라 리로런나

      아으,

      로라리 리로리런나

      오리러나

      나리런나

      다리러디러

로런나

로라리로 리런나

하으

(『칠조어론』2, 193-194쪽)

2) 리로 리런나

로라리 리로런나

로라리 리로 리런나

오리런나

나리런나

로런나

로라리로 리런나

(『칠조어론』3, 305-306쪽)

위에서 1)은 육조六祖의 얼굴이 여래如來로 보이는 대목에서 육조의 연족蓮足을 씻기는 여자가 바람에 흔들리고 있으나 구천九天에 계신 님은 오지 않는 장면이다. 2)는 의미의 껍질인 소리만 남은 상태에서 화무火巫가 말 깊은 구실을 다하고 혼魂까지 전율하며 의미만 사산死産되어 버린 장면이다.

작가 박상륭은 무가 〈구천〉을 왜 이렇게 수용하고 있는가? 절박한 시대가 거듭될수록 인간의 영혼은 중심 푯대를 상실하게 되며 절망과 나락으로 떨어질 수밖에 없다. 그것의 역설적 방법은 혼란의 의미 자체가 탈락된 소리의 반복 어법 방식의 구원이라고 할 수 있다. 『칠조어론』에서는 무의미한 소리 자체가 의미의 혼란에 빠진 시대를 향한 역설적 발언이자 시대를 위무하는 기능임을 〈구천〉의 현대적 재현으로 보여주는 것이다. 박상륭은 새로운 신이 강림降臨하기를 절규하면서, 또 한편으로 무가의 기능이 시대 속에 거듭 태어나기를 소망하면서, 새로운 구원을 향한 갈망의 노래, 우주적 영혼과 교통하는 무적巫的인 시詩로 그것들을 차용하여 소리 높여 부르고 있는 것이다.

또한 박상륭은 향가 〈풍요〉를 〈바리공주〉와 접맥시켜서 보여준다. "오다[來如], 오다 왔네라여 라여 래어來如 여래如來, 비리데가, 비리데가, 봄 밤의 찬 이슬들을 받아모으고, 여름 볕을 누룩으로, 가을 양지스런 구들막에 묻어 익힌, 불의 술 엄동인데, 장천 만리를 날갯짓 한번에 주름는 대붕이라도…(하략)"(『칠조어론』2, 194쪽)에서 보이듯, 향가 〈풍요〉는 새로운 변용을 통해, 또는 한 소절을 통해 도道의 한 원형의 정립을 소원하는 의미 맥락으로 보여주고 있다.

이처럼 박상륭은 고시가 〈구지가〉와 무가 〈구천〉, 향가 〈풍요〉의 고전 어구들을 '노랫말의 합성 및 변용'으로 표출하고 있다. 또 그는 의미 맥락의 차원에서 새로운 신의 강림이나 출현에 대한 갈망으로, 세상에 난무하는 의미의 타락 자체를 배제하는 율조로, 부처가 오기를 갈망하는 의식도 함께 표출하고 있다.

3) 고전에 투영된 인간 심리 재해석의 첨가 — 〈처용가〉

지금까지 향가 〈처용가〉가 현대 문학 작품 속에 수용된 양상은 크게 셋[17]이다. 박상륭의 경우에는 이 향가가 어떻게 수용되었는지 살펴보자. 〈처용가〉의 수용은 박상륭은 소설 『죽음의 한 연구』[18]에서도 보인 바 있는데, 특히 『칠조어론』에서는 인간의 원형 심리를 규명하고 재해석하여 첨가하는 형태로 새롭게 보여주고 있다.

〈처용가〉 원전의 서술상 특징은 애욕 탐착의 현장을 육담적·골계적·직설적으로 상대방에게 일러줌으로써 상대방으로 하여금 스스로 견성하게 하여 애욕의 미망으로부터 해탈하도록 교화하는 특이한 표현 방법으로 되어 있다. 특히 수수께끼 질문 방식에 의해 상대방이 스스로 답을 얻어 해탈하도록 하는 공안적 방법이 선택되고 있다.[19]

이와 달리 박상륭의 경우는 〈처용가〉를 다섯 가지 단계로 재해석한 인간의 심리 원형적 은유로 재해석하여 첨가시키고 있다.

첫째, 인세적 안목에서 불순한 〈처용가〉를 '비화현非化現—의종意種—화현化現'의 도식으로 보여주고 있다. 특히, 처용가적 비의를 빌려 우주적 비밀의 방을 훔쳐보며, 신중한 의미를 담고 있는 수수께끼의 의미로 해석하고 있다.

둘째, 〈처용가〉의 되풀이로써의 제2곡을 최초의 말세이자 생명의 수복이 가능한, 물활론적物活論的인 우주로 보여주고 있다. 특히 이양일음二陽一陰 구조는 육조六祖의 법의法意인 '화현化現과 진화進化, 역화현'逆化現이라는 우주적 밀사密事를 정형률定形律에 의존하여 '요셉'과 '마리아'가 정혼한 사이에 '성령'의 내방이 있고, '요셉+마리아+성령'의 관계 역시 이양일음二陽一陰의 처용가 구조를 취하는데 이때 우주적 양력은 삼위일체 중의 하나인 성령으로 보여주었다. 또 처용가는 창세기에 투영된 인간원형을 대비시켜 작가 특유의 인간원형에 대한 상상력을 보여주고 있다.

셋째, 처용가에서 우주의 창조와 파괴·진화와 퇴행의 구조를 프라브리티pravritti의 양극을 이루는 자장인 가학증과 피학증 심리로 보여주고 있다.

넷째, 영매 접신가로써의 처용을 처용가와 무속의 접맥을 통해 보여주고 있다. 이때 처용은 무격의 삼세三世적 창행娼行, 면행, 절시竊視와 기의 강림, 영매와 접신 등을 빌려 우주적 의미의 형태로 다양하게 보여주고 있다.

다섯째, 축귀逐鬼 당사자와 연관시켜 처용을 그려내고 있다. 새로 등장시킨 '진본眞本 처용가'의 내용은 남편 있는 아낙네가 외간 남자를 불러 농간하거나, '사귀'邪鬼와 처용 간의 관계, 또 처용은 마누라를 '귀첩'(巫女)으로 보내고 무계巫界로 들어가면서, '처용 화상'이라 불려지는 계기로 설정하고 있다. 여기에서 처용은 역신이 함께 누워 있는 것을 구축驅逐하기 위하여 창가작무唱歌作舞를 하며, 처용의 이 행위는 무당의 치병治病굿[20]에 해당된다고 볼 수 있다. 또 '처용의 처' 역시 무巫와 관련 있다고 볼 수 있다.

이상과 같이 박상륭은 처용가에 다섯 가지의 원형 심리로 재해석을 첨가하고 있다. 첫째, 우주적 비의秘儀의 공간 미학으로, 둘째는 종합된 구조의 의미망인 인간 심리 원형의 상상력 정립으로, 셋째는 가학증과 피학증의 상극적 균형 심리로, 넷째는 영매 접신가로, 다섯째는 축귀逐鬼의 당사자로서 처용을 보여주었다. 아울러 박상륭은 처용가를 차용하여 한국의 시가를 성경의 '창세기'와 대비하면서 인간 심리의 원형 규명과 비교 인류학적 은유까지 보여주었다고 할 수 있다.

4) 고전 결구에 덧붙여 표출된 후일담적 상상력의 구현 – 〈바리공주〉

박상륭은 대표적 서사무가 〈바리공주〉의 플롯을 수용하고 그 결구에 덧붙여 표출된 후일담적 상상력의 구현을 『칠조어론』에서 보여주고 있다. 바리공주는 다른 현대 작가들에 의해서도 재창작되고 있다.[21] 박상륭은 특히 바리공주의 명칭과 역할, 플롯과 후일담으로 이를 수용하면서 명칭으로는 '비리데기'라는 용어로 차용한다.

박상륭의 『칠조어론』 중 바리공주가 차용되는 내용은 바리공주의 서사 단락[22]이 그대로 나타나는 부분과 뒷 이야기가 더 전개되는 후일담 부분으로 나누어 살펴보자.

먼저 바리공주의 서사 단락이 그대로 수용된 박상륭의 『칠조어론』 대목은 김태곤의 비리데기[23] 채록본을 수용하고 있다. 『칠조어론』(1, 226-228쪽)의 원문에서 바리공주 수용 대목은 ① '대장군님' 의 딸 일곱에서 막내딸의 유기遺棄 모티프, ② 병이 난 대장군님과 서천서역국 약물만 효험이 있는 모티프, ③ 여섯 명의 딸의 구약救藥 거부 모티프, ④ '오구마님' 의 비리데기 수색 모티프, ⑤ 약수를 구하기 위해 '미륵님' 의 아들 7형제를 낳는 모티프, ⑥ 비리데기가 생명수와 생명의 꽃을 구하는 모티프, ⑦ 대장군님과 '비우님' 의 회생回生 모티프로 설정되어 있다.

이상 일곱 개 항목으로 바리공주의 주요 서사 단락을 수용하고 있는『칠조어론』에서 박상륭은 바리공주가 갖고 있는 구원의 에너지는 수난 속에서 생성될 수 있다는 것, '바리공주' 의 경우처럼 버려진 '비리데기' 로부터 치유의 약물이 생성된다는 주제를 수용하고 있다. 이는 남성 지배가 조장한 수난과 질병이 남성으로서는 해결할 가망이 없다는 인식을 반영[24]한 것으로, 작가는 여성을 생명 회생의 주체자로 설정하고 있다.

이어, 박상륭이『칠조어론』에서 바리공주를 수용하되 그 뒷 이야기를 덧붙여 표출한 후일담적 상상력의 부분은 다음과 같다.

① 비리데기의 부모는 '오구' 를 받는 판관이 되고, 비리데기는 서왕세계의 불설문으로 보내달라 한다.

② 가난한 비리데기는 아들 7형제에게 다시 버림받는다.

③ 비리데기는 죽음길에 임박해서 장가를 못 들인 아들 일곱을 불러 자신의 궁리대로 해 주면 눈을 감겠다고 한다.

④ 아들들에게 약물 약초가 있는 고향인 서천서역국으로 가서 살라고 한다.

(①−④,『칠조어론』1, 228쪽)

⑤ 비리데기가 죽은 후 화장을 하고 뼈를 추려 7묶음을 만들어 한 묶음씩 갖고, 재는 큰아들이 간직하고 왔던 길로 돌아가라고 한다. 그렇지 않고 뼈와 재를

버리면 다시 비리데기와 같은 신세가 된다고 한다.

⑥ 미륵님은 불쌍한 어린 계집의 갈린 살과 뼈를 자신의 침과 말씀으로 반죽하여 법향法香 태우는 향로를 만들었기에 미륵님전에 있던 향을 태우던 향로였다고 하고, 7형제가 바로 향을 태우는 일곱 색깔의 불과 일곱 향기라 한다.

⑦ 자식들이 길을 잃었을 때 어미뼈의 흰 것과 검은 것을 간직한 막내둥이의 가슴에서 절하며 기다리면, 흰뼈와 검은뼈가 흰새와 검은새가 되어 방향을 알려 줄 것이며, 어미를 원망할 때 검은 수건을 희게 씻어주라고 한다.

(⑤-⑦, 『칠조어론』 1, 229쪽)

⑧ 여섯째 앞가슴의 푸른뼈와 누른뼈를 꺼내 절하면 푸른새와 누른새가 길을 알려 줄 것이며, 더 걷지 못할 때 그곳을 시영산이라 알고 어미 태운 재를 아랫목에 모시고 살면 그곳이 고향이 될 것이라 한다.

⑨ 일을 하기 싫을 때가 오면 아기 심어 주는 병이 생긴 것이며, 그때 7형제는 목욕재계하고 약산의 약토에 어머니 태운 재를 섞어 어머니를 새로 빚고 7형제들은 흙각씨에게 49번 침을 뱉고 세 가지 약꽃으로 흙각씨 목과 가슴과 아랫도리에 한 송이씩 꽂아주고, 7형제는 번갈아 7저녁씩 흙각씨 곁에서 자고 49일간을 보내면 그 병이 낫는 효력이 있으며, 49일 동안 어머니 생각만 한다면 어머니는 새로 살아난다고 한다.

(⑧-⑨, 『칠조어론』 1, 230쪽)

⑩ 어머니는 7형제의 각씨이기에, 나중에 만나자며 어머니는 간다 하고 숨이 넘어가고 몸이 식거든 방에 7형제 말고 누구도 들이지 말며, 7형제 어머니를 목욕시키며 어머니의 몸 잘 보아두라 하며, '미륵님 소첩'을 버리지 말라고 부탁하며, 어머니는 불설문佛說門으로 가겠다고 말한다.

(⑩, 『칠조어론』 1, 231쪽)

위의 항목들은 『칠조어론』에서 작가 박상륭이 상상해서 덧붙인 대목 바리공주 후일담이다. 이 부분은 비리데기가 부모님을 살린 후 무조신이 되는 결말에서 후일담적 상상력을 덧붙여서, 7명의 아들에게 유언 형식으로 과거의 삶을 상기하며 회한에 젖으면서 말하는 대목이다. 비리데기는 아들의 내재적 속성에 지니고 있는 미륵의 기운氣運도 말해 주고, 아들의 미래의 삶을 어머니와 관련시켜, 흙의 조소상彫塑像 같은 모습으로 만들면서 불설문으로 떠나가는 과정으로 알려주며, 미륵의 세계로 구현시켜 줄 것을 말하고 있다. 즉 당신의 말씀으로 반죽하기, 법향 태우는 향로를 만들기, 7형제와 향불 7개 모티프 등을 문학적 상상력의 메타포로 확장시켜 보여주고 있다.

이상과 같이 박상륭은 바리공주의 후일담적 상상력을 '미륵'의 세계로 구현함과 아울러 다양한 층위의 문학적 상상력을 재생산, 재해석하고 있다. 즉 이 방법은 '고전 결구에 덧붙여 표출된 후일담적 상상력의 구현'이라 할 수 있다.

5) 고전에 표출된 주제 의식의 강화 – 〈변강쇠가〉

판소리 사설 〈변강쇠가〉는 시인들이 주로 '장승' 관련 소재의 시[25]와 극작가의 '길놀이마당 놀이'[26]에서 일부 다루고 있고, 박상륭도 『칠조어론』에서 일부 차용하고 있다.

박상륭의 『칠조어론』에서 변강쇠가가 차용된 부분은 패관이 바라본 마을 연극의 제목 대목에서 보인다. 그 중 '변강쇠'는 '강쇠타령'과 '사랑가 농치는 대목'과 관련지어 나오고 있다. 변강쇠는 거대한 욕정의 소유자인 동시에 '옹녀'와 마찬가지로 전국을 떠돌아다니며 자신의 욕망을 위해서라면 조금도 주저하지 않고 내닫는 불온한 존재이며, 옹녀와 강쇠의 만남은 기존의 공동체에서 결코 용납될 수 없는, 그렇다고 쉽게 제어할 수도 없는 두 욕망의 접속으로 해석된다.[27] 이중적 모습의 소유자 옹녀는 수많은 남정네를 후리던 음녀淫女로서의 면모와 삶을 위해 분투하던 부녀자로서의 면모를 지니고 있다. 또 옹녀가 변강쇠를 만나 가정을 꾸리면서 갖게 된 것을 삶의 전환[28]으로 볼 수 있다.

그럼, 박상륭이 그려낸 변강쇠와 옹녀 부분을 살펴보자.

> 1) (상략) (―이눔 강쇠야, 너는 한 개 입으로써 동시에 두 가지 것을 말하여, 한 가지 것으로 만들어설람에, 듣는 이의 정신을 교란하고 있는데, '수캐'를 말하며, '뼈 아닌 뼈'를 말하고 있는 것이 그것인 바, 이눔, '수캐'란즉슨, 글쎄 말이지, '뼈'로 되어 있다고 일러지는 말도 들은 바가 없었다냐?―아 흐, 훗, 흐러한가, 여 자네, 익은 민들레꽃의 대가리여, 그러한가, 하다면 자네야말로, 이상한 데서 우회를 겪어, 저 '發力한 송이버섯, 山仙네 수캐'를 잘 이해하기에 이르렀다고, 해야겠는다.)
>
> (『칠조어론』3, 331쪽)
>
> 2) (상략), '옹가년' 인즉은, 地獄西門 지키는, 三頭犬의 毒齒를 쪼론히 해박아 있어, 뼈로 된 탓에 삘그렇다는, 色骨까지도, 저누무 毒狗를 한번 잘못 쏘고 들었다가는, 그 당장, 그 독구의 이빨에 짤려, 무참히 짤려, 누런 김이나 한 줄기 솟과낸 뒤, 패싹 녹아, 黃泉黃水를 보탠다 이릅습.
>
> (『칠조어론』3, 332쪽)

위에서 1)의 대목은 '본관本官 패관'裨官이 패설裨說을 팔아 연명하는 한 예로, 음기淫氣가 독한 과부네에 팔려 음기를 발력發力한 산선山仙네 수캐좆이 천의 음녀를 다스리는 것과 연결해서 나오고 있다. 2)의 대목은 '옹가년'을 지옥 서문의 삼두견 독치毒齒로 청상살이가 겹겹이 쌓여 있다고 표현하며, 또 아름다운 수컷과 아름다운 암컷을 결부지어 나타내고 있다.

무엇보다도 박상륭이 캐릭터화한 변강쇠는 남성 헤게모니[29]의 대표자로서 일탈된 성을 통해 성의식 강화를 보여주는 인물이다. 변강쇠는 조선 후기 새롭게 변화된 사회경제적 상황에도 불구하고 여전히 가부장적 권위를 빌려 아내에게 군림하고자 했다. 그는 '옹고집', '장끼' 와 같은 가장들의 성격적 파탄상, 곧 자신의 추한 몰골이 폭로되면 으레 폭력을 행사한다거나 터무니없는 고집을 앞세우다 파멸하고 마는 것[30]과 상통한다고 볼 수 있다.

이처럼 박상륭은 판소리 사설 〈변강쇠가〉의 변강쇠를 통하여 남성의 성의식을 강화하는데 초점을 맞추고 있다. 즉, 기생적이고 불건전한 삶을 영위하던 최하층민으로 시정 주변에서 무위도식으로 살아가는 구제불능의 가장에 가까운 변강쇠, 그가 가지고 있는 남성 생명력을 강화시키기 위해 표출했다고 볼 수 있다. 이 방법은 고전에 표출된 주제 의식의 강화를 다시 강조하는 예라고 할 수 있다.

3. 맺음말

이상으로 필자는 박상륭의 소설 『칠조어론』에 한국 고전문학의 여러 장르가 다양하게 수용된 양상을 살펴보았다. 즉, 고시가의 〈구지가〉, 향가의 〈처용가〉·〈풍요〉, 무가의 〈구천〉, 신화의 〈단군신화〉, 서사무가의 〈바리공주〉, 고소설의 〈심청전〉·〈흥부전〉·〈별주부전〉·〈춘향전〉, 판소리 사설의 〈변강쇠가〉를 중심으로 그것들이 계승되거나 변용된 양상을 다음과 같이 밝혀 보았다.

첫째, 고전의 내용 중 일부가 회자되는 대목의 메타포 차용, 둘째, 고전 어구인 노랫말의 합성 및 변용, 셋째, 고전에 투영된 인간 심리 재해석의 첨가, 넷째, 고전 결구에 덧붙여 표출된 후일담적 상상력의 구현, 다섯째, 고전에 표출된 주제의식의 강화 등이다. 그 결과 고전이 현재 우리에게 정신적 의미 맥락으로 계승되거나 장르적 변용으로 접맥되고 있음을 알 수 있었다.

　필자는 박상륭의 『칠조어론』에서 고전이 현대적 재해석과 다양한 방법론을 통해 지속적으로 계승되고 통합되고 있음을 살펴보았다. 즉 박상륭은 고전문학을 현대적으로 계승하여 다양한 변용을 가해 한국 문학적 상상력의 새로운 지평을 넓히고 있을 뿐만 아니라 고전의 확대 재생산을 보여주었다. 또한, 박상륭은 고시가, 향가, 무가, 신화, 고소설, 판소리 사설 등 다양한 장르를 수용한 통합 소설로 재창작한 것은, 장르 변용을 통한 창작 방법론의 확장이라는 독특한 성과로 보여준 것이라 할 수 있다.

여성작가가 새로 쓴 '바리공주' 연구*
-송경아, 장진영, 김선우의 '바리'를 중심으로

1. 바리공주의 의미와 새로 쓴 바리공주

〈바리공주〉는 '오구굿'에서 가창되는 무가로, 전국적인 전승을 보이는 대표적 서사무가다. 서울에서는 바리공주, 함경도에서는 '칠공주'七公主와 '오기풀이', 경상도·전라도에서는 '바리데기'와 '오구물림' 등[1]으로 불린다.

각 편의 공통 줄거리는 "옛날 어느 임금 부부가 살았는데, 딸만 계속 낳아서 일곱이나 되었다. 화가 난 임금은 일곱째로 낳은 딸을 내다 버렸다. 뒤에 임금 부부가 병이 들어 죽게 되었는데, 버림을 받았던 일곱째 공주가 나타나서 갖은 고생을 무릅쓰고 영약靈藥을 구해다가 부모를 회생回生시킨다. 뒤에 일곱째 공주는 무조巫祖가 되었다."[2]는 내용으로 되어 있다. 부모의 치병治病을 위해 약을 구하러 떠나고 모험하는 서사 구조는 영웅의 일생과 궤를 같이한다.

* 「여성작가가 새로 쓴 '바리공주' 연구」는 『한국문예비평연구』 제18집, 한국현대문예비평학회, 2005, 259-292쪽에 실려 있음.

특히 '오구풀이'와의 관련성은 죽음 앞에서 무상한 인간의 허무와 인간 일생의 반성 및 저승사자에 의하여 혼령이 명부에 인도되는 과정, 그리고 시왕十王 앞에서 인간 생활의 선善과 불선不善을 심판 받는 과정으로 드러내고 있다. 사자死者의 영혼을 저승으로 잘 인도한다는 대목은 해원과 천도薦度의 의미를 지니고 있어 민중의 내세관來世觀을 지배한 무가임을 보여준다.

사령제에서 바리공주가 구연되는 것은 죽은 자를 부활시키고자 하는 산 사람의 희망과도 관련이 있는 것으로 본다. 바리공주는 개인적으로는 아버지를 살려 낸 효행을 하였고, 사회적으로는 국왕을 부활시켜 국가의 기틀을 공고히 하는 공훈을 세웠다. 즉, 개인적 효녀에서 국가의 공신으로서 집단적 추앙을 받는 영웅이 되고, 다시 모든 사람의 죽음을 관장하는 신이 되어 영속적인 숭앙의 대상이 된 것이다.

이러한 의미를 지닌 바리공주는 현대 작가들에 의해 운문 장르[3]나 산문 장르[4]를 막론하고 두루 수용되어 새롭게 쓰여지고 있다. 산문 장르로는 소설, 희곡, 뮤지컬 대본, 동화 등으로 쓰여졌다. 특히 이 글에서는 여성작가에 의해 다시 쓰여진 바리공주인 송경아의 소설 「바리」 3부작(1998), 장진영의 희곡 「바리데기」(1999), 김선우의 동화인 『바리공주』(2003)를 중심으로 의미를 살펴보려고 한다. 여성의 사회사적 의미의 변모에 때맞춰 페미니즘의 지평이 확산됨과 아울러 1990년대 후반에서 2000년대에 걸쳐 창작된 이들 작품들은 바리공주를 새롭게 해석하여 형상화하고 있다.

여성작가들은 서사무가의 주인공 '바리공주', 서역국에서 '무장승'과의 혼인과 남아 출산, 그리고 구약救藥, 복귀 후 아버지 치병治病, '만신왕' 되기 등 기본 서사에서 딸이라는 이유로 핍박을 받고 있는 상태를 차용하여 가부장 시대에 나온 여성 차별의 모티프로 재해석을 하고 있다.

구체적으로 본 논문에서는 바리공주 무가의 차용 양태를, 바리공주와 바리공주의 어머니 및 무장승과 아버지 '오구' 의 재해석, 또 서사 차용 등을 분석하고자 한다. 즉, 바리공주의 원 서사 단락에서 현대적으로 확장되는 부분, 재해석되는 부분, 첨가되는 부분으로 구분하여 살펴보며, 여성작가에 의해 새로 쓰여진 바리공주의 의미 확장과 여성의 사회사적 의미의 변화도 아울러 살펴보고자 한다.

2. 여성작가가 새로 쓴 '바리공주'

여성작가에 의해 서사무가 '바리공주' 가 다시 쓰여진 장르는 소설, 희곡, 동화 등이다. 송경아는 소설 「바리」 3부작으로, 장진영은 희곡 「바리데기」 로, 김선우는 동화 『바리공주』로 재창작하고 있다. 그 의미 세계를 탐색해보자.

1) 인류학적 생산 모신과 새 인류 탄생
　　－ 송경아의 소설 「바리」 3부작(1998)

송경아는 '바리' 에 관한 연작 소설을, 「바리-불꽃」, 「바리-동수자」, 「바리-돌아오다」의 3부작[5]으로 재창작하였다. 「바리-불꽃」에서는 바리의 어머니 입장을 부각시켜 그를 근친상간적 혼인과 인류를 탄생시키는 인류학적 어머니로 설정하고 있다. 「바리-동수자」에서는 바리가 서천서역국에 가서 만나는 '동수자' 를 화자로 내세워 그의 삶을 부각시키고 있다. 「바리-돌아오다」에서는 기존의 바리공주의 서사를 그대로 투영시키면서 약간의 변화를 도모하고 있다.

(1) 생산 모신의 출산 방법 변화와 생사 우주의 균형 - 「바리-불꽃」

송경아의 「바리」 3부작 중 하나인 「바리-불꽃」은 바리의 어머니와 딸 바리, 즉 모녀의 삶을 다루고 있다. 서사무가 바리공주에서의 어머니는 '길대부인'으로 지칭되지 않고, 그냥 바리의 어머니로 나타난다. 또 바리의 아버지 오구는 이 작품에서 오라버니로 등장한다. 송경아는 오라버니 오구를 통해, 초기 인류 신화에 나오는 근친상간적 행위를 투영시키고 있다. 이 작품은 바리의 모친과 오구 사이에서 바리가 탄생하는 과정과 바리가 희생되는 과정을 통해 진정한 삶이라는 것은 죽음과 함께하는 것임을 의미화하고 있다. 바리의 어머니는 오라버니인 오구와 결합하여 매달 남녀 한 쌍의 아이들을 고통 없이 탄생시켜 인류를 창조했다. 그러나 신탁은 어머니가 열 달을 채워 낳은 아이를 희생양으로 바치라 한다. 오라버니이자 남편인 오구도 바리의 어머니에게 포화된 생산력을 파괴하는 행위인 희생제를 강요한다. 그 희생의 제물이 바로 바리이며, 이 희생의 제물이 되는 행위는 삶과 죽음을 모두 받아들이는 의미로 볼 수 있다.

바리가 탄생하기 전까지 궁전에서는 한 달에 한 쌍씩 태어난 아이들이 보살핌 없이 한 달 만에 자라고, 궁전은 자기들끼리 생산하고 자기들끼리 결혼하는 다산성의 집합체를 이루었다. 그때 어머니는 그 세계를 탈출하려 했으나 실패했다. 즉, 첫째 아이인 '천상금아'를 잉태하던 날 목을 매달아 탈출하려 했으나 오구로부터 매를 맞고 어머니는 거세게 반항하였지만 탈출에는 실패하고 만다. 그로부터 열 달 후에 낳은 아이가 천상금아이고, 그 후 7년 동안은 아이를 하나씩만 낳았다. 바리가 탄생할 즈음에는 생명 출산론의 방법 변화도 나타난다.

걸어오면서 나는 꿈을 기억해냈다. 그래, 그 꿈. 새로 태어난 갓난아이, 어머니의 뱃속에서 온전히 열 달을 지내고 태어난 아이가 자기를 버림이 없이는 아무도 스스로를 버리지 않으리라는 것. 죽음은 죽음이 아니고, 원혼들은 떠돌다가 다시 시체 속에 들어가 온기 없는 눈으로 쏘다니리라는 것, 검은 바위 위에 내리꽂히는 푸른 번갯불이 데려가는 한 목숨이 우리 모두 위에 덮여서, 삶을 삶답게 만들고 죽음을 죽음답게 만들리라는 계시를 천동이 옳았다. 그것은 신탁이었다.

(송경아, 「바리-불꽃」,[6] 171쪽)

바리를 희생제의의 제물로 바치면서 어머니는 생사의 법칙을 깨닫게 된다. 즉 어머니는 자신의 뱃속에서 온전히 열 달을 지내고 태어난 아이에 의해, 포화된 생산력의 끔찍함과 속박에서 벗어나고 생산만 하고 멸할 줄 몰랐던 생명을 구제하는 것을 바로 바리의 희생을 통해 알게 되는 것이다. 따라서 어머니는 지금까지 한 달 만에 태어난 아이들이 다시 대지의 자궁 속에서 열 달의 어둠을 거쳐 새롭게 태어나야 한다는 것을 깨닫는다. 이것이 바로 삶을 삶답게 만들고 죽음을 죽음답게 만들라는 신탁의 내용이다. 문명의 세상은 죽음과 희생제의 이후 이루어지듯이 비인간계 생명 탄생에서 인간계 생명 탄생으로 전환시켜, 진화된 생명력의 탄생 과정으로 보여주고 있다. 이는 서사무가 바리공주에서 내리 딸만 태어나며 일곱째 딸이라는 이유로 아버지 '오구대왕'에게 버림받는 희생양이 아닌, 생사生死의 균형을 맞추는 우주의 법칙을 위한 온전한 희생양의 대속으로 설정한 것이다.

이 과정은 희생제의를 끝내고 돌아오는 길에 세상이 비로소 시작되었고, 우주 역시 균형을 잡고 삶은 죽음과 함께 귀중한 것이 된 것과 우리가 비로소 인간이 되는 의미도 함께 보여준 것이다. 서사무가 〈바리공주〉에서 바리의 어머니이자 오구의 부인은 길대부인으로 나오며 인류학적 생산 모신으로서 자의식이 두드러지게 드러나지 않는다. 그러나 송경아의 소설 「바리-

불꽃」에서는 길대부인이라는 구체적인 이름이 나오지 않지만 바리의 어머니를 인류학적 어머니로 등장시켜 신화적 생산 모신의 출산 변화론을 보여준다.

또 「바리-불꽃」에는 인도 신화 '칼리' 의 기원에 대한 이야기가 삽입된다. 즉 불멸의 창조주인 '브라흐마' 신으로부터 창조된 생명체들은 죽음을 모르는 완전한 존재들이었는데, '루드라' 신이 모든 생명체들이 완전히 파괴되지 않고 삶과 죽음을 반복할 수 있게 해 달라고 한다. 브라흐마 신에게 간청을 하자 분노를 억누른 브라흐마가 칼리라는 죽음의 신을 나오게 하여 삶과 죽음을 반복하는 것은 세상을 바꾸게 한 의미로 볼 수 있다.

이처럼 송경아의 「바리-불꽃」에서는 바리의 어머니가 칼리 여신처럼 생사의 균형과 우주적 균형의 원리를 깨닫게 하는 존재로 그리며, 또 어머니에게 인류학적 출산 방법을 투영시켜 의미화하고 있다. 자연의 생명 탄생만이 아닌 인류의 생명 탄생 신화로 변화시켜 보여준 것이다. 성경에서는 하나님이 '아브라함' 에게 '이삭' 을 희생양으로 바치라 산 속까지 데리고 가나, 결정적인 순간 '양' 이 그것을 대신하게 되고, 이삭은 번제로부터 벗어나게 보여준다. 그러나 송경아의 「바리-불꽃」에서는 큰아들 천동을 비롯하여 순수한 제물을 바쳐야만 정말로 인간의 삶을 깨닫게 되는 기회가 되는데 그것을 위해 바리는 불꽃처럼 희생양으로 설정되어 있다.

(2) 지혜 선악과 '천도복숭아' 훔치기와 유토피아 도전자 – 「바리-동수자」

송경아의 소설 「바리-동수자」에서는 동수자인 '나' , 그리고 '나' 의 지어미로 바리가 등장한다. 나는 오라버니이자 건강한 사내이기도 하다. 나는 여인 바리가 동행하는 산행 길을 알려주면서 고백한다. 그러한 여정 속에 나는 동대산東大山 동대소東大沼에 이르러 거부할 수 없는 운명에 복종하고, 세계의 끝에서 끝으로 통하는 통로를 만나고 도망칠 수 없는 곳에서 도망쳐 왔으며 내가 떠나온 세계인 서천서역국으로 다시 돌아가는 자신의 운명을 깨닫게 된다.

서사무가 〈바리공주〉에서 무장승은 서천서역국을 찾아온 바리공주와 결혼하여 아들을 낳고 생명수를 찾는데 도움을 주었고, 그 후에 바리공주와 함께 오구대왕을 만나러 궁전으로 왔다가 다시 서천서역국으로 복귀하는 자이다. 그러나 송경아의 소설 「바리-동수자」에서 동수자는 스스로 서천서역국을 떠나와 동대산에 살다가 다시 서천서역국으로 돌아가는 구조로 변화되어 나타나고 있다.

이 소설에서 '동수자=나'는 자신의 이력을 다음과 같이 고백한다. 동수자=나는 산속에서 혼자 살아 온 특유의 자만과 외로움을 방치해 오다 지어미인 바리와 살을 섞어 남자됨을 느끼고 아들 하나와 딸 하나를 낳는다. 또, 세 번째 아이를 낳았을 때에는 사흘 동안 지어미가 그 아이들을 산 채로 먹어 치우고 새 잉태를 준비하고 있었기에 그 반역의 잉태로 지어미를 증오하기도 한다. 다시 시작되는 고백에서 동수자는 바리의 계속되는 고문에 의해서 죽음에 대한 공포를 느낌과 동시에 죽음에 매혹되는 과정을 이야기한다. 또 동수자 나는 죽음에 대한 공포는 자신의 어머니에게서, 죽음에 대한 매혹은 자신의 작은외삼촌에게서 피로 이어받았다고 한다. 동수자=나는 15세 때 천도복숭아를 지키는 동자, 즉 '천도복숭아 지킴이'가 되어 가문에 영광을 안겨주었다. 그러나 동수자는 성욕과 죽음에 대한 그리움 때문에 천도복숭아를 훔쳐 먹고 그곳을 도망쳐 나왔던 것이다. 그후 동수자는 나이를 먹어 성장을 하고 완전한 지식과 완전한 죽음으로 동대산에 오르게 되었다는 것이다.

멀리, 더 멀리, 될 수 있는 대로 서천서역국에서 멀리! 점점 더 빨리 달리면서 나는 내가 나이를 먹어가는 것을 느꼈어요. 아무것도 곁눈질하지 못하고, 언제 찾아올지 모르는 추적자를 따돌리려 애쓰면서, 그렇게 세월을 흘려 보내면서 나는 성장했어요. 그 동안 인류가 성장했고, 그 동안 지知가 머릿속에 쌓여 갔고, 그 동안 나는 깨닫게 되었습니다. 천도복숭아가 주는 죽음은 그렇게 달콤하지 않다는 것을요. 분명히 천도복숭아는 완전한 지식과 완전한 죽음을 가져다 줍니다. 하지만 그 지식과 그 죽음은 그 둥그런 과일의 마지막 조각을 삼키는 순간 온몸에 돌기 시작하는 것이 아니라, 순간도 영겁도 모두 거부하는 주제에 감히 삶의 찬란함을 탐내는 인간이라는 종족의 마지막 한 사람이 명부로 들어가는 순간 완성되는 것이라는 사실을.

(송경아, 「바리-동수자」,[7] 187쪽)

'천도복숭아 지킴이' 인 '나' 는 영원한 삶에서 벗어나기 위해 죽으려 했던, 삶과 죽음에 대한 고백을 바리에게 말하게 된다. 그리고 동수자는 동대소에서 다시 천도복숭아를 삼키는 순간 정해졌던 운명의 세계로 들어가는 것이다. 이 모두는 바리의 요구에 따라 동수자의 이야기가 토로되면서 자신의 핏줄에 얽혀 있는 어머니와 외삼촌의 죽음에 대한 서로 다른 인식, 그리고 자신의 성장과정 또 서천서역국에서의 탈출까지가 고백된 것이다.

위에 설파되고 있듯이 송경아의 「바리-동수자」는 바리와 동수자의 삶에 얽힌 3년간의 과정을 말하고 있다. 이 작품에서 나, 동수자는 바리의 상대자인 사내이며 바리를 통해 생사의 문제를 매우 집요하게 확인하고 있는 존재이다.

원전 서사무가 〈바리공주〉에서는 저승 세계에서 고통을 감수하고 나온 사람이 바리인데, 이 작품에서는 서천서역국을 탈출한 자가 나=동수자이고 다시 서천서역국으로 이끌고 가는 존재가 바리로 설정되어 있다. 또 동수자와 바리의 관계를 근친상간으로 설정하고 있다. 그러나 서사무가 바리공주에서처럼 결혼해서 아들만을 낳고 약수를 얻는 과정은 나타나지 않는다. 동수자의 아이덴티티를 중심으로 서천서역국에 도전하는 자로 설정하여, 동수자란 인물을 주체적 시각에서 부각시키고 있다. 또 성경의 선악과善惡果 신화를 인류의 지혜와 관련된 신화로 접맥시키고 있다. 이처럼 송경아의 소설 「바리-동수자」는 천도복숭아를 훔친 후 지혜를 터득하는 신화로 그리며 주인공 동수자는 유토피아에 대한 도전자로 재창작해서 보여주고 있다.

(3) 새 인물 '호문쿨루스'의 탄생과 진정한 세계에의 갈망을 위한 치유
　　－「바리－돌아오다」

송경아의 3부작 「바리」 중 마지막 작품인 「바리-돌아오다」는 소제목 '귀향', '어머니와 만남', '천상금과 만남', '치료', '석금이 한림학사에게 말하다', '다시 떠남'의 여섯 개 단락으로 나뉘어 있다. 앞선 「바리-불꽃」과 「바리-동수자」에 비해 비교적 바리공주 신화의 원형에 충실한 서사 단락을 수용하였다.

일곱 번째 딸인 바리와 여섯 번째 딸인 석금은 오구대왕과 길대부인의 왕국인 불라국에서 태어났으나 버림받았고 그후 아버지의 병을 고치기 위해 필요한 약을 찾아 긴 여행을 했고, 되돌아오면서 여덟 번째 딸인 미금을 만난다. 여덟 번째 딸 미금은 편찮으신 아버지의 정액을 어머니가 마법으로 받아 태어난 아이로, 날개를 가지고 있고 어른 한 뼘 크기의 조그마한 여자 아이로서 호기심이 많은 인물로 새로 태어난 인류의 부류다. 두 딸인 바리와 석금은 누구의 눈에도 띄지 않게 궁 안으로 들어가 어머니와 상봉한다. 이때 어머니는 후회로 점철된 긴 세월을 고백하나 두 딸은 어려운 시절 어머니의 방이 마음의 큰 불빛이 되었다고 이야기하며 어머니를 위로한다. 또 자신들

이 아버지의 병을 고칠 영약을 가져왔다고 말하면서 내일부터 치료하겠다고 한다.

큰언니인 천상금은 병든 아버지와 늙은 어머니를 대신하여 정무를 보고 있었다. 천상금은 다시 만난 석금에 대해서는 냉소적이며 좀더 철이 들었다고 생각하고, 바리에게는 떠날 때 보이지 않던 그늘을 지니고 있음을 느낀다. 또 천상금은 바리에 대해 인생의 어두운 면을 알아 버린, 미지의 힘을 감추어 놓은 낯선 사람으로 느꼈으며, 또 그림자를 지닌 인간으로 느끼게 된다.

천상금은 여덟 번째 딸로 태어난 미금을 무질서해지는 불라국을 회생시키려는 착상에서 태어난 '호문쿨루스'라고 본다. 그러나 미금의 갸냘픈 날개로는 불라국을 살려낼 도리가 없을 뿐만 아니라 미금이때문에 어머니가 갑자기 늙고 아버지의 병환도 더 깊어졌다고 얘기한다. 이에 비해 바리는 미금을 무너져가는 세계에 대한 중압감을 느끼지 않는, 그늘 없는 새로운 인간이라고 평가한다. 석금과 바리가 함께 들어간 궁전은 석금에게는 익숙한 곳이나, 바리에게는 사흘밖에 머물지 못했던 낯선 곳이었다. 바리는 그날 밤 아버지를 치료하고 떠나려 하고, 반면에 석금은 바리와 동행하지 않고 불라국에 다시 남으려고 한다. 이미 일곱 번째 딸이라 버려졌던 궁전에서의 첫 떠남에 이어 2차 여행에서 두 자매는 약藥을 구했으나, 3차 여행에서는 석금은 궁에 머무르고 바리만 홀로 떠나게 된다.

바리는 자신의 손목과 아버지의 손목을 서로 잘라 맞대어 아버지의 병든 피를 자신의 몸으로 넘겨 받아 아버지 병을 사라지게 한다. 또 바리는 어머니에게 자신이 할 수 있는 일은 아버지의 몸 속에 있는 나쁜 피를 흘려 보내 버리는 것뿐이고, 그 나쁜 피가 다시 어느 곳으로 가서 자리 잡을지는 모른다고 한다. 또 버려진 일곱 번째 딸인 바리는 아버지를 위한 구약 여행에서 불로불사의 비밀을 깨달았고, 죄를 짓는 불라국 인간들의 죄악에 대해서는 탄식한다.

　한편 석금은 노스승인 한림학사를 만나 그간의 고통을 이야기한다. 이때 그녀는 신들이 어느 것 하나도 공짜로 내주는 것이 없었으며, 악한 일 하나가 행해지고 난 후에야, 선한 일 하나를 지상에 허락하는 것을 깨달았다고 한다. 또 석금은 바리가 해낸 일은 동대산 동대천의 동수자를 만나 삼년을 살면서 세 아이를 낳고 제웅 세 개를 만들어 차례로 망가뜨려 제물로 바치는 일이었다고 한다. 석금이 밝히는 또 하나 일은 도저히 두 사람으로는 경작할 수 없는 밭 갈기, 한 사람의 두뇌로써는 수용할 수 없는 많은 정보를 수용하는 일이었다고 한다. 또 그녀는 그러한 시련을 바리 혼자서 받아들여 아무 매개도 없이 0을 1로 바꾸고 1을 0으로 바꾸는 일이었다고 한다. 그곳에서 견디지 못한 자신과 바리는 서천서역국에서 도망쳐 나왔으나, 부끄러움과 시험에 통과하지 못한 죄의 대가를 바리는 견뎌냈다고 한다. 결국 자신과 바리는 패배한 영웅이었고 아무도 모르게 여생을 살아가야 하는 이방인이었다고 한다. 이런 내용들은 모두 석금이 노스승에게 이야기하는 중 바리가 서천서역국에서 불라국과 아버지를 구하기 위해서 치렀던 희생이라 하면서 밝혀진다.

　새벽이 되자 바리는 여장을 챙겨 떠나려는데 순간 동생 미금이 동행하려고 한다. 이때 바리는 병을 옮겨 버리기만 하는 것이 아니라 진정으로 치유할 수 있는 방법을 찾아 떠난다고 밝힌다. 그러면서 자신과 동행하면 미금의 빛과 새로움이 퇴색해 버릴 것이라고 하며 영원한 희망으로 살기를 바란다고 말한다. 그러나 미금은 삶이 없는 희망, 삶이 없는 새로움이 무의미하다고 하면서 더 큰 불안과 실망, 더 큰 성공과 실패를 향해 같이 떠나자고 한다.

아마 네가 지금 그 상태로 혼을 갖는다면, 새로운 세계가 탄생할 게다. 내가 갈 길은 너와 다르단다. 나는 이제 내가 저지를 수밖에 없었던 잘못을 바로잡으러 떠나야 해. 단지 병을 옮겨 버리기만 하는 것이 아니라 진짜로 치유할 수 있는 방법을 찾는 것이 내 희망이란다. 너처럼 완전히 새로운 존재, 죄가 없는 존재를 어떻게 내가 도울 수 있겠니? 내가 길에서 본 것은 환멸뿐이었다. 이곳에서 찾을 수 없는 것을 다른 곳에서 찾을 수 있을 거라고 생각하지 말아라.

(송경아, 「바리-돌아오다」,[8] 212쪽)

이처럼 「바리-돌아오다」는 바리가 아버지의 병을 고친 것에서 끝나지 않고, 진정으로 자신의 잘못을 찾고 바로잡아 참된 치유의 방법을 또다시 찾아가는 바리의 모습까지 그려져 있다. 그리고 구약 여행의 과정에서 여섯 번째 딸인 석금과 바리가 힘든 여정을 함께 떠나는 자매애로 보이면서 아버지의 치유까지 보여준다. 그러나 진정한 치유책을 찾아 떠날 때인 3차 여행은 바리 혼자 떠난다. 여덟 번째 딸인 미금은 새롭게 창조된 인물로 '마음'(mind)과 '정신'(spirit)은 가지고 있으나 '혼'(soul)이 없는 '호문쿨루스'라는 '인조 인간'으로 탄생했다. 미금은 바리와의 동행을 통해 진부함, 고통이 있는 삶, 날개가 꺾이는 두려움을 선택하는 인물로 거듭난다. 이처럼 송경아의 소설 「바리-돌아오다」에서는 바리의 삶과 고통을 중심으로 치병에서 그치는 것이 아니라, 잘못된 세계 인식까지 치유하며, 진정한 세계에 대한 갈망을 그리고 있다. 큰언니 천상금의 정무, 2차 구약 여행길을 떠나는 자매애의 구현, 진정한 치유를 갈망하는 바리의 다시 떠나기 등 여성의 삶의 변화를 세 측면에서 보여주고 있다.

송경아의 「바리」 3부작은 기존의 서사무가 바리공주에서의 바리의 어머니, 동수자, 아버지의 치병의 기본 구조는 차용하고 있다. 그러나 송경아의

「바리」에서는 어머니의 인류학적 모성으로의 변환, 동수자의 정체성 찾기, 호문쿨루스라는 인조 인간의 탄생과 새로운 세계에 대한 갈망 등으로 확대 재해석하는 부분을 보여주었다.

다시 말해 송경아는 「바리-불꽃」에서 바리를 인류학적 생명 탄생과 생사의 균형에 대한 우주적 희생양으로 확대 설정하고 있다. 또 「바리-동수자」에서 동수자는 아들 낳기에 동참하는 남자일 뿐만 아니라 지혜를 터득하는 이야기의 주인공이자 유토피아에 대한 도전자로 그리며, 「바리-돌아오다」에서는 바리가 아버지의 병 치유만이 아닌 진정한 세계에 대한 고뇌까지 표출하고 있다. 아울러 송경아는 인도 신화와 성경 신화까지 접목시킴으로써, 보편적 사유 체계인 인류학과 신화적 사유까지 끌어들여 한국의 서사무가를 재창작하고 있다.

이처럼 송경아의 「바리」 3부작은 여성을 생사의 균형자이자 새로운 세계를 갈망하는 도전자로 재해석하고 있어, 한마디로 신화적 페미니즘이 구현된 소설이라 평가할 수 있다.

2) 세상의 황폐와 이중 희생양, 광명의 세상 찾기
  — 장진영의 희곡 「바리데기」(1999)

여성작가 장진영의 희곡 「바리데기」[9]는 서사무가 〈바리공주〉를 희곡 장르로 새롭게 쓰고 있다. 이 희곡은 '프롤로그', '에필로그' 외 13장으로 구성된 작품이다. 오구대왕이 '오구 가면놀이'를 통해 저승신이 되려는 오만한 욕구, 버려진 바리가 '남덕'으로 살다가 자기를 확인해가는 과정, 바리의 축귀逐鬼 능력, 세상의 황폐가 치유되는 근거로써 오구와 바리가 이중 희생양이 되는 이야기 등이 펼쳐지고 있다.

이 작품은 '궁', '감옥', '별궁', '신전', '독방' 등 장소 중심으로 나누어 보면 다음과 같다. 총 13장에서 1장은 궁, 2·4·6·10장은 감옥, 3·5·7·11장은 별궁, 8·13장은 신전, 9장은 독방, 12장은 감옥과 신전이 극중 장소가 되면서 이야기가 펼쳐진다. 그리고 이 중에서 감옥 장면은 여자나 남자로 나오는 죄수가 옥중에서 바리와 무장승 등으로 역할을 바꾸어 연극을 벌이는 극중극이 겹쳐 있다. 이 작품의 서사의 특징은 세 부분으로 나눌 수 있다. 첫째는 오구대왕의 서사, 둘째는 길대부인의 서사, 셋째는 바리의 서사이다.

(1) 오구대왕의 서사 – 통치자의 오만과 생명 유희 그리고 자결

오구대왕의 서사는 주로 '궁과 신전', 잠시 간수로 변장한 '감옥'에서 펼쳐지며, 주로 1, 8, 12, 13장이 연결된다.

먼저 오구대왕은 세상이 황폐하게 된 것은 하늘이 배반했기 때문이라며, 인간인 왕으로서 받아들일 수 없다 한다. 그 결과 온 나라를 전염병이 휩쓸어갔고, 오구는 자신의 일곱째 딸을 버리면서 세상의 악귀를 쫓는다는 명분 아래 저승놀이를 관장한다. 이때의 오구는 악귀 쫓기 놀이를 장악하며 백성들을 위협하고, 무당들과 제휴하여 온 나라를 장악하려는 의지를 갖고 있다.

제1장에서 저승신의 자리에 오른다는 오구대왕과 왕비 길대부인에게 들린 악귀를 쫓아내는 남덕=바리가 등장한다. 오구는 바리를 악귀로 몰아부친다. 한편 왕비는 자신이 병이 든 것은 자신이 버린 일곱째 딸 바리에 대한 죄책감 때문이라 한다. 특히 이 부분은 궁중 제사장이었던 노인에 의해 바리가 버림받았던 당시 온 나라가 전염병으로 휩쓸던 사정에서 드러난다.

노인 여러분들도 알지 않소. 오구대왕이 일곱째 딸 바리공주를 버리자, 전염병이 온 나라를 휩쓸었소. 백성들이 다 들고 일어났지. 하늘이 오구대왕을

버렸다고 말이요. 그때였소. 오구문에서 죽거나, 오구가면만 쓰고 죽으면 누구든 다 좋은 데로 간다면서 오구문을 세운 게 그때였소. 전염병으로 이미 죽은 자들은 오구가 다 좋은 데로 인도해 준다고도 했소. 참 기막힌 생각이었소. 운도 따랐구. 희한하게 그 뒤에 전염병이 잡혔으니까 말이요. 백성들은 이내 잠잠해졌고, 나중에는 오구를 숭배까지 했소. 제 딸 버린 죄를 그렇게 이용한 게 저승문이고 오구가면이오.

(장진영, 「바리데기」,[10] 27-28쪽)

제2장에서 백성들은 오구대왕이 사후를 생각해 주는 왕이라고 착각하고 있고, 오구대왕은 오구 가면놀이로 생명 유희를 즐기는 자로 등장한다. 그런 내용들에 대해 궁중 제사장이던 노인은 백성들의 잘못된 생각을 지적하고, 오구가 일곱째 딸 바리공주를 산 채로 버린 사실을 폭로한다.

이어 제8장에서 오구대왕은 자신이 바로 저승신이라 자처하며, 북소리로 악귀 들린 길대왕비의 병을 치유하려 든다.

또 제12장에서 오구대왕은 가면을 쓴 채 춤을 추다가 가면을 벗고 바리를 찾고, 길대왕비 또한 바리를 찾는다.

제13장에서 오구문·저승문을 외치며 무당들은 춤을 추고 오구대왕을 위한 찬양을 베푼다. 무당들은 오구의 뜻에 따르고 오구는 저승문을 막고 있는 악귀를 퇴치하려고 바리를 귀신이라고 지적한다. 그러나 이때 바리는 저승을 가지고 장난치는 오구의 잘못을 지적한다. 그렇지만 오구는 바리를 악귀라 하며 목을 치려 하고, 길대왕비는 바리가 바로 우리의 딸이라고 막아서며, 오구의 칼날을 대신 맞고 죽는다. 그 이후 무당과 시종들은 오구에게 바리공주를 받아들여 왕비의 죽음을 헛되이 하지 말라고 한다. 이때 바리는 칼을 든 오구를 아버지라고 부르고, 오구는 모든 것을 다 버린 네 손으로 날 죽

여달라고 하면서 스스로 자신의 목을 조르게 된다.

이상 1, 2, 8, 12, 13장에서 볼 수 있듯이 오구대왕은 하늘이 배반한 나라를 휩쓴 전염병과 악귀들린 길대를 위해 저승신을 관장하는 놀이의 주재자로 행세하면서 무당들과 제휴한다. 그리고 오구대왕 자신의 책임은 감당하지 않고 끝까지 바리를 악귀로 몰아붙인다. 최후의 대결점에 왕비 길대가 바리를 지키다 대신 죽게 되고, 그러는 순간 바리가 아버지를 부르게 되고 오구 자신도 자결하게 된다.

이처럼 오구대왕은 세상의 한 통치자로 하늘의 뜻이 자기를 배반했다고 하면서 인간 세상뿐만 아니라 저승까지 마음대로 권력과 생명 유희로 장악하려고 했다. 그러나 그는 자결하게 되고 순수한 축귀逐鬼의 주재자 바리로 인해 마지막 순간 화해를 받고 그의 혼은 인도된다.

장진영은 「바리데기」에서 오구대왕을 악덕 통치자이자 오만한 통치자의 전형이면서 세상을 전횡하는 자로 설정하고 그를 통해 세속 권력을 상징화하여 보여주고 있다. 또 장진영은 아버지의 개인적 질병인 오만병으로 인해 전염병이 만연하는 상황뿐만 아니라, 사회적·국가적 질병 차원으로 병을 확장시켜 보여주고 있다. 이를 통해 보면 이 희곡은 희생양 바리를 등장시켜 육친과의 화해를 통해 세상에 광명을 가져오는 것으로 묘사하여 이중적 질병과 이중적 치유 세계를 보여주고 있다.

(2) 길대부인의 서사
    - 기아의 죄책감으로 인한 정신병, 바리를 위한 대속적 죽음
장진영의 희곡 「바리데기」에서 길대부인의 서사는 주로 '별궁 장면' 인 3, 5, 7, 11장과 '신전 장면' 인 13장에서 오구대왕과 마지막 대결을 벌이다 죽게 되는 장면에서 펼쳐진다.

제3장에서 왕비인 길대는 궁 밖에서 들려오는 북소리를 바리와 자신을 잡아먹으려는 소리로 여기면서, 이는 황천강을 못 건너는 바리 때문이라며 가슴 아파한다. 제5장에서 왕비 길대는 바리=남덕의 풀피리 소리에 의해 평온을 되찾으면서, 자신들이 죽인 딸 바리에 대한 죄책감과 그리움으로 슬퍼하나, 남덕 바리가 자신이 버린 딸임을 알아채지 못한다.

이어 제7장에서 왕비 길대는 버린 딸 바리의 천도를 위해 오구대왕에게 배냇저고리에 맞는 꼭두 하나를 만들어 달라고 요구한다. 이때 오구대왕은 흉흉한 민심을 무마하기 위해 바리를 악귀로 이용할 것임을 밝힌다. 그러면서도 오구대왕은 쓰러지는 왕비 길대가 남덕을 부르고 남덕의 풀피리로 안정을 찾는 모습을 보고 두려움을 느낀다.

또 제11장에서 왕비 길대와 남덕=바리에 의해 펼쳐지는 저승놀이는 바로 길대가 여섯 딸들과 어린 시절에 놀았던 놀이로 밝혀진다. 길대는 오구대왕이 여섯 딸들을 모두 촌놈 잡부에게 시집보낸 것을 한탄하면서 바리에게는 어머니라고 불러 달라고 한다. 길대는 바리에게 새 옷을 갈아입히려고 죄수복을 벗기다가 바리의 등에 있는 북두칠성을 발견하고는 남덕이 자신의 딸, 바리라고 믿는다.

제13장 오구문·저승문에서는 오구대왕을 위한 찬양이 베풀어진다. 오구는 저승문을 막고 있는 악귀를 퇴치하려고 바리를 귀신으로 지적한다. 이때 바리는 저승을 가지고 노는 오구의 잘못을 지적한다. 그러나 오구는 바리를 악귀라고 하며 목을 치려 하고, 왕비 길대는 바리가 바로 우리의 딸이라고 막아 서고 있고 또 바리는 오구대왕을 악귀라고 지적한다. 이때 왕비 길대는 오구가 휘두르는 칼날을 대신 맞고 죽게 된다. 이처럼 길대부인은 딸을 버린 어머니로서 끝까지 자신의 죄값을 하려고 애쓰는 인물이다.

이 작품에서 길대는 딸 바리를 버린 죄책감으로 악귀가 붙게 되어, 어떤 축귀 노력에도 병은 치유되지 않는다. 그러나 남덕=바리가 등장하면서 그녀의 악귀가 물러가고, 죽은 딸이라 알고 있는 바리를 위해 천도제를 실행한다. 또 길대부인은 우여곡절 끝에 남덕이 바로 자신들이 버린 딸임을 알게되면서 오만한 왕 오구와 맞서 딸을 지켜내며, 그러다 죽음을 맞이한다. 길대에게 깃든 악귀를 쫓는 바리의 축귀 능력에서 볼 수 있듯이 바리는 개인의 치병 능력까지 갖고 어머니 치유자로 등장하지만 길대부인은 기아의 죄책감으로 인해 정신병에 걸리고, 바리를 위한 대속적 죽음을 맞이하는 것이다.

(3) 바리의 서사 – 축귀逐鬼의 소유자와 천도遷度의 능력

장진영의 희곡에서 바리의 서사는 '프롤로그와 별궁' 등에서 펼쳐지는 바리=남덕의 이야기와 '감옥 공간'에서 여자가 바리 역할을 맡아 보여주는 장면으로 나누어 살펴볼 수 있다.

가) 바리=남덕의 이야기

바리=남덕의 서사는 프롤로그에서 백성들의 입을 통해 그의 축귀 능력이 드러나고, 길대부인과 만나는 장면은 '별궁' 3·5·7·11장에서, 마지막 오구대왕과의 대결은 '신전' 13장에서 화해 후 죽음으로 끝나는 장면으로 펼쳐진다.

제5장에서 왕비 길대는 바리=남덕의 풀피리 소리에 의해 평온을 되찾으면서, 자신이 버린 딸 바리에 대한 죄책감과 그리움으로 슬퍼한다. 여기서 왕비 길대는 남덕이 자신이 버린 딸 바리임을 알아보지 못한다. 또 제7장에서 오구대왕은 쓰러지는 왕비 길대가 남덕을 부르고 남덕의 풀피리로 안정을 찾는 모습을 보며 두려움을 느낀다. 계속해서 바리=남덕은 축귀의 치유자로 등장하고 있다.

이어 제13장에서는 오구문·저승문을 외치며 무당들이 춤을 추고 오구대왕을 위한 찬양이 베풀어진다. 오구는 저승문을 막고 있는 악귀를 퇴치하려고 바리를 귀신으로 지적한다. 그러나 바리는 저승을 가지고 노는 오구의 잘못을 지적한다. 또 백성들에게 이승에서의 삶과 저승에서의 삶은 같으니, 죽어서 좋은 데로 가고 싶다면 살아 생전에 사람답게 살라고 하면서 자신은 악귀가 아니라고 외친다. 그러나 오구는 바리를 악귀라고 하며 목을 치려 하고, 왕비 길대는 바리는 우리의 딸이라고 막아 서고, 또 바리는 오구대왕을 악귀라고 지적한다. 이때 왕비 길대는 오구의 칼날을 대신 맞고 죽게 된다. 바리 역시 칼을 든 오구를 아버지라고 부르고, 오구는 모든 것을 다 버린 네 손으로 날 죽여 달라고 하면서 스스로 자신의 목을 조른다. 이때 바리는 혼령을 향한 자장가를 부른다.

바리 남덕은 어머니 길대가 자기 자신을 지켜 주다 죽게 되고 바리 역시 아버지라 처음 불러 보며 아버지 오구와 화해를 요청한다. 이러한 극치점에 오구는 자결로 삶을 마감하고 바리=남덕 역시 피살된다.

나) 여자 죄인과 바리 이중 역할 이야기

장진영의 희곡에서 여자 죄인과 극중극의 바리의 이중 이야기는 주로 '감옥 장면', 2·4·6·10·12장에서 펼쳐진다. 특히 감옥 장면에서 원의 안과 밖을 각각 이승과 저승으로 설정하여 감옥의 현실과 이승과 저승의 현실이 자주 교차되면서, 얽히고설킨 인생사나 저승사, 천도제 등이 마구 혼재되어 그려진다. 여기서 비밀들이 암시되어 드러나고 하나하나 사건이 풀려 나가게 된다.

제4장은 남자 죄수와 여자 죄수가 극중극으로 무장승과 바리의 역할을 하면서 대결하거나 타협하는 장면이 나올 때는 원 안을 저승, 원 밖을 이승으

로 구분하여 이야기가 펼쳐지고 있다. 무장승은 원 안에 들어가 저승의 존재가 되고 바리는 원 바깥에 있는 이승의 존재가 된다. 또 바리는 무장승의 저승 세계로 들어가기 위해 삼년 동안 나무하고 삼년 동안 밥하고 그러는 동안 아들 일곱까지 낳아 줘야 한다는 여러 조건을 수락한다. 이때 바리는 부모에게 버림받은 것을 환기시키며, 자신을 바리떼기라고 부르는 무장승에게 자기 이름은 남덕이라고 주장하면서, 감옥에서 악귀를 쫓고 죽어가는 사람을 살려내는 능력을 보인다.

제6장 감옥 장면에서 바리는 일곱 번째 아이 '칠남'을 낳는데, 나와야 할 아이 칠남은 무서워서 세상에 못 나오겠다고 바리의 몸 속으로 다시 들어가나, 산통을 치른 후 세상 밖으로 나온다. 이때 바리는 칠남의 얼굴에서 할미의 얼굴을 겹쳐 본다. 칠대 독자 대가집에서 일곱 번째 딸로 태어나 버려져서 삼칠일도 못 되어 죽은 후 밤마다 어머니를 불러대는 '여자1'이 바리에게 도움을 청한다. 여자1의 양상은 바리가 왕비 길대에 의해 버려진 일과 유사하다.

제9장에서 무장승과 바리의 대화로 무장승은 바리공주가 바로 남덕의 모습이라고 알려준다. 남덕은 감옥에서라도 오구대왕과 왕비 길대와 함께 단 하루만이라도 살아보고 싶다고 한다.

바리 우여! 슬프다. 삼칠일도 못 다 살고 숨을 거둔 우리 아가. 어디 어디 갔었더냐 어찌어찌 지냈더냐. 북망산엔 올랐더냐 황천강은 건넜더냐. 엄동설한 눈서리에 입을 옷은 있었더냐. 삼복 더위 한여름에 마실 물은 있었더냐. 우여! 슬프다. 삼칠일도 못 다 살고 숨을 거둔 우리 아가. 엄마 얼굴 어찌 알고 밤마다 찾아왔냐. 어미 젖을 못 다먹어 깃털보다 가볍더냐. 깃털조차 떠 있는 물 황천강을 못 건느고, 발목에도 안 차는 물 코가 잠겨 숨 못 쉬고,

무슨 할 말 아직 남아 고사리손 흔드느냐. 가슴 속에 쌓지 말고 속시원히 말하려므나. 속 시원히 말을 해.

여자1 아가 아가. 우리 아가. 나 죽어서 네가 살면 이 자리서 칼 물겠다. 아가 아가. 우리 아가.

(장진영, 「바리데기」, 56쪽)

제10장에서 '여자1' 은 짚으로 만든 아이 인형에게 속저고리를 벗어 입히고 노인의 옷을 덧입히고 제사상을 차린다. 바리는 죽은 어린 영혼을 위해 가슴 아픈 천도제를 지낸다. 이 장면은 서사무가 바리공주에서 죽은 사람의 혼령을 저승으로 천도하는 진오귀굿이나 오구굿 등의 사령제 무의가 구현되듯이, 바리공주가 무속 신화로써 의미가 그대로 살아 있는 대목이다. 장진영의 희곡에서 바리는 여자1을 통해 죽은 딸의 혼령을 불러내어 위로하고 황천길로 배를 태워 보낸다. 또 바리는 딸의 말을 대신하기도 하고 저승 인도자의 역할도 한다. 이때 노인이 남덕을 보고 '바리공주님!' 이라고 외치면서 오구대왕이 마음대로 지어낸 저승을 바로잡을 사람은 공주님밖에 없다고 말한다. 간수로 변장하여 감옥에 들어온 오구대왕은 바리공주를 강물에 띄우고 스스로 자결한 사람이라 밝힌 궁중 제사장이었던 노인의 목을 졸라 죽인다.

제12장은 '신전과 감옥이 공존하는 장면' 으로 오구대왕은 가면을 쓴 채 춤을 추다가 가면을 벗고 바리를 찾고, 왕비 길대 또한 바리를 찾는다. 무장승의 품에 안긴 아들 칠남이는 바리를 부르는데, 이때 왕비 길대가 바리를 부르는 소리가 겹쳐진다. 또 무장승은 바리에게 인간이기에 저승에서 뛰어나와 어린 칠남이를 떼어 놓고 원수를 갚겠다고 했으니, 제발 모든 것을 품으라고 충고한다.

'에필로그'는 '남자 1, 2'의 대사를 통해 죽은 바리 덕분에 세상이 봄날이 온 것 같다고 편안함과 기쁨을 말하고, 오구 가면의 허실을 말하면서 삶은 봄날처럼 정상적으로 잘 돌아가겠다는 희망으로 맺는다. "이러고 있으니 바리 끌어안고 있던 오구 생각이 다 나네. 이놈아. 네 생각은 어떠냐? 오구도 그때, 햇살이 따뜻했을까? 죽은 바리 덕분에 세상이 갑자기 봄날이 온 것 같은데, 오구도 그걸 알고 죽었을까? (사이. 눈물을 쓱 닦으며) 잘 자라, 이놈아. 그래도 모든 게 다 봄날이 된 세상 보고 자니 좋은 꿈은 꾸겠다. 그놈의 햇살 참 좋다. 정말 따스해. -막"(83쪽) 결국 백성들에 의해 바리의 죽음이 헛되지 않았음이 설파되며 세상에 광명이 찾아왔음을 노래한다.

어떤 면에서 장진영의 희곡 「바리데기」는 소포클레스의 「오이디푸스왕」에서 온 세상에 전염병이 만연하게 되자, 그 원인을 찾아 그 죄를 색출하면서, 즉 '오이디푸스'와 '이오카스테'가 제물이 된 후 세상에 평안이 찾아오는 구조와 비슷한 면도 있다.

이상과 같이 장진영의 「바리데기」는 하늘의 배반으로 온 나라가 전염병에 휩쓸리고, 결국 길대부인, 바리, 오구대왕이 모두 제물이 되면서 세상에 광명이 찾아오는 구조로 되어 있고, 궁극적인 세상 치유의 대속자로 바리를 설정하고 있다. 바리가 생명수로 아버지를 되살린다는 협소한 의미의 구원에서 벗어나, 세상을 구하는 광대한 의미를 포함한 희생양으로 설정되어 있다. 이는 여성작가의 세상을 향한 자의식이 반영된 측면이 있다. 오만한 왕 오구와 바리의 대결, 오구와 화해한 후 여러 사람의 죽음을 통해 세상이 광명을 맞이하는 것으로 설정하고 있는 것이다. 감옥 장면의 무장승과 바리가 등장하는 극중극에서는 밥을 해 주고 빨래를 해 주고 아들 일곱을 낳는 장면은 서사무가의 내용을 그대로 차용하는 면도 있다. 그렇지만 장진영은 이 작품에서 구조적으로 세상을 읽고 병든 세상과 악귀로 덧씌워진 인간에 대해 통치자 측과 치유자 측으로 대립시켜 아버지 오구와 딸 바리의 극심한 갈등 구조를 통해 보여주고 있다. 또한 궁극적으로 세상 구원을 향한 이중의 희생양이라는 비극 구조로 펼쳐 보이면서도 광명의 세상에 대한 바람으로 그리고 있다.

3) 생명수 구하기와 사랑의 힘 – 김선우의 동화 『바리공주』(2003)

여성작가 김선우는 서사무가 〈바리공주〉를 동화 『바리공주』[11]로 새롭게 쓰고 있다. 이 동화에서 인물은 '오구대왕', '길대부인', '바리공주', '무장승' 등이 등장한다. 작품의 배경은 불나국과 수미산, 서천서역국이다. 특히 수미산은 불나국의 국경에 있는 산으로 국경 너머 서천서역국으로 가는 길에 있고, 불나국 사람들이 범할 수 없는 영산이다. 또 서천서역국은 크기를 셈할 수 없는 광대한 나라이고 그곳에 갔다가 돌아오는 이가 없는 미지의 나라로 설정되어 있다.

김선우의 동화 『바리공주』는 서사무가 바리공주의 서사 구조를 충실히 반영하고 있다. 결말 부분에서 일설에 딸을 더 낳았다는 것을 집어 넣어, 현사회적 상황을 비판하여 덧붙이고 있는 면도 있으나, 이 동화는 특히 문체와 시적 묘사가 뛰어나게 재창작하고 있다.

이 작품을 크게 오구대왕과 길대부인의 이야기, 바리공주와 무장승의 이야기로 나누어 살펴보자.

(1) 오구대왕과 길대부인 이야기 – 여성 수난과 여성 희생의 장본인

김선우의 동화 『바리공주』에서 바리공주의 부모 오구대왕과 길대부인의 이야기는 일곱째 딸의 기아, 오구의 병듦과 약수 탐색 명령, 오구의 사죄 등으로 나누어 살펴볼 수 있다.

가) 일곱째 딸의 기아

먼저 오구대왕은 일곱째 딸인 핏덩이 바리를 버리라는 명령을 내린다. 길대부인의 부탁으로 버리는 아이 이름은 바리공주라 지어준다. 그러나 오구대왕도 첫 공주를 출산했을 때는 기뻐하여 전교를 내리고 자식 사랑이 각별했었다. 첫 아이를 낳은 후 이삼년 터울로 둘째, 셋째 아기까지 공주를 낳고 길대부인은 심사가 위태로와졌고, 오구대왕 역시 자식에 대한 애정이 차차 줄어든다. 넷째 공주를 낳은 후 길대부인은 아들을 잘 낳는 젊은 부인을 들이라고 왕에게 청하나 오구는 거절하고 정실부인에게 계속 아들 낳기를 바란다. 길대부인은 다섯째, 여섯째를 낳은 후 자진하고자 했다. 왕은 일곱째 아이를 위해 불나국 전역에 아들 낳는 치성을 드리라 한다. 길대부인의 꿈에 태기가 비치고 몽사를 말하지만 그렇게 태어난 아이가 버려질 운명을 지닌 바리공주였음이 길게 밝혀진다.

강보에 싸인 바리공주는 어미의 마지막 젖을 먹고, 옥장이가 만든, 불나국 바리공주라 새긴 옥함에 넣어진다. 옥함에는 무명지를 끊은 선혈로 아기의 생월생시를 새기고, 옷·노리개·패물 등도 채워 넣어주며, 부인은 아기에게 어미를 용서하지 말라고 독백한다.

이로 인해 길대부인은 여식으로 태어나 버려져야 하는 아기 영혼의 주검을 가슴에 묻고 양지바른 땅에 묻을 것이라며 실성한다. 오구대왕의 정사에 따라 수행 대신은 서해 바닷가의 용왕께 바리를 진상하라는 명을 갖고 온다. 그러나 부인이 공주의 몸에 손끝도 대지 못하게 하며, 노상궁에게 따로 지시해서 바리공주가 살아 있게 해야 한다고 애원한다.

노상궁 일행은 수미산을 향해 아기를 데리고 길을 나선다. 길대부인이 아기를 굳이 수미산에 버리라고 명령한 것은 백일기도를 모신 사찰이 있고, 불나국의 국경에 있는 산이며, 국경 너머 서천서역국으로 가는 길에 있기 때문이었다. 노상궁은 아기가 담겨 있는 옥함을 안고 산 중에 들어가 수미산에 사는 야인들에게 발견되기를 바라며, 흰 약초 꽃밭을 찾아 옥함을 내려놓는다. 김선우의 동화에서 딸 바리공주의 기아 부분은 원 서사무가 바리공주 서사가 그대로 차용되고 있다.

나) 오구의 병듦과 약수 탐색 명령, 오구의 사죄

그 후 15년이 지났다. 그러나 오구대왕은 일곱 번째 아이를 버린 후 아프기 시작하더니 폐인이 되어 가고 불나국 전역의 민생도 피폐해져 간다. 헌신적이던 길대부인 역시 여섯 공주만 길러내고 혼인시켰을 뿐 세상사에 관여하지 않고 수척해져 가고, 매사에 의욕이 없이 살아간다. 오구대왕은 자신의 병을 치유할 수 있는 약이 자신이 버린 딸이 구해 온 약수여야 한다는 말에 버린 바리공주가 살았는지 죽었는지, 살았다면 무슨 면목으로 약물을 구해 오라고 하느냐며 한탄한다. 그리하여 나머지 자식들인 여섯 딸과 여섯 사위를 불러 서천서역국으로 가 줄 것을 요청하나 여섯 딸 모두는 갈 수 없다고 거절한다.

길대부인 역시 꿈 얘기를 하며 15년 전 대왕의 명을 어기고 수미산 골짜기에 핏덩어리 공주를 버렸으니 수미산 근처에서 찾아보라는 말을 하고, 무인들과 대신들이 수미산을 향해 떠난다. 궁에서 나온 사람들을 통해 부모가 찾는다는 말에 바리공주는 할미와 할아비가 부모라며 거부하지만 자신을 버린 아버님의 피를 받아오라 한다.

내가 지닌 표적과 불나국 양 마마의 표적이 같다고는 하여도 나는 하도 어릴적

갓낳은 핏덩이일 때 버려졌으니 그 표적은 내 것이 아닐지도 모르오. 궁으로 돌아가서 나를 버리신 아버님의 피를 받아오시오. 정녕 합혈하는지 내 확인한 연후에 그분의 자식인지 아닌지 판단할 바요.

(김선우, 『바리공주』,[12] 84쪽)

바리공주는 궁으로 보낸 파발이 오구대왕의 단지혈을 받아와 자신의 핏방울과 합해 보니 합쳐지고, 자신을 낳으신 부모가 찾는다 하니 한 번은 뵈어야 한다며 할미에게 다시 돌아온다고 말하고 궁으로 향한다.

오구대왕은 자신을 찾아온 바리공주에게 사죄를 한다. 늙고 병든 아버지나 아버지에 대한 원망을 품고 살아온 자신 모두가 가여워서, 바리공주는 서천서역국으로 생명수를 구하러 가는 일을 자청한다.

단지 딸이라는 이유로 바리를 버린 부모, 아버지 오구, 어쩔 수 없어 그것을 따랐던 어머니 길대, 그들은 가부장 시대의 여성 차별을 두드러지게 보여준 사건으로 그려지고 있다. 오구는 병들어 죽어갈 때 자신이 버린 딸이 떠온 약수만이 생명을 구할 수 있다는 말을 듣고 그 딸을 찾아오라고 명령한다. 이런 면에서 보면 오구는 여성을 수난과 희생의 전형으로 만든 장본인이라는 면이 역력히 드러난다.

김선우의 동화 『바리공주』에서 아버지 오구는 딸을 버린 죄로 인하여 병이 들었고, 병을 치유하고자 약수 탐색을 위한 수소문을 하고, 결국 자신을 찾아온 바리에게 사죄를 한다. 이 역시 김선우가 동화에서 서사무가 바리공주를 그대로 차용한 부분이다.

(2) 바리공주와 무장승 이야기 – 아버지 치병을 위한 진정한 사랑의 힘

김선우의 동화에서 부모에 의해 버려진 딸 바리공주, 그리고 무장승의 이

야기를 살펴보자. 주된 이야기는 '비럭공덕할멈과 할아범'의 활인 공덕, 바리의 실존에 대한 의문, 아버지 치병을 위한 생명수 구하기, 무장승과 만나 결혼하여 사랑의 치유자로서 생명수 구하기와 아버지 살리기, 만신의 '인로왕' 되기 등이다.

가) 비럭공덕할멈과 할아범의 활인 공덕과 바리의 실존에 대한 의문

버려졌던 바리공주는 사시사철 눈이 내리는 수미산에서 비럭공덕할멈·할아범과 산 지 벌써 20년이 되어 가며, 그 내력이 밝혀진다. 비럭공덕할멈과 할아범은 아기 울음 소리를 듣고, 버려진 아이를 데려다가 기르는 것이 제일 중요한 공덕이라는 목소리를 듣게 된다. 비럭공덕할멈 내외는 자신들이 바리데기를 키운 지 7년이 지나 여든을 바라보는 나이가 되었을 때, 생명의 비밀을 알려준다. 그들은 7년 전을 생각하며, 굴 입구에 잇닿은 처마 밑에서 옥함을 꺼내 보여주었는데, 거기에는 불나국 바리공주라 씌어 있었다고 한다. 또 그들은 처음 옥함을 발견했을 때 왕거미·불개미·구렁배암에 둘러싸여 울지도 못하고 있던 아이를 계곡에서 씻기는데 흰 꽃잎들이 떠내려왔다고 말해 준다.

그 후 유난히 꽃을 좋아하는 아이 바리공주는 가끔 부모에 대한 궁금증을 내비친다. 총명하게 자란 바리공주는 5살 때 불경을 보며, 혼자서 글을 깨우쳐 간다. 바리가 자신의 부모에 대해 묻자 할멈은 하늘·땅이 네 부모라 하며, 전라도 왕대가 아버지고 뒷동산 머구나무가 어머니라고 말해 준다.

시간이 지나면서 바리공주는 처녀티를 내기 시작하고, 초적 소리는 끊이질 않고, 비럭공덕할아범을 통해 약초에 대한 지식도 많이 알게 된다. 또 바리는 산의 모든 것과 말이 통하게 되는데 꽃이 비치는 처녀가 되고 속이 뜨거워진 14세가 되면서 자신이 불나국의 공주임을 알게 된다.

불나국의 공주라 했다. 딸아이로 태어났기에 버려졌다 했다. 버려진 아기라서 바리공주라 했다. 바리공주가 고개를 세차게 흔들며 두 손을 깍지 끼고 무릎을 모았다. 흰 비단에 쓰여진 글씨는 뭐란 말인가. 버릴 아기를 옥함에 넣어 생년월시와 이름까지 적어 버린 이유는 뭐란 말인가. 단지하여 흘린 피로 쓴 글씨의 흔적을 남긴 이는 누구란 말인가. 어머니, 나를 낳은 어머니가 나를 버렸단 말인가. 단지혈로 쓴 붉은 글씨와 첫꽃의 혈흔이 겹쳐졌다. 아기를, 아기를 낳을 수 있는 준비가 된 것이라 했다. 어머니가 될 수 있는 거라고 했다.

(김선우, 『바리공주』, 75쪽)

위의 장면처럼 바리공주는 자신의 실존에 대한 의문을 다양하게 고뇌하며 자신을 위해 울지 않을 것이라 다짐한다.

궁에서 나온 사람들로부터 부모가 자신을 찾는다는 말을 듣지만 바리공주는 할미와 할아비가 자기 부모라고 하면서, 자신을 버린 아버님의 피를 받아오라 한다. 바리는 궁으로 보낸 파발이 오구대왕의 단지혈을 받아와 자신의 핏방울과 합해 보니 합쳐지고, 자신을 낳으신 부모가 찾는다 하니 한번은 뵈어야 한다며 할미에게 돌아온다는 약속을 남기고 궁으로 간다.

김선우 동화에서 비럭공덕할멈과 할아범의 활인 공덕과 바리 자신은 여성으로 실존의 의문에 질문을 던지고 있는데 이는 정체성에 대한 궁금함이 피력되는 부분이기도 하다.

나) 아버지 치병을 위한 구약救藥 여행과 사랑의 치유자로 생명수 구하기

김선우의 동화에서 오구대왕은 바리공주에게 사죄를 하며, 늙고 병든 아버지나 아버지에 대한 원망을 품고 살아온 자신 모두가 가여워서 바리공주는 서천서역국으로 생명수를 구하러 가는 일을 자청한다. 특히 이 동화에서

독특한 상상력이 가미된 부분이 바로 '무장승'과의 이야기이다. 이 인물은 신선계에서 적강謫降하여 죄를 닦은 후 복귀할 운명을 갖고 있다.

바리공주는 무쇠로 지은 남자 의복을 부탁해 입고, 무쇠 두루마기와 무쇠 패랭이를 쓰고 궐을 나선다. 또 바리는 서천서역국에 있는 생명수와 꽃을 찾으러 가면서 갖은 고생 끝에 만난 할미에게 죽은 사람 살리는 약수를 구하는 것을 물으니, 먼저 일거리를 준다. 바리공주가 빨래 일을 다 끝내니 할미는 얘기해 준다. 다음으로 만난 노인장에게 죽은 사람 살리는 약수에 대해 물으니 돌로 탑을 다 쌓으라 한다. 꿈인지 생시인지에서 노인이 농부의 밭을 갈아주고, 염주 열매를 따주고 1,080개의 염주를 만들어 달라는 동자승의 청에 염주를 꿰다가 잠에 빠져 든다. 꿈 속에서 만난 이에게 지옥길과 약수를 건너서 삼만리 길을 간다 하니 낭화 세 가지를 주는데 꿈 속의 사람은 신선 같기도 하고 보살 같기도 하며, 남성 같으면서도 여성인 사람이었다.

무장승은 약수 건너편 팔만사천 지옥까지 건너올 인간이 있다는 꿈 생각에 잠기며, 푸른옷의 동자가 당도하기를 기다린다. 무장승은 30년 전 하늘에서 쫓겨와 인간의 몸을 받고 약수 지키는 일을 명 받고 살아간다. 100년을 채우고, 인간 세상의 배필을 만나 아들 삼형제를 얻으면 죄를 탕감 승천한다는 약속을 떠올린다. 바리공주가 다양한 지옥을 지나갈 때 죄인들이 구제해 주기를 애원하며 인간 세상이 지옥이나 다를 바 없다고 한다. 남아가 권좌를 전수하여 대통을 이어받는다는 것은 어디에서 왔는가? 악의 구렁텅이에서 자유로울 수 있는 인간이란 누구인가? 이때 바리공주가 금주령을 흔들어 구제받은 이들도 있다. 한편, 바리공주는 혼귀들의 비명소리에 혼절하고 정신을 차려보니 약수 앞에 도달해 있게 된다.

무장승은 약수가 있는 시냇가에 도달한 바리공주가 사내임에 놀란다. 무장승은 바리공주가 사람을 살리는 꽃과 물을 구하러 간다니 바로 이곳이라

하고, 신목에 고해서 별탈이 없으면 약을 지어갈 수 있다고 허락한다. 바리
공주는 하루 묵은 무장승의 집에서 잠에 빠져들고, 무장승에 대해 편하게 느
낀다. 바리공주는 자신이 사내가 아니며 약수를 구하러 왔다고 하니, 무장승
은 자신의 마음을 설레게 하는 정체가 여인임을 확인한다. 공후를 타기 시작
한 무장승은 두 사람이 공을 들여야 약수를 얻을 수 있다 한다. 또 무장승은
약수 짓는 일은 하늘의 허락이 있어야 하며, 신목의 마음을 움직여야 한다고
말한다. 그리하여 목욕재계를 하고 신목 앞에서 기도를 한다.

(김선우, 『바리공주』, 153쪽)

무장승은 바리공주에게 청혼을 한다. 이를 받아들인 바리공주는 무장승
의 사랑으로 원시로 돌아가고 이 둘은 서로의 신성을 발견해 간다. 무장승은
"청혼한 그날 신목이 우주의 말로 내게 말을 하였고 신목의 말에 공명하며,
생명을 살리는 물을 얻기 위한 마지막 사랑을 배우라."는 말을 마음에서 듣
게 된다. 어머니 나무인 신목의 말대로 바리와 무장승은 서로의 사랑을 통해
자신을 먼저 치유하고, 꿈에서 예지된 한눈에 반한 사람과 더불어 벌써 시간
이 흘러 둘째 아이까지 생기게 되었다.

그 이후 둘은 셋째 아이를 낳으며 신목이 열리기 시작하고, 알 모양의 거
대한 구멍에서 환영을 느낀다. 바리 역시 자신의 몸을 통과한 그 환영을 보
며, 부드러운 요람을 닮은 공간과 샘물 위에 호리병이 하나 떠 있어 약수도
구하고 피 살리고 뼈 살리고 숨 살리는 꽃뿐만 아니라 아이들까지 데리고 떠

나게 된다. 김선우는 바리가 무장승과 혼인하여 생명수를 얻는 과정을 노역과 자식 낳기만이 아닌 진정한 사랑과 치유의 힘으로 얻어 가는 과정으로 설정하고 있다. 무장승과 바리공주의 천생연분의 만남 부분과 생명수 구하기 부분은 김선우가 특히 심혈을 기울였다고 할 수 있다. 여기서 김선우는 서사무가 바리공주에서 바리가 단지 아들을 낳아주고 생명수를 구하는 것이 아닌, 바리 스스로 자신을 치유하고 진정한 사랑의 힘을 가졌을 때 생명수를 구하는 것으로 새로운 해석을 해서 보여주고 있다.

다) 아버지 살리기와 만신의 인로왕 되기

바리공주 일가는 황천강을 거슬러 와서 다시 불나국에 닿는다. 이때 바리공주 일가는 농부들을 통해 오구대왕의 상여가 나간다는 말을 듣는다. 바리공주는 오색만장을 한 상여를 호위하는 노대신과 희광이 앞에 나서서 자신을 바리공주라 밝히고 이제 약수를 갖고 당도했다 한다. 그리고 바리공주는 오구대왕의 주검을 향해 비원한다.

> 죽으소서, 아비여. 완전히 죽어 죄업을 벗으소서. 완전히 죽어 다시 소생하소서.
>
> (김선우, 『바리공주』, 186쪽)

위와 같이 바리는 아버지를 오색도화와 약수로 살려내니 오구대왕은 '어둡고 깊은 잠을 잘 잤다.' 한다.

같이 살자는 아버지의 요청에 바리공주는 아버지의 나라에 살기를 거부하고, '버려짐으로써 사랑을 얻은 존재이니 버려진 것들의 원과 혼을 이끄는 혼령을 씻기는 만신의 인로왕이 되겠다.' 고 밝힌다. 더불어 비럭공덕할 멈과 할아범의 은덕을 칭송하고 그들의 평안함을 부탁한다. 아버지 오구에

게 바리는 무장승과 세 아이만 소개하고 궁을 떠나는 바리 일가에 대해 길대
부인은 합장한다.

> 황천강에 들었다가 드물게 살아 돌아온 이들이 더러 황천강가에서 꽃을 뿌리는
> 바리공주를 보았다고도 했다. 걱실한 사내가 공후를 타고 아름다운 여인이 초적
> 을 불며 길잃은 넋배들을 인도하고 있었다고도 했다. 영문 모르고 죽은 어린아이
> 혼령들을 받아 안고 저고리 섶을 풀어 젖을 먹이는 바리공주를 보았다고도 했다.
> 세 아들 외에도 세 딸을 더 낳아 은하의 팔방 문을 지키는 별님들이 되게 한 후 세
> 상의 슬픈 일 있는 곳이면 어디든 별빛 달빛을 흘려보내 상처를 매만지는 바리공
> 주 일가가 있다고도 하였다.
> 옛날 옛적에 간날 저 갓적에 아장지 설적저게…….
> 영문 모르고 버려지는 것들의 슬픔이 있는 한 오늘도 이야기는 이렇게 시작되곤
> 한다.
>
> (김선우, 『바리공주』, 190쪽)

김선우의 동화 『바리공주』는 비교적 충실히 바리공주 원작의 서사구조를
그대로 반영하고 있다. 또 결말 부분에는 '일설에 딸을 더 낳았다'는 이야기
를 집어넣으면서, 현 사회 상황에 자신의 생각을 비판적으로 덧붙이고 있다.

이상과 같이 여성작가 김선우는 동화 『바리공주』를 통해, 서사무가에서
7형제를 낳아야만 생명수를 구하는 모티프를 진정한 사랑의 힘으로써 얻을
수 있는 것으로 변용하여 보여주고 있다. 그러나 딸을 더 낳았다는 후일담을
붙이는 것은 한 특색이다. 또 무장승이 바리공주를 기다렸다는 것, 강제 혼
인이 아닌 운명적 만남이라는 설정 등으로 약수를 구하는 과정에 사랑의 힘
이 필요함을 보여주고 있는 것도 특이하다. 단순히 아들을 낳아 주고 생명수

를 구하는 과정이 아니라, 자신을 치유한 자이며 진정한 사랑의 힘을 소유한 자만이 생명수를 구할 수 있다는 것으로 설정하고 있는 것이다. 그렇지만 아버지가 딸이라는 이유로 바리를 버리는 것, 아버지의 치병을 위한 노력의 구조 등은 서사무가 바리공주를 그대로 차용하거나 답습하고 있어, 구시대의 가치관도 함께 투영시키고 있다.

3. 수난의 여성 영웅사의 새로운 해석

한국의 대표적인 서사무가이자 신화인 〈바리공주〉는 단지 일곱 번째 딸이라는 이유로 아버지에게 버림을 받았으나 비럭공덕할멈과 할아범에 의해 구출되어 살아나고, 병든 아버지를 위한 약수를 구해 오고, 그 이후 무조신^{巫祖神}되기까지의 과정이 영웅 일대기 구조를 취하고 있다.

여성의 수난사와 여성의 영웅사가 공존하는 서사무가 〈바리공주〉는 현대의 여성에게도 공감을 불러 일으킨다. 특히 여성작가들은 여성의 의식이 성숙함에 따라 여성으로 태어났다는 이유로 한번은 설움을 당해봤던 여성 의식의 기저에 깔려 있는 감정을 끌어올려 스스로를 바리공주와 동일시하면서도 자기만의 독특한 능동적 목소리를 가미시켜 보여준다. 다시말해 그들은 가부장 시대를 배경으로 하여 여성 차별 의식이 투영되어 형성된 원작을 다각도로 재해석하면서 소설, 희곡, 동화 장르로 재창작하고 있다.

이 글에서 살펴본 세 여성작가는 서사무가 〈바리무가〉를 원형으로 하여 여성 사회사적 의미의 변화와 신화 다시 쓰기 상상력의 변화를 보여주었다. 송경아의 소설 「바리」 3부작은 생명 출산의 방법면에서 변화를 위한 것으로 바리의 희생을 재해석하고, 무장승은 지혜의 도전자로 그려 내며, 바리의 고난을 사적인 목적만이 아니라 진정한 치유의 생명수 찾기 의지의 과정으로 나타냈다. 장진영의 희곡 「바리데기」는 병든 세상을 치유하는 희생양으로 세상의 광명을 위해 희생하는 바리의 모습을 보여주었고, 김선우의 동화 『바리공주』는 신선계에서 적강謫降하여 운명적 만남을 기다리는 사랑의 안내자로 무장승을 설정하고, 진정한 치유자와 사랑의 힘만이 생명수를 구할 수 있다는 것으로 재해석해 냈다. 기존 신화를 답습한 부분도 있는데, 송경아도 단순히 일곱 번째 딸이라 버림받은 사실을 언급하고, 장진영은 일곱 번째 딸이라는 이유로 바리가 버려진 것, 무장승을 위해 일곱 아들을 낳아 주는 부분은 원작을 그대로 반영하고 있다. 김선우 역시 무장승의 아들 셋을 낳아 주는 과정으로 원용하고 있다.

결론적으로 한국인의 원형적 사유 체계가 고스란히 녹아 있는 서사무가 〈바리공주〉는 여성작가의 상상력에 의해 현대 사회에서 여성 의식이 확장되거나 새로운 의미의 부가, 재해석의 시도라는 메타포를 전했다고 보아진다. 특히 무속의 서사무가 또는 신화를 변용하여 표현한 다양한 측면은 페미니즘적 서사문학 상상력의 새로운 지평을 확보한 것이라는 의의를 갖는다.

제2부 _ 단군과 주몽 새로 쓰기

여성작가가 재창작한 '단군신화' 연구
'단군신화' 속의 '호랑이' 의미의 부활 창조
새로 쓴 '주몽신화' 연구

김성희의 희곡 「웅녀」와
김승희의 소설 「호랑이 젖꼭지」가 실린 작품

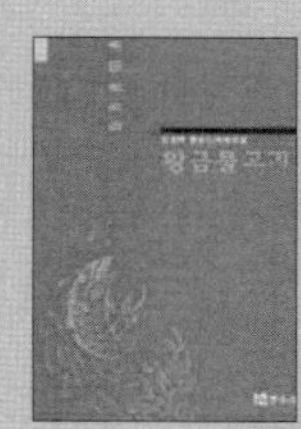
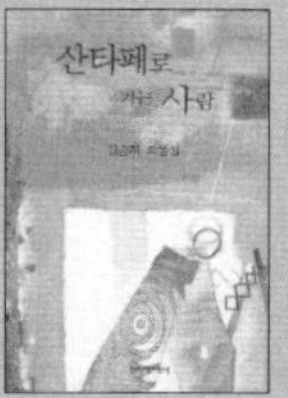

양귀자의 소설 「곰 이야기」와
박진규 소설집 『수상한 식모들』

서정주의 시 「동맹」, 「고구려 시조 동명성왕
고주몽의 사주팔자」와 송수권의 시 「유화부인」,
윤금초의 시 「주몽의 하늘」이 실린 작품집

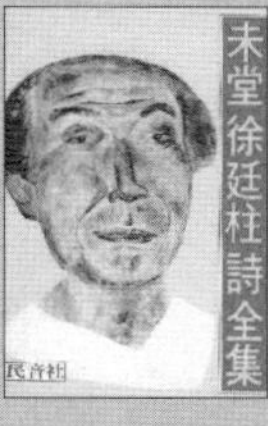

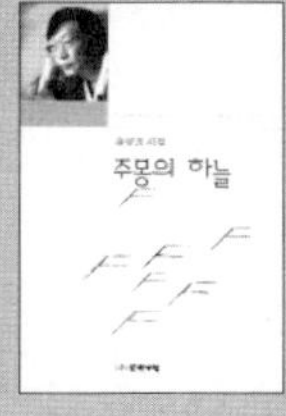

이광수의
『사랑의 동명왕』이 실린 전집,
송하춘의 작품집 「하백의 딸들」

여성작가가 재창작한 '단군신화' 연구*
- 김성희, 김승희, 양귀자의 작품을 중심으로

1. 단군신화의 의미와 재창작한 단군신화들

인간 원형에 대한 집단적 상상력이 녹아 있는 신화는 끊임없이 생명력을
유지하면서 의미 생산 작용을 하고 있다. 신화는 민족의 통치 방식이나 정체
성 인식의 토대였으며, 이러한 측면은 작가들에 의해 현대에도 계속 작용하
면서 원형적 의미로 재생산되거나 부활되고 있다.

그러한 신화들 중 한국의 대표적인 문헌 신화로 〈단군신화〉가 있다. 내용
의 원문은 다음과 같다.

> "옛날에 환인桓因의 서자庶子 환웅桓雄이 항상 천하天下에 뜻을 두고 인간 세상을
> 몹시 바랐다. 아버지는 아들의 뜻을 알고 삼위 태백三危太伯을 내려다보매 인간 세
> 계를 널리 이롭게 할 만한지라, 이에 천부인天符印 세 개를 주어, 내려가서 세상을
> 다스리게 하였다.

* 「여성작가가 재창작한 '단군신화' 연구」는 『유관순 연구』 제5집, 천안대 유관순 연구
소, 2005, 277-305쪽에 실린 원고임.

환웅은 그 무리 3천 명을 거느리고 태백산太伯山 꼭대기의 신단수神壇樹 아래에 내려와서 이곳을 신시神市라 불렀다. 이 분을 환웅천왕이라 한다. 그는 풍백風伯, 우사雨師, 운사雲師를 거느리고 곡식·수명壽命·질병·형벌·선악 등을 주관하고, 인간의 삼백예순 가지나 되는 일을 주관하여 인간 세계를 다스려 교화시켰다.

이때, 곰 한 마리와 범 한 마리가 같은 굴에서 살았는데, 늘 신웅(神雄, 곧 환웅)에게 사람되기를 빌었다. 때마침 신神이 신령한 쑥 한 심지와 마늘 스무 개를 주면서 말했다. "너희들이 이것을 먹고 백일 동안 햇빛을 보지 않는다면 곧 사람이 될 것이다." 곰과 범은 이것을 받아서 먹었다. 곰은 기룡한 지 21일[三七日] 만에 여자(熊女)의 몸이 되었으나, 범은 능히 삼가지 못했으므로 사람이 되지 못했다. 웅녀熊女는 그와 혼인할 상대가 없었으므로 항상 단수壇樹 아래에서 아이 배기를 축원했다. 환웅桓雄은 이에 임시로 변하여 그와 결혼해 주었더니, 그는 임신하여 아들을 낳았다. 이름을 단군 왕검檀君王儉이라 하였다.[1]

(〈단군신화〉, 『삼국유사』)

〈단군신화〉는 천지 창조나 인간 창조 신화는 아니지만 여성성을 처음으로 존재케 한 신화다. 특히 여성이라는 생명 탄생 신화가 되기도 하며 여성에게 역할을 부여하는 최초의 여성 역할 신화로 볼 수도 있다. 또 웅녀가 여성으로 거듭나 죽음에 이르는 고통을 겪어야 함을 입굴 의식과 아이를 낳기 위해 단수 아래서 비는 것으로 형상화한, 여성이 수난을 견디는 이야기인 여성 수난담의 시작[2]이라 할 수 있다.

한국 작가들이 〈단군신화〉를 원류로 삼아 이를 재창작한 작품을 중심으로 살펴보기로 하자.

〈단군신화〉를 재창작한 유형은 운문 장르[3]와 산문 장르로 크게 구분할 수 있다. 그 중 산문 장르에서는 소설, 동화, 희곡(연극, 뮤지컬) 등으로 쓰여졌다.

<단군신화>를 산문 장르로 재창작한 작품들의 구체적인 의미망은 다음과 같이 대별할 수 있다. 알레고리 기법으로 보여준 인간 사회의 비극(정한숙의 소설 「웅녀의 후예」),[4] 고행의 통과제의나 메타포로 차용(박상륭의 소설 『죽음의 한 연구』와 『칠조어론』,[5] 전경린의 소설, 「새는 언제나 그곳에 있다」),[6] 어른을 위한 동화이자 신화 세계와 현실 세계를 이중 교차 기법으로 드러냄(이호림의 동화 『웅녀야 웅녀야』),[7] '환인-환웅-단군'을 삼대로 구성한 이야기(구상의 시나리오 「단군」)[8] 등이다.

이 글에서는 특히 여성 자의식이 투영된 여성작가가 희곡이나 소설로 재창작한 <단군신화> 속의 주인공인 '웅녀', 중도에 여자가 되기를 포기한 '호랑이', '단군'과 '환웅' 등이 재창작된 작품 속에 나타나는 양상을 중심으로 그 의미를 살펴보고자 한다.

첫째, 김성희 희곡 「웅녀」[9](1977)를 결혼한 여성의 삶과 미혼 여성의 삶을 중심으로 살펴본다. 둘째, 김승희의 소설 「호랑이 젖꼭지」[10](1994)를 어머니의 삶과 딸들의 삶을 중심으로 살펴본다. 셋째, 양귀자의 소설 「곰 이야기」[11](1995)를 가난한 전처의 삶과 재벌 2세 후처의 삶을 중심으로 살펴본다.

여성작가의 세 작품에서 <단군신화> 중의 '곰 여인의 역'과 '호랑이 여인의 역' 등은 다양한 층위의 여성 삶을 투영시키고 있기에, 기혼여성과 미혼여성의 삶, 어머니와 딸들의 삶, 빈부 차이를 둔 아내들의 삶의 내면적 고뇌 등에 주목하여 풀어가고자 한다.

2. 여성작가가 새로 쓴 곰 여인 역과 호랑이 여인 역의 삶의 대비

남성작가들에 의해 재창작된 <단군신화> 관련 작품들에서 여성의 소극성 및 수동성을 상징하는 인고의 여인상을 전통적 여성상으로 자리매김했던 것과 달리, 여성들의 사회적 각성과 위상이 상승되는 시대적 맥락 속에서 여성작가들은 여성 자의식을 투영시켜 재창작하게 되었다. 특히 여성작가들은, 동굴에서 뛰쳐나갔던 호랑이의 재해석을 통해 사회적 자아의 의미 찾기를 적극적으로 구현하고 있어, 곰 여인 역의 강조에서 호랑이 여인 역의 강조와 의미 부활을 적극적으로 모색해 보여주고 있다.

1970년대에서부터 1990년대 중반기에 걸쳐 창작된 세 편의 작품을 통해서, 세 명의 여성작가들은 기혼여성과 미혼여성의 삶의 양극성을 '기혼/미혼 여성'의 삶의 대비로, 어머니 시대의 순종하고 인내하는 삶과 딸들 시대의 야성적 에너지를 구현하는 삶이라는 '어머니/딸들'의 삶의 대비로, 가난한 전처의 삶과 재벌 딸인 후처의 삶이라는 '극단적 빈자/부자 여성' 삶의 대비로 보여주고 있다.

1) 기혼여성의 삶과 미혼여성의 삶―김성희의 희곡 「웅녀」(1977)

1970년대부터 여성사회와 그 의식이 변화됨에 따라 여성의 자의식이 보다 실존적으로 부상되기 시작했다. 김성희의 희곡 「웅녀」熊女의 등장인물은 단성檀星, 웅녀熊女, 환일桓逸, 여자女子 등이며, 무대는 방으로 설정되어 있다. 원본 〈단군신화〉에서의 웅녀와 호랑이·환웅·단군을, 이 희곡에서는 각각 결혼한 남성은 환일로, 결혼한 여성은 그대로 웅녀로, 단군은 새롭게 변형한 남성상 단성으로, 호랑이에 해당되는 이를 거리의 여자로 설정하였다. 김성희는 법적으로 결혼한 남성 환일과 웅녀, 교통사고로 기억을 상실한 후 동거한 남성 단성과 웅녀의 관계를 설정하고, 다시 법적 남편 환일이 찾아와 웅녀는 그 남편에게 돌아가게 만들었다. 그 후 단성은 호랑이놀이 역의 당사자였던 거리의 여자와 사랑을 나누게 그려졌다. 작가 김성희는 결혼한 여성 웅녀의 계약적 삶을 둘러싼 존재의 문제 등, 여성 삶의 첨예한 양상을 남성 인물 단성과 환일을 통해, 여성 인물은 웅녀와 거리의 여자를 통해 각각 드러내고 있다.

이 희곡의 기본 줄거리는 교통사고로 과거의 기억을 상실했던 웅녀가 그것을 치유하는 과정에서 단성을 알게 되고 그와 일상적 행복을 느끼며 살아가는 것으로 시작한다.

그러나 그 후 계속 그렇게 살자는 단성과는 달리 웅녀는 원래 남편 환일이 올지도 모른다는 두려움을 갖고 있다. 그동안 웅녀는 조그맣고 컴컴한 방에서 지냈던 병원 시절, 교통사고로 과거의 기억이 상실되었으나 단성과 계약을 맺고 살아왔다. 이제 웅녀는 잃어버린 기억이 재생되면서 단성과의 안락한 일상에 대해 회의를 느낀다. 병원에서 고통을 치유하고 현실에 돌아온 웅녀는 모든 것이 새롭게 보이기 시작하며, 자신의 삶에 대해 모든 것을 알고 싶은 욕구를 갖는다. 이해 비해 단성은 인간에 대한 이해는 불가능하다며, 과거를 잊어버렸던 기억상실증의 웅녀를 더 좋아한다고 말한다. 그러나 변화된 웅녀는 잃어버린 과거와 만나기 위해 캄캄한 미로 체험을 당당히 맞서려 한다. 그러한 여정 중 거리의 여자가 이들 방에 하루 묵게 되고 그후, 웅녀가 떠나고 단성은 그 여자와 새로운 관계를 맺고 길을 떠난다.

이 희곡에서는 결혼한 여성 '웅녀'와 미혼여성 '거리의 여자'를 중심으로 살펴보자.

(1) 결혼한 여성의 계약적 삶과 존재 각성 – 웅녀의 경우

희곡 「웅녀」에서 웅녀와 환일은 법적 부부이며, 정신병원에서 만나 퇴원한 이후에 함께 살아 왔던 단성은 동거남이다. 웅녀는 잃어버렸던 과거 기억이 되살아나면서 단성과 결별하고 원래 남편에게 돌아가게 된다.

병원에서 치유를 받고 돌아왔던 웅녀는 자신의 모든 삶에 대해 새롭게 알

고 싶어한다. 웅녀와 단성의 만남은 웅녀가 교통사고로 죽은 듯 누워 있었을 때 비롯되었고, 그때 웅녀는 창백한 세계에 살던 단성을 만나 함께 살기 시작했던 것이다. 그러나 단성은 과거를 잊어버린 웅녀를 좋아하며 둘만의 일상에 안주하자고 한다. 웅녀는 치유 과정에서 잃어버린 과거와 만나기 위해 캄캄한 미로 체험을 한 자신을 발견하며, 자신의 실존 문제에 대해 각성한다. 지금 단성과의 삶은 거울이나 보고 밥을 짓는 일뿐이라 자조하며, 힘든 과거로의 복귀를 당당히 받아들인다.

웅녀의 삶의 여정을 보면서, 여성에게 있어서의 결혼과 삶의 의미를 면밀히 고찰해보자. 결혼한 이후 남성들의 삶은 미혼시대의 삶과 크게 달라질 것이 없지만, 여성들은 이상을 꿈꾸던 미혼시대의 삶과 단절되고, 새로 주어진 가정에서 여러 과제를 요구받는다. 특히 미혼인 처녀 시절의 꿈이나 이상과 단절하고, 오로지 현실의 과업을 수행하는 데 충실할 것을 전폭적으로 요구받는다. 이 과정에서 일상의 쳇바퀴 속에서 미혼 시절의 모든 꿈은 묻히게 된다. 그러한 과정이 이 작품에서 웅녀의 교통사고로 인한 기억상실증으로 설정되었다고 유추해 볼 수도 있다.

처녀 시절 꿈꾸었던 결혼 이후의 삶과 결혼 후 처녀 시절의 삶을 회상하는 장면에서 극단적으로 비교되는 여성의 삶에 대해, 웅녀는 모든 것이 욕심이라는 이유를 내세우며, 이미 변한 자의식을 기본으로 하여 존재 문제에 대해 각성을 하게 된다. 어떤 면에서 남성의 기혼 여성에 대한 욕망은 원래 남편이든 동거남이든, 여성의 이상적 자아를 상실하거나 망각하게 하고 일상에 안주하기만을 요구하게 된다. 그러나 웅녀는 기억을 되살리며, 불행해지더라도 전 남편에게 돌아가겠다 한다. 별로 다를 것이 없다면 차라리 캄캄한 미로의 삶을 받아들이겠다는 것이다.

웅녀　지나간 모든 일을 알고 싶어 한 게 잘못이었어요. 아, 난 욕심이 너무 많았
　　　나봐요. 이 두 손으로 너무 많은 걸 움켜쥐려고 했으니. 한 손엔 현재를 쥐
　　　고서, 그러고도 연줄이 끊겨 날아가 버린 연 같은 과거까지 다 잡아내려
　　　고…하지만 과거를 모르면서 행복한 채로 있는 것보다는 차라리 불행해
　　　지더라도 알고 싶었어요.

단성　쓸데 없는 짓이야, 어리석은 일이지, 그건.

웅녀　당신은 날 이해해 보려고 하지 않는군요? 아니, 인간 전체를요.

(김성희, 「熊女」,[12] 354-355쪽)

위 대목은 새롭게 존재의 의미를 각성한 웅녀가 연속적인 자의식의 정체
성을 생각하는 장면이다. 현재의 동거남인 단성은 웅녀에게 현재에만 매달
려 살자고 말한다. 정신병원에 입원했던 웅녀는 의사가 묻는 질문에 남편의
이름은 환일이며 교통사고로 기억을 잃은 바 있었고, 지금은 단성과 동거 중
이라 했다. 이때 의사는 웅녀에게 환일에게 돌아가고, 또 환일만을 사랑하라
고 조언을 한다. 의사는 전통적 가치관의 고수자인 법적 남편 환일에게 복귀
할 것, 웅녀의 모든 과거를 끄집어내고 신성한 계약만 남았다고 조언한다.
어쩌면 웅녀가 병원에서 겪은 고통은 진정한 삶의 의미를 깨닫기 위해서 필
요한 것이었는지도 모른다. 모든 기억을 되찾아가는 웅녀에게 있어 정신병
원이란 고통과 시련의 순간에 새롭게 존재의 각성과 존재의 의미를 발견한
곳이다.

웅녀　이제 곧 올 손님이 보낸 의사예요. 난 내 잃어버린 과거와 만나기 위해서 그
　　　과거의 실꾸러미를 쥐고 실이 풀리는 대로 어두컴컴한 미로를 따라갔던
　　　거에요.

단성　(침통하게) 당신은 나와의 약속을 저버렸어. 우린 이 방 안에서 바깥과는 다른 조화, 질서를 누리자고 약속하지 않았소? 그런데 당신, 왜 그 사람을 따라 나갔소?

웅녀　모르겠어요. (독백하듯) 당신을 사랑하는 일이 너무나 벅차서 이 밖의 공기까지 다 진동하는 것 같았죠. 하지만 기억상실…당신이 나가버리고 나면 다시 망각과 싸워야만 했어요. 아무것도 생각나지 않는 것, 정말 끔찍하게 괴로웠어요. 난 마구 머리를 쥐어뜯게 되고 그리곤 지쳐 축 늘어지게 돼 버려요. 언제나 혼자 있게 되면, 사랑은 무게도 없이 가볍게 부서지고 말아요. 잃어버린 기억들 때문에. (사이) 당신이 돌아올 시간이 되면 거울을 들여다 보고 난 다시 밥을 하고….

(김성희, 「熊女」, 357쪽)

　이 장면에서 결혼에 대한 남자의 생각과 여성의 생각이 대척점에 서 있는 모습을 볼 수 있다. 결혼이라는 제도 속에서 살아갈 때, 여성은 과거를 거세시키며 현재를 살고, 남자는 과거의 기득권 위에 현재의 정체성을 연속시키며 살아간다. 이때 과거를 지워 버린 후 얻어진 아내라는 위상이 무엇인가에 대한 실존적 물음을 김성희는 웅녀의 교통사고, 정신병원에서의 치유 과정, 단성과의 동거 생활, 다시 기억이 되살아나며 원래 남편으로 복귀하는 과정을 통해서 보여주고 있다. 작가 김성희는 어떤 면에서 남자들의 삶은 환일의 경우든 단성의 경우든 일상 전개를 똑같이 여성에게 요구하고 있음을 해부해 보여준다. 그러나, 고행과 시련을 겪은 후 웅녀의 존재는 달라진다. 즉 여성 스스로 삶의 중심을 향하여 당당하게 대응하는 방식으로, 존재의 각성을 보여준 것이다.

　웅녀라는 인물은 이 희곡에서 결혼한 여성의 계약적 삶으로 되돌아가는 보수적인 양상을 띠는 면도 있지만 한 걸음 더 나아가 삶 전체를 당당하게 맞서고 받아들이며 존재에 대한 각성을 보여서 한 단계 승화된 의식을 보여 주었다 할 수 있다.

(2) 미혼여성의 자유로운 삶 – '거리의 여자'의 경우

김성희의 희곡에서 웅녀는 본 남편에게로 돌아가기 전에, 한 여성을 만나게 된다. 웅녀는 정신병원에서 나온 뒤 단성과 살아가면서 비로소 자의식이 표출되기 시작하며, 현실 인식에 대해 법이라는 이름이 자신을 묶으러 온다고 말한다. 그러던 중 그들의 생활에 우연히 끼어든 '거리의 여자'를 하룻밤 재워준다. 그녀는 운명점을 쳐 주며, 여자의 꽃은 슬픔을 나타내고, 남자의 꽃은 벌레먹은 조화를 나타내 안정된 행복을 누린다고 은유적으로 말해 주고 있다. 이 상황에 웅녀는 법적 남편인 환일이 올 것이라 말한다. 결국 웅녀가 떠나 버리자 단성은 각성하게 되고, 일상 속에 안주하며 살아가자고 요구했던 지금까지의 태도와 달리 신단수를 찾아 그는 떠난다. 한때 웅녀는 두 남성-계약을 내세워 웅녀를 돌려받으러 오는 환일과 자신을 사랑한다는 단성-사이에서 회의했었다. 즉 남성과 얽혀진 두 역할에 대해 사랑이 계약을 상쇄시킬 수 있냐고 반문했었다.

한 상황에 대해 대척적 노선이 엿보이는 대목이다.

> **웅녀**　이 세상 어딘가로요. (사이) 신단수! 신단수⋯치외법권⋯유일한 신화神話가 존재하는 곳. 여보, 신단수로 도망가요.
>
> **단성**　(절망한 표정, 동작) 여보, 현실엔 신단수가 없어.
>
> **웅녀**　(절박하고 빠른 어조로) 어서 서둘러요. 빨리 도망가야만 해요. 다른 곳은 어디건 쫓아 올거에요. 신단수로 가야해요, 네?

단성 웅녀. 우린 여길 떠날 수 없소.

웅녀 왜요? 아, 당신은…두려워하고 있어요.

단성 우린 여길 떠날 수 없어. 이 세상, 현실엔 신단수가 존재하지 않아. 우린 아
무 곳으로도 도망갈 수 없소. (문을 가리키며) 저 문… 바로 저 문처럼 현실엔
출구가 없어. (사이) 신단수는 우리가 태어난 곳이오. 그리고 또 우리가 최
후로 돌아가야 할 곳이오. (사이) 웅녀, 당신은 어머니인 땅이고, 난 땅을 촉
촉이 적시고 생명을 잉태케 하는 빗줄기. 이게 우리의 생활이었소. 당신
이 재처럼 무너진대도 난 나의 단단한 허무로 감싸주고 싶어.

(김성희, 「熊女」, 366-367쪽)

이 장면에서 보여지듯 웅녀는 사랑하는 남성이었던 단성에게 함께 도망
가자 하나, 그는 신단수는 존재하지 않기에 떠나갈 수 없다고 한다. 이때 단
성은 웅녀의 목을 조르려 하고, 한쪽에서는 살인이라는 여자의 비명소리가
들려온다. 찾아온 환일은 웅녀를 자기가 데려가겠다며 그동안 자신이 찾아
헤맨 웅녀는 살아 있는 한 영원히 자신의 몫이라 말한다. 환일은 사랑의 계
약과 신단수는 없지만, 신단수에서 가장 먼 곳으로 가겠다며 이상과 자유가
없는 삶에 대해 피력한다. 그 후 거리의 여자와 단성은 서로 육체 관계를 맺
고, 단성은 신단수로 가겠다고 하고, 여자 역시 서로 사랑하자고 한다. 이때
단성은 웅녀에게 대했던 고정되었던 남성 의식에서 탈피하여 변모된 의식
을 보여준다. 이는 일상적 안주를 요구하던 삶에서 변모된 삶을 통해 여자에
게도 변화되는 남성상의 일면을 보여준 것이다.

결국 단성은 현재의 일상에 안주하려다 자유로운 사랑을 찾아 헤매는 이
로 변모된다. 즉, 끝없이 이상을 갈구하는 웅녀와 현실의 생활을 강조하는
단성에서, 웅녀가 원래의 계약 현실로 복귀한 후에야, 단성은 이상을 찾아

떠나게 된다. 단성과 관계했던 두 여인 중 곰 여인 역의 웅녀는 계약적인 삶으로 복귀하고, 호랑이 여인 역의 거리의 여자는 자유로운 사랑을 선택한다. 이렇게 결혼한 여성과 미혼여성의 삶의 끝이 다르게 나타난다. 기혼여성 웅녀는 실존에 대한 존재의 각성을 보여주고, 미혼여성 거리의 여자는 자유로운 삶을 지향해 나가는 것으로 보여준다. 여기에서 기혼여성은 곰 여인으로, 미혼 여성은 호랑이 여인으로 대비해 볼 수 있다.

이상으로 김성희의 희곡 작품 「웅녀」를 살펴보았다. 곰이 시련을 겪어 여자가 되고 단군을 낳은 어머니일 뿐인 〈단군신화〉에서 김성희는 결혼한 후 잃어버린 자아를 동거남인 단성과의 관계에서 찾는 웅녀 이야기로 재구성했다. 그러나 김성희는 웅녀를 결국 제도적 삶으로 복귀하는 것으로 보여주었다.

이 작품을 통해 두 가지 의미를 정리해볼 수 있다. 첫째, 결혼한 남편(현실적 삶, 법과 계약적 관계의 삶) 환일과 사랑하는 남자(이상적 삶, 사랑의 삶) 단성을 등장시켜 여성의 현실과 이상을 대별하여 구현한다. 즉 곰 여인 역의 기혼여성 웅녀는 여성의 현실인 계약 제도로 복귀하며, 호랑이 여인 역의 미혼여성인 거리의 여자는 자유로운 이상의 삶을 펼치는 것으로 보여주고 있다.

둘째, 결혼하여 현실 세계를 떠나 정신병원을 체험하고, 다시 새로운 현실로 돌아오는 여정은 웅녀의 자아 발견의 상황을 통해 보여준다. 웅녀가 현실과 분리 후 병원에서 고통과 시련을 겪어 내는 것은 통과제의 여정 중에서 시련을 통해 존재의 의미를 각성하는 의미이다.

그렇지만 한편으로 '계약에 따라 살아가는 남자', '일상에 안주하려는 남자의 삶'에서 '이상의 삶을 찾아나서는 남자의 삶'도 변모된 남성 의식으로 보여주었다.

이처럼 김성희는 웅녀가 여자로서 고뇌의 삶에 갇혀 있다가 인간으로 다시 각성하는 삶의 여정으로 보여준다. 이런 점에서 김성희는 〈단군신화〉를

재창작한 희곡 「웅녀」에서 주어진 기혼남성의 삶과 기혼여성의 삶에 전면적
으로 실존적 문제를 제기한다. 또 결론에서 현실의 체제를 수용하는 보수적
입장으로 선택해 보여주지만 기혼여성은 존재 각성 후 현실의 삶에 당당하
게 맞서는 것으로 보여주었다. 한마디로 결혼한 여성인 곰 여인의 계약적인
삶에 대한 존재 각성과 호랑이 여인인 미혼여성의 자유로운 사랑의 삶을 잘
대비해 보여준 작품이라 할 수 있다.

  2) 어머니의 삶에서 딸들의 삶으로–김승희의 소설 「호랑이 젖꼭지」(1994)

  김승희의 소설 「호랑이 젖꼭지」는 원본 〈단군신화〉의 캐릭터들을 차용하
면서, 곰은 '어머니의 삶의 은유'로, 호랑이는 '딸들의 삶의 은유'로 재창작
하고 있다. 이 소설에서는 전통 시대의 어머니의 삶과 의식을 관찰하는 딸과
어머니와 다른 여성성의 삶을 보여주는 딸들인 '나'(명수)와 '명화' 자매의 삶
이 펼쳐진다. 두 자매는 어머니 탈상 때문에 만나 과천의 동물원으로 백두산
호랑이를 보러 구경간다. 두 자매는 백두산 호랑이를 통해 인간의 내면에 잠
재된 고고학적 에너지를 감지하며, 어머니의 삶에 대해 이해하면서 연민 의
식이 생기고, 딸들의 삶이 그러한 어머니의 삶으로부터 탈피해 온 과정이라
밝히게 된다.
  이 글에서는 어머니 시대의 삶은 동굴에 갇혀 인내했던 곰의 은유적 시대
의 삶으로, 딸들 시대의 삶은 야성적 생명력인 호랑이의 은유적 시대의 삶으
로 나누어 살펴보자.

  (1) '어머니'의 삶 – 곰의 은유적 시대의 삶
  김승희의 소설 「호랑이 젖꼭지」에서 어머니의 삶에 대한 관찰자는 '나'

다. 나는 학위를 받았고, 대학에서 시간 강사를 10년 이상 했었고, 결혼 생활 15년차 되는 가정주부이다. 주로 '나' 에 의해 미국에서 귀국한 여동생 명화에게 어머니의 과거에 대해 피력하는 대목에서 잘 드러나고 있다.

이 소설에서 나는, 사춘기 시절 아버지와 어머니가 별거한 후, 시골에서 아버지와 살았고, 여동생은 서울에서 어머니와 살았던 경험을 갖고 있다. 아버지는 새어머니격인 최여사와 결혼생활을 꾸려나가고, 어머니는 그러한 여정에서 요구된 아버지의 이혼 요구에 끝까지 응하지 않고, 죽는 순간까지 아버지가 오기만을 기다린다. 결혼한 딸인 나는 어머니가 돌아가시기 전 3년간 모신 적이 있다.

> 면사포 안 써 에미 가슴 못 박고…… 나는 그런 넋두리에 몹시도 길들여졌음에도 불구하고 엄마의 그런 남루한 가치관이 혐오스러웠다. 엄마는 자신이 인습의 감옥 안에 살고 있음조차 인식하지 못하면서, 가장 많이 그 인습으로부터 피해를 보았음에도 불구하고 그것을 옹호했다. 엄마의 토템이 있었다면 그것이었겠지…… 참고, 견디고, 어디까지나 운명의 동굴을 지키는 것. 동굴, 엄마의 유일한 실존의 행위는 동굴지키기. 쑥과 마늘, 그런 것들.
>
> (김승희, 「호랑이 젖꼭지」,[13] 34쪽)

위 장면은 내가 심장병으로 고생하는 어머니를 모시고 살면서 관찰한 대목이다. 이때 메마른 어머니의 생명을 본 것과 같고, 사람=여자가 되고 싶어 21일 동안이나 어두운 동굴 속에 갇혀 있던 무거운 곰의 웅크린 모습 같은 어머니를 관찰한다. 이런 어머니는 돌아가실 때까지 이미지 중독자처럼, 아버지의 이미지에 중독된 삶을 보여주었었다. 그런 어머니를 할머니마저 '곰 같은 년' 이라 불렀던 적이 있을 정도다.

나는 어머니가 동굴 같은 시간 속에서 병마와 외롭게 싸워 가고 있을 때 그녀가 진정으로 꿈꾸었던 것이 무엇인지에 대해 반문해 본다. 또 아버지에 대해 던졌던 마지막 말 한마디에서 어머니의 진정한 탈상은 무엇인지에 대해서도 생각해 본다. 그것은 어머니를 이 땅의 모든 구속, 모든 인연, 모든 착심着心으로부터 해방시킨 진정한 탈상이었다고 생각했다. 어두운 영혼의 시간들을 기억하는 나 역시, 동굴 속에 갇힌 것처럼 우울하고 힘든 시간들이 영혼에 상처를 주던 때, 마음속에서 회의를 가진 적이 있다. 상처가 상처를 낳고 동굴 속은 무서웠고, 동굴 속에서 태어나고 죽어간 여인, 어머니를 모시고 사는 동안, 나는 이 세상의 음식은 '쑥과 마늘' 뿐이라는 것을 영혼의 깊은 밑바닥에서 들려오는 소리를 통해 인식하게 된다.

그러한 어머니의 삶에 대한 이해와 달리 나는 스스로 자신을 위해 여성의 집단무의식 에너지에 관심을 갖는다. 그 에너지는 여성 내부에 야생 생활의 습관으로 잠재되어 있다고 보고, 그것을 고고학적으로 파 본다면 야생 시대의 습성이 발견될지도 모른다고 생각한다. 그러한 여정으로 유추하더라도 내가 생각하는 어머니의 토템은 운명의 동굴을 참고 견디고 지키는 것이며, 또 내가 관찰한 어머니의 유일한 실존 행위는 동굴을 지키며 쑥과 마늘을 먹는 것뿐이라 생각하는 것을 볼 수 있다. 이 부분을 통해 어머니의 삶은 '곰은유적 시대의 삶' 이었다고 해석해 볼 수 있다. 그러나 주인공은 어머니의 삶에 대해 이해는 할지언정 같은 방식으로 살 수는 없고, 자신의 세대는 어머니의 실존 행위와 다르다고 피력한다.

어머니가 '곰의 은유적 시대의 삶' 을 살았다면, 딸인 두 자매는 호랑이 은유적 시대의 삶에서 실존하고 있고, 각성하는 과정을 작가 김승희는 이어 보여준다.

(2) '딸들'의 삶-호랑이의 은유적 시대의 삶

소설 「호랑이 젖꼭지」에서 어머니 시대의 삶과 달리 나는 야생 생활의 습관이 인간 내부에 잠재되어 있다고 보고, 야생 시대의 습성이 집단무의식으로 남아 있을지도 모른다고 생각한다. 그런 생각을 갖고 살아가던 어느날 나는 암컷 호랑이에 대한 기사를 접하며 따스한 힘과 이글거리는 원초적 힘을 느끼게 된다. 그러면서 자신의 마음속에 기대했던 꿈인 백두산 호랑이를 여동생과 보러 가게 된다.

어머니 시대의 삶과 달리 나는 어릴 때부터 병든 할머니와 숙명에 굴종하는 어머니 곁에서 오랫동안 기다려왔던 내 삶을 다르게 인식한다. 어떤 면에서 나의 삶은 어머니와는 다른 듯하지만, 결혼생활에서 탈출할 수 없었던 작은 일상들의 되풀이, 그때 글을 쓰지 못했던 것들이 암담한 동굴 속의 어두운 시간들이라 느낀다. 그러는 와중 자신이 인내적 에너지와 대척적 색채인 야성적 에너지를 기다려 왔던 것이 바로 '암컷의 백두산 호랑이'를 만나며 호랑이 젖을 먹고 싶어하는 심리로 표출되고 있다.

> 나는 암컷의 호랑이 사진에 내 얼굴을 가까이 대고 무언가 엄청난 따스함을, 이글거리는 원초의 무슨 힘, 건강하고 튼튼하며 무언가 강력한 체험, 털이 북실북실하게 일어나고 몽실몽실한 생명에 넘치는 어떤 젖가슴 같은 것이 나에게 뭉클 다가오는 마술적인 체험을 기대하였다.
>
> (김승희, 「호랑이 젖꼭지」, 48쪽)

나는 '백두산 암호랑이'를 생각하며, 이것은 또 하나의 어머니가 오랜 세월 동안 미지의 대륙을 헤맨 끝에 이제야 야성의 방랑을 마치고 돌아왔다는 소식처럼 느끼게 된다. '곰의 은유적 시대'의 삶을 살았던 친어머니의 삶과 달리 잃어버린 또하나의 원형적 어머니상으로 인식하게 되는 것이다.

위 대목에 나온 야성성의 어머니처럼 어머니와 다른 삶을 살고자 했던 나는 자주 포효하라며, 백두산 호랑이의 야성 에너지를 갈망한다. 이 호랑이는 아사달의 태초의 햇빛을 맞이하지 못하고 동굴 속에서 도망쳐 사천년 동안 먼 데를 헤매다니다 온 우리라는 사실로 발견하게 된다. 그것은 웅녀와 다른 또 하나의 어머니상으로 늑대같이 강하고 고양이처럼 예쁘고 용암처럼 이글거리는 암호랑이 같은 어머니이기 때문이다.

그동안 나의 내면에 잠재되었던 의식이었던, 천명처럼 마늘과 쑥을 이십 년 넘게 홀로 먹고 견디며 기다려 온 여인 옆에서 살았기에, 다른 어머니 아사달의 동굴 속을 탈출하여 머나먼 야성의 땅으로 도망친 다른 여인을 보고 싶었기 때문이라고 생각했다. 더불어 나의 피에 이글거리는 태양빛을 보충하고 싶은 것이고, 뜨거운 창조적 힘의 원천이 될 체험을 기대하고 싶은 것이다.

그러나 동물원에서 목격한 호랑이는 너무도 어렸고 그것도 졸려서 잠에 취해 있는 모습이었다. 그것은 힘의 원천과 야성의 원천을 찾고자 했던 나에게 실망을 안겨 준다. 이는 정신적 비타민으로써의 〈단군신화〉가 억압하기 이전의 여성의 어떤 원초성, 사천년 이전의 양성구유의 맨 얼굴을 보고 싶었던 기대에 어긋난다.

그렇다면 어머니의 야성적 힘은 무용가로서 사는 여동생의 삶으로 보상되는 것일까 생각해 본다. 그러면서 어머니 몸에서 생산된 여동생이, 억눌려 보이던 어머니 몸에 신이 가득 차 오르는 것처럼 느껴지는 것이 회유의 순간들이었던 것인가를 반문해 본다.

> 사천년도 훨씬 더 전에 단군신화 속을 탈출해나간 또 하나의 어머니인 백두산 호랑이를 만나려고 그렇게 서둘러서 온 길이었다. 이글이글한 암호랑이 젖꼭지에 입술을 박고 사천년도 더 넘는 세월 동안 우리가 먹어보지 못한 야성의 모유를 먹어볼 수 있을까 꿈을 꾸었지. 불이 이글이글하고 털이 북실북실한 야성의 젖꼭지에 입술을 박고 불 같은 피를 먹어 어제의 어머니에게서 이유離乳하고 이 땅을 더 잘 견디기 위한 뜨거운 힘을 구하려고 하였나? 아사달에 사는 사람들은 결코 체험할 수 없었던 어느 낯선 대륙의 야성의 태양빛의 황금빛 이야기를 그토록 갈구하였나. 나의 메마른 입술에 그 탐스런 젖꼭지를 물고 한번만, 아, 한번만, 울고 싶었나.

(김승희, 「호랑이 젖꼭지」, 66-67쪽)

위 대목과 같이 나는 아사달에 사는 사람들은 '낯선 대륙의 야성의 태양빛의 황금빛 이야기를 갈구했던가.' 와 자기 꿈의 오리지널 텍스트이자 꿈의 원본인 이데아로서의 푸른꽃이 이 세상에 존재하는가 또 반문해 본다. 이에 대해 여동생은 나와 달리 새로운 오리지널을 시간 시간 창조하고 노력해야 된다고 피력한다. 결국 두 자매는 백두산 호랑이처럼 한 번 울어보자며 자주 포효하라고 입을 모은다.

이상과 같이 김승희의 소설 「호랑이 젖꼭지」를 살펴보았다. 이 작품은 여성에게 잠재된 무의식의 에너지인 야성적 자매애를 아주 독특하게 보여주고 있다. 그 여정에서 먼저 어머니의 삶, 곰 은유적 시대의 삶에 대비해 인고와 인내의 삶을 이해하며 연민을 갖는 것을 나타내고 있다. 또 딸들의 삶은 호랑이 은유적 시대 자매의 삶을 중심으로 분석해 보았다. 이런 점을 통해 김승희는 여성 속에 잠재된 두 역학 에너지, 인내적 수동성과 야성적 능동성을 균형 있게 읽어 냈다고도 볼 수 있다.

3) 가난한 전처의 삶과 재벌 2세 후처의 삶
― 양귀자의 소설 「곰 이야기」(1995)

원본 〈단군신화〉 중 곰의 시련 과정인 통과제의의 여정과 호랑이 은유의 삶을 양귀자의 소설 「곰 이야기」에서는 전처의 삶의 자립과 후처의 삶의 자세를 통해 그 의미를 재창조하고 있다. 아울러 옛 민담 〈천년 묵은 지네 이야기〉도 삽화로 삽입된다.

양귀자의 소설 「곰 이야기」는 '그'와 '그녀'의 결혼 이야기다. 그는 몇 달 전 세 번째 결혼마저 실패하고 아내와 별거했었다. 그러면서 그는 작품 전시회에서 화랑 여주인이 소개한 재벌의 딸인 그녀를 만난다. 그녀는 평화그룹의 막내딸로 온몸으로 신분을 드러내는 35세의 고집센 여자였다. 이 남자는 세 번씩이나 결혼한 가난한 43세의 화가로, 아직도 생의 욕망이 남아 있는지 스스로도 알고 싶어하는 존재다. 네 번째 결혼이라는 제의를 통해 다른 자신으로 변하고 싶다는 비명이 이 소설의 중심 내용이다.

그는 재벌의 딸과 결혼하는 과정에서 정중한 대접을 받은 듯했다. 하지만, 그는 자신의 전공인 그림 때문이 아니라 네 번째 결혼이 재벌 딸과의 결혼이라는 이유로 유명해지게 된다. 그는 결혼을 통해 진정한 친구와도 우정을 끝내면서 얼마 전 자신의 모습을 돌이켜보며, 타락한 욕망을 숨긴 채 무의미한 비판만 일삼던 과거의 그와 마찬가지로, 이제 변신과 동시에 이미 지난 관계들과 완벽하게 단절하며 살아간다.

양귀자의 소설은 남성인 그에 초점을 맞추느냐 여성인 그녀의 삶에 초점을 맞추느냐에 따라 해석이 달라진다. 남성의 삶에 초점을 맞추면 '온달 콤플렉스'[14]에 젖어 있던 그가 어떠한 노력없이 우연의 역학으로 재벌 딸인 '평강공주'와 만나면서 상황이 완전히 달라지는 이야기다. 그러한 그는 전처와 살았던 삶과 재벌의 딸과 살아가는 삶을 비교하면서 자신의 표면적 변화를 변신으로 감지하는 여정으로 나타낸다. 그것과 다른 측면에서 여성의 삶의 두 모습, '곰 여인 역'의 전처의 가난한 삶과 '호랑이 여인 역'의 '후처 재벌 2세인 부유한 삶'을 대비해서 살펴보도록 하자.

(1) 가난한 '곰 여인 역' 전처의 홀로 서기
양귀자의 소설 「곰 이야기」는 〈단군신화〉 인용으로 시작된다.

그때 곰 한 마리와 범 한 마리가 같은 굴에서 살며 항상 신웅神雄에게 사람이 되게 하여 달라고 빌거늘, 한번은 신웅이 신령스런 쑥 한 심지와 마늘 스무 개를 주면서 「너희들이 이것을 먹고 백 일 동안 햇빛을 보지 아니하면 곧 사람이 되리라」 하였다. 곰과 범이 이것을 받아서 먹고 기룬하기 스무하루(三七日) 만에 곰은 여자의 몸이 되었으나……   - 삼국유사

(양귀자, 「곰 이야기」[15], 23쪽)

이 소설에서 '환웅 역'의 '그'는 '호랑이 역'의 '그녀'를 만나면서 여러

가지로 '곰 역'의 전처와 살던 삶이 자꾸 회상된다. 특히 이혼한 전처와 자녀들과 살던 삶이 떠오르는데, 이때 그는 무능한 환웅 역의 화가라 볼 수 있다. 경제적 문제를 해결하거나 가정을 위해 한 일이 없었고, 자녀 양육 역시 장모님이 맡아 했었다. 이런 생활에서의 그는 무능과 빈곤한 삶 속에 술로 일상을 보내며 남성 역할 부재와 무책임한 가장의 전형성을 보여주었을 뿐이다. 전처와 살 때의 이 남성은 원본 〈단군신화〉에서 잠깐 남편 역을 보여주었던 환웅과 마찬가지로 이름만 존재한 남편이라 유추해 볼 수 있다.

반면에 가난한 전처인 여교사는 자기 힘으로 생계를 유지하며 아이들을 키우고, 자립적으로 생활해나가는 유형의 인물이다. 무책임한 남편 대신 가정을 이끌어왔고, 자녀를 책임졌고 어려운 여정에서 고통을 겪어 가며 당당히 자립해 갔던 여성이다. 이 전처가 제도나 구속적인 곰 역을 맡았다면, 그것에 비해 후처는 부자인 재벌 딸이라는 조건으로 무엇이든 마음대로 결정할 수 있으며, 자유 의지와 잔잔함·담담함을 갖추고, 제도에 구애받지 않는 삶, 호랑이 역을 펼쳐 나갈 수 있는 운명을 타고난 인물이다. 보통 신화는 상층 계급을 모델로 만들어진다. 그런 면에서 재벌 딸은 그의 전처의 구속된 삶이나 책임을 도맡아하는 삶과 달리, 호랑이적 삶을 자유롭게 누리며 살 수 있는 조건과 신분의 모델이었던 것이다.

양귀자의 「곰 이야기」는 결혼에 입문하여 여성에게 모든 일이 중요하게 책임지어지는 상황, 제도적인 역할의 곰의 후예인 전처와 제도 속에서도 자유로운 호랑이 역의 후처의 두 모습을 유약한 남자의 시선으로 보여주는 소설이다. 숨은 환웅 역의 남성인 그는 무책임한 남성으로 아버지 씨만 준 존재여서 모계사회의 흔적을 보여주기도 한다. 곰 역의 전처는 무책임한 남편 대신 슈퍼우먼[16]으로서 생활해 나가는 경제적인 면과 정신적인 면에서 자립형의 여성으로 자리매김하게 된다.

이런 점에서 여성에게 부과된 과중한 업무를 감당해 내는 과정에서 슈퍼우먼이 재창조되는 상황은 반면 전통적 어머니상의 어두운 일면을 드러낸다. 그렇지만 곰 여인 역의 이 여성은 당당하게 홀로서기의 모습을 보여준 것이다.

(2) 재벌 2세 '호랑이 여인 역' 후처의 담담함 표상

「곰 이야기」에서 '그'는 재벌 딸 '그녀'와 결혼하면서 자신의 전처와의 삶을 회상하며, 피곤과 열등감으로 찌들었던 자신의 가난한 예술가의 삶으로부터 다각도로 변신한 삶이라는 위안을 가져본다.

그가 관찰하는 항목으로 보면 25평 아파트에 사는 사람과 몇 백년 된 고옥에 사는 사람 사이처럼 건널 수 없는 엄연한 강이 세상에 흐르고 있다는 사실을 발견한다. 그는 전처와 살던 가난한 서민 아파트의 삶과 재벌이 비싼 고옥을 선택하는 과정을 대비해 보면서, 그가 재혼한 그녀는 너무 멀리, 아마 영원히 도달할 수 없을지도 모르는 곳에 있으며, 자신이 그동안 살던 곳과는 아주 다른 곳에 와서 전혀 공존할 수 없는 부조화에 빠져 있음을 감지한다. 이처럼 절대적 빈부 차이를 심각하게 감지하면서 자신의 입장은 어떤 면에서 그녀의 담담함과 잔잔함이 도달해야 할 곳이라 보고 자신의 지향점을 피력한다. 그때가 되어야 비로소 전혀 다른 자신으로의 변신이 이루어졌다고 말할 수 있을 것이며, 지금은 다만 적응하는 자의식으로 변신을 기대해 볼 뿐이라고 생각한다. 이러한 면은 집을 사러 다니는 과정에서 부동산 중개자가 그녀의 정체를 궁금해 하는 것처럼 자신도 그녀의 정체에 대해 궁금해 하는 대목에 잘 표출된다.

그녀와 결혼하면서 그는 새로운 자기를 주체적으로 연기해야 하는 책임을 지고

있었다. 과거와의 결별이 쉽지 않다고 해서 지금의 현실 속에 자기를 집어넣어야 하는 싸움을 포기할 수는 없었다. 그는 매순간마다 〈낡은 나〉를 버리고 〈새로운 나〉로 위치 이동을 해야 하는 사람이었으므로 역시 이렇게 말할 수밖에 없었다.

(양귀자, 「곰 이야기」, 40쪽)

위 대목에서 보이듯 그는 그녀의 정체성과 대비해 자신의 정체성이 무엇인지 반문해 본다. 천년 묵은 지네 얘기, 흰 손, 싱싱한 머리칼, 둥근 어깨, 편안한 자동차가 자주 그런 반문을 그에게 시키곤 한다. 그와 그녀는 서로 당신이 '천년 묵은 지네'라고 얘기한 바 있다. 천년 동안 사람이 되기 위해 기다린 지네, 천년 묵은 지네에게 단지 선택당했을 뿐 비참했던 선비의 얘기를 들먹이며 지네라고, 그녀도 필연이 되기를 원하는 모양이라고 얘기한다. 지네가 기다려야 했던 천년은 인간이 견딜 수 있는 가장 마지막 지점을 가리키는 것이다. 이 부분은 〈백두산 민담〉 중에 나오는 가난한 선비가 천년 묵은 지네를 만나 벗어날 수 있었던 옛 민담[17]을 동원, 우연의 결과로 변신한 모습을 차용하고 있다. 이는 그가 능동적 의지로 변신하는 것이 아니라, 우연에 의한 변신을 하였다는 반증일 뿐이다.

어떤 면에서 문명의 가장 첨단을 구가하는 시대에 끊임없이 멸망이 이야기되고 어제의 시간과 오늘의 시간을 연결할 끈이 사라져 버린 오늘이야말로 천년을 다 채운 최후의 때라는 민담의 서사에서 그는 그녀에게 운명의 동지애나, 마법의 동지애로 느낄 수 있는 것인가 반문해 본다. 그녀는 집을 새로 짓기 위해 그 동네에 다시 가서 집 지을 땅을 알아볼 것이라 얘기한다.

「당신이 천 년 묵은 지네가 아닌가 해서.」

「그래요?」

그뿐 그녀는 한동안 운전에만 열중하는 듯했다. 그리고 잠시 후 그녀가 말했다.

「전 내내 당신이 지네가 아닌가 생각했어요. 천 년 동안 사람이 되기 위해 기다린 지네 말예요.」

내가? 내가 지네라고? 천 년 묵은 지네에게 단지 선택당했을 뿐인 비참했던 선비가 합당하면 합당했지 지네라고?

그는 허허, 웃으려다가 문득 입을 꾹 다물었다. 그녀도 가끔은 불안한 모양이었다. 그녀도 이 삶이 제비뽑기로 얻어진 우연이 아니고 필연이기를 간절히 원하고 있는 모양이었다. 그런데, 지네가 기다려야 했던 천 년이란 기간은 어쩌면 인간이 견딜 수 있는 가장 마지막 지점을 가리키는 것이 아니었을까. 가장 첨단에 있으면서도 끊임없이 멸망이 이야기되고, 어제의 시간과 오늘의 시간을 연결한 끈이 사라져버린 아슬아슬한 오늘이야말로 천 년을 다 채운 최후의 때가 아닐까. 그는 더욱더 입을 꾹 다물었다. 그렇다면, 그렇다면 그녀한테 동지애를 느낄 수 있을까……

(양귀자, 「곰 이야기」, 54-55쪽)

위의 장면에서 그는 네 번째 환웅 역에서도 욕망의 존재로서, 자유롭지 못한 모습을 보여준다. 첫째 부인과 둘째 부인과는 제대로 살아보지도 못했고, 셋째 부인과는 역할 부재와 무능 때문에 이혼했고, 넷째 부인 재벌 딸을 만나서 겨우, 그것도 자신의 노력이 아닌 우연의 업구렁이 같은 지네를 만나면서 겉만 변신한 모습의 남성을 보여줄 뿐이다. 전처와 관계했던 환웅 역이든, 후처와 관계된 삶에서 환웅 역이든, 무능과 가난, 비자유와 외표의 변신=기표만 보일 뿐이다. 이 부분은 나약한 현재의 남성의 모습과 유약해진 남성의 현실을 반영하고 있기도 하다.

이 남성은 전처와 살던 때에 아버지 역은 하지 않고, 자신의 변명만 늘어

놓다가 재벌의 딸과 만나면서 표피적인 변신을 꾀할 뿐이다. 그런 면에서 그는 비자립형 인간이자 종속적 냄새를 풍기는 인간으로 보인다. 즉, '범 역'의 여인 재벌 딸에게 있어서는 미숙한 자아가 채택되었던 '온달' 처럼, '평강 공주' 의 치맛자락에 나부끼는 비독립적 존재로 비쳐진다. 이 소설은 우연에 의해 자신의 위상이 올라가 변신했고, 자본의 배려로 표면적 변신을 하게 됨으로써 여성적 입장에서 본 소설의 맥락과는 달리, 남성적 입장에서 보면 부정적 모습이 많이 표출된다.

그러나 여성적인 면에서 보면 양귀자의 소설 「곰 이야기」는 곰 역의 전처인 여성 입장에서는 무책임한 가장인 남성 대신 가정과 자녀를 힘겹게 지켜왔고 이 남성과 시련의 고통 후 당당하게 자립적으로 살아가는 삶으로 보여 주었다. 후처인 재벌 2세는 자신의 노력이 아니라 운명으로 주어진 풍족한 환경 덕분에 어떤 것에도 구속당하지 않는 채 자유롭고 담담한 삶을 영위하는 새로운 여성상을 보여준다. 다만 문제는 그것이 우연의 소산이라는 점이다. 전처와 남자의 관계가 슈퍼우먼인 곰 역과 무능한 환웅 역의 삶이었다면, 후처와 남자의 관계는 평강공주 역과 유약한 환웅=온달 역의 삶이라 비유해 볼 수 있다. 이렇게 볼 때 「곰 이야기」는 곰 역의 전처=슈퍼우먼 역이나 호랑이 역의 후처=평강공주 역이나 간에, 환웅 역의 남자는 무능하며 무책임하고 자유스럽지 못한 현실 남성의 삶을 반증하고 있다. 또 곰 여인 전처의 노력에 의한 삶과, 호랑이 여인 후처의 우연에 의한 삶을 볼 때는 사회적 현상이 그대로 투영된 모습을 보여준 것이라 볼 수 있다.

3. 여성들의 삶을 반영한 사회적 신화의 성격 재조명

이상과 같이 볼 때 김성희, 김승희, 양귀자 세 여성작가들은 〈단군신화〉를 재창작하면서, 여성작가 특유의 상상력으로 곰 여인의 역과 호랑이 여인의 역, 환웅 역의 삶을 다양한 각도에서 재조명했다고 볼 수 있다.

김성희의 희곡 「웅녀」에서는 다음과 같은 특징을 찾아볼 수 있다. 작가 김성희는 기혼남성의 삶과 기혼여성의 삶에 전면적으로 실존적 문제를 제기하면서 현실의 체제를 수용하는 보수적 입장을 선택하는 웅녀와, 존재의 각성 후 정면으로 당당하게 맞서는 거리의 여자의 삶을 상반시켜 보여준다. 한마디로 이 작품은 결혼한 여성인 곰 여인 역의 계약적인 삶에 대한 존재 각성과 호랑이 여인 역의 미혼 여성의 자유로운 사랑의 삶을 잘 대비해 보여준 작품이라 할 수 있다.

또 김승희의 소설, 「호랑이 젖꼭지」에서는 야성성의 여성을 아주 독특하게 보여주고 있으며, 여성에게 잠재된 무의식의 에너지를 통해 야성적인 자매애를 보여주고 있다.

작가 김승희는 자신의 소설에서 딸들의 삶을 통해 동굴에서 시련을 겪던 도중에 인내하지 못하고 동굴을 뛰어나간 호랑이를 야성적인 에너지의 원천으로 재현시키고 있다. 야성적 에너지의 원천, 〈단군신화〉가 억압하기 이전 여성의 원초성이자 창조적 힘의 원천을 단군신화를 탈출해 나간 또 하나의 어머니인 백두산 호랑이를 끌어들여 야성적인 자매애로 보여주었다.

이어 양귀자의 「곰 이야기」는 제도적인 곰 역의 후예인 전처와 제도 속에서도 자유로운 호랑이 역의 후처의 두 모습을 유약한 남자의 시선으로 보여준 소설이다. 「곰 이야기」는 곰 역의 전처 슈퍼우먼 역이나 호랑이 역의 후처 평강공주 역이거나 간에, 환웅 역의 남자는 무능하며 무책임하고 자유스럽지 못한 남성 현실의 삶을 반증할 뿐이다. 그런 면에서 노력에 의한 곰 여인 전처의 삶과 우연에 의한 호랑이 여인 후처의 삶은 사회적 현상이 그대로 투영된 모습을 더 다양하게 보여준다.

　이상으로 〈단군신화〉가 여성작가들에 의해 재창작되어 다시 쓰여진 작품을 살펴보았다. 이 작품들은 여성작가들의 상상력에 여성의 자의식이 결합되면서, 결혼한 여성의 삶과 미혼여성의 삶, 어머니의 삶과 딸들의 삶, 출산과 양육을 책임지는 여성 중심의 가난한 전처의 삶과 자유로운 경제 향유자 재벌 2세의 후처의 삶을 둘러싼 문제 등을 다양한 각도에서 재조명했다고 볼 수 있다.

　즉, 세 작품은 여성작가들의 시선으로 그려진 〈단군신화〉의 호랑이 역, 곰 역을 새롭게 재해석하여 여성의 실존적 문제를 깊게 관찰했다고 보아진다. 특히 남성작가들이 순종적인 곰 여인 역을 강조하고 있다면, 여성작가들은 곰 역에 대비한 호랑이 여인 역을 새롭게 보여주거나, 또는 호랑이 여인 역의 의미를 강조하면서 표출하고 있다. 전반적으로 여성의 사회의식과 자아 의식이 성장하고 있는 실존에 대한 각성과 아울러 호랑이 역의 여성을 부각시켰다고 볼 수 있다.

　원본 신화에서는 당대 사회의 의식을 반영한 결과로 캐릭터가 창출된다고 볼 때, 세 여성작가의 작품들을 통해 여성들의 현실의 삶을 반영한 사회적 신화의 성격으로 재조명되었다고 볼 수 있다.

'단군신화' 속의 '호랑이' 의미의 부활 창조*
- 박진규의 『수상한 식모들』론

1. 〈단군신화〉의 재창작과 '호랑이 여인' 부활

신화는 끊임없이 생명력을 유지하면서 의미 생산 작용을 하고 있다. 또 신화는 민족의 통치 방식이나 정체성의 토대가 되기도 한다. 이러한 측면들은 작가들에 의해 원형적 의미로 새롭게 재생산되고 있다.

익히 알고 있는 대로 〈단군신화〉[1]는 곰이 웅녀熊女가 되는 이야기, 호랑이가 중도에 동굴을 탈출한 이야기, 환웅과 웅녀가 결혼하는 이야기, 한국의 시조 단군을 창출시키는 이야기 등이 주요 내용으로 구성되어 있다. 이 신화에서 단군의 어머니 웅녀는 전승되면서, 강조되고 있고 중간에 여자가 되기를 포기하여 '호녀'虎女가 되지 못한 '호랑이'는 중심부에서 빠져 있다. 그렇다면 도중에 사라져 버린 호랑이의 의미를 부활시켜 재현할 수 있을 것인가? 즉, 〈단군신화〉 중 주요 캐릭터라 부를 수 있는 웅녀와 호랑이, 환웅의 삼각 구도에서 웅녀와 환웅으로 자리매김되는 과정이 주류였다면, 이제 동

---

* '단군신화' 속의 '호랑이' 의미의 부활 창조」는 『한국문예비평연구』제20집, 한국현대문예비평학회, 2006, 45-69쪽에 실린 것임.

굴에서 중도에 빠져나간 호랑이까지를 포용할 수 있느냐에 따라 여성성에 대한 해석은 다양하게 달라질 수 있다.

이렇게 다양하게 재해석될 수 있는 〈단군신화〉는 그동안 한국 작가들이 다양하게 재창작해 왔다. 유형도 다양하여, 운문 장르인 시詩[2]와 산문 장르인 소설·동화·희곡 등으로 다시 쓰여져 왔다. 특히 〈단군신화〉를 산문 장르로 재창작한 작품의 의미망은 다양한 각도[3]로 나타났다.

이 글에서는 〈단군신화〉에서 여성 자의식이 주체적으로 강조된 '호랑이 여인 역役'들을 재창조한 소설을 살펴보겠다. 박진규[4]의 장편소설 『수상한 식모들』[5](2005)에 등장하는 '호랑이 여인'의 캐릭터, '호랑아낙'과 '수상한 식모들'을 중심으로 분석하고자 한다.

2. '웅녀신화'와 가상신화 '호녀신화'
– 〈단군신화〉와 『수상한 식모들』의 대비

〈단군신화〉 관련 작품들에서 여성의 소극성 및 수동성을 상정했던 인고의 여인상을 전통적 여성상으로 자리매김했던 것과 달리, 여성들이 사회적 각성과 위상이 상승되면서 여성작가들은 여성 자의식을 투영시켜 재창작하게 되었다. 특히 여성작가들은 사회적 자아의 구현을 부각시키기 위해 동굴에서 뛰쳐나갔던 호랑이의 재해석을 적극적으로 투영하고 있다. 또 곰여인 역을 강조하던 데서 나아가 호랑이 여인 역의 의미 부활을 적극적으로 모색하고 있다. 여성 사회가 급변하면서 그동안 민중의 이름 아래 묻혀져 소외되었던 소외된 여성 집단과 계층의 의식을 남성작가임에도 불구하고 박진규는 2000년대 중반 작품인 『수상한 식모들』에서 독특하게 드러내고 있다.

박진규는 단군신화를 가상신화假想神話 기법을 동원하여 호녀신화 이야기로 풀어 내면서 변모된 여성 사회를 투영시키고 있다.

먼저 '호녀신화'虎女神話를 살피기 전에 '웅녀신화'熊女神話로 불릴 수 있는 〈단군신화〉의 원문은 다음과 같다.

옛날에 환인桓因의 서자庶子 환웅桓雄이 항상 천하에 뜻을 두고 인간 세상을 몹시 바랐다. 아버지는 아들의 뜻을 알고 삼위 태백三危太伯을 내려다 보매 인간 세계를 널리 이롭게 할 만한지라, 이에 천부인天符印 세 개를 주어, 내려가서 세상을 다스리게 하였다.

환웅은 그 무리 3천 명을 거느리고 태백산太伯山 꼭대기의 신단수神壇樹 아래에 내려와서 이곳을 신시神市라 불렀다. 이 분을 환웅 천왕이라 한다. 그는 풍백風伯, 우사雨師, 운사雲師를 거느리고 곡식·수명·질병·형벌·선악 등을 주관하고, 인간의 삼백예순 가지나 되는 일을 주관하여 인간 세계를 다스려 교화시켰다.

이때, 곰 한 마리와 범 한 마리가 같은 굴에서 살았는데, 늘 신웅(神雄, 곧 환웅)에게 사람되기를 빌었다. 때마침 신神이 신령한 쑥 한 심지와 마늘 스무 개를 주면서 말했다. "너희들이 이것을 먹고 백일 동안 햇빛을 보지 않는다면 곧 사람이 될 것이다." 곰과 범은 이것을 받아서 먹었다. 곰은 기른한 지 21일[三七日] 만에 여자의 몸이 되었으나, 범은 능히 삼가지 못했으므로 사람이 되지 못했다. 웅녀熊女는 그와 혼인할 상대가 없었으므로 항상 단수壇樹 아래에서 아이 배기를 축원했다. 환웅桓雄은 이에 임시로 변하여 그와 결혼해 주었더니, 그는 임신하여 아들을 낳았다. 이름을 단군왕검檀君王儉이라 하였다.[6]

(『삼국유사』〈단군신화〉)

〈단군신화〉를 여자의 몸이 된 웅녀에 초점을 맞추어 해석한다면, 이 신화는 천지의 창조나 인간 창조 신화는 아니나, 여성성을 처음으로 존재케 한 신화다. 특히 여성이 생명을 탄생시키는 신화가 되기도 하며, 여성에게 역할을 부여하는 최초의 여성 역할 신화로 볼 수도 있다. 웅녀 이야기는 여성으로 거듭나기 위해 죽음에 이르는 고통을 겪어야 함을, 입굴 의식과 아이를 낳기 위해 단수 아래서 비는 것으로 형상화한, 여성이 수난을 견디는 이야기인 여성 수난담의 시작[7]이라 할 수 있다. 이 이야기에서 한국 최초의 어머니인 웅녀는 육체가 있되 육체성은 없어 육체의 리비도libido=性慾적 욕구가 제거되어 있으며, 또 그녀는 단지 자신의 육체를 생식의 도구로만 인식했음으로 볼 수 있다. 즉 웅녀는 한국산 가부장 이데올로기가 이상화시킨 모성으로서의 이미지[8]로 자신의 정체성을 단지 모성에만 두고 있는 것으로 보인다. 즉, 여성 육체에 대한 문화의 지배는 웅녀를 모성 지상주의자로 만들었다고 볼 수 있다. 그러기에 한국인에게 여성다움은 곰과 같은 수동성이나 기원하는 자세, 인내, 자기 희생, 모성성 같은 것으로 범주화되어 전해오게 된 것이다. 자신이 원초적으로 가지고 있었던 아니무스animus(여성의 남성적 특성)로써의 '호랑이성'을 추방하고 제도권 안에 어머니로서의 위치성만을 수용했던 것이다. 가부장 이데올로기의 산물로써의 젠더를 획득한 웅녀는 여성의 자기 소외의 거울이며 여성 억압의 거울과 같다[9]고 볼 수 있다.

반면 여자가 되지 못한 호랑이를 불러와 해석을 한다면, 웅녀에 집중하여 해석할 때와는 달리 곰과 호랑이를 두 개의 다른 동물로 해석하지 않고 한 사람의 전체성 속에 공존해 있는 '곰성'과 '호랑이성'으로 해석할 수 있다. 즉, 한국산 가부장 이데올로기가 이상화시킨 모성으로써의 이미지를 탈피하여 자신이 원초적으로 가지고 있었던 아니무스성을 재위치시켜, 자기 자신의 전체성(곰성+호랑이성)을 부활시킬 가능성이 내포되어 있다.[10] 이러한 호랑이성이 우세한 현대의 아니무스적 여인들은 현대 페미니즘 문화의 선구적 위치를 차지하고 있다. 그런 매장된 호랑이성은 1970년대 이후의 현대 여성

문학에서 아주 공격적이고 반란적인 전복의 에너지로 무섭게 분출하였다. 때로는 죽음과 부정의 에너지인 타나토스thanatos와 손잡고 죽음의 노래, 자기 파괴 혹은 투명한 에고 해체의 에너지로 나타나기도 했고, 때로는 여전히 남성 중심주의가 지배하는 로고스 중심주의 사회에 대한 비판과 풍자·조롱을 노래하는 현실 거부의 에너지로 나타나기도 했다. 그리하여 가부장제의 제품으로써의 문화적 웅녀가 아닌, 그 이전의 양성성 상태의 자연 여자를 회복시킴으로써 잃어버린 아니무스를 되찾아 원래적이고 전체적인 자기 자신이 되는 일로 매진하는 것이다. 웅녀를 뛰어넘어 웅녀 이전의 '웅녀+호랑이'의 자연 여자를 회복하는 것은 문화적 젠더 아이덴티티가 소외되었었지만 자신의 원초적 본성을 찾아가는 고고심리학적 탐색이 될 것이다.[11]

먼저 박진규의 소설 『수상한 식모들』이 〈단군신화〉와 맞물리며 펼쳐지는 대목을 보자. 이 부분은 『삼국유사』에 수록된 〈단군신화〉가 다시 쓰여진, '호랑이 이야기의 후일담'으로써의 – '호녀신화'라 지칭할 수 있는-대목이다. 한마디로 소설 속에 구현된 가상신화 '호녀신화'이다.

수상한 식모들의 첫 이야기는 단군신화와 맞물린다. 곰과 호랑이가 환웅에게 빌어 굴에서 마늘과 쑥을 먹으며 버틴 이야기는 누구나 알고 있다. 곰은 약속한 날짜를 다 채우고 결국 아름다운 여인이 되어 고조선의 시조 단군을 낳았다.

하지만 호랑이는 마늘과 쑥만 먹는 나날을 견디다 못해 결국 굴 밖으로 뛰쳐나오고 만다. 수상한 식모들의 시조는 바로 이 호랑이다.

호랑이는 굴을 빠져나오자마자 온 산을 뛰어다니며 온갖 동물들을 다 포식한다. 토끼, 다람쥐, 고라니 등등. 과식한 탓에 배가 땡땡하게 찬 호랑이는 지독한 갈증을 느끼지만 주위에는 작은 샘물 하나 보이지가 않는다. 더구나 갑작스런 포식으로 위장은 쓰려 오고, 호랑이는 그만 정신을 잃고 언덕 아래로 데굴데굴 구르고 만다.

너무나 운이 없게도 언덕은 가시나무 천지였다. 호랑이의 몸뚱이에는 온통 가시가 박히고, 사지는 자갈에 긁혀 온몸이 상처투성이로 변한다.

호랑이가 비틀대며 당도한 곳은 다행히 샘가였다. 호랑이는 몸을 일으켜 목을 축이려고 샘 가까이 다가간다. 그러나 샘에 얼굴을 비춰보곤 자기 몰골에 경악해서 뒤로 물러서고 만다. 이어 밀려오는 후회.

지금쯤 곰은 아름다운 여인으로 태어났겠지. 그리고 환웅과 결혼했겠지? 이렇게 짐승의 숨만 쉬고 있는 나는 뭐람. (중략)

여자는 호랑이 가죽을 여며 옷으로 만들어 입고 산을 내려갔다. 사람들은 그 여자가 입은 옷을 보고는 '범녀' 라고 불렀다.

범녀는 사람들을 이끌고 다니며 사냥하는 법과 노래하는 법을 가르쳤다. 춤을 가르쳐주기도 했으며, 산에서 자라는 약초가 무엇인지 알려주기도 했다. 또 버려진 여자아이들을 산으로 데려가 자기 수양딸로 키우기도 했다. 사람들은 범녀를 따랐으나, 알 수 없는 모함을 당해 범녀는 마을에는 다시 접근하지 못하고 산에서만 머무는 운명에 처했다.

왜 범녀가 수상한 식모들의 시조가 되었을까? 나는 단군신화의 의미에 관한 몇 가지 연구 자료를 살펴보았다. 제일 설득력 있는 해석은 곰 토템 부족과 호랑이 토템 부족 중 전자가 지배권을 얻게 되었다는 가설이었다. 그렇다면 범녀는 지배당한 호랑이 부족의 리더쯤 되지 않았을까? 그녀는 그 후에도 지배 집단에 항거하는 어떤 자세를 보여줌으로 해서 집단에서 축출당하고 산으로 내쫓겼던 건 아닐까?

집단에 속하지 못하고 배회하고 소외된 여인들의 삶. 그곳에서 우리 수상한 식모들의 씨앗도 발아하였으리라.

이후, 조선시대 말엽까지 그녀들은 범녀, 혹은 호랑아낙이라는 이름으로 불리게 된다. 수상한 식모들이란 명칭은 일제시대가 되어서야 생긴 명칭이었다.

(박진규,『수상한 식모들』,¹² 30-33쪽)

위의 소설에서 새로운 의미를 발견할 수 있는 부분은 '호랑이'가 굴 밖으로 뛰쳐나와 '수상한 식모들'의 시조가 되는 점에 있다. 그 호랑이는 동물을 포식하다가 정신을 잃고 낙상하며, 그것으로 인해 입었던 상처가 치유된 후, 호랑이 가죽을 옷으로 여며 입고 마을로 내려오게 된다. 마을 사람들은 그녀를 호녀로 부르고 호녀는 그 마을의 여성 지도자가 되어 살아간다. 그녀는 사냥법, 노래와 춤, 약초 분별법, 버려진 아동의 양육자로서의 삶 등을 보여 주나 한편으로 사람들에 의해 모함을 당해 아웃사이더로 살아가는 자로 자리매김된다. 그러면서 그녀는 집단과 떨어져 살아가지만 호녀와 호랑아낙으로서 위상을 구축해 나가는 것이다.

〈단군신화〉 속의 호랑이를 작가 박진규는 어떤 식으로 변형하여 이야기에 편승시켜 왔는가? 위에서 인용된 이야기는 소설 속에 다시 재편성해서 보여지는 가상신화라 부를 수 있다. 이 가상신화는 한마디로 〈단군신화〉 속의 호랑이 이야기의 후일담이라 볼 수 있으며, 그 신화를 신봉하며 살아가는 새로운 계층의 대변자들의 이야기라고 볼 수도 있다. 이름하여 웅녀신화가 아닌 호녀신화(범녀신화)의 이야기로 호랑이가 변해서 된 사람의 명칭은 웅녀가 아닌 호녀인 것이다. 이 호녀들이 가르쳐 준 사냥법, 노래법, 약초 감별법, 고아 양육 등이 그들의 사람을 지탱해 온 요건이었고, 그것은 지배 집단에 항거하는 자생적인 민중의 역할이기도 했다.

박진규의『수상한 식모들』은 '호랑아낙'의 이야기라는 대체 신화를 발명해냄으로써 식모라는 대상에 대한 새로운 인식의 지평을 열어 보이고 역사를 사적으로 재해석하려고 한다.

자신들의 부재하는 정통성을 보충하기 위해서 단군신화에 의지하거나 화랑의 표상 같은 것을 발명하는 것은 근대화를 내세운 박정희 시대의 남성 파시즘 주체에게나 어울리는 것[13]이라는 견해가 있다.

집단적 무의식은 정신의 한 부분으로 개인적인 경험에서 생겨난 것이 아니고, 결코 의식에 머문 적이 없고 유전의 층위로 존재하는 것이다. 집단무의식의 관념에 절대적인 상관 관계를 이루고 있는 원형의 개념은 정신 속 어디에나 보편적으로 있고, 널리 퍼져 있는, 어떤 일정한 형식들이 존재한다는 사실을 가리키고 있다.[14]

가상신화인 호녀신화의 창출은 어떤 면에서 여성사를 거시적으로 통찰하여 사회적 여성상의 한 원형을 정립한 것이라 볼 수 있다. 즉 근대화 이전의 사회적 여성상의 한 모습을 새롭게 보여준 것이다.

또한 작가 박진규의 『수상한 식모들』은 근대화 이후 여성상의 한 층위를 새롭게 보여주기도 한다. 본격적으로 근대화가 진행된 20세기 전반기에, 일본 제국주의에 의해 한국 사회는 변화 또는 해체되어 갔다. 이때 상층 차원의 식민 지배와 병행하여, 이름 모르는 사람들의 풀뿌리 침략, 풀뿌리 식민지 지배를 통해 식민 사회가 유지되고 운영되었다. 다시 말해서, 식민지 지배는 정치가와 군인들이 시작했지만, 일본의 많은 서민이 조선으로 건너와 자리를 잡은 것은 일본이 식민지를 '안정적으로' 지배하는 한 근거가 되었다.[15] '어머니' 라 불리던 조선인 하녀를 데리고 있던 사람은 35명 가운데 26명이다. 대부분의 일본인은 어머니가 어떤 인물인지에 관심이 없었다. 그런 어머니는 인격이 없는 도구, 로봇과 같은 존재였다. 조선의 일본인 사회는 엄격한 피라미드 형태였다는 것, 대부분의 일본인 가정에서는 '조선 여성'(어머니)을 가사 도우미로 고용했는데, 눈에 잘 띄는 곳에 일부러 약간의 돈을 놓아 두고 청소를 시킨 다음, 돈이 있던 자리에 그대로 놓여 있으면 고용했다고 한다.[16] 이렇게 해서 시작된 '식모' 의 존재는 일제 시대를 거쳐 1960-1970년대, 근대화가 가속 페달을 밟던 시기, 농어촌이 대도시로 빨려들어가는 한 형식에서 가정부라고도 불리던 식모로 자리잡았고, 그들의 형제 자매 가운데 일부가 구로공단의 공돌이·공순이가 되었다.

그런데 농촌이 무너지고, 가족이 해체되고, 성 역할까지 모호해지는 이 21세기 초입에 식모를 호출하는 것보다 더 수상한 것은 박진규의 발상법, 즉 전복적인 상상력이다. 곰과 함께 쑥과 마늘을 들고 동굴로 들어갔다가 참지 못하고 뛰쳐나온 호랑이에 대해서는 그동안 아무도 주목하지 않았다. 단군 시절의 호랑이는 참을성이 없는 불민한 족속의 상징이었다. 박진규는 우리의 신화적 연대기의 발원지까지 거슬러 올라가, 그 물줄기를 바꿔 버린 것이며, 모든 것을 뒤덮어버린 것이다. 박진규는 신화와 역사는 다시 씌어져야 한다[17]고 강변하고 있다.

이름 모르는 사람들인 풀뿌리 여성들=식모들은 한 집안을 신분 상승시키는 밑거름이 되었고, 한 집안을 중산층 사회로 이끌어 와 한국 사회 중추가 되게 한 근대화의 숨어 있는 주역이었다. 그들은 가족의 희생양이자 한국 사회의 희생양이며 소외 계층이었지만, 같은 민중이되 남성의 경우처럼 힘있게 능동적으로 호출되고 해석되는 기회가 없었다. 그동안 우리=현대의 한국인은 강력한 자의식의 소유자로서, 말할 권리와 욕망을 추구하는 존재로 위상을 찾으면서도, 그녀들의 얘기를 들을 여유를 갖지 못했다. 박진규는 한국 근대화 여정에서 상류층이나 중류층의 삶을 지향해 오는 과정에서 소외되었던 하류 사회의 여성 구성원들의 삶의 목소리를 대변하고 있다. 특히 그것은 사회주의 리얼리즘이나 비판적 리얼리즘의 입장이 아닌, 신화를 가미한 전복적 글쓰기를 통해 보여주었다. 또 문헌의 〈단군신화〉를 패러디한 가상 신화를 투영시켜, 호랑아낙과 수상한 식모들의 여성 사회사 계보를 통해서 보여준 것이다.

　보통 계층 의식은 단순히 소득과 자산뿐만이 아니라 학력과 직업 등으로 형성된다. 게다가 거기에는 자기 자신 말고 부모의 소득과 자산, 학력과 직업 등도 반영된다. 특히 계층 의식이 그 사람의 성격과 가치관, 취미, 행복함을 느끼는 정도, 이상적인 가족상 등과 깊이 관계되어 있다. 하류라는 것은 단순히 소득이 낮은 계층만을 말하는 것이 아니다. 커뮤니케이션 능력, 생활 능력, 노동 의욕, 학습 의욕, 소비 의욕 등 한마디로 발전적인 인생에 대한 의욕이 낮은 자들[18]을 뜻한다. 그러나 근대화 이후 수상한 식모들은 하류라고 부르기에 너무 강한 자의식이 내재되어 있다는 반증을 보여주는 작품이 바로 박진규의 『수상한 식모들』이고, 그것은 바로 수상한 하류라 부를 수 있을 것이다.

　그러한 사회적 여성상의 정립을 박진규는 호녀신화 후예들의 삶을 통해 구체적으로 보여주고 있다.

3. 『수상한 식모들』에 나타난 호녀신화 후예들의 의식 세계

　박진규의 소설 『수상한 식모들』에서 표면의 이야기는 주인공 화자 '나'를 둘러싼 '수상한 식모들'과 가족사의 이야기라면, 이면의 이야기는 '강순애'를 통해 알게 된 '지씨', '김수영', '김염옥', '최씨' 등 '수상한 식모들'의 이야기로 구성된다.

　이 소설은 이중 플롯으로 표면의 이야기와 이면의 이야기로 교차되며 전개되고 있다. 더불어 현재 나의 가족과 관련된 식모 관련 이야기는 여러 층위로 드러난다. 우리 가족의 구성원과 관련된 내막은 할아버지는 식모 김수영을 로맨스로 그리워하고, 아버지는 할아버지집 식모였던 어머니와 결혼

했었고 지금은 하녀 시뮬레이션 게임에 빠져 있고, 형과 나는 식모 강순애로
부터 받은 정신적인 상처가 공포로 내재해 있는 여러 이야기들로 이루어져
있다. 그 중 하나의 이야기는 나의 가족이 사업에 실패한 후 강남의 아파트
로 상징되는 중산층의 삶으로부터 밀려나와 강북으로 이사오면서 시작된
다. 이때 과거 우리 집에서 지냈던 식모 강순애를 만나는 사건은 한국 사회
에서 잘 드러나지 않았던 식모들-김수영, 지씨, 최씨, 김염옥 등 다양한 인
물들-이 여러 연결고리를 매개로 드러나게 하는 역할을 한다.

그럼 호녀신화의 후예라고 할 수 있는 근대화 이전의 호랑아낙들과 근대
화 이후의 수상한 식모들의 이야기를 나누어 살펴보자.

1) 근대화 이전 ‘호녀’ 또는 ‘호랑아낙들’의 정치사회적 집단무의식의 발현

소설의 초입에서 나(신경호)는 18살로, 고교 재학중이며 몸무게는 130kg이
나 나가는 이로, 고깃덩어리처럼 살아가고 있다. 특히 나는 정신적인 문제-
쥐가 달려드는 환청과 쥐떼가 몰려오는 환각-에 시달리는 청소년이다. 이
러한 나의 가족들은 가출한 형, 영재 스쿨을 다니는 초등학교 3학년인 동생,
1980년대 중반까지 건축 자재 사업으로 잘 나갔으나 사업 실패 후 지금은 시
뮬레이션 하녀 게임에 빠져 지내는 아버지, 기고만장했던 시절을 지나 지금
은 풀이 죽은 어머니이다. 화려했던 80년대가 나의 가족에게 사라진 것처럼
어쩌면 아버지는 식구들로부터 사라진 존재처럼 외면당한 채 살아가고 있
다. 특히 어머니는 1990년대 돈암동 구식 양옥집에서 대치동 아파트로 이사
하면서 강 건너에 새 세상이 올 것이라고 단언했으나, 희망의 신전이었던 아
파트를 비롯한 재산을 건축 자재 사업의 부도 등으로 모두 날리게 되어 다시
강북 지역으로 이사를 오며 풀이 죽게 된다. 결혼 당시 어머니는 주위의 반

대를 무릅쓰고 아버지와 결혼했으며, 형을 낳을 때까지 인고의 세월을 보낸 바 있다. 나는 검은 베일에 가려 있는, 우리집이 돈암동에서 살 때 우리집에 있었던 20살 전후의 젊은 식모들을 떠올리며, 어머니 역시 10살의 어린 나이일 때부터 할아버지 집의 식모 생활을 10년 동안 한 바 있고, 9살 많은 아버지와 결혼했다는 것을 알게 된다. 이번 이사로 책장을 정리하다가 수첩 하나가 발견되면서 우리집의 식모 관련 이야기가 나에 의해 하나 하나 베일이 벗겨지며 드러나게 된 것이다.

범녀신화가 있긴 하지만 그녀들의 본격적인 활동 이력을 파악하려는 시도는 무모하다고 할 수밖에 없다. 앞서 말한 바와 같이 호랑아낙들은 체계를 갖춘 집단이 아니다. 그렇다고 사당패처럼 무리를 지어 다니며 재주를 보이는 것도 아니었다. 그들은 각기 다른 자기의 신분을 방패로 삼아 본모습을 감추고 지배계급을 농락했다. 호랑아낙의 신분은 대부분 참수당할 때에나 세상에 드러났다.

다만 구전되어오는 이야기에 따르면, 민란이나 학살 혹은 혼란이 일어날 때마다 호랑아낙들이 늘어났다고 전해지기는 한다. 지아비 혹은 가족들이 몰살당한 경우에 갈 곳을 잃은 어린 여아나 부녀자들 중 몇몇이 호랑아낙의 길에 들어선다는 것이다. 물론 그들을 이끄는 것은 기존에 몰래 활동하던 호랑아낙들이다.

주로 입이 무겁되 겁은 없으며, 딸린 식구가 없는 여인들이 호랑아낙으로 뽑혔다. 그 범녀들은 구전되어 오는 호랑이 신화를 듣고, 또 선대 호랑아낙들의 활약상을 듣고, 그들 특유의 비방까지 전수받는다. 어떤 비방의 재주를 가지느냐는 어떤 선지자를 만나느냐에 따라 달라지는 일이다.

조선 영·정조 시대에는 호랑아낙의 수가 현저히 줄어들었던 시기였다. 이것은 조선시대의 짧았던 영화와도 맞물려 있다고 여겨진다. 이 시기에 범녀들은 다시 산으로 들어가 혼자 굴에 숨어 생을 보냈다. (중략)

당시만 해도 호랑아낙들은 신분을 떠나 다양한 계층에 두루 존재했는데, 어떤 이들은 왕실의 궁녀나 상궁으로 살았던 것으로 전해진다(연산군 폐위시에 재빠른 역할을 했던 이들이 대부분 왕실의 호랑아낙들이었다. 또 광해군을 도왔던 이들도 대부분 왕실의 호랑아낙이었다고 한다). 사대부 부인들 중에도 호랑아낙이 있었다. 물론 그녀들에게 호랑아낙의 신화와 삶을 전한 것은 주로 노비나 상인, 광대패 출신의 천인 호랑아낙들이었다. 상대적으로 행동이 자유로웠던 하층민 호랑아낙들은 양반 가문이나 왕궁의 호랑 아낙들의 밀서를 가지고 발빠르게 움직이곤 했다.

(『수상한 식모들』, 33-35쪽)

'나'는 수첩을 발견하면서 구전에 의한 식모담食母談에 관심을 갖고, 식모의 전신인 호랑아낙에 대해 통시적으로 고찰하게 된다. 그러면서 그녀들의 무의식 에너지가 투영되었던 식모 자료를 통해, 민란·학살·혼란 때는 그 수가 급증하며, 영화로운 정권이 창출될 때 그 수가 급감한다는 점을 알게 된다.

호랑아낙의 역사에는 많은 직업과 사상들이 명멸하는 면도 있다. 호랑아낙들은 때로는 점을 치는 무속인으로, 때로는 동학혁명에 참여하거나, 천주교 신자로 활동하다 순교하거나, 약초와 마법을 연구하며 그들의 삶을 지탱해 왔다. 그러다가 그 수가 조선조 영·정조 시절에는 현저하게 감소되었다. 또 조선이 패망의 길로 나아갈 때 그 수가 급증하며, 동학혁명의 참여자들 대다수가 그들이었다. 호랑아낙의 신분 역시 상궁이나 사대부 부인, 노비나 상인 등 다양했다.

그녀들은 조선 시대 말엽까지 범녀, 혹은 호랑아낙이라는 이름으로 불리게 된다. '수상한 식모들'이란 명칭은 일제 시대가 되어서야 생긴 것이라는 점도 밝혀진다.

이상의 이야기들을 〈단군신화〉의 상징과 연결해 볼 때, 곰과 호랑이, 환웅의 삼각 구도에서 환웅과 웅녀가 결합하는 부분은 조선왕조 성립기, 탐관오리 시대, 부패 시대, 영·정조 시대, 광해군 및 연산군 시대 등으로 이어지는 속에서 제도권이나 주류로 편입되는 체제성 측면을 상징한다고 볼 수 있다. 반면 동굴 밖으로 뛰쳐 나온 호랑아낙은 동학혁명 관련자, 천주교의 순교자 등 비주류의 반골성의 상징으로 대비해 볼 수 있다. 호랑아낙들은 곰여인들과는 달리 제도권에서 밀려난 패배자였기에 체계가 갖추어져 있지 않아서 해석하기가 어려운 면이 있다. 그러나 호랑아낙 숫자의 급증과 감소가 주류 체제의 폭압이나 학정과 반비례하는 것이어서 지배계급을 농락했던 그들의 신분은 참수당할 때 겨우 드러나곤 했다.

이런 면에서 호랑아낙의 속성은 지배성-체제성에 대해 피지배성-반골성으로 상징될 수 있는, 민중을 포함한 다양한 계층이 혼효된 명칭이라 볼 수 있다. 특히 그들은 주류와 반대 입장에서 항거 집단의 목소리를 발현하는 계층이라 볼 수 있으며, 다른 한편 민중이나 반골층의 민족무의식이나 집단무의식을 드러내는 주체라 볼 수 있다. 그러나 근대 이후 한국 사회가 자본의 질서로 재편되며, 강건한 호랑아낙 부류는 여러 계층과 아울러 감소하게 된다. 이런 측면을 작가 박진규는 〈단군신화〉를 재해석하면서 호랑이 이야기 후일담을 상정하고, 가상신화인 호녀신화로 전복시켜 보여준 것이다.

이상과 같이 살펴볼 때, 호랑아낙들은 수동적 여성성을 강요한 이데올로기를 탈피하여 적극적 여성성을 보이며, 비주류이지만 남자들의 권위에서 벗어났고, 지배계급의 이데올로기에서 벗어난 캐릭터로 볼 수 있다. 그녀들이 역사에 가담하여 부와 명예를 독식해 온 집단에 대항해 왔던 것은 정치사회적 집단무의식 내지 민족적 집단무의식을 적절히 수행하여 역사 속에 흔적을 남겼다고 볼 수 있다. 그녀들이 사회의 소수였고 권력자가 아닌 약자들이었지만, 이는 선택받지 못한 호랑이 여인의 정체성을 확립해 가는 시도이며, 그것은 여성 사회의 인식과 흐름에 따라 변화되어 간 반증이라 볼 수 있다. 즉, 호랑이의 기를 받은 호랑아낙들이 왕조, 탐관오리, 양반과 귀족 계급, 남성 중심 사회에 은밀하게 대항해 온 것이며, 이들 계보는 호랑이-호랑아낙들 속에서 저항한 여성들의 역사를 만들어 낸 것이라 볼 수 있다. 승자勝者 웅녀熊女의 이야기가 아닌 패자敗者 호녀虎女의 이야기를 전면에 부각시키고, 패자의 계보를 잇는 호랑아낙, 여성들의 집단무의식에 숨죽이고 있던 호랑이 여인들이 지배 계층에 억눌려 왔던 패자의 복수심을 내존해 왔다는 전제 하에, 그 집단무의식이 식모의 계보를 대필하는 화자에 의해 드러나게 만든 것이다. 호랑이 스스로의 힘으로 여자가 된 것은 남성 중심의 신화를 여성 중심으로 바라본 여성의 재발견이며, 거대 집단에 대한 항거이자 호랑이 이야기의 후일담을 전면에 세운 또 하나의 가상신화인 호녀신화를 새롭게 해석해 볼 수 있게 하는 한 틀이라 할 수 있다.

2) 근대화 이후 '수상한 식모들'의 미시적 생활사와 하부 집단의 구술

근대화 이전의 '호랑아낙들'이 정치사회적 집단무의식의 원형적 힘을 발현했다면, 근대화 이후의 '수상한 식모들'은 그 계보를 이어 자본주의의 모순과 부조리를 해체시키는 역을 감당했다.

근대화 이전에는 호랑아낙 군단이 정의를 향해 저항해 온 정치사회적 집단무의식의 원형적 힘을 발현했다면, 근대화 이후 수상한 식모들은 중산층의 모순 해부와 공허한 가정 흔들기로 그 길을 계승했다고 볼 수 있다. 그러면서 마지막 호랑아낙의 이야기도 강순애의 얘기를 통해 밝혀진다.

어쨌든 근대화 이후의 수상한 식모들 역시 부르주아라는 주류 권력에 대한 일탈의 산물이라고 볼 수 있다.

20세기 후반기에 접어들면서 한국 사회는 크게 변모했다. 개발과 성장이 지속되면서 참수와 학살의 역사는 한국 사회에 점점 사라지는 중이지만 온전히 소멸된 것은 아니다. 지배계급은 부르주아로 탈바꿈하여 개발과 도시화란 이름으로 주변의 모든 것을 짓밟아 왔고, 서울이란 도시는 사람들의 생명이 깃든 육체를 양분 삼아 속성速成으로 성장해 왔다고 볼 수 있다. 또 1990년대 접어들기까지 지배계급의 화신이라 할 수 있는 참수용 칼은 90년대 이후 개인 부르주아에게 양도되어 사용되었다고 볼 수 있다. 이러한 점은 그러한 시대 마지막 식모이기도 한 수상한 식모 강순애가 숨을 거두며 증언을 통해 알려지게 된다.

고교 졸업을 앞두고 따분하던 나는 호랑아낙 또는 수상한 식모들이란 내용을 재미있는 읽을거리로 접하게 된다.

먼저 식모 출신인 '나'의 어머니 얘기다. 어머니는 찢어지게 가난한 집에 태어나, 10살에 식모살이를 시작한다. 그러나 어머니는 영특했고, 장차 나의 할머니가 되는 이는 할아버지 외도 때문에 어린 어머니를 예뻐하게 된다. 이러한 할머니의 격려 하에 어머니는 식모 생활을 하면서 검정고시를 볼 수 있었다. 그런데 여배우를 닮았던 어머니는 18살 때 시어머니의 막내아들(나의 아버지)과 관계하여 아기를 가지게 되나, 할머니는 그런 어머니를 며느리로 인정하지 않는다. 할머니는 막내아들과 결혼을 한 식모 계집애인 어머니를 집안의 구박덩이로 여길 뿐이다. 여러 곡절 끝에 어머니와 결혼한 아버지 역시 형제들 사이에서 따돌림을 당한다.

다음으로, 나의 여자 친구인 선재는 현대판 식모이다. 선재는 나와 마찬가지로 뚱보이다. 우리는 커플 홈피에 서로를 돼지우리, 러브러브, 뚱남뚱녀, 살덩어리, 쓰레기더미에 불과하다고 묘사하면서도 그 공통점 때문에 친숙하게 지내게 된다. 선재는 유럽 여행을 가려고 현대판 수상한 식모, 파출부가 되겠다 한다. 그것은 40, 50대 중장년들에게 인기를 끌고 있는 성인용 음성 서비스 게임-하녀 시뮬레이션 제작 업체에서 일하는 것이다. 선재는 성인용 게임 하녀 시리즈의 시나리오 설정에 맞는 하녀 목소리를 녹음하는 일을 한다. '나'의 아버지는 그런 하녀 게임과 연애 중이라 할 수 있다. 그즈음 나는 가정 인력 센터 소장을 알게 되고, 식모들이 부르주아 가정에 침투하여 아니꼬움·질투·시기를 부추김으로써 평온한 가정 해체를 주도한다는 사실을 알게 된다.

특히 이 소설 『수상한 식모들』에서는 김기영 감독의 1960년 영화 작품 「하녀」가 성적 판타지로 언급되는데, 이 영화 속에 희생양인 주인집 아들과 딸이 있듯이, 나와 형 역시 식모들의 희생양이 된다. 그러면서 나는 식모 신분을 가졌던 어머니를 둔 식모의 자식이기도 한 모순적 상황이 드러난다.

나는 최근 수상한 식모-쥐를 가지고 노는 이상한 여인 강순애-와 만나 호스피스를 해 주며 자서전 대필을 하게 된다. 나는 강순애로부터 수상한 식모들의 활동 중, 한국전쟁 때 적개심으로 보복 활동을 한 이야기와, 그 이후 식모들이 양극화되었다는 이야기를 듣게 된다. 한편 할아버지의 과거는 마장동으로 이사오면서 드러난다. 예전에 쌀 가게를 했던 할아버지의 취미는 그림 그리기였는데, 지금은 하녀 비디오 테이프를 감상하며 지내는 것이다.

이처럼 현재 나의 집안 내력에는 식모와 로맨스를 즐겼으며 하녀 비디오를 좋아하는 할아버지, 과거 우리집 식모였던 어머니와 결혼했으며 하녀 시뮬레이션을 즐기는 아버지, 과거 식모 강순애로부터 공포를 느끼게 된 무의식을 정신적 상처로 갖고 있으며 현재는 석화石化된 삶을 살면서 강순애의 식모들의 전기를 대필하고 있는 나, 이렇게 조부-부-자 삼대에 걸친 천민 자본주의와 하류성이 식모를 공통 매개로 하면서 잘 투영되어 나타나 있다.

그렇다면 화자(나)는 왜 그러한 천민 자본주의를 캐 내고, 드러내고 있는 가? 조부-부-자 삼대의 남성 군단은 어머니와 아내가 아닌 식모와 밀착된 삶을 살아온 공통 내력이 있다. 아마 그들 모두는 식모들로부터 유사類似 모성을 느끼며 향수하고 있고, 특히 나는 쥐로 인한 동물 공포 무의식이 외상으로 작용하게 된 트라우마 환자다. 작가 박진규는 하녀 마니아들을 등장시켜 주인공 나를 둘러싼 식모들의 역사, 식모와 함께 했던 운명, 식모에 대한 애정과 수상한 식모들의 바람과 욕심이 합쳐져 우리 사회의 중산층 이면의 모순과 부조리를 철저하게 해부했다고 볼 수 있다.

또 박진규의 장편소설 『수상한 식모들』에서는 주요 모티프로 작용하는 하녀, 식모 이야기는 가정해체 이야기*면서도 개인가정을 통해 자본주의 사회에 복수하는 이야기일 수 있다.

나는 식모 출신인 강순애가 전하는 이야기와 호랑아낙의 역사를 알게 되며, 또 복수의 여신들의 역할을 추측해 본다. 그러면서 수상한 식모와 호랑아낙들의 단절의 이유를 발견하게 된다. 그것은 한국전쟁 후 칼을 든 여신들이 사리사욕으로 인한 보복이 중요한 코드로 자리매김되었기 때문이다.

그렇다면 수상한 식모들이란 호칭이 본격적으로 사용된 건 언제부터였을까? 그

---

* 김기영의 영화 「하녀」와 더불어, 앨리스 워커의 원작소설을 영화화한 「칼라 퍼플」도 연상된다. 이 중 「하녀」는 지적으로 미숙한 식모가 주인 남자와 잠자리를 한 후 쾌락적 본능과 신분 상승 욕구에 눈을 떠 괴력을 발휘하며 지능적으로 또 육체적으로 남자를 괴롭히는 이야기다. 특히 주인집 남자는 그녀에게 성적 매력을 느끼지만 그녀가 자신의 가정을 해체시키는 이 영화는 괴기스런 멜로드라마의 일종이다. 김기영은 인간의 원초적인 본능, 애욕의 갈등을 집요하게 해부하는 마성(魔性)의 작가라 부를 수 있다.

것은 일제시대부터 서서히 우리들 입에 붙게 되었다. 그 무렵 조선을 지탱하던 신분사회는 몰락했다. 하지만 신분 사이의 경계는 더욱 분명해졌다. 이 단단한 신분의 경계를 만들어놓은 것은 바로 자본이었다. 자본은 어떠한 법도보다도 더 강력하게 신분 사이의 교류를 끊어놓았다. 이제 계급과 계급 사이에서 활발히 움직이던 호랑아낙의 움직임은 점점 둔해지고 말았다. 강건한 호랑아낙도 자본의 힘 앞에서 무릎을 꿇고 말았다. 여러 계층에 존재했던 호랑아낙들의 수가 나날이 줄어드는 게 그 증거였다. 결국 그나마 활발하게 활동했던 소수의 식모들만이 겨우 호랑아낙의 전통을 이어갔다. 그리고 한국전쟁을 겪으면서 호랑아낙은 아예 전설로만 남고, 수상한 식모들이란 이름을 지닌 새로운 집단이 발생하게 되었다. 수상한 식모들은 호랑아낙과는 달랐다. 우리들은 새로운 지배계층으로 등장한 부르주아 가정에 잠입하기 위해서 새로운 전략을 구사해야 했다. 그래서 우리는 더 은밀하고 조심스럽고 요사스러워졌다.

수상한 식모들은 어깨를 웅크리고 고개를 숙여 이글이글 타는 눈을 감춘 채 부르주아의 가정집으로 들어간다. 하지만 그들의 손에는 호랑이의 이빨만큼이나 날카로운 식칼이 쥐어져 있다.

(『수상한 식모들』, 35-36쪽)

박진규는 사이 사이 〈단군신화〉를 가상신화화한 내용의 전승자, 향유자들을 되새기는 기법을 통해, 새로운 지배계층이 등장하는 과정과 더불어, 수상한 식모의 역할이 부르주아 가정에 잠입해 보복하는 것임을 알린다. 더욱이, 작가는 그들의 목적이 이전의 지배계층에 대한 보복이 아니라 개인 스스로에 대한 보복일 뿐이라는 사실로 자각시켜 드러낸다.

이 중에서 특히 수상한 식모들은 평범하게 길을 걸으려 하지만 그들 중 대표자들은 4년만에 찾아오는 윤달에 우연의 방식으로 연속되고 있음을 밝힌다. 그들은 주인집 흔들어 보기라든가 윤택한 가정 파탄 내기, 평온한 가정에 비관주의 불러오기, 돈이나 명예 등에 혼돈 불어 넣기, 불행과 우울증 가져오기, 주인집 남편과 불륜에 빠지기, 독초로 승부하여 그 가족을 무기력증으로 빠뜨려 가족 단절시키기 등의 행위를 한다. 그런데 내재적 모순의 우연함으로 나는 수상한 식모들의 억눌린 한을 풀어 주고, 그들의 구전 역사를 문자로 옮기고, 식모들의 삶을 기록해야 할 운명이 바로 내재해있는 것이다. 그러한 나는 계속 강순애와 밀착된 삶을 살아가고 있다. 후에 나는 서울에 있는 한 대학 인문학부 대학생이 된다. 그러면서의 나는 호스피스 생활로, 체중은 나날이 늘어가고 집안은 폭삭 가라앉아 버린 이중 생활자로 자리 잡아간다. 이런 속에서 나는 시간과 공간이 일그러진 두 세계를 동시에 체험하면서, 역사 속에 파묻힌 식모들의 이야기를 직접 경험하고 채록하는 냉정한 기록자가 되어 살아가는 것이다.

또 그 무렵의 나는 강순애와 동료의식을 느끼게 된다. 나와 강순애는 유년 시절 경험했을 둘 사이의 친밀감을 회복해 가지만 강순애는 몸이 바위로 되어 가는 중인 시한부 환자다. 이러한 강순애의 기억에 내장된 수상한 식모들의 모습은 상당히 다채로왔고, 나는 수상한 식모들의 삶을 순서대로 짜 맞춰 전기문을 작성하며 젊은 어머니의 이미지가 전송되기도 하는 경험을 느낀다. 나의 어린 시절 식모 강순애는 나를 데게 하고는 소변으로 닦아 주다가 어머니에게 들켜 쫓겨난 경험이 있다. 내가 관찰한 지금의 강순애가 갇혀 있는 지하방은 바깥 세상과 단절되어 계절의 변화가 없고, 단지 형광등 자리에 매달려 있는 식칼이 진자처럼 움직이고 있을 뿐이다. 이런 속에 살고 있는 강순애는 식칼을 보며 자기의 시간을 재구성하면서 나에게 저 칼이 떨어지는 순간에 모든 이야기는 끝날 것이라 말한다.

또 나는 강순애를 통해 식모들의 보복이 훈련된 생리이며 집단적 광기이고, 그녀들은 이기적 족속들이고 타인들의 정신적인 살점을 뜯어먹고 사는 것이라 알게 된다. 뿐만 아니라 식모들의 일상을 기록하며, 지내는 나는 자신이 사라지면 형이 돌아올 거라 말한 강순애에게 들었던 말에서 무의식적 광기를 느끼기도 한다.

나는 수상한 식모들의 역사를 전송하지만 한편 호랑아낙부터 이어진 수상한 식모들이 멸종되는 것에 대해 두려움을 느끼기도 한다. 그러면서 그녀들의 보복도 사라지도록, 나와 강순애의 대필 역사와 작품을 매매할 것을 다짐한다. 그래서 나는 대필 아르바이트를 중단하지 않고 계속하여 수상한 식모들의 이야기를 만들어 가고 있다.

강순애의 구술 정리를 끝낸 후 나는 수상한 식모 이야기를 쓰면서, 호랑아낙과 수상한 식모들의 이야기에 중간자 김염옥의 전기를 넣기로 한다. 김염옥은 1938년 염전에 버려진 갓난아기로 마지막 호랑아낙인 최씨가 키운 수상한 식모였으며, 무巫의 재능을 이어받은 여인으로, 특유의 감각으로 예언을 하며 살았었다. 이런 김염옥은 현실적인 식모들의 보복에 마법을 불어넣는 역할을 하기도 한다.

나는 김염옥에 이어 전기를 만들어 낼 다른 후보자들을 찾아냈다. 그런 나에게 점괘의 바구니는 지씨라는 수상한 식모와 연결되는데, 그녀는 한국전쟁에서 고아가 된 10살 때부터, 서울에 올라온 미군들에게 능숙한 포주 역할을 했었다. 식모 지씨의 역사는 미군들을 위한 대규모의 위락 시설이 서울에 들어서면서 비롯된다. 그 시대에는 가난한 집에서 딸아이를 서울로 식모살이 보내려는 경우가 많았다. 그렇게 해서 부르주아의 가정에 들어간 수상한 식모들은 자신들이 배운 재주로 주인집의 안정을 흔들고, 공황 상태에 빠진 부르주아 가정을 보며 비웃음을 날리며 지냈다.

수상한 식모 지씨는 식모 김수영을 기른 적이 있다. 식모 김수영은 국군들이 서울을 수복하기 전에 부모를 잃고, 아비규환의 혼란에서 살아남아 지씨에 의해 거두어진 것이다. 그녀는 18살까지 지씨 곁에 머물다 서울 제동의 집에서 식모살이를 시작했는데, 풍에 걸린 노인의 뒷바라지를 하다가 영감이 같이 살자고 말하자 그 집에서 나오게 된다. 김수영이 그 후 새로 일하게 된 집이, 바로 쌀가게로 돈을 벌어 온 할아버지인 신씨네 집이었다. 이층 양옥집에서 20살 차이가 나는 식모 김수영과 신씨는 마나님이 출타한 시간에 서로 관계하며 지낸다. 10살의 어린 식모 아이가 울 때면 식모 김수영은 호랑아낙과 수상한 식모들의 이야기-수상한 식모들이 주인집 남자와의 불륜을 통해 가정의 파탄을 불러오기도 한다는 이야기-를 들려 준다. 그러나 어린 계집애 식모가 식칼을 들고 와 김수영을 쫓아내, 그녀는 신씨를 만나지도 못하고 나와 명동거리로 발길을 돌리는 이야기도 있다.

나는 여자 강순애의 수기를 위한 메모 작업을 하면서 마치 대필작가 같다고 생각한다. 이미 강순애는 움직일 수 없는 몸이지만, 자신이 알고 있는 것이 나에 의해 기록으로 완성될 때 비로소 역사의 기록처럼 남는다고 생각한다.

여주인공 강순애*는 소외된 존재지만, 사망했으리라는 오빠를 살갑게 회상하고, 밤마다 숲으로 올라가는데 그곳에서 검은 옷을 입은 여인들을 보게 되는 이야기도 있다. 강순애는 젊었을 때 오빠가 남긴 일기장, 소설책, 참고서, 음란서적 등 많은 이야기를 읽으며 보냈으며, 18살의 어느 날 그녀는 가

---

* 강순애는 최윤의 소설 「저기 소리 없이 한 점 꽃잎이 지고」를 원작으로 한 영화 「꽃잎」 속의 여주인공이 연상된다. 그녀 삶은 1980년 광주에서 벌어졌던 사건을 계기로 송두리째 변했다. 군인들의 총칼로 찢겨진 많은 사람들이 있었고, 검은 옷 입은 여인들 덕분에 광주 외곽까지 갈 수 있었다.

출하는데 그것은 검은 그림자들이 둘러싼 형태와 대면된 삶이라 볼 수 있다.

또 강순애의 삶은 집단의 담론이 아닌 분화된 개인의 이야기이면서 광주 민주화 항쟁의 희생양으로 은밀하게 밝혀진다. 강순애의 이야기를 통해 알게 된 수상한 식모들이 주로 표면에서 활동했다면, 마지막 계보의 호랑아낙 구술 이야기꾼은 호랑아낙들의 내재된 주동성으로 그 힘이 발휘되어진다고 할 수 있다.

또 다른 대목을 보자.

이제 뉴스의 초점은 살인사건이 아니라 수상한 식모들과 호랑아낙의 존재였다. 전문가들 사이에서 갑론을박이 이어졌다. 유명한 역사학자는 말도 안 되고 문헌에도 존재하지 않는 일을 가지고 수작을 부리는 살인범에다가 사기꾼인 악질 범죄자라고 나를 평했다. 또다른 철학과 교수는 우리가 알고 있는 역사는 이데올로기의 시녀에 불과하며, 역사의 무수한 잔뿌리들이 실은 진실일 수 있다고 말했다. 정신과 의사는 나를 정신분열증 환자로 몰아갔다. 환각과 망상은 정신분열증의 전매특허라고 했다. 사회학과 교수는 우리 사회의 각박함과 언론의 부추김이 만든 허상에 불과하다고 평했다.

(『수상한 식모들』, 245쪽)

위의 소설 대목처럼 나는 살인범이자 사기꾼인 악질 범죄자, 이데올로기의 시녀로서의 역사, 정신분열증 환자, 언론이 만든 허상 등 다양한 각도로 지칭됐다. 그러면서도 심장에 깊은 중상을 입은 젊은이에게 새 살이 돋도록 해 달라며, 나에게 새로운 삶, 새로운 사랑, 새로운 여인이 찾아와 행복할 수 있기를 기원한다. 시간이 흘러가며 아버지는 사기를 당해 사업이 망하자 다시 하녀 게임에 빠지고, 약속대로 어머니는 할아버지 그림 전시 이후 할아버지의 통장을 마음대로 쓰게 되고, 형은 복학 후에 최고의 학점을 받고, 막내는 속을 썩이며 지내게 된다. 그러다가 부유한 자가 갖는 아련한 감상적 향수를 갖다가 돌아가신 할아버지의 장례식은 돈만 있지 명예는 떨어진 집안의 최후를 느끼게 한다.

내가 수상한 식모들 얘기를 모두 삭제할 무렵 한 여자가 나를 찾아와 독일에 살고 있다가 이민자로 고국에 30년 만에 돌아왔다며 자신의 이야기를 들려 준다. 그 여자는 부르주아 가정에서 식모를 하고 싶지 않아 독일 파견 간호사-박정희 정부가 서독 정부로부터 얻어 쓴 차관을 갚기 위해 선발한 간호사이자 코리아 엔젤스- 가 되기를 선택했다고 한다. 독일에서 오줌을 약으로 썼다가 쇼크를 받고, 실업자 신세가 되었으나 독일의 민간요법의 선두주자 토마스와 혼인하여 부르주아 가정의 부인이 되고, 그의 아이를 낳게 되었다고 했다. 그리고 딸이 15살이 되었을 때, 수상한 식모를 만나기 위해 한국에 돌아올 계획을 세웠던 대로 한국행 비행기에 오르게 되었다는 이야기를 나에게 전했다.

그 이후 나는 보통사람의 길을 지향하여 다른 대학 경제학과에 편입, 수상한 식모의 서기라는 사실을 숨긴 채 졸업할 수 있었다. 편입을 했으나 삶이 재미없던 시절, 인력 센터 소장이 찾아와 나에게 강순애가 남긴 통장을 건네준다. 나는 강순애가 남겨준 통장 속의 오억 원으로 마장동을 떠날 계획을 갖고 있다. 어머니는 우리 가족 중에서 아직 희망이 남아 있는 유일한 사람으로, 휴전선 근방의 땅에 평화의 시대가 도래하길 기대하는 평화주의자가 되었다.

나는 성수동에 방을 마련하고 친구와 동업으로 자동판매기 사업을 시작한다. 로비를 하느라 건물 주인과 유흥업소 출입을 하는 동안 다시 몸무게는 세 자리 수가 되고, 그러던 중 호랑아낙과 수상한 식모들의 족보를 사고 싶어

하는 한 여자를 알게 된다. 한남동 단독주택에 사는 그녀의 이름은 물[19]인데 워터나 미즈라 불러도 상관없다고 한다. 나는 수상한 식모들의 족보를 만들어 달라고 하는 물과 한 침대를 쓰게 된다. 나는 그녀를 통해 호랑이 그림을 보면서 이야기를 다시 쓰기 시작하고, 물의 귀에 대고 호랑아낙과 수상한 식모들의 이야기를 들려 주며 그녀를 다이아몬드라 부르나 그 집에서 쫓겨난다. 이제 나는 유능한 자동판매기에 불과하고, 사탕 봉지에 레몬빛의 작은 쥐가 그려져 있는 마우스 캔디를 팔아 달콤한 쥐에 농락당한 기분도 알 수 있게 된다.

이상에 나타났던 나를 스쳐갔던 수상한 식모들은 모두 소수자였고, 권력자가 아닌 약자들이다. 그녀들의 정치사회적 상상력들이 공동체의 문제를 제기하지는 않지만, 한국 근대사의 중요 사건인 한국전쟁, 박정희 시대, 80년 광주민주화 항쟁 때 희생양이 되어 온 것은 반증된다. 이들 모두는 희생당한 호랑이의 한이 형상화된 인물이자 수상한 식모들이라 부를 수 있다. 또 그녀들의 삶은 모두 선택받지 못한 호랑이들처럼 그녀들의 정체성을 확립해 가는 한 시도이며, 그것이 사회의 인식과 흐름에 따라 변화되어 간 반증이라고 할 수 있다.

그리고 이런 점은 주인공 나의 집의 경우 수상한 식모들이 집안 내력과 유기적으로 연결이 되어 현재까지 영향을 미침도 알 수 있다. 즉 식모 김수영을 사랑했던 할아버지, 식모 김수영을 내쫓고 자신이 식모 자리에 오른 어머니, 하녀 게임에 빠진 아버지, 강순애 때문에 정신이상자가 된 형이 등장하는 나에 의해 밝혀진 우리집 이야기는 식모 아우라(aura) 가족사라 할 수 있다. 나를 통해 밝혀진 이들 계보는 호랑이 - 호랑아낙 - 수상한 식모들 속에서 모반을 꿈꾸며, 한편 자본주의에 매몰된 현실에서 식모들의 역사를 만들어 낸 것이라 볼 수 있다. 즉 자본주의 사회의 하위 카테고리를 담당했던 미시적 생활사 입장에서 식모들의 사회적 위치와 산업화와 가정사의 변화가 맞물린 한 반증이기도 하다. 자본주의 사회에서 상승한 시민계급=부르주아 계급 형성에서 소외된 자들에 대한 관심에서 비롯되어 나에 의해 알게 된 모든 수상한 식모들의 이야기는 하류층의 이야기이며 남성·부르주아·권력자·주류의 리그에서 짓밟히고 희생된 비주류의 비명을 기록한 것이다. 한마디로 그것은 식모들끼리 입에서 입으로 구전되었던 이면에 숨겨진 하류, 수상한 식모들의 삶의 토로, 하부집단의 계보에 대한 구술이라 할 수 있다.

4. 거시적 여성사와 미시적 여성사, 그리고 호녀신화의 창출

이상과 같이 〈단군신화〉 속의 호랑이 여인의 변신사를 장편소설로 재창작한 박진규의 『수상한 식모들』을 살펴보았다. 박진규는 『수상한 식모들』에서 작가 분신이기도 한 주인공이자 서술자 나를 통해 하류 계층의 구술을 기록하고 또 그것을 대필 작가의 담론을 통해 비주류 집단의 저항과 미시적 생활사를 보여주었다.

그 서술을 통해 근대화 이전의 호랑아낙들은 적극적 여성상으로 제시되어, 비주류이지만 남자의 권위에서 벗어났고, 지배계급의 이데올로기에서 벗어났던 것으로 그려진다. 또 그녀들은 역사에 가담하여 부와 명예를 독식해 온 집단에 대항해 온 삶을 살아왔다. 이는 다른 의미에서 정치사회적·민족적 집단무의식의 원형적 힘을 발현한 것이라 볼 수 있다.

또 이 소설은 서술자를 통해 근대화 이후 수상한 식모들이 호랑이-호랑아낙-수상한 식모들로 그 계보가 형성되어 온 것이며, 자본주의에 매몰된 오늘의 현실에서 식모들의 역사를 만들어 낸 것이라 볼 수 있다. 그 모습은 자본주의 사회의 하위 카테고리를 담당했던 식모들의 사회적 위치와 산업화와 가정사의 변화가 맞물린 미시적 생활사의 한 단면이기도 하다.

우리들의 집단무의식에 숨죽이고 있던 호랑아낙들은 지배계층에 억눌려 패자의 복수심을 보존해 왔고, 그 집단무의식을 식모의 계보를 대필하는 화자 나에 의해 드러나게 된다.

수상한 식모들은 자본을 매개로 떠오른 계층인 시민계급=부르주아 가정 형성에서 제외된 자들이고 그들의 이야기는 하류층의 이야기이자 남성 부르주아, 권력 주류만의 리그를 짓밟고 희생된 비주류의 비명을 행동화했던 것을 밝힌 것이라 할 수 있다.

호랑이가 스스로의 힘으로 여자가 된 것은 남성 중심의 신화를 여성 중심으로 바라본, 여성의 재발견이며, 거대 집단에 대한 항거이자, 호랑이 이야기의 후일담을 전면에 내세운 가상신화로 볼 수 있는 한 틀이라 말할 수 있다.

이는 여성 사회나 자아 의식이 성장하고 있는 현실에 대한 각성으로부터 호랑이 역의 여성을 부각시켰다고 볼 수 있고, 여성들의 삶을 반영한 사회적 신화의 성격으로 재조명해 냈다고 볼 수 있다. 또 박진규의 소설에서는 여성의 삶의 변화, 하위 카테고리에 속하는 이들의 자기 목소리 내기를 강력한 어법으로 표출하여, 이 땅의 소외 계층, 어머니, 아내, 누나, 여성 노동자들의 자의식을 대변하였다고 볼 수 있다. 여기에서 관찰될 수 있는 점은 그녀들을 통해 비주류이며 소외된 거시적 여성사 내지 미시적 여성사를 드러내면서도, 그녀들의 삶이 한 없이 초라하면서도 당당하게 자기 목소리로 드러낸다는 것이다.

이런 점에서 박진규의 소설 『수상한 식모들』은 비주류 항거론과 부르주아 해체 주동자로서 여성성이나, 이 시대 귀를 기울일 또 다른 〈단군신화〉, 가상신화인 호녀신화의 창출이라 할 수 있다.

새로 쓴 '주몽신화' 연구*
- 서정주, 송수권, 윤금초, 이광수, 송하춘 작품을 중심으로

1. 〈주몽신화〉 원전 및 새롭게 쓰기

〈주몽신화〉는 우주를 지배하는 천제天帝의 고귀한 혈통을 타고난 성가족聖家族— 해모수解慕漱·주몽朱蒙·유리類利—3대가 하계下界에서 각기 행하고, 겪고, 성취한 일련의 사건=신화적 사건을 형상화하여 보여주고 있다.[1]

〈주몽신화〉에서 '유화'는 해모수·주몽·유리 3대를 관통하는, 매우 의미있는 기능을 수행하는 존재다. 천제의 태자 해모수는 하계에 새 왕국을 열고자 하는 천제의 원대한 경륜을 실현할 인재를 하계 여인의 몸에서 생산하고자 내려왔으나, 천하의 통규를 무시하고 너무 서둘렀던 때문에 실패하고, 하늘로 퇴거하였다. 천제의 뜻을 저버릴 수 없었던 그는 일광이 되어 별실에 있는 유화에게 접근하여 생명을 잉태케 하였다. 그후 유화는 알을 낳았고, 알에서 동자 주몽이 태어났다. 그는 비상한 능력을 가져서 일찍부터 자신의 고귀한 출자出自를 자각한 후, 태어나고 자란 동부여를 떠나 새 땅을 찾아가,

---

* 「새로 쓴 '주몽신화' 연구」는 『돈암어문학』 제19호, 돈암어문학회, 2006, 196-233쪽에 실린 논문임.

새 나라를 세우고 고구려라 이름하고 동명왕이 되었다. 그가 하는 일은 천제
의 도움이 따르게 되어 모두 어려움 없이 이루어졌다. 주몽은 나라의 기틀을
탄탄히 세운 후, 태자 유리에게 자리를 넘겨 주고 자신은 승천하였다.[2]
『삼국유사』「고구려조」에 실린 〈주몽신화〉는 다음과 같다.

고구려高句麗는 곧 졸본 부여卒本扶餘다. 혹 지금의 화주和州 또는 성주成州라고 하지
만 이것은 모두 잘못이다. 졸본주는 요동遼東 경계에 있었다.

『국사』國史 고려본기高麗本記에 이렇게 말했다. 시조始祖 동명성제東明聖帝의 성姓은
고씨高氏요, 이름은 주몽朱蒙이다. 이보다 앞서, 북부여 왕 해부루解夫婁가 이미 동
부여로 피해 가고, 부루가 죽자 금와金蛙가 왕위를 이었다. 이때 금와는 태백산太
白山 남쪽 우발수優渤水에서 여자 하나를 만나서 물으니 그 여자는 말했다. 「나는
하백河伯의 딸로서 이름을 유화柳花라고 합니다. 여러 동생들과 함께 물 밖으로 나
와서 노는데, 남자 하나가 오더니 자기는 천제天帝의 아들 해모수解慕漱라고 하면
서 웅신산熊神山 밑 압록강鴨綠江 가의 집 속에 유인하여 남몰래 정을 통하고 가더
니 돌아오지 않았습니다. 부모는 내가 중매도 없이 혼인한 것을 꾸짖어서, 드디
어 이곳으로 귀양보냈습니다.」

금와金蛙는 이상하게 여겨 그녀를 방 속에 가두어 두었더니 햇빛이 방 속으로 비
쳐왔다. 그녀가 몸을 피하자 햇빛은 다시 쫓아와서 비쳤다. 이로 해서 태기가 있
어 알[卵] 하나를 낳으니, 크기가 닷 되[五升]들이 만했다. 왕은 그것을 버려서 개와
돼지에게 주게 했으나 모두 먹지 않았다. 다시 길에 내다 버리니 소와 말이 그 알
을 피해서 가고 들에 내다 버리니 새와 짐승들이 알을 덮어주었다. 왕이 이것을
쪼개 보려 했으나 아무리 해도 쪼개지지 않아 그 어머니에게 돌려주었다. 어머니
는 이 알을 천으로 싸서 따뜻한 곳에 놓아 두니 한 아이가 껍질을 깨고 나왔는데,
골격과 외모가 영특하고 기이했다. 나이 겨우 일곱살에 기골이 뛰어나서 범인과

달랐다. 스스로 활과 화살을 만들어 쏘는데 백 번 쏘면 백 번 다 맞히었다. 나라 풍속에 활 잘 쏘는 사람을 주몽朱蒙이라고 하므로 그 아이를 주몽이라 이름했다. 금와에게는 아들 일곱이 있는데 항상 주몽과 함께 놀았으나 재주가 주몽을 따르지 못했다. 장자 대소帶素가 왕에게 말했다. 「주몽은 사람이 낳은 자식이 아닙니다. 만일 일찍 없애지 않는다면 후환이 있을까 두렵습니다.」 왕은 말을 듣지 않고 주몽을 시켜 말을 기르게 하니 주몽은 좋은 말을 알아보고는 적게 먹여서 여위게 기르고, 둔한 말은 잘 먹여서 살찌게 했다. 이에 왕은, 살찐 말은 자기가 타고 여윈 말은 주몽에게 주었다.

왕의 여러 아들과 신하들이 주몽을 장차 죽일 계획을 하니 주몽의 어머니가 이 기미를 알고 말했다. 「지금 나라 안 사람들이 너를 해치려고 하는데, 네 재주와 지략을 가지고 어디를 가면 못 살겠느냐. 빨리 이곳을 떠나도록 해라.」 이에 주몽은 오이烏伊 등 세 사람을 벗으로 삼아 엄수淹水에 이르러 물을 보고 말했다. 「나는 천제天帝의 아들이요, 하백河伯의 손자이다. 오늘 도망해 가는데 뒤쫓는 자들이 거의 따라오게 되었으니 어찌 하면 좋겠느냐.」 말을 마치니 물고기와 자라가 다리를 만들어주어 건너게 하고, 모두 건너자 이내 풀어 버려 뒤쫓아오던 기병은 건너지 못했다. 주몽은 졸본주에 이르러 도읍을 정했다. 그러나 미처 궁실을 세울 겨를이 없어서 비류수沸流水 위에 집을 짓고 살면서 국호國號를 고구려高句麗라 하고, 고高로 씨를 삼았다. 이때의 나이 12세로서, 한나라 효원제 건소 2년 갑신에 즉위하여 왕이라 일컬었다. 고구려가 제일 융성하던 때는 21만 580호나 되었다.[3]

(『삼국유사』, 59-60쪽)

『삼국유사』의 〈주몽신화〉의 주요 서사를 요약하면 다음과 같다. ① 해모수와 유화가 만나 몰래 정을 통하고, 그것을 알게 된 부모는 그녀를 귀양 보낸다. ② 유화는 햇빛으로 잉태한 후 닷 되들이 만한 알을 낳는다. ③ 부여

왕은 알을 개, 돼지, 소, 말 앞에 버리나 동물들은 모두 알을 보호해 준다. ④ 결국 유화에게 돌아온 알에서 한 아이가 알을 스스로 깨고 나온다. 골격이나 외모가 일곱 살에 이미 범인과 달랐다. ⑤ 주몽은 활쏘기에서 출중한 실력을 보이지만 부여왕의 아들 대소에게 모함을 받는다. ⑥ 유화는 위험에 처한 주몽을 탈출시킨다. ⑦ 주몽은 탈출하다가 위기에 빠졌으나 물고기와 자라 등이 다리를 놓아 주어 건너게 되고 그후 졸본주에 도읍을 정하고 나라를 세운다.

또 이 〈주몽신화〉⁴를 『삼국사기』의 기록으로 주요서사를 정리하면 다음과 같다. ① 해부루왕은 곤연에서 금와형의 소아를 데려와 아들로 삼는다. ② 해부루왕의 아들 금와는 동해 가에 가섭원이라 하는 풍요로운 땅에 동부여를 세운다. ③ 금와는 태백산 우발수에서 한 여자 유화를 얻게 된다. 유화는 금와에게 압록에서 천제의 자 해모수에게 유인당한 이야기와 그녀의 부모로부터 귀양 보내진 이야기를 한다. ④ 금와는 그녀를 집에 가두니 일광이 비치어 태기가 있게 되고 후에 그려는 닷 되들이 만한 알을 낳는다. ⑤ 금와왕은 개, 돼지, 우마, 새 앞에 유화가 낳은 알을 버리나 모두 알을 보호하거나 피해간다. ⑥ 다시 유화에게 돌아온 알에서 한 아이가 스스로 알을 깨고 나온다. 이 아이는 일곱 살에 다른 아이와 능력이 다르며 궁시를 만들어 시험하니 백발백중한다. ⑦ 금와의 장자 대소는 뛰어난 능력의 소유자 주몽의 후환을 두려워한다. ⑧ 위기 속에 있는 주몽은 현명하게 말을 관리한다. ⑨ 계속하여 위험 속에 놓여진 주몽은 모친 유화의 조언에 따라 탈출한다. 엄고수에서는 어별이 다리를 놓아준다. ⑩ 모둔곡에서 재사, 무골, 묵거 등의 세 현인을 얻는다. ⑪ 그후 주몽은 비류수 변에 궁실을 짓고 고구려라 하고 고씨를 성으로 삼는다. ⑫ 또 주몽은 비류국 송양을 찾아가 활쏘기로 힘을 겨룬다. ⑬ 시간이 지나 왕모 유화는 동부여에서 죽는다. ⑭ 왕자 유리가 부여에서 어머니와 도망하여 찾아오니 주몽은 유리를 태자로 삼는다. 주몽은 죽은 후 동명성왕이 된다.

이상에서 『삼국사기』에 실린 〈주몽신화〉 내용 중에서 『삼국유사』에 실린 〈주몽신화〉 내용과 공통되는 모티프는 ③ 해모수와 유화의 만남, ④ 유화는 햇빛으로 잉태한 후 알을 낳음, ⑤ 유화가 낳은 알이 버려짐과 구원됨, ⑥ 주몽은 활을 잘 쏨, ⑦ 주몽이 대소의 모함을 받음, ⑧ 주몽이 말을 잘 관리함, ⑨ 주몽이 부여를 탈출하여 졸본주에 나라를 세움 등이다. 반면 『삼국사기』에 실린 〈주몽신화〉에는 『삼국유사』와 달리 세 명의 현인, 재사·무골·묵거가 등장하고, 유리와 그 모친 예씨가 주몽을 찾아오고 유리를 태자로 삼는 과정이 첨가되어 있다.

〈주몽신화〉는 신이성神異性이 특히 두드러진 신화이다. 그 양상을 보면, 보통 영웅의 출생담에는 없는 혼인과정의 장애나 비정상적인 잉태 과정이 끼어들어 있다. 유화의 몸에 주몽이 잉태되는 과정 역시 비정상적이다. 신화에서 난생卵生 요소는 영웅의 일생을 이루는 한 단락으로써, 비정상적인 출생의 일부인 비정상적인 잉태나 혼인의 장애 차원에서 이해될 수 있다. 이는 주인공이 일정한 시련을 겪게 되나 마침내 이를 극복하고 훌륭한 성취를 이룬다는 영웅성을 입증하기 위한 과정이자, 주인공에게 특별한 신이성을 부여하기 위한 필수적인 장치이기도 하다.[5] 여기에서 난생卵生은 천상적 존재의 혈통임을 뜻한다. 해모수와 유화의 신혼神婚 과정은 잉태 및 출산 양상의 신이성처럼 여러 모로 부각된다. 해부루가 해씨를 표방하면서 해모수의 혈통만 이어받았음을 보여준다면 주몽은 혈통을 뛰어넘어 해모수의 정치적 이념과 통치 역량을 발전적으로 계승하였다는 사실이 신이한 출생 과정에서 암시되고 있다.[6] 주몽이 천부天父 해모수와 함께 지모신의 존재도 더불어 고려하고, 어머니의 가르침도 함께 받아 고구려의 건국 시조가 된다는 증거로 또 하나 들 수 있는 것은 농경생활의 뿌리가 되는 씨앗을 어머니 유화로부터 제공받은 일이다. 주몽은 태양신계 수렵 문화와 수신계 농경 문화가 지닌 문화적 차별성을 순조롭게 극복하고 조화롭게 수렴함으로써 고구려라고 하는 새로운 국가를 일으키는 문화적 역량을 축적할 수 있었다.[7] 그러기에 고구려 건국신화 속에서 주몽은 해모수와 유화 사이에서 태어난 천제의 손자이자 하백의 외손으로 그 위상이 신성시되게 마련이다.

주몽에 이은 그 아들 유리도 주몽처럼 탁월한 능력을 발휘해 보여준다. 고구려는 유리 태자가 주몽의 뒤를 이음으로써 건국 초기의 어려움을 극복하고 나라의 기틀을 온전하게 세울 수 있었다. 유리 태자의 슬기는 고구려를 반석 위에 올려 놓을 정도로 뛰어났다.[8] 유리의 이야기는 그가 어머니로부터 받은 아버지의 징표-부러진 칼을 들고 주몽을 찾아가 왕위를 계승하는 것이다. 유리는 홀어머니-예씨-밑에서 자랐다. 왜냐하면 주몽이 부여에 있을 때 예씨 처녀에게 장가 들었으나, 아들 유리가 태어나는 것을 보지 못하고 부여를 떠났기 때문이다. 유리는 아버지를 못 보고 자랐지만 주몽의 아들답게 새를 잡는 고무총을 잘 쏘았으며, 제2의 주몽이라 해도 지나치지 않을 수준이었다. 주몽이 부인 예씨에게 남기고 간 과제는 아들 유리에게 던진 수수께끼이며 그것은 자기 핏줄임을 확인하기 위한 적극적인 의도가 담긴 것이었다.[9]

〈주몽신화〉든 그 아들 유리가 등장하는 〈유리신화〉든 서사구조에 주로 등장하는 영웅 주인공의 일생과 유사하다. 영웅 주인공의 일생은 ① 고귀한 혈통을 지니고, ② 비정상적으로 태어나, ③ 어려서부터 비범하고, ④ 일찍 기아가 되거나 고난에 부딪혀, ⑤ 구출, 양육자를 만나 살아나고, ⑥ 다시 죽을 고비에 이르렀으나, ⑦ 투쟁에서 승리해 영광을 차지하는 것[10]이다.

이와 같이 〈주몽신화〉는 주몽의 일대기가 중심이 되면서, 해모수와 유화의 만남, 주몽의 탄생과 성장, 주몽의 비범성과 영웅성이 포함되어 있다. 또 이 신화는 천손하강형天孫下降型 신화로, 천부지모형天父地母型 화소와 난생卵生 화소 외에 여러 신화소가 결합되어 있다. 이러한 신화 모티프를 통해 고대인들의 세계관·자연관·우주관 등이 담겨 있음은 물론 그것을 통해 현대인들에게까지 이어지는 인류의 보편적이고 원초적인 의식을 엿볼 수 있다.

이러한 〈주몽신화〉가 새로 쓰여진 현대 작품으로 서정주, 송수권, 윤금초의 시와 이광수, 송하춘의 소설 등을 들 수 있다.

이 논문에서는 새로 쓴 주몽 관련 시로 서정주의 「동맹」(1980)과 「고구려 시조 동명성왕 고주몽의 사주팔자」(1980), 송수권의 「유화부인」(1983), 윤금초의 「주몽의 하늘」(2004) 등을 살펴본다. 이어 새로 쓴 주몽 관련 소설로 이광수의 『사랑의 동명왕』(1949)과 송하춘의 「하백의 딸들」(1994)을 살펴본다. 최근 방영된 TV 드라마 「주몽」(2006)[11] 등이 있으나 본고의 분석 대상에서는 제외시키겠다.

이글에서는 원전 〈주몽신화〉가 현대 작가들의 작품으로 새로 쓰여지면서 신화 속의 강력한 두 모자母子 주인공이 어떤 방식으로 표출되는지, 유화와 주몽의 캐릭터 표출 양상을 중심으로 살펴보기로 하자.

2. 다시 쓴 시에서 '유화'와 '주몽' 캐릭터의 표출 양상

1) 햇빛의 연인 모태 신앙과 대왕의 사주적 자격론
– 서정주의 시 「동맹」과 「고구려 시조 동명성왕 고주몽의 사주팔자」

〈주몽신화〉가 반영된 서정주의 시는 「동맹」과 「고구려시조 동명성왕 고주몽의 사주 팔자」이다. 먼저 「동맹」을 살펴보자.

이 세상의 여자들 중에선 그 무엇보다도 햇빛이 늘 항상 연연히 그리워 가까이
하는 處女가 가장 福이 있나니. 왼갖 꽃과 곡식과 과일의 열매들을 돌보아 피어
여물게 하는 그 삼삼한 햇빛에 늘 가까이 關與하는 處女가 제일로 이쁘고 또 福
이 그뜩 하나니. 그런 處女를 어느 못된 權力家가 어느 어두운 房 구석에 꽁꽁 묶
어 가둔다고 할지라도, 門 틈으로 스며드는 햇빛하고만 늘 더 많이 관계하며 꺾
이지 않는 그런 處女는 더욱 더한 上福이 있나니.

高句麗 始祖 高朱蒙의 어머니가 處女 시절엔 늘 이러하였음을, 柳花의 이름으로
맑고도 도도한 江물가에 태어나 살며 江물에 어리는 햇빛을 사랑하다 이리 되었
음을, 그래서 어느 總角을 붙어 낳은 그의 첫애기까지를 '해의 씨' 라 하였음을,
－알아차려 섬길 줄 알던 우리 高句麗 上代民族도 또한 큰 福이 있나니.

고구려사람들이 햇빛의 戀人·柳花의 애기 낳은 下門－그 下門을 높이 높이 崇尙
하여, 그 근처의 땅 언덕 밑의 가장 좋은 洞窟을 골라 이걸 柳花의 下門의 상징으
로 삼아서, 해 뜨는 東녘 나라의 母胎의 攝理의 盟約의 뜻을 주어 '東盟' 이란 이
름으로 해마다 祭祀를 드렸음은 더더구나 福이 있나니. 十月이라 상달의 햇빛 제
일 밝은 날, 우리가 농사지어 먹고 사는 건 이게 모두 두루 다 이 구먹의 덕택이니
라고, 그 구먹에 나즉히 고개 숙여 祭祀할 줄 알았던 건 福 중에서도 아조 깊은 福
이 있나니…….

이것, 또한 개가 바위 옆을 지나듯 그냥 슬쩍 속도 모르고 지나칠 이얘기는 절대
로 아니라구. 요새는 이 구먹까지도 모두 갖다가 장난감으로도 만들고 있긴 있지
만서두…….

(서정주 시, 「東盟」[12] 전문, 575쪽)

위의 시 「동맹」東盟에는 햇빛과 연결되었던 처녀 시절의 '유화' 가 등장하
며, 부여의 천제天祭인 '동맹' 도 부각된다. 먼저 유화에 대해서는 햇빛이 연

연한 처녀로, 최고의 복, 상복上福을 소유한 여자라 드러내고 있다.

고구려 시조 고주몽의 어머니 처녀시절의 유화는 어느 총각과 관계하여 낳은 첫 애기를, 해의 씨라 명명한 바 있는 햇빛의 연인이었다. 그러다보니 서정주는 시의 화자를 통해 고구려인들은 고주몽 같은 아들을 낳은 유화의 자궁, 즉 하문下門을 높이 숭상하게 되었고, 근처에 좋은 동굴을 골라 생명 탄생의 기원지처럼 기자祈子 동굴의 상징으로 삼게 되었다고 드러낸다. 또 시의 화자는 고구려인들이 동녘 나라의 모태 섭리의 맹약盟約의 뜻이 바로 동맹東盟임을 밝히고 있다. 이 동맹은 추수감사 행사로 해마다 10월에 천제天祭를 지내는데, 일종의 생명 숭배 사상을 투영시킨 동종 주술 신앙[13]이 반영된 것으로 이는 생명의 근원에 대해 감사하며 깊은 복을 칭송하는 것이라 할 수 있다.

어떤 면에서 〈주몽신화〉는 천신과 지모신-신인-인간으로 이어지는 모티프로 전개되어 있다. 주몽의 부, 해모수는 햇님으로서 천신과 관계되고, 그의 모 유화는 수신 하백의 딸로서 지모신·곡모신에 해당한다. 주몽이 물과 깊은 관련이 있는 것은 청룡의 운명으로 태어난 이유도 있지만, 그것은 유화가 수신 하백의 딸이기에, 곧 그는 용녀의 아들이 되기 때문이다.[14] 그러나 햇빛의 잉태로 이루어지는 생번력마저 장난감으로 만드는 세태에 대해 탄식하고 있는 것이 서정주의 「동맹」에서는 덧붙여 있다.

다음으로 「고구려 시조 동명성왕 고주몽의 사주팔자」를 살펴보자.

大王이나 聖王이나 王中王짜리가 적어도 될랴면은

되도록이면

處女가 시집가기 전에 되게 野合해서 낳은 게 좋은데,

그 중에서도 특히

하느님이라든가 햇님의 넋을 붙어 그랬노라고

그 핑계가 아주 썩 잘 風流로 된 아이가 좋나니,

그러구선 또

이걸 자알 이해해 맡아 길러 주는

聖人 같은 의붓아비가 있어야 하나니,

이 사납기만한 八字로 태어난 高朱蒙이여.

그대는 무엇보다도, 武器를 一等을 잘 다루고,

참말보다 나은 거짓말을 골라서 자알 해내고,

죽게 되는 마당에는

飛虎같이 아주 잘 뺑소니를 칠 줄도 안다면,

그대 어느 구석땅에 몰릴지라도

아무렴, 大王이나 聖王 하나는 너끈히 될 것이오,

또 어쩌면

한 나라의 始祖王까지도 될랴면 될 것이니라.

(서정주, 「高句麗 始祖 東明聖王 高朱蒙의 四柱八字」[15] 전문)

위의 시 「고구려 시조 동명성왕 고주몽의 사주팔자」(1980)는 주몽의 사주팔자와 고구려의 운명을 대비시켜 표현하고 있다. 여기에서 대왕大王감이 비정상적 탄생 배경을 갖고 있고, 햇님의 넋과 야합으로 탄생하는 것 등은 영웅들의 비정상적 탄생과 결부지어 드러내고 있다. 또 그들은 양육 과정에서 성인聖人인 양부養父가 있어야 하며, 대왕의 자격은 무기를 잘 다뤄야 한다는 것도 지적해서 드러내고 있다. 이런 점에서 양육자와 탁월한 능력 소유자의 의미를 결부시키고 있다. 이 시에서는 주몽을 통해 왕이 되려면 처녀가 시집가기 전 야합해서 자식을 낳아야 하며, 하느님 햇님의 넋이 풍류로 된 아이가 더 좋다는 것을 보여준다. 또 시의 화자는 주몽같은 왕의 자격을 갖추려면 성인 같은 의붓아비가 있어야 한다는 점이 필요하다고 밝힌다. 결국 이러한 조건을 모두 갖춘 비록 사나운 팔자의 운명을 가진 고주몽이지만 무기도 일등으로 다룰 수 있으며, 한 나라의 시조 왕이 될 것이라 하며 고주몽의 자격을 거론하고 있다.

이 시는 주몽이 가졌던 특이한 탄생, 특이한 능력, 특이한 기지 등을 강조하며 주몽이 가진 대왕의 자격을 그렸다고 볼 수 있다. 그런데 주몽의 대왕으로서의 정당성과 그 능력을 인간의 의지나 주체적 극복 과정으로 드러내기보다는 운명론과 사주팔자에 결부시켜 시대착오라는 느낌을 갖게 하는 결점이 있다.

2) 영웅적 삼대三代 정체성 확인과 지혜 요청하기
　　─ 송수권의 시 「유화부인」

송수권의 시 「유화부인」(1983)은 총 4연으로 구성되었다. 이 시는 주몽이 부여국을 탈출한 이후 졸본부여까지 가는 여정을 그려내고 있으며, 또 『삼국사기』의 〈주몽신화〉 원전 모티프가 더 잘 투영되어 있는 작품이다.

　　　　　1
　어머니 그쯤 하면 될까요
　비루먹은 말 혀끝에 바늘을 뽑고
　내가 졸본부여까지는 갈 수 있을까요
　한 꾸러미 금은보화면 좋겠지만
　마바리꾼도 없는 세상 글쎄

한밤중 말을 걸릴 수 있을까요

졸본부여까지는

2

어머니 淹水江 가에 다다라 생각했지요

이 세상을 괄시받잖고 사는 일

저 물고기와 자라들이 무엇을 필요로 하는가를

그리고 이 비루먹은 말로도 강을 건너는

간단한 놀음을

빵부스러기 몇 조각으로도 물고기와 자라들이 다리를 놓아

모둔곡을 지나고 있습니다

울리는 건 금와왕의 칼이 아니라

배고픈 설움이었지요.

3

어머니 저의 마구간 시절

들길에서 만난 禮소저를 잊지 마십시오

하백의 딸 어머니

청하강변의 가죽 부대 속에서 나를 잉태했듯이

아들이거든 유리라고 불러주십시오

말을 기르는 일보다 信物을 찾는 일보다

淹水江 속의 보이잖는 자라와 물고기를

길들이는 지혜를 잊지 마십시오

저는 지금 황금의 땅 졸본부여에

다 와갑니다

4

어머니 이 밤도 길 뜬 설움을 생각하시면

말구유통을 들여다보아 주십시오

켜로 앉은 짚여물의 흔적들과 마구간의

고삐를 매둔 북극성을 보십시오

고난받는 시대 지혜 있는 용기는 이것뿐입니다

웅심연에서 목욕하시던 처녀 시절

아버지 해모수님의 啓示를 잊지 마십시오

어찌하여 황야에 우리 모자는 일흔 나날의

캄캄한 밤을 서 있어야 하는 것입니까?

저는 지금 막 졸본성에 닿았습니다.　　　　　　(송수권, 「柳花夫人」¹⁶ 전문)

위의 시, 송수권의 「유화부인」은 화자인 '나'=주몽이 아들의 입장에서 어머니 유화 부인에게 고백하는 기법으로 표현되고 있다. 1연에서는 말을 다루는 주몽과 졸본부여까지 갈 길을, 2연에서는 엄수강을 건너는데 어별魚鼈들이 도와준 모티프와 배고픈 설움을, 3연에서는 마구간 시절 예禮소저와 만난 일, 아들 이름을 유리라고 할 것과 천지를 다루는 지혜를 가르쳐 주라는 당부를, 4연에서는 고난받는 시대에 생각하는 아버지 해모수님의 지혜와 유화가 처녀 시절에 아버지 해모수로부터 받은 계시를 생각하며 졸본성에 도착하는 과정을 각각 그려내고 있다. 송수권의 이 시는 주몽이 금와왕의 아들 대소의 모함을 받은 이후 부여국을 탈출하여 졸본성에 도착하기까지가 줄거리이다.

즉 주몽과 관련된 이야기 중 핵심적 서사는 부여국 탈출 준비로 준마 고르기, 엄수강 건너는 일, 주몽의 아내 예씨 소저와 그 아들 유리에 대한 부탁, 그리고 어머니에게 아버지 해모수의 계시를 잊지 말라는 당부들로 그려지고 있다. 그러면서 주몽의 심리적 상황 마바리꾼 없는 세상이나 배고픈 설움, 길들이는 지혜를 잊지 않는 일, 깊은 설움 등을 시적 화자의 참담한 현실과 결부지으면서 지혜롭게 살아가겠다는 의지까지 잘 묘사되고 있다.

이 시에서는 주몽의 힘든 여정이 쭉 펼쳐지고 있지만 아들에 대한 당부, 탁월한 지혜를 요청하는 일 등에서는 아버지 해모수의 계시를 강하게 상기시켜 드러낸다. 이는 가문 또는 가족의 정체성에 대한 강조라기보다는 영웅적 정체성을 강조하는 것으로, 해모수의 계시와 아들 유리에 대한 당부를 통해 신권神權을 지키려면 무엇보다 시대를 초월하는 지혜가 필요함을 보여준 것이라 할 수 있다. 북부여에 강림한 해모수와 하백의 딸 유화는 천부적天父的 남신男神-지모적地母的 여신女神이라는 대우신對偶神으로 이해되며, 수신족으로부터 버림받고, 금와왕 치하의 부여에 들어간 유화는 천신의 대우신으로서 부여의 지모신-국토신으로 떠받들어지기에 이르렀다[17]고 하듯이 주몽의 부신父神과 모신母神에 대한 의식이 강조되어 나타나 있다.

이상에서 살펴본 바와 같이 송수권의 시「유화부인」은 부여국에서 탈출하는 주몽의 노정에서 자신과 아들 유리, 그리고 아버지 해모수의 영웅적 정체성을 확인해 가는 과정과 어머니 유화 부인에게 보내는 내면의 요청과 지혜 전승의 부탁을 그려내면서, 현실과 시대의 고통을 이겨내는 지혜를 결부시켜 보여주고 있다.

3) 적소지에서 탈출과 고구려 열기 - 윤금초의 시「주몽의 하늘」

윤금초의「주몽의 하늘」(2004)은 총 3연으로 이루어진 시다. 이 시는 1연에서는 '시조의 기법'을, 2연과 3연에서는 '설화와 이야기 기법'을 써서, 『삼국유사』 소재 신화 수용양식처럼 시와 서사가 합병되어 있는 것이 특징이다.

먼저 시「주몽의 하늘」의 원문을 살펴보자.

그리움도 한 시름도 발묵潑墨으로 번지는 시간

닷 되들이 동이만한 알을 열고 나온 주몽朱蒙

자다가 소스라친다, 서슬 푸른 살의殺意를 본다.

하늘도 저 바다도 붉게 물든 저녁답

비루먹은 말 한 필, 비늘 돋은 강물 곤두세워 동부여 치욕의 마을 우발수를 떠난

다. 영산강이나 압록강가 궁벽한 어촌에 핀 버들꽃 같은 여인, 천제의 아들인가

웅신산 해모수와 아득한 세월만큼 깊고 농밀하게 사통한, 늙은 어부 하백河伯의

딸 버들꽃 아씨 유화여, 유화여. 태백산 앞 발치 물살 급한 우발수의, 문이란 문짝

마다 빗장 걸린 희디흰 적소謫所에서 대숲 바람소리 우렁우렁 들리는 밤 발 오그

리고 홀로 앉으면 잃어버린 족문 같은 별이 뜨는 곳, 어머니 유화가 갇힌 모략의

땅 우발수를 탈출한다.

말갈기 가쁜 숨 돌려 멀리 남으로 내달린다.

아, 아, 앞을 가로막는 저 검푸른 강물.

금개구리 얼굴의 금와왕 무리들 와 와 와 뒤쫓아오고 막다른 벼랑에 선 천리준총

발 구르는데, 말채찍 활동으로 검푸른 물을 치자 꿈인가 생시인가, 수천 년 적막

을 가른 마른 천둥소리 천둥소리…. 문득 물결 위로 떠오른 무수한 물고기, 자라

들, 손에 손을 깍지 끼고 어별다리 놓는다. 소용돌이 물굽이의 엄수를 건듯 건너

졸본천 비류수 언저리 오녀산성에 초막 짓고 도읍하고, 청룡 백호 주작 현무 사

신도四神圖 포치布置하는, 광활한 북만北滿 대륙에 펼치는가 고구려의 새벽을….

둥 둥 둥 그 큰북소리 물안개 속에 풀어놓고.

(윤금초, 「주몽의 하늘」[18] 전문)

윤금초의 「주몽의 하늘」 역시 주몽이 금와왕의 아들 대소와 적대적 관계가 된 이후 어머니의 땅 우발수를 탈출하는 사건과 주몽의 공적功績을 중심으로 그리고 있다. 이 시에서도 주몽의 신이한 탄생 과정이 소개되고 있고, 그 이후 대소의 살의가 연상되는 묘사가 드러나고 있다. 결국 적지를 떠나야 하는 주몽은 어머니 유화가 있는 우발수를 생각하게 된다. 다만 여기에 등장하는 지역 우발수는 '동부여의 치욕의 마을', '어머니 유화가 갇힌 모략의 땅' 등으로 부정적 이미지가 강하게 부각되어 있어 탈출할 수밖에 없는 배경으로 설정되어 있다.

이어 3연에 드러난 것같이 주몽이 위기에 처하자 어별들이 다리를 놓아주어, 주몽은 그 위기를 이겨내고 졸본천 비류수에 도읍을 정하게 된다. 시의 끝부분에서 주몽은 여러 어려움을 이겨 내고 사신도가 있는 북만 대륙의 고구려의 새벽을 노래하게 될 수 있는 기반을 형성하게 된다. 이 부분은 새벽을 여는 북소리가 울리는 것으로 마무리 된다.

〈주몽신화〉는 주몽이 태어나서 성장하고 고향을 떠나는 입사入社의 과정이 중심을 이루는 반면, 주몽이 고향을 떠나 고구려를 건국하는 과정에서 겪는 사건은 소략하게 다루어져 있다. 이와 같은 부분은 주몽이 천제天帝의 직접적 개입에 의해 잉태되었음을 알리려는 의도가 깊이 반영된 것이라 할 수 있다.

이에 비해 윤금초의 시는 주몽신화를 소재로 하고 있으면서도 주몽의 고난 극복과 거대한 목표 성취 과정으로 무게 중심을 옮김으로써 신화의 창조적 변형을 이루어내고 있다. 이미 화석화된 신화를 방금 여기에서 벌어지고 있는 듯한 이미지로 서술함으로써, 시적 긴장감과 현재적 감각을 점증[19]시키고 있다. 즉 윤금초는 시 「주몽의 하늘」을 통해서 적소지에서 탈출한 주몽의 여정과 고구려의 새벽을 열게 된 연유를 중심으로 주몽의 영웅성을 현재적 감각으로 복원해내고 있다고 볼 수 있다.

3. 다시 쓴 소설에서의 '유화'와 '주몽' 캐릭터의 표출 양상

1) 아들·남편·아버지로서 영웅 '주몽'의 일생과 여성들의 힘
    – 이광수의 소설 『사랑의 동명왕』

이광수의 후기 소설인 『사랑의 동명왕』(1949)은 춘원이 타계(1950)하기 얼마 전, 한국전쟁 직전인 1949년에 탈고되었다. 이 소설은 1949년 이상협의 청탁으로 집필(1949.3-12.17)을 시작하여 1950년 5월 한성도서에서 단행본으로 발간되었다. 역사소설로써는 가장 늦게 창작된 작품이고, 춘원이 육당과 함께 서대문 형무소에 수감되었다가 1949년 2월 병보석으로 출감한 뒤의 불안정한 상황에서 집필되었다. 이 작품은 『삼국유사』의 고구려 건국 신화를 모티프로 한 것으로 주몽이 고구려를 건국하고 아들 유리에게 왕위를 넘겨 주는 부분까지를 다루고 있다. 이 작품은 고구려의 건국보다는 주몽과 주몽의 첫 부인 예랑, 그리고 태자 대소와의 삼각관계 - 연애를 중심 서사로 하고 있다. 또한 선과 악을 극명히 대비시켜 악한 자는 반드시 벌을 받고 선한 자는 자신의 꿈을 이루는 인과응보에 기반한 이야기로 작가의 불교 사상을 드러내고 있다.[20]

이 소설은 소제목이 '모자' 母子, '밀회' 密會, '공규' 空閨, '벽혈' 碧血, '망명' 亡命, '정도' 征途, '흥망' 興亡, '왕업' 王業, '재회' 再會, '무상' 無常으로 되어 있다. 소

설은 주몽이 어머니 유화의 조언을 듣고 부여를 떠남, 주몽이 예랑 처녀와 만나 밀회를 하고 탈출함, 예랑을 찾아온 대소가 주몽에 대한 질투로 칼부림을 함, 예랑 일가는 부여를 떠남, 원정길 여정에 나선 주몽의 분주함, 송왕의 멸망과 고구려의 왕성함--왕업을 이룸, 죽었다고 알려진 예랑과 그 아들 유리가 찾아옴, 주몽은 드디어 눈을 감고 사후 동명성왕으로 추대됨의 내용으로 되어 있다. 이광수의 소설에서는 주몽과 더불어 대소와 주몽의 처 예랑을 비중 있게 다룬 면이 있으나, 이 글에서는 주몽과 유화 캐릭터를 모자관계, 주몽과 예랑 남녀관계를 함께 살펴보기로 하자.

이광수의 소설 『사랑의 동명왕』은 주몽과 유화 관련해서 크게 모자母子 관계와 남녀·부자 관계로 나누어 살펴볼 수 있다. 또 이 소설에서는 모자 관계로는 유화와 주몽의 관계, 남녀·부자 관계로 첫 번째는 주몽과 예랑·주몽과 유리의 부자관계, 두 번째는 주몽과 조시누 남녀관계·주몽과 온조의 부자관계로 나누어 볼 수 있고, 그 밖에 자신의 정체성과 관련된 주몽의 일생 등으로 살펴볼 수 있다.

(1) 모자 관계―유화와 주몽

『사랑의 동명왕』에서 주몽과 유화 캐릭터는 모자 관계로서, 그 속에서는 주몽이 어머니 유화 부인의 조언대로 부여국을 탈출하여 나라를 세우는 과정에서 잘 드러난다. 40세 가량의 유화 부인이 26세 가량의 주몽에게 부여국에서 주몽의 위험을 알려 주고, 탈출을 권고하며 소설은 시작된다. 이 과정에서 주몽의 신분적 내력과 정체성 등의 베일이 하나하나 벗겨진다.

소설 첫부분에서 어머니 유화가 부여궁에서 아들 주몽의 생존 자체가 위태롭다며 떠나라는 충고를 하자, 주몽은 자신이 왜 이런 상황에 처하게 되는지 누구의 아들인지에 대해 의문을 품게 되는 장면이 나온다. 그동안 주몽은 금와왕을 자신의 아버지로 여겼으며, 금와왕 역시 자신을 왕자로 여겼던 것은 알고 있었다. 그러나 금와왕의 아들인 태자 대소는 금와왕과 달리 자신의 태자 자리가 주몽으로 인해 위협받기에 주몽을 제거하려 한다. 그 내용이 궁중에서 쟁론화되는 과정에서 이를 알게 된 어머니 유화는 아들 주몽의 생명이 위협받는 상황을 더 이상 좌시할 수 없어 아들을 탈출시킬 계획을 갖게 된다.

그리고 유화는 길을 떠나는 주몽에게 그의 아버지는 북부여의 왕 해모수이며, 외할아버지는 하백이라 이야기해 준다. 그러면서 유화는 주몽이 어지러운 세상을 평정하고 만민이 편안히 살 세상을 만들 사람이라고 생각하며, 아들의 능력을 칭찬해 준다. 또 유화는 주몽에게 아버지의 신표를 건네주며 동쪽으로 가라고 알려준다.

주몽은 유화 부인에게서 받은 신표인 칼을 가지고 북부여로 가서 해모수왕을 찾으면 부자 상면할 수도 있고 또 태자가 될 수 있었다. 그러나 주몽은 그렇게 쉬운 길을 갈 생각은 없었다. 그 아버지 해모수가 제 손으로 나라를 세우고 왕이 된 모양으로, 저도 제 힘으로 제 나라를 세우고 싶다고 생각하였다. 유화 부인이 주몽이더러 북부여에 가라 하지 아니하고 동으로 동으로 가라 한 것도 이 뜻이었다.

(중략)

주몽은 유화 부인께 받은 갑옷을 입고 칼을 찼다. 새로운 정신과 새로운 기운이 솟는 것 같았다. 주몽은 칼을 빼어서 한번 보았다. 달빛에 번쩍하는 칼날에서는 푸른 무지개가 났다.

『어머니.』

주몽은 칼을 집에 꽂고 유화 부인의 앞에 꿇어 앉으며 불렀다.

『어머니, 부디 안녕히 계시오. 소자가 큰 나라를 세우고 태후의 예로 모시러 올 때까지 부디 안녕히 계시오. 어머니 가르치는 대로 동으로 동으로 가오리다.』

(이광수, 『사랑의 동명왕』21, 251쪽)

위의 장면처럼 주몽은 어머니 유화에게 칼과 갑옷을 받고 웅지를 품고 길을 떠난다. 유화는 길 떠나는 주몽에게 그의 출신성분을 알려주며, 또 어린 시절 주몽의 비범성도 상기시켜준다. 그러면서 어머니는 동방으로 가면 바닷가에 좋은 땅이 있으니 거기 가서 큰 나라를 세우라며 아들 주몽에게 웅지를 심어준다. 또 유화가 아들에게 칼과 갑옷을 신표로 주니, 주몽은 아버지처럼 자신의 힘으로 나라를 세우겠다 다짐한다. 길을 떠나는 주몽은 빛을 찾는 민족임을 자부하며, 세 부하인 오이·마리·합보와 함께 탈출하여 그들에게 나라의 교화, 국방, 산업 경제를 맡기게 된다.

요하로 이동하다 송화강 주변에 이른 주몽은 말갈의 유적流賊과 싸우기 시작한다. 그러던 중 낙랑왕 최락은 주몽은 도적떼가 아니라 백성의 한을 덜어주는 의인이라며 협조해 준다. 이리하여 졸본은 태평연월의 풍류 도시가 된다.

또 주몽과 그의 군사들이 무돌의 인도를 받아 모둔골로 향할 무렵 주몽의 주변에는 만 명의 군사들이 넘게 모여들었다. 그들은 동부여, 말갈, 졸본부여 등의 사람들로 모두 주몽을 사모하고, 또 주몽이 크게 일어날 것을 기대하게 된다.

주몽의 큰 뜻은 남으로 동으로 널리 퍼지고 민족 전체가 희망을 갖게 만들었다. 드디어 주몽은 22살에 고구려의 시조로 등극해 상감마마가 되었고 이는 천하를 통일하려는 대업의 첫걸음이었다. 주몽이 즉위한 후 졸본왕이 돌아가고 졸본 지역은 주몽에게 돌아오게 된다. 주몽은 어머니 유화 부인이 죽은 후에야 고구려와 동부여의 첫 교섭을 이룬다. 시간이 지나 주몽은 병들어

눕게 되었다.

한편 부여에 있던 괴유는 부여의 태자 대소를 죽여 예랑 대신 죽었던 누이 강월과 예백·예도 부자의 원수를 갚겠다고 다짐한다. 후에 왕후가 된 예랑은 태자 유리에게 명하여 졸본과 송양과 행인과 옥적에 제관을 보내어 멸망한 나라들의 왕의 조상의 혼령들과 산천의 귀신들을 위하여 큰 굿을 베풀게 하고 흘승골성에 큰 굿을 베풀기도 한다.

주몽은 죽음에 임박하여 "선비족과 한족을 쫓고 단군의 옛터를 통일하여 살기 좋은 나라 큰 나라를 꼭 이루겠다고 했는데 이루지 못하였으니 이를 이어 달라."는 유언을 아들 유리에게 남긴다. 또 주몽은 아들에게 좋은 임금이 되라고 당부하며 "어진 사람의 마음을 쫓으면 나라를 크고 힘 있게 하리라." 하고, 신하들에게도 유리를 도와줄 것을 당부한다. 주몽이 죽은 후 그를 동명성왕이라고 일컫게 된다.

이러한 주몽이 영웅으로서의 일생을 살 수 있었던 밑거름은 어머니 유화가 지원해 준 힘 때문이다. 주몽을 영웅으로 만들어 낸 유화부인은 아들 주몽의 웅지를 키우고 지혜롭게 조언하는 자로 활약하였다고 볼 수 있다.

주몽을 영웅으로 키웠던 유화부인은 평생을 근심으로 살아왔다. 유화는 20년 전 18세의 처녀 시절 해모수를 만났었다. 주몽이 자라나면서 하백의 집에서 쫓겨나 태백산 우발수 가에서 귀양살이를 하게 되었고, 해모수는 해부루를 점령해 북부여의 왕이 되었다. 그 무렵 동부여의 왕 금와가 유화를 가섭벌 서울로 데리고 돌아오면서, 유화와 해모수의 인연은 끊어지게 된 바 있었다.

동부여에 살던 유화는 탁월한 능력을 보여주었던 아들 주몽의 위태로움을 알게 되어, 부여궁을 떠나라는 충고를 한다. 즉 주몽을 제거한다는 궁중회의 내용이 유화의 귀에 들어오게 되었던 것이다. 유화는 아들 주몽의 앞날에 드리운 암운을 미리 읽어 내고, 철저히 준비하고, 무사히 탈출시키면서, 웅지를 심어주며 뜻을 펴게 하는 역할을 한 지혜의 현신 어머니라 할 수 있다. 그 점이 바로 모자관계 유화와 주몽의 관계에서 특별하게 볼 수 있는 것이다.

(2) 첫 번째 남녀 관계와 부자 관계―주몽과 예랑, 주몽과 유리의 관계

다음으로 이광수의 『사랑의 동명왕』에서 주몽 캐릭터는 남편·부자관계를 아내·아들과 관련시켜 볼 수 있다. 구체적으로 그것은 남녀·부자 관계로서 주몽-예랑 남녀관계와 주몽-유리 부자관계, 주몽-조시누 남녀관계와 주몽-온조의 부자관계에서 드러난다.

먼저 첫 번째 남녀·부자 관계로 주몽-예랑과 주몽-유리의 관계를 살펴보자. 주몽은 부여국에서 위협을 느껴 탈출하고, 그의 첫 번째 여자이자 부인인 예랑과 헤어질 수밖에 없는 운명이었다. 그러나 주몽은 위협 속에서도 예랑과의 약속을 지키기 위해 다시 부여국에 잠입하여 예랑과 관계를 맺고 후에 아들을 낳거든 유리명이라 부르라 하고는, 신표를 주고 떠난다.

주몽은 옆에 칸 찰을 빼었다. 그것은 간밤에 그 어머니께서 받은 것으로서 아버지 해모수가 남긴 신표였다. 주몽은 달빛에 번쩍거리는 칼날을 들어서 하늘에 빌었다. 하나님과 물귀신이 이 칼을 가진 자를 지키소서 함이었다. 그리고 그 칼을 중동을 분질러 두 동강으로 내었다. 그것이 부러지는 소리 쇠북을 힘차게 치는 소리와 같이 울려서 예랑도 강월도 놀랐다. 주몽은 자루가 붙은 쪽을 제 칼 집에 꽂고 자루가 없는 쪽으로 제 옷자락을 싹둑 가로 베어 그것에 칼끝을 싸서 예랑에게 주며,

『이것이 신표요. 이 칼과 옷자락. 이것을 가지고 오는 자는 내 아들 유리명琉璃明

이요. 이 칼을 지닌 자를 아버지 하느님과 할아버지 하백이 지키실 것이니 어느 누가 감히 범하랴.』

하고 왼손 끝으로 예랑의 배를 가리켰다. 그렇게 하는 주몽의 얼굴에는 무시무시한 위엄이 있고 눈은 불이 나는가시피 번쩍 빛났다.

『유리명이라 하시니 애기가 나면 유리명이라 부르리까?』

(『사랑의 동명왕』, 264쪽)

원래 주몽의 첫 번째 아내였던 예랑은 금와왕의 아들 대소가 사랑하는 이였으나, 그녀는 목숨을 걸고 대소를 물리치고 주몽을 사랑한다는 약속을 지켰다. 또 예랑은 주몽이 나라를 세울 귀한 어른이라 생각하며, 주몽과의 약속을 귀히 여겼다. 후에 대소가 예랑을 찾아와 생명을 위협하며 사랑을 빼앗으려 하지만 그녀는 대소가 무력을 휘두르는 중에도 목숨을 걸고 자신의 사랑을 지킨다. 그것이 후환이 되어 시종 강월의 죽음 대신 예랑은 죽은 것으로 위장된 채, 주몽과 긴 세월을 헤어져 있어야 했다.

세월이 흘러 예랑의 아들인 유리는 어머니 예랑과 함께 아버지, 주몽을 찾아 나선다. 이때 주몽을 찾아나서기 전 먼저 유리는 예랑의 유모와 신하 괴유 등을 시켜 주몽의 사정을 염탐하게 한다. 그러면서도 유리의 고뇌는 과연 아버지 주몽이 자신을 받아들일까 하는 걱정이 있었다. 만약 주몽이 자신을 태자로 받아들이지 않으면 동방으로 내려가서 새롭게 나라를 세우려는 생각까지 갖고 있었다. 유리는 어머니 예랑과 함께 천신만고 끝에 졸본 지역에 당도하였으나, 이미 아버지 주몽에게는 비빈과 두 아들이 있다는 것을 알게 된다. 이때 유리는 주몽의 유궁이 어머니 예랑의 집과 닮은꼴임을 알고 놀란다.

사십을 바라보는 중년 부인 예랑과 아들 유리는 멀리서 주몽을 각각 아버지와 남편으로 알아본다. 결국 주몽을 만나게 된 유리는 아들임을 드러내는 신표인 칼을 내놓고, 주몽과 유리는 부자관계임을 확인하게 된다. 예랑 - 유리 모자가 나타나자 주몽은 예랑의 왕후 인정 문제와 유리의 태자 책봉 문제 등을 고뇌하고, 또 토지 개간이나 물자 교역을 더욱 편리하게 하는 정책을 펼친다.

주몽과 오랜 세월 헤어져 살아왔던 동안 주몽의 첫째 부인 예랑은 남편 주몽과의 사랑을 지키기 위해 목숨을 걸었고, 대소의 위협 속에서 고통을 겪으며 긴 유랑의 세월을 보내며 아들 유리를 키워 왔다. 주몽을 만나기 전까지 예랑은 처음에는 대소의 사랑을 받았으나 주몽이 나타나 서로 사랑을 약속했던 것이다. 어느날 주몽은 예랑과 밀회하며 10년 안에 다시 만날 것이라며 신표로 칼과 옷자락을 주었었다. 그 후 주몽은 엄체수를 건너가 버렸고, 예랑은 주몽의 아기를 갖게 된다.

그러한 예랑에게 금와왕 아들 대소가 찾아와 청혼을 하지만 예랑은 태자께서 모든 것을 빼앗을 수 있지만 사랑하는 처녀의 마음을 빼앗을 수 없다고 말한다. 또 예랑은 임금 대소의 아내로 사는 것보다 사냥꾼의 여자로 단둘이 사는 것이 좋다고 생각한다. 마침내, 예랑에게 동궁 대소의 청혼 소식을 전한 오라버니에게 자신은 이미 주몽의 아내라 밝힌다. 예랑은 왕후가 될 운명을 선택하여 자신의 집안의 운명이 결정되는 중요한 역할을 하느냐와 뱃속에 든 주몽의 아기를 죽여서는 안 된다는 극단의 선택 사이에 갈등을 한다.

예랑에게 청혼을 했던 대소라는 인물은 정욕의 빛만 흐르고 또 얼굴에는 살기가 떠 있는 자이다. 그래서 예랑은 대소의 회유에, 뱃속에 든 아이를 위해서라도 사람을 속일 수 없다며 주몽의 아기라고 밝힌 것이다. 예랑의 오라버니 예도는 대소의 겁박에 누이 예랑을 죽이려 하나, 이때 예랑의 시종 강월이 예랑 대신 죽게 된다. 예랑은 시종 강월의 오빠인 괴유에게 숨어, 세상에 강월이 죽었지만 대신 예랑이 죽었다고 소문을 내고, 헛장사를 지낸다. 그 후 괴유는 예랑이 낳은 주몽의 아기를 보호하면서 예랑과 주몽을 다시 만나게 해주는 역할을 한다.

이러한 예랑의 여러 상황을 모른 채 주몽은 속으로 예랑을 그리워했었다.

왕은 배에 내리는 예랑을 물끄러미 바라보았다. 그러고 정신 없는 사람의 목소리로,

『예랑! 내 아내 예랑인가. 살아 왔나, 죽은 귀신인가? 귀신이라도 좋다. 예랑 예랑!』

하고 떨리는 손을 내밀어 예랑의 손을 잡는다.

예랑은 푹 고개를 숙여 왕께 절하는 듯 땅에 쓰러지다가 유리에게 붙들려 겨우 다시 몸을 펴나 가슴만 들먹거리고 말문이 막힌다.

『아바마마, 유리요.』

하고 유리가 왕의 앞에 꿇어 엎디어 품에 지녔던 신표를 내어 두 손으로 받들어 왕께 올리며,

『이것이 아바마마께오서 어마마마께 남기시고 가신 칼끝이오.』

하고 눈물 흐르는 눈으로 왕을 바라보았다.

왕은 그 칼끝을 받아 들고 한 손으로 허리에 찬 칼을 빼어 부러진 자리에 맞추어 보며,

『오, 내 아들 유리!』

하고 치어다 보는 유리의 눈을 내려다 보며 눈물을 뚝뚝 떨군다.

(『사랑의 동명왕』, 388-389쪽)

그동안의 주몽은 나라를 세우고 즉위한 후 졸본왕이 돌아가매 졸본까지

주몽에게 돌아와 모든 것이 자리잡히게 된다. 이럴 즈음 주몽은 마음속의 여인인 첫째 부인 예랑을 찾으려 수소문했으나 죽었다는 소식만 전해질 뿐이다. 겨우 주몽은 예랑의 집을 본떠서 강가에 지은 집에서 유궁놀이를 할 즈음 군중 가운데 허술한 남녀 네 사람이 섞여 있는데, 노파와 스무 살 가량의 젊은이 일행이었다. 그들은 주몽의 아들인 유리, 예랑의 유모와 괴유 등으로 주몽의 사정을 탐색하는 중이었다.

사십을 바라보는 중년 부인 예랑과 유리는 멀리서 아버지와 남편으로 주몽을 알아보게 된다. 예랑과 그의 아들 유리 일행은 배를 타고 유궁 앞으로 지나간다. 그들은 슬픈 노래를 부르는데, 그 노래는 사람의 가슴을 헤치는 내용이다. 결국 유리가 주몽에게 신표 칼을 내놓아 주몽은 아들 유리와 상봉하게 된다. 주몽은 상봉한 두 모자를 보며 이제 예랑을 왕후마마로 할 것인가 유리를 태자로 삼을 것인가? 고뇌를 한다. 결국 주몽은 예랑과 유리가 온 후 그들을 받아들이고 정사에 더욱 열심이고, 토지 개간 물자 교역에 편하게 하는 정책을 펼친다._

이들의 이야기에서 주몽-예랑, 주몽-유리의 첫 번째 남녀·부자 관계의 의미는 목숨으로 사랑 지키기와 태자 계승하기라 볼 수 있다.

(3) 두 번째 남녀·부자 관계: 주몽-조시누 공주, 주몽-온조

『사랑의 동명왕』에서 두 번째 남녀·부자 관계는 주몽-조시누 공주, 주몽-온조의 관계에서 드러난다.

주몽의 첫 번째 부인 예랑과 아들 유리가 왕후와 태자 자리를 차지하자, 주몽의 두 번째 부인인 조시누와 아들 비류·온조와의 갈등이 시작된다.

모둔골은 원래 조시누 공주의 땅이었다. 조시누 공주는 전 남편이 다스리던 고을인 모둔골을 주몽에게 바치고 자신은 어린 세 아이를 이끌고 홀승골

로 오게 되었다. 이전의 졸본 조정은 음모만 일삼을 뿐이어서 민심은 이반하고 있었기 때문이다. 그 지역을 기반으로 주몽은 나라를 세우고 왕위에 등극하고 조시누 공주와 혼인이 이루어진 것이다.

조시누의 맏아들 비류는 주몽의 첫 번째 부인과 아들이 나타난 그들의 지위가 새롭게 재편되자 어머니 조시누, 동생 온조와 함께 괴로움을 금치 못한다. 비류는 원래 욕심과 시기심이 많은 인물이었다. 그동안 고구려 지역에서 비류 당파와 온조 당파는 판연히 갈려 은연 중에 대립하고 있었다. 이러한 어려운 정세 속에, 첫째 아들 유리가 나타난 것이다. 이후 비류는 특별한 능력을 보여주지 못하지만, 온조는 고구려 대신 다른 국가 백제 세우기에 적극 나서게 된다.

아들에 대해 특별하게 생각하는 주몽은 원래 온조를 두고 가슴이 뭉클했던 적이 있고, 어린 아들 온조에게 깊은 애정을 느끼기도 했다. 주몽의 이런 점은 항상 자신이 아버지없는 설움을 당할 때 금와왕이 자기를 아들처럼 사랑해 주었던 은혜를 생각했기 때문이다. 이런 점에서 보면 주몽은 따뜻한 부정의 소유자이다.

조시누의 말에 주몽은 가슴이 뭉클하였다. 주몽 자신도 아비 없는 설움을 당하였고 그래도 금와왕은 자기를 아들처럼 사랑하여 주었다. 대소와 그 칠형제 아들들의 시기와 학대를 받았으나, 금와왕은 그렇지 아니하였다. 그러기 때문에 그 은혜를 생각하여 금와왕의 나라 동부여는 건드리지 아니할 마음을 먹은 것이었다. 또 만일 강상의 달밤의 인연으로 예랑이 아들을 낳았다 하면 그 아들도 주몽 자기와 같이 아비라고 부를 사람 없는 고아로 자랄 것이다. 그런 것을 생각하면 주몽의 가슴이 아팠다.

그래서 주몽은 먼저 일어나 유모에게서 온조를 받아 안고,

『온조야, 내 아들이다.』

하고 얼렀다.

온조는 주몽의 말 뜻을 알아 들을 턱이 없지마는 팔과 다리를 버둥버둥하면서,

『아빠 아빠, 아빠.』

하고 세 번이나 부르며 주몽의 얼굴을 쳐다보고 웃었다.

(『사랑의 동명왕』, 372쪽)

이렇게 주몽의 정을 받았던 온조는 20여 년 우리 세 모자를 거두어 주신 주몽의 은혜가 두텁다고 하며, 영영 원수지지 말고 친하게 지내자고 하며 고구려를 떠나게 된다. 1년 후 백제 시조가 될 온조는 고구려 국민의 축복하는 눈을 뒤로하고 동으로 말을 달렸던 것이다.

이러한 아들 온조와 달리 어머니 조시누는 끝까지 남편 주몽을 위해 나라를 내주고 조용히 헌신을 하기로 결정한다.

이상과 같이 살펴본 결과 이광수의 소설 『사랑의 동명왕』에서 주몽이 보여준 일생은 나라 세우기의 영웅적 일생과 아들 유리에게 태자 계승하기, 아들 온조를 부정父情으로 보살펴 주는 존재로 나오고 있다. 이에 비해 어머니 유화는 아들의 뜻과 웅지를 지혜로 밝혀주는 지혜모의 현신으로, 첫 번째 부인 예랑은 목숨을 걸고 주몽과의 사랑을 지키고 아들 유리를 키우는 양육자의 모습으로, 둘째 부인 조시누 공주 역시 나라를 남편에게 양보하고 조용히 헌신하는 인물 등으로 나오고 있다. 이 여성들 유화-예랑-조시누는 모두 한국 어머니의 전형적인 현신들이라 할 수 있다.

이광수의 소설 『사랑의 동명왕』은 〈주몽신화〉 모티프로 볼 때 아들·남편·아버지로서 주몽 영웅의 일생과 여성들(유화-예랑-조시누)의 지혜로운 힘을 표출한 소설이라 할 수 있겠다.

2) ‘하백’의 딸 생명의 잉태 과정 유사 심리와 삼신 수호신
  – 송하춘의 소설 「하백의 딸들」

송하춘의 소설 「하백의 딸들」(1994)은 꿈 장면을 통해 ‘하백’의 딸로서 생명의 잉태 과정, 출산 및 기아의 과정, 양육자의 기아 구출 모티프 등이 〈주몽신화〉의 요소로 투영되어 있다.

이 소설에 등장하는 인물은 ‘조정미’, ‘장하구’ 부부 교사와 그 반의 ‘현지’라는 아이다. 두 부부가 담임을 맡고 있는 반 아이 현지가 임신하자 그 아이를 살리자는 뜻에서 부부는 자신들의 셋째 아이로 꾸밀 계획을 세운다. 현지는 임신 7개월 무렵 학교에서 자취를 감추고, 현지의 담임교사 조정미는 거짓으로 임신한 체하며 살게 된다.

그러나 담임 선생님 조정미와 통화한 여고생 현지는 스스로 아기를 낳아 기르겠다며 가출한다. 그후 현지는 자신과 함께 했던 남학생인 민철과 일이 있었던 해변가를 다시 찾아가고 그곳 바닷가에 있는 한 할미집에서 묵게 된다. 그곳에 머물고 있는 현지는 꿈 속에서 먼 바다를 보며 하백의 딸이라 생각하기도 한다. 또 바로 자신이 하백이라고 생각하기도 하고, 또 자신이 할머니이며 어머니이며 바닷가 할매 같다고 생각하기도 한다. 그러다가 또 현지는 하백은 싫다 생각하며 울먹이며 몸부림치기도 한다. 그러나 현지는 한 소년을 만나 행복의 부피를 더해 갔던 것을 생각하며 누운 채로 바다를 바라볼 뿐이다. 현지의 뱃속에 있는 아기는 이미 일곱 달이 찼으니 낙태 수술은 하지 못하고 미혼모를 위한 법은 없는데 그때 자신을 살려달라는 내용의 꿈을 꾸게 된다.

이 소설에서는 현지의 꿈 속에서 등장한 하백의 딸, 하백, 할머니, 어머니, 바닷가 할매 등을 〈주몽신화〉 모티프로 연결지어 생각해 볼 수 있다. 아들

주몽의 이미지는 활을 잘 쏘고 태양을 달리게 하는 환상이 결부되어 나타나고 있다. 그러면서도 현지는 하백의 딸로서 생명을 잉태하듯이, 해모수와 유화의 관계처럼 민철과의 관계에서 생명을 번성케 하는 여성의 힘을 수신계水神系로 상상해서 보여준다.

또 여고생 현지의 꿈은 할머니와 대화에서 아이에게 바닷가를 달리게 하고 화살을 만들어 태양을 쏘게 하는 주몽이미지로 표현되고, 그녀는 할머니 속으로 파고 들어간다. 현지가 밝힌 화살로 태양을 쏘게 하겠다는 의지는 활을 잘 쏘는 주몽의 상상력을 투영시킨 것으로 볼 수 있다.

현지가 할매의 품속을 파고들기 시작했다. 할매는 어쩌지 못하고 빈 가슴을 내맡겼다. 겁에 질린 이 어린것한테 들려줄 말이라고는 아무것도 없었다. (중략) 할매는 그 소리의 끝닿는 데를 보았다. 바닷가 후민진 곳에 해송이 우거져 있었고, 그 사이로 멀리 구경꾼들처럼 모여 섰는 사람들이 여럿 보였다. 미친 것. 할매가 철렁 가슴이 내려앉는 것을 느낀 건 바로 그때였다. 그리고는 정신없이 바닥의 이불 속을 떠들어보았지만, 현지가 없었다. 할매는 다시 두 팔을 뻗어 현지가 누웠던 자리를 더듬었다. 손에 잡히는 건 싸늘한 냉기뿐 현지는 자취도 없이 사라져 버린 지 오래였다. 할매는 허겁지겁 가게문을 열었다. 경찰인 듯한 두 사내가 짝을 지어 이쪽으로 걸어오고 있었다. 할매는 그들을 부를까 하다가 그냥 바다 쪽으로 내뺐다. 모퉁이를 돌아 두어 발짝이나 걸었을까, 쭈뼛 발걸음을 멈추어선 것은 그때였다. 비닐 봉지에 싼 썩은 생선 꾸러미 같은 것이 길가에 버려져 있었다. 아침 햇살에 눈부신 처마 밑 그 자리다. 뭔가 꿈틀하는 것이 그 안에 있었다. 미친 것. 그러자 할매는 그것을 사타구니 밑으로 쑥 집어넣었는데, 아무도 그걸 본 사람은 없었다. 다가오던 두 경찰이 저만큼 길을 돌아서 피해가고 있었다. 할매가 요강을 타고 앉았다고 생각했기 때문일 것이다. 햇살이 그 으슥한 치마폭

아래로 기어들고 싶어하였다. 그러나 할매는 바람이 새어들지 못하도록 두 팔로 치맛자락을 여몄다. 솔솔 따스한 체온이 후미진 사타구니 안에서 피어나고 있었다. 그러자 그 안에서 뭔가가 꼬물꼬물 살아나기 시작한 것이다. 신성한 것은 마른 논가의 발자국 물에 떨구어도 생명이 되는 것을, 지금 그 전설이 피어나는 이 바닷가 아침을 장하구, 조정미씨 부부는 알 턱이 없었다.

(송하춘, 「河伯의 딸들」,²² 53-54쪽)

위 부분에서 나타난 것처럼 꿈 속의 생각과 달리 현지는 조산아를 낳고 아기를 버린채 사라져 버렸다. 할머니는 현지를 찾았다. 이때 할머니는 비닐봉지에 썩은 생선 꾸러미 같은 것을 발견한다. 할매는 치맛자락을 여미고 그 속에 비닐봉지를 품는 것처럼 하여 길가에 버려진 생명을 보호한다. 이 부분은 〈주몽신화〉에서 유화가 낳은 알이 동물우리나 들판에 버려지나 동물이나 새들이 알을 보호해 구조되듯이 현지가 낳아 스스로 버린 미숙아 기아를 초인적 힘으로 보호해 준 할머니에 의해 구원을 받는 것으로 드러낸 것이다. 여기서 할머니는 초능력적 할미 또는 삼신적 힘을 지닌 생명의 구출자로 생각해 볼 수 있다.

4. 다시 쓰여진 '주몽'과 '유화' 해석하기

이상과 같이 〈주몽신화〉 중 유화와 주몽 캐릭터를 시로 새롭게 표출한 양상을 서정주, 송수권, 윤금초의 시를 중심으로 살펴보았다.

먼저 유화와 주몽 모티프가 투영된 서정주의 시 「동맹」은 주몽의 어머니 유화부인을 햇빛의 연인 모태의 상징으로 찬미하고 있다. 또 「고구려 시조 동명성왕 고주몽의 사주팔자」는 고주몽이 왕이 된 것이 운명의 결과임을 노래하고 있으며 주몽의 사주팔자 자격론을 말하고 있다.

재또한 송수권의 시 「유화부인」은 주몽의 부여국에서의 탈출 노정에서 주몽 자신과 아들 유리, 그리고 유리가 아버지의 영웅적 정체성을 확인해 가는 과정과 어머니 유화부인에게 내면의 지혜로움을 부탁하는 것으로 그리면서 현실과 시대의 고통을 이겨 내는 지혜의 의미를 연결시키고 있다.

윤금초의 시 「주몽의 하늘」은 〈주몽신화〉를 소재로 하면서도 주몽의 고난 극복과 거대한 목표 성취 과정으로 무게 중심을 옮김으로써 신화의 창조적 변형을 이루어내고 있다. 이미 화석화된 신화를 방금 여기에서 벌어지고 있는 듯한 서술적 이미지로 복원함으로써, 시적 긴장감과 현재적 감각을 점증시키고 있다고 보았다. 즉 이 시는 적소지에서 탈출한 주몽의 여정과 고구려의 새벽을 열게 된 연유를 중심으로 주몽의 영웅성을 현재적 감각으로 복원하고 있다.

세 시인의 시에서의 주몽 캐릭터의 표출 양상은 영웅의 특성을 고스란히 드러내면서, 주몽은 고난을 극복하고 나라를 건국하는 영웅으로, 어머니 유화는 아들의 건국 과정에 지혜를 주는 자로 등장한다. 다만 서정주가 운명과 자격론의 입장에서 주몽과 유화를 다루고 있다면, 송수권과 윤금초는 영웅 서사 과정에서의 영웅성을 부각하면서 현실의 고통스런 여건도 반영하고 있는 점이 다르다.

다음으로 〈주몽신화〉를 소설로 다시 쓴 이광수와 송하춘의 작품을 살펴보았다. 이광수의 소설 『사랑의 동명왕』에서 주몽은 나라 세우기의 영웅적 일생과 아들 유리에게 태자 계승하기, 아들 온조를 부정父情으로 보살펴 주는 존재로 나온다. 이에 비해 어머니 유화는 아들의 웅지를 지혜로 밝혀주는 지혜모의 현신으로, 그 밖의 여러 여성들 예랑, 조시누를 포함하여 모두 전형적인 한국 어머니의 현신들이라 할 수 있다.

또 송하춘의 소설 「하백의 딸들」에서는 보통 사람들의 생명 잉태 과정, 낙태한 미약한 생명체를 보호하는 초능력자 삼신할머니, 비정상적 탄생, 생명의 구출자가 등장하고 있다. 그런 점에서 이 소설은 〈주몽신화〉 중 하백의 딸 유화의 모티프, 7개월 만에 낙태한 비정상적 출생과 기아, 구출자 초능력적 할미인 삼신적 힘 등이 비유되어 투영되고 있다.

이광수의 『사랑의 동명왕』에서 주몽은 아들·남편·아버지로서의 영웅의 일생담을, 유화는 여성들의 특유의 힘을 대표적으로 보여준다, 송하춘의 「하백의 딸들」은 비정상적 탄생 과정과 생명 보호라는 차원에서 〈주몽신화〉 모티프가 투영되어 나타나고 있다.

다시 쓰여진 〈주몽신화〉 모티프 중 주몽과 유화의 캐릭터 표출 양상의 특징은 무엇보다도 영웅으로서의 여정과 면모, 일생, 그리고 여성들의 대지혜의 현신이라 할 수 있겠다.

제3부_ 처용 새로 쓰기

‘처용가’ 관련 현대소설의 유형과 의미

액자구조로 다시 쓴 ‘처용가’ 의미

방기환의 소설 「처용의 적」과
윤후명의 소설 「처용나무를 향하여」,
윤대녕의 「신라의 푸른 길」과
이인성의 소설 「강 어귀에 섬 하나」가
실린 작품집

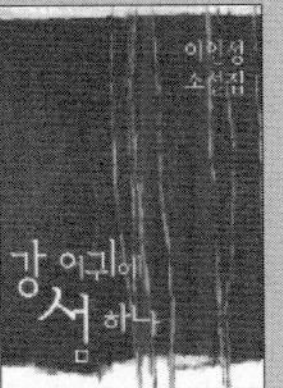

박상륭의 「최판관」, 「심청이」, 『죽음의 한 연구』,
『칠조어론』, 혼방된 상상력의 한 형태,
『신을 죽인 자의 말로는 쓸쓸했도다』 등 처용 관련 소설집

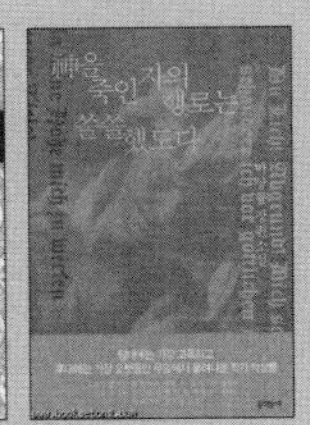

신상성의 소설 「처용의 웃음소리」와
김소진의 소설 「처용단장」,
구광본의 소설 『처용을 어디서 다시 볼꼬』
관련 작품집

'처용가' 관련 현대소설의 유형과 의미
- 방기환, 윤후명, 윤대녕, 이인성, 박상륭 소설을 중심으로

1. 처용가의 의미와 소설로 새로 쓴 처용가

〈처용가〉處容歌는 신라 49대 헌강왕 때 '처용'이 지었다는 향가로, 『삼국유사』 〈처용랑조〉에 실려 있다. 용의 아들인 처용이 헌강왕을 따라 서울(서라벌)에 와서 벼슬을 했으며, 어느 날 밤 그의 아내를 범하는 역신에게 이 노래를 불러 주어 물러나게 했다는 내용으로 되어 있다.

이런 〈처용가〉는 그동안 시, 희곡, 소설로 다시 쓰여졌다. 그 중 시의 경우는 다시 세 가지 유형으로 나누어 볼 수 있다. 〈처용가〉의 시 장르 변용에 대해 이창민은 "김춘수는 설화와 실존의 유비로, 신석초 · 전봉건 · 박희진 · 박제천은 내심의 추론적 기술로, 윤석산 · 한광구 · 정일근은 인물의 현대적 전이로, 서정주 · 조동화 · 박남수 · 이향아 · 문정희 · 최두석 · 오환영은 태도의 판정과 기술적 원용으로 변용한 것" 등을 분석하고 있다.[1] 또 〈처용가〉를 희곡으로 재창작한 작품은 유치진의 「처용의 노래」[2]와 오태석의 「팔곡병

＊ 「'처용가' 관련 현대소설의 유형과 의미」는 『문예창작논문』, 명지대학교 문예창작과, 2007, 335-364쪽에 실린 원고임.

풍」[3] 등이 있다.

〈처용가〉의 소설적 변용에 대해서는 여러 평자들이 언급하고 있다. 황도경은 「우리 시대의 처용」에서 김춘수, 윤후명, 윤대녕, 김소진 등이 재창작[4]한 〈처용가〉의 의미를, "해탈의 꿈과 처용나무", "해탈의 처용", "탈 벗기기" 등으로 다루고 있다. 곽근은 「처용설화의 현대소설적 변용 연구」에서 신상성, 윤후명, 김소진, 김장동, 이인성의 작품에서의 〈처용가〉의 수용과 변용을, "문학의 전통 복원에 대한 창조적 접근"과 "고전의 현대적 계승이라는 의의"[5]로 지적하고 있다. 조미숙은 〈허생전〉과 〈처용가〉를 수용·변용한 작품에 대한 연구 논문 「패러디 소설의 방법들」에서, 특히 처용과 관련하여 김소진과 윤후명의 작품[6]을, "부정하며 고쳐쓰기"와 "처용 닮아가기"로 분석하고 있다.

이 글에서는 첫째, 심리학적 캐릭터로써의 처용과 역신의 의미, 둘째, 처용을 지속적으로 등장시키는 박상륭 작품에서 처용의 변모 양상과 그 의미를 중심으로 〈처용가〉의 소설적 재창작 유형을 살펴보도록 한다.

2. 캐릭터 '처용'과 '역신'의 심리학과 그 의미망

〈처용가〉에서 중요한 모티프는 처용과 역신의 캐릭터이다. 이 두 캐릭터는 특히 남성의 내면에 자리잡은 인간의 양면적 심리로 볼 수 있다. 부수적 캐릭터로 처용의 아내 심리도 함께 살펴보도록 하자.

1) 무관심과 방관 심리의 표출과 상동 구조―방기환의 「처용의 적」敵

방기환의 「처용의 적」에서는 처용이 아니라 역신에 상응될 수 있는 캐릭터 '나'를 화자로 하여 이야기를 전개함으로써 역신의 심리를 독특하게 드러내고 있다. 또 이 소설은 역신 상응자인 처용의 친구, '나'에 의해 처용과 그의 아내인 '도화'가 그려지고 있다.

이 소설에서 관찰자 나는 어린 시절부터 처용과 동무였고, 처용이 임금에게 발탁되어 궁궐로 들어가면서 처용과 내가 엮이는 사건으로 시작된다. 처용과 같은 동네에 사는 처녀 도화는 얼굴이 반반하고, 하루라도 사내와 지내지 않으면 안 되는 성향을 가지고 있다. 처용이 입궐한 이후 홀로 남은 도화는 외로움을 느끼면서 나에게 접근해 육체 관계를 나누게 된다. 그러던 어느 날, 도화는 나를 배반하고 입궐한 처용에게 시집을 간다. 처용에게 가버린 도화때문에 나는 처용에게 강한 질투심을 느끼면서, 처용이 입궐하게 된 이유, 즉 왕의 환심을 산 경위가 허황되다고 생각하고 그 진실을 공개적으로 알리려고 한다. 나는 처용과 처용의 부친이 어부들에게는 너무 상식적인 일식日蝕을 통해 용왕의 변이라고 거짓으로 고하여 왕의 환심을 산 것이기에, 이 사실을 알려서 처용을 요절내고 처용의 처 도화도 빼앗겠다고 계획한다. 계획대로 나는 그 사실을 간신히 임금에게 간언하나 자신의 목적을 이루지 못한다. 나는 잠시의 유랑 끝에 처용의 집 부엌에 생선 매입 업무 담당으로 들어간다. 그런 후 나는 도화를 가까운 거리에서 지켜보는데, 도화는 슬픔과 뉘우침의 나날을 보내고 있는 것 같이 나는 느낀다. 그러나 처용은 궁 밖에 있을 때처럼 궁 안에 들어가서도 바람둥이 생활을 하고 있다. 이러한 처용에게 심한 질투를 느끼던 나는 어느 날 도화를 위로해 주다가 그녀와 엉켜지내게 되는데 그날따라 처용이 일찍 귀가한다. 나는 처용과 한판 겨룰 생각이었으나, 뜻밖에 처용은 그냥 자기 집을 나가 버린다. 그러한 처용의 태도에 나는 또다시 패배감에 젖게 된다. 처용은 도화를 하찮은 계집으로 여기는데, 도화를 두고 결투까지 벌이려 했던 자신은 사내로서 처용이 나와 도화의 관계에 대해 체념 달관하는 태도와는 격이 다르다고 생각한다. 그러면서 자신 역시 도화에 대한 욕심이 사라질 뿐만 아니라, 처용의 얼굴을 다시는 대면하지 않을 먼 곳으로 떠날 것을 다짐한다.

　방기환의 소설 「처용의 적」의 마지막 장면을 보자.

> 나와 도화는 어리벙벙해서 서로 마주보고만 앉았는데 밖에서 노래소리가 들려왔다. 목청 좋은 처용이의 노래소리였다.
>
> 「서울 밝은 달에 밤들이 노니다가 들어가 자리 보니 가라리 네히어라.」
>
> 노래는 지금의 이 광경을 두고 제가 지어서 부르는 노래인가 보다. 나는 귀를 기울였다. 도화도 숨소리를 죽였다.
>
> 「둘은 내 해어니와 둘은 뉘 해언고.」
>
> 저 노래는 곧 처용이가 이 일을 보고 말로 하는 대신 제 심정을 밝히는 노래일 게다. 무엇이라고 할 터인가.
>
> 「본디 내 해다마는 빼앗은들 어떠하릿고.」
>
> 노래를 마치자 다시 술이라도 마시러 가는지 처용이의 발소리가 멀어진다.
>
> 「본디 내 해다마는 빼앗은들 어떠하릿고?」
>
> 도화가 처용이의 노래 끝 구절을 입속으로 뇌까렸다 그리고는,
>
> 「흥, 그러면 그렇지. 제가 바람을 피우니까, 계집을 빼앗기고도 할 말이 없겠지.」
>
> 종알거리면서 도화는 내 목을 끌어 안았다. 도화는– 그것을 나는 내 모든 것을 걸고 겨루어 오다니……사내자식으로서의 격이 다르다. 그리고 이 도화라는 계집도 그렇지 입속으로 고런 소릴 했지만 처용이가 대단치 않게 여기는 것이 아닐까, 분해서 요렇게 떨고 있지 않은가. 나는 자리를 박차고 밖으로 뛰쳐나갔다. 도화에 대한 욕심도 이제는 깨끗이 스러졌다. 처용이의 얼굴을 다시는 대하지 않을 먼 곳으로 그저 도망치고만 싶었다.

(방기환, 「處容의 敵」,[7] 398쪽)

　「처용의 적」에 등장하는 처용은 가난한 한량으로 준수한 외모와 뛰어난 춤과 노래 솜씨로 인기가 많은 사람이다. 이런 처용에게는 언제나 애인이 많으며 그 중 하나가 동네 처녀 도화였다. 그러한 도화를 짝사랑하는 나는 가난한 서민 총각일 뿐이다. 이러한 나는 처용과 도화의 생활을 추적한 끝에 처용의 무관심 대상이 되어 버린 도화를 달래어 잠자리를 같이 하게 되고, 그것은 어느날 처용에게 발각된다. 그러나 처용은 달관한 듯한 노래를 부르며 도화에게 더이상 애착을 두지 않는다. 그러한 처용의 마음을 알아챈 나 역시 도화에게 흥미를 잃고, 처용이 보이지 않는 먼 곳으로 떠날 결심을 하는 것으로 이 소설은 끝을 맺는다.

　이 소설에서 방기환은 처용이 자기 아내인 도화와 나(역신)의 관계를 무시하고 방치하는 것으로 그리고 있다. 처용은 유랑하는 노래꾼으로 인기 많은 인물인데, 트릭을 써서 입궁하지만, 아내--도화에게도 무관심할 뿐만 아니라, 도화와의 사랑에도 가치를 두지 않는다. 처용의 도화에 대한 방관과 무관심은 역신 상응자인 나로 하여금 도화로부터 도망가게 만들고 있다. 이런 점에서 역신과 처용은 여자에 대한 무관심과 방관이라는 측면에서 상동相同 심리를 보여준다. 특히 방기환은 나라는 인물을 통해 처용에 대한 질투 심리를 강하게 갖고 있으면서 또 처용의 도화에 대한 자신의 상동 심리를 농후하게 반영시키며 드러내고 있다. 그런 모순적 관계를 그려낸 방기환의 소설 「처용의 적」은 처용의 아내 도화에 대해 처용과 역신이라는 두 남성과 결부된 심리적인 측면을 무관심과 방관 심리로 두드러지게 나타냈다고 볼 수 있다.

2) 추악한 '그림자 분신'과 가학적 치유제로써 '처용나무'
– 윤후명의 「처용나무를 향하여」

윤후명의 소설 「처용處容나무를 향하여」에서는 '나'와 아내, 후배인 화가, 경주의 택시 운전사, 처용나무 등이 주요 등장인물 및 모티프로 나오고 있다. 주인공 나의 심리가 여러 매개로 다양하게 촉발되지만, 그 중에서도 내 마음속의 그림자-분신이 꿈으로 표출되는 것이 가장 강렬한 작용으로 나타난다. 꿈을 통해 드러난 나의 심리는 처용나무에 의해 상채기를 당하기도 하고, 또 치유되기도 하는 결말을 보여주고 있다.

이 소설에서는 '나'라는 주인공이자 화자의 심리에 내재하는 모순적 두 마음 중 어두운 부분이 잘 피력되고 있다. 처용과 역신의 이중적 심리를 한 인간의 내면에 존재하는 양면의 요소-그림자 분신과 이상적인 심리-로 환치하여 표현하는 것이 이 작품의 특징이다.

나는 상습적으로 가출하는 아내를 둔 자이다. 내가 아내와 함께 경주로 여행할 때 택시 운전사가 아내를 일본 여자 같다고 말하는 걸 듣게 된다. 또 나는 경주 남산에서는 백옥가락지의 의미가 순결하라는 뜻임을 알게 된다. 그러던 내가 귀가 후 평소 자주 어울리는 화가와 대화하던 중 일명 처용나무라고도 하는 엄나무가 역귀疫鬼를 막아내고, 망루望樓의 의미가 함축되어 있다는 이야기를 듣게 된다. 평소 나는 자신이 경이롭게 여기는 엄나무가 역귀를 쫓는 처용의 모습에 비견됨을 알게 되고, 여러 정황때문에 나는 처용이 아내를 범한 사내를 용서해줌으로써 숭앙받게 된 인물임을 생각한다. 그러나 자신의 경우에는 아내의 실절失節을 염려하여 백옥가락지를 준 것을 생각하며, 순결을 믿고 싶은 것과 순결을 믿고 있다는 것 사이의 크나큰 차이를 발견한다.

이러한 나는 아내와 관련된 추악한 상상력에 이끌려 지나간 꿈을 회상한다. 그 꿈은 아내가 알몸뚱이 모습으로 다른 사내와 격렬한 정사를 벌이며, 그것을 본 나는 분노하기는커녕 열띤 욕구로 달아올랐던 내용이다. 나는 그것이 아내의 순결에 대해 본질적인 의심을 품고 있는 반증이 아닌가 생각해 본다.

이 소설에 나오는 객관적 상관물로써 백옥가락지는 순결을 의미하고 엄나무는 순결을 잃은 뒤의 용서를 뜻한다고 볼 수 있다. 아울러 엄나무의 의미는 하늘과 땅의 조화를 꿈꾸며 살아 있는 망루처럼 버티고 서 있어, 백옥가락지를 놓고 빌려고 하는 나의 마음으로 표출된다. 만약 자신의 마음이 아내가 순결을 잃은 뒤라면 아내를 쉽게 용서할 수밖에 없을 자신을 생각하며, 자신 스스로 엄나무에 위태롭게 매달려 있다가 미끄러 떨어져 혼비백산하고 집으로 돌아온다. 피투성이가 된 자신의 모습에 놀란 아내는 남편인 나에게 무엇에 씌었냐고 말하는데, 그때 나는 아내의 손에 있는 백옥가락지를 보며 순결은 증명됐다고 느낀다. 만약 나는 아내가 혹시 순결을 잃었다 해도 문제를 삼지 않겠지만 자신의 지나친 아집 때문에 이 모두 일어난 일이라 생각하게 된다.

> 옛날 신라의 화랑 기파랑耆婆郞의 높은 기상은 늘 푸른 잣나무에 비견되었었다. 그렇다면 엄나무는 역귀를 쫓는 나무로서 처용處容의 모습에 다름아니리라. 서라벌 밝은 달 아래 밤새 노닐다 집으로 돌아온 처용은 잠자리에 얽혀 있는 가랑이 넷을 보았다. 그러나 그는 〈둘은 내 것인데 다른 둘은 뉘 것인가〉 하는 노래로써 아내를 범한 사내를 물러가게 한다.
>
> (윤후명, 「處容나무를 향하여」,[8] 215쪽)

이후 나는 꿈 속에서 본 아내의 다른 사내와 정사는 자신의 추악함이 노출된 것에 다름 아니며, 또 자신의 자만심의 발로였다고 생각한다. 또 자신이 어둠속의 엄나무를 통해 화가를 무시하고 싶었던 것도 깨닫게 된다. 자신만이 엄나무를 특별히 여기는 것으로 생각했었고, 아내의 순결에 대해 거론하는 것 역시 자신의 속절없는 바람이자, 의처증 때문이라고 생각한다. 그러한 과정을 통해 주인공 나는 잘못은 자기 자신에게만 있을 뿐이며, 아내의 단심丹心의 꽃은 보지 않고 괜스레 검은꽃처럼 보았던 자신의 마음의 병이라며 반성하게 된다.

윤후명의 「처용나무를 향하여」에서 〈처용가〉에서의 '처용-역신-처용처'의 삼각 구도는, '의처증이 심한 남편인 나-꿈 속의 사내-가출기 많은 아내'의 관계로 대비해 볼 수 있다. 특히 몽중현실夢中現實의 '격렬한 정사를 나누는 사내와 아내, 그리고 추락하는 나'의 구도로 그 성격이 더욱 뚜렷하게 부각된다. 여기서 나는 마음속의 추악한 귀신적鬼神的 힘-그림자 분신에 대하여, 처용에 비견되는 처용나무가 귀신을 쫓는 역을 대신하는 것으로 설정하고 있다. 이러한 상황에서 나는 순결에 집착하는 의처증과 마음의 병을 엄나무, 즉 처용나무에 찔린 상처를 통해서 자각하게 된다.

이 소설 「처용나무를 향하여」는 화자 마음속의 아내에 대한 의처 심리, 아내를 범하는 뭇 사내를 그려 보는 추악한 상상과 그 치유의 모티프를 엄나무-처용나무를 등장시켜 그리고 있다. 다시 말해 의처증 관련해서 비롯된 추악한 상상을 하는 고통과 자각의 과정-치유의 과정을 보여주고 있다. 이 소설에서 역신에 비견되는 모티프는 그림자 분신이며 이는 의처증이 심한 나의 다른 심리표출이라 볼 수 있다. 나의 이상적 분신은 객관적 상관물인 처용나무를 통해 보여 주고 있고 그것은 처용적 분신을 가학적 방식으로 치유하며 드러내고 있는 것이다. 이런 점에서 윤후명의 소설은 역신의 캐릭터인 그림자 분신과 객관적 상관물이자 처용의 분신인 처용나무를 매개로 하여 독특하게 처용과 역신의 의미를 재조명하고 있다.

3) 이중의 각도覺道 비유 : 각도 이전의 떠돌이 '처용' 과
생불로 환생된 '처용' – 윤대녕의 「신라의 푸른 길」

도통道通의 수준이 다른 두 인물로서, '각도覺道 이전의 처용' 과 '각도적覺道
的 삶을 사는 처용' 을 보여주는 윤대녕의 소설 「신라의 푸른 길」은 처용 같은
인물로 유추되는 '나', 처용의 환생자幻生者인 삼촌, 그리고 아내가 등장인물
이다.

나는 〈처용가〉를 부르며 옛 신라 지역을 떠돌고 있는 34세의 남자다. 아
내는 32세로 현재 동경의 광고 스쿨을 다니려고 유학하고 있어, 일시적으로
나와 별거 중이다. 나는 옛 신라 권역을 여행하며 신라 시가인 향가가 바다
와 육지가 만나는 지점에서 주로 만들어졌고, 〈처용가〉 역시 해안선을 따라
생겨난 노래라고 생각한다. 최근 나는 동경에 유학 중인 아내를 떠올리며,
한 달간 아무 연락이 없는 아내는 섬나라에 있고 나는 길 끝의 길에 서 있다
고 생각한다. 그러한 나날 속에 실종되고자 하는 마음을 가진 나는, 그러면
서 길 끝에서 처용무를 추면서, 삼촌을 만나기 위해서 여행길에 오르게 된
다. 나의 삼촌은 영문학 교수로, 마치 환생幻生한 처용처럼 탈속한 마음을 갖
고 살아가는 인물이다. 그러한 삼촌을 만나는 것과 아울러 나는 삼촌을 만나
러 가는 방랑길에서 무엇을 보고 또 누구를 만나느냐 하는 것을 중요하게 생
각한다. 어떤 면에서 처용 후보자라 할 수 있는 내가 처용 완성자라 할 수 있
는 삼촌을 만나러 가는 여정은 유랑길에 선 각도 이전의 처용과, 각도를 체
험한, 환생한 처용으로 설정해 이중적인 처용으로 나누어 생각해 볼 수 있
다.

길 끝에 길이 있다. 때로는 게처럼 짜디짠 눈을 달고, 숯불 같은 마음이 되어 바다로 가고 싶었던 것이다. 삶의 거적때기를 벗고, 닫혔던 모든 문을 열고, 사랑이라는 것도 훌렁 벗어버리고 때로 길 떠나자 하는 마음을 어찌하랴. 이렇게 불현듯, 실종되고자 하는 울울한 마음인들 어찌하랴. 오늘 저 바다는 시작도 끝도 없이 출렁이고 있다. 누군가 길 끝에서 처용무를 추며 노래를 부르고 있다.(51쪽)

「제게는 그래요. 쉰 살이 다 됐는데 아직 독신인데다 동자꽃 같은 사람이죠. 환생한 처용 같기도 하구요. 몇 년 전까지 서울에 있는 모 대학에서 강의를 했는데 어느 날 갑자기 짐을 꾸려서 동해로 가데요. 동해에다 뼈를 묻겠다구요. 바다 앞에다 율무를 묻겠다구요. 」

(윤대녕, 「신라의 푸른 길」,[9] 53쪽)

신라지역이었던 길을 향하는 나의 여행길은, 서울을 떠나 경주를 거쳐 다시 강릉으로 이어지는데, 현실적으로 석굴암 본존불을 알현한 후 강릉에 있는 삼촌을 만나러 가는 길이며, 그것은 의미론적으로 두 개의 부처를 만나는 길[10]이라 할 수 있다. 여행길에 있는 나는 또 경주에서 강릉으로 가는 버스에서 만난 음악 선생과 신라인들의 삶에 대해 이야기를 나눈다. 이때 나는 떠도는 처용으로 여겨지고, 나와 음악 선생인 여인의 관계 설정은 떠도는 처용의 처로 느껴지기도 한다. 그러면서도 진짜 처용처럼 살아가는 해탈의 도인-삼촌을 통해 자신의 고뇌와 인생길이 그려지는 소설이 바로 윤대녕의 「신라의 푸른 길」이다.

이 소설에서는 구체적으로 역신으로 유추되는 이는 찾을 수 없다. 다만 소설 속에서 나와 동행하는 음악 선생의 남편 입장에서 보면 내가 바로 역신이 될 수 있다. 동경에 있는 자신의 아내가 남편 내가 아닌 다른 남자를 만날 가능성이 있듯이 말이다. 이 소설에서는 길 끝의 길에서 나라는 주인공이 유추적 역신 역의 역할에 서 있는 모습이지만 궁극적으로 환생된 처용이란 이상형의 삶의 모델이 있어, 길의 끝에는 각도적 노정이 드러날 가능성에 놓여 있게 설정하고 있다.

이러한 설정은 어떤 면에서 두 얼굴을 갖고 살아가는 인간의 모습, 자기 아내에게는 남편일 때 처용 역을, 남의 아내에게는 그 남편 입장에서 보면 역신 역을 하며 방랑길에서 오락가락하지만 결국 삶의 지표적 모델이 있다. 르네 지라르가 밝히는 욕망의 삼각형의 극점에서 보면 해탈을 지향하고 있고 그것은 삼촌의 삶이 바로 해탈의 삶을 제시하고 있기 때문에 가능할 수 있다.

이처럼 윤대녕의 소설 「신라의 푸른 길」은 먼저 해탈한 처용과 그 길로 가는 과정에 있는 처용이라는 이중의 처용을 연결시켜 보여주고 있다. 즉 각도 이전의 조카 처용과 각도 이후의 삼촌 처용을 병치시키면서 자신이 궁극적으로 도달해야 할 길을 암시해 주고 있다.

4) 무의식 몽환 세계의 리비도의 변주와 명명의 언술
   – 이인성의 「강 어귀에 섬 하나」

이인성의 소설 「강 어귀에 섬 하나–처용 환상」은 그녀가 사는 환상의 섬에서 벌어진 상황을 그리고 있다. 화자인 퇴물 시인, 나는 그녀, 만희의 집을 방문하면서 특이한 몽환적 의식인 심해深海 세계를 체험하게 된다. 즉 몸의 욕망과 의식의 욕망이 분리되어 복잡한 심리와 욕망이 섞인 남자가 되었다가, 여자가 되는 등으로 다양하게 변주된다. 본능적 생명의 충동이 넘실대는 무의식 세계를 다양하게 변주하며 처용과 역신과 아내의 모습을 다각도로 보여주는 이인성의 소설 「강 어귀에 섬 하나」의 주인공 '나'는 심층심리 영역까지 깊이 내려가 이드id 세계와 리비도libido의 세계를 탐사해 보여주고 있다. 여성 역시 '만희' 滿喜라는 명명에서 시사하듯이 이드 세계를 대변한다고 볼 수 있다.

이 소설은 무의식 세계의 리비도를 각종 탈에 교묘하게 결합시켜 제시하고 있다. 퇴물 시인인 나와 탈 관련자 만희라는 여자 사이에서 시인의 페르소나persona와 탈 자체의 페르소나가 교섭하면서 쾌락 본능이 다양하게 변주되어 구현되고 있다.

소설 「강 어귀에 섬 하나」는 부제가 처용 환상이다. 이 소설에서 처용이 되어 버린 환상의 세계에 가면 놀이를 벌이는 공간을 덧붙이고 그곳에 처용의 탈을 등장시키는 부분은 몽환적夢幻的 의식 기법이 잘 드러나는 대목이다.

> "여기선 탈을 벗겨보려 하지 말랬잖아. 탈 뒤에 얼굴이 있는 게 아냐. 탈이 얼굴이지. 그리고, 탈은 끝없이 바뀌어 가는 거야." 탈들이 천천히 일어섰다. 그리고 아주 느린 박자로, 그리고 아주 굴곡이 희미한 높낮이로, 시를 읊는 듯한 합창 소리를 냈다. 서라벌 밝은 달에 밤들이 노닐다가~ 서라벌 밝은 달에 밤들이 노닐다가~ 똑같은 소절만을 계속 반복하며, 탈들은 길게 행렬을 만들기 시작했다. 행렬의 머리가 남쪽 커튼을 걷고 유리문을 열고 베란다로 나가 하늘을 향해 합창을 했다.

(이인성, 「강 어귀에 섬 하나-처용 환상」,[11] 147쪽)

위 부분처럼 나의 심층심리 속의 리비도와 그녀의 심층심리의 리비도가 만나는 공간은 바로 외딴 바닷가 근처의 섬이다. 프로이드의 심리로 보면 빙산의 섬은 무의식 세계의 상징이며 빙산의 섬 일각이 의식 세계의 일부분으로 비유된다. 무의식 세계이기도 한 빙산 아래 부분에 해당하는 이드와 리비도 심리를 다양한 페르소나로 보여주는 것이 이 소설의 특징이다. 특히 현실 사회에서 살아가는데 필요한 인간의 얼굴이 아닌 쾌락 본능의 원시적 충동의 힘을 탈의 페르소나로 드러나게 하며 리비도적 상황과 그러한 심리를 구현하는 역할이 바로 이 소설에서의 탈 장치이다.

그녀가 혹시! 그래, 첫 흘레와 함께 탈을 만들기 시작한 이후 그녀는 계속 피하기만 하면서 미심쩍은 구석을 남겨왔었다! 어쩌면 그녀가 뭔가 알지 못할 계획을 짠 것이리라! 그걸 위해 그녀는 나를 미로 속에 영원히 가두려는 것인지도!… 말줄임표와 함께, 발길을 돌렸다. 그런데, 들어와 닫았던 방문에 종이 탈 하나가 어둠 속에서도 희미한 인광을 띠고 걸려 있는 것이 보였다. 자세히 들여다보니, 얼굴이 파삭 늙은 노인 탈이다.(중략)

그리고 사라진 시간은, 휑하니 뚫려 있는 그 열흘만이 아니었다. 돌이켜보면, 맨 처음 그녀를 어떻게 만났었는지, 어떻게 서로가 이끌렸었는지, 어떻게 그녀의 처용이 되었었는지, 모든 게 새까맸다.(148-149쪽)

이불 아래로, 다리가 넷이었다. 이렇게 되는 거였구나 싶어, 머리가 횡횡 돌고 다리 힘이 풀어져 금방이라도 무너져내릴 듯한 몸을 그 순간 지켜준 것은, 어떤 느닷없는 신들림 같은 것이었다. 저절로 부들부들 떨어대는 몸에서, 아까 미로로 들어가는 행렬의 시작에서 그러했던 것처럼, 시를 읊는 듯한 노랫가락이 저절로 흘러나왔던 것이다. 들어와 자리 보니 가랄이 넷이어라~ 들어와 자리 보니 가랄이 넷이어라~ 동일한 소절만이 반복되는 것도 아까와 똑같았다. 그러자, 다리 두 개가 슬그머니 이불 안으로 움츠러 들었고, 다른 다리 둘이 이불을 밀치며 상체를 일으켰다. 그녀였다. 아니, 그녀인 것 같았지만, 얼굴에 종이 탈이 씌어져 있어 확신할 수는 없었다.

(이인성, 「강 어귀에 섬 하나」, 151-152쪽)

이 소설에서는 특히 무의식 세계의 심리를 몽환 의식 기법으로 보여주고 있다. 부제 '처용 환상'이 말해 주듯 처용과 관련된 환상적 심층심리를 상징적으로 다루고 있다. 여기서 바닷가의 섬이란 공간은 쾌락적 심층 공간이라 볼 수 있다. 나는 거기서 그녀를 만나는데 그녀는 나를 처용이라는 이름으로 부르고 자신의 이름은 만희滿喜라고 한다. 그녀는 관능적이며 악마적이다. 그녀의 집에서는 무당탈, 부네탈, 처용탈, 백정탈, 소무탈 등을 매개로 다양한 가면극이 연출된다. 그러나 그녀의 집은 말 그대로 환상처럼 사라져 버리는 것이 전체의 줄거리이다.

이 소설에 등장하는 각각의 탈들은 주인공의 의식 내부의 욕망들을 자극하고 폭발시키는 이미지이자 기폭제로 작용하고 있다. 그 장면은 소설에서 "'처용의 탈은 분명 아주 여러 겹이었을 거야. 여러 얼굴이 쌓여 하나가 된 거지.'라고 그녀가 말하는 것은 주인공의 내부에 다양한 욕망의 얼굴들이 있음을 암시한다."[12]는 대목에서 잘 보여준다.

또 그녀는 신라 〈처용가〉에서 '가라리 넷'을 가져와 소재로 사용하는데 '그 노래, 그 다음은 부를 수 없어. 그 노래는 바뀌어야 하니까.'라고 하고는, '둘은 그녀의 것 둘은 너(즉 나)의 것'이라고 한다. 이때 내가 쓴 탈의 가면극은 끝나고 그녀는 자신에게 맞는 탈이름을 찾고 가면극 탈놀음을 시작하게 된다. 이때 그녀는 고려 〈처용가〉에서 나타나는 처용탈의 모습을 차용하였다.

그녀는 몸에 새겨진 뱀 문신을 통해 뱀으로 현신했다가 소무나 부네로, 또 할미나 무당으로 다양하게 변주한다. 그때 소무탈, 부네탈, 할미탈, 무당탈이 쓰여진다. 그녀를 통해 이드 세계의 리비도적 페르소나를 어떻게 연출했느냐에 따라 그 이름을 가진 가면을 쓰게 되고, 그것을 벗게 되면 그냥 얼굴 부재의 살덩이로 남게 되는 것을 보여준다. 다시 말해 어떤 탈을 쓰느냐에 따라 무의식 덩어리 자체에 이름(탈바가지 캐릭터)이 주어지고, 그때 탈의 이름으로 소무, 부네, 할미, 무당 등 여성의 리비도적 욕망이 적나라하게 드러나는 것이다.

다만 이때 처용가에 나오는 처용인 고유명사와 곳 처處 얼굴 용容이 합성된 처용處容이라는 일반명사의 이름에 대해 논쟁을 하면서 처용탈만이 완전히 자리매김되는 것이 아니라는 이야기를 한다. 이인성은 소설에서 남성의 '몸 관련 욕망'과 남성의 '마음관련 욕망', 여성 만희의 욕망과 살덩이의 세계, 또 가면 페르소나의 다양성 등을 통해 인간의 무의식 세계, 즉 이드가 중점이 되면서도 리비도가 발동하는 공간인 환상의 섬을 빌어 무의식 자체를 다양하게 표출하는 것이 아닌가 한다. 특히 페르소나라는 화자를 잘 응용하는 시인이라는 직업을 가진 주인공인 만큼 자신과 그녀를 통해 인간의 무차별한 욕망을 드러낸다. 또 처용이 얼굴이 처하는 곳이라는 일반명사 해석과 아울러 다양한 상태가 벌어지리라는 가능성으로 제시하고 있다. 곳 처處와 얼굴 용容의 합성명사 처용處容이란 명명 기법을 세밀히 해부하면서 그에 따른 몽환 의식夢幻意識 까지 덧붙여 보여준 것이다. 다만 처용과 처용의 아내 그리고 역신의 무의식 세계를 통해 어떤 유형이든 인간에게는 누구나 일탈에 대한 열망과 쾌락을 추구하는 본능이 내재되어 있다고 보았다.

이런 점을 통해 작가는 마음의 일탈과 몸의 일탈 그리고 그 흔적을 새알이라는 또 하나의 생명체이자 부활할 수 있는 생명체로 그 결말을 내리고 있다. 또 작가 이인성은 「강 어귀에 섬 하나」에서 쾌락과 본능의 세계를 제거할 수 있는 현실적 원리의 트릭이 퇴물시인과 바닷가의 공간, 탈출과 관련되는 여자를 유기적으로 연관시키고 이름도 독특하게 명명해 이름에 맞는 역할까지 독특하게 변주해 보여주고 있다.

3. 창작의 수용과 상상력의 변천
– 지속적 처용 모티프를 보여준 박상륭의 경우

먼저 〈처용가〉의 원문은 이렇다.

> 서울 밝은 달에
>
> 밤들어 노니다가
>
> 들어서야 자리를 보니
>
> 가랭이가 넷일러라
>
> 둘은 내 것인데
>
> 둘은 뉘 것인뇨
>
> 본디는 내 것이다마는
>
> 앗은 것을 어찌 할꼬

(「처용랑과 망해사」,[13] 267쪽)

〈처용가〉는 신라가 태평성대를 마감하고 본격적으로 기울기 시작하는 고비에 위치한 헌강왕 때를 배경으로, 망국의 조짐을 보이는 절박한 상황에서 나라를 수호하고자 등장한 각종 호국신들 가운데 동해 용왕의 대리자인 처용이, 탐락에 빠진 신라인을 공안 선적 원리에 의해 교화하고자 하는 가요이다. 〈처용가〉 자체의 서술 특징이 애욕 탐착의 현장을 육담적肉談的·골계적滑稽的·직서적直敍的으로 상대방에게 일러 주어 상대방 스스로 견성하여 애욕의 미망으로부터 해탈하도록 교화하는 특이한 표현 방법으로 되어 있고, 아내와의 간통 현장을 직접 목도하고 이를 객관적 낙차를 두고 골계화할 수 있는 선적 자유가 작품의 중심 정조로 되어 있다.[14]

박상륭 작품의 경우 처용 모티프가 지속적으로 등장하고 있는데, 그 의미 변화의 양상을 그의 소설을 통해 살펴보자.

그는 이미 70년대에 발표한 단편소설 「최판관」(1971)과 「심청이」(1973)에서 처용 관련 부분을 드러내고 있다. 그리고 장편소설 『죽음의 한 연구』(1975), 『칠조어론』(1994)을 거쳐 「아으, 누가 저 毒龍을 퇴치하여 공주를 구할 것이냐-동화 한 자리 3」(1995), 「산해기」(1999), 「混紡된 상상력의 한 형태 1-童話에서 神話를, vice versa」(2000), 『神을 죽인 자의 행로는 쓸쓸했도다』(2003)에 지속적으로 처용 모티프를 차용하고 있다.

1) 사건 촉발의 가능성과 야합의 이미지 - 「최판관」과 「심청이」

먼저 박상륭의 단편소설 「최판관」(1971), 「심청이」(1973)에 보이는 처용 관련 대목을 보자.

> 하오나 이 어줍잖은 소관도 말씀입죠, 묘혈쯤 찾는 데는 묘통한 수가 있삽고 말씀입죠, 처용 돌아와 문지방에 발들여 놓을 때까지는 어쨌든 말씀입죠, 반응은 돋구는 데 말씀입죠.
>
> (박상륭, 「최판관」,[15] 289쪽)

> 고 신체는 고왔네. 섬뜩지큰험선도 고왔더라고. 고것은 바다허고 산하고, 그라고 고 연놈들이 야합허는 고 처용네[處容的] 방의 한가운디에 서 있었구만. 고 삼세(三世)의 가운디로 고때 어둠이 덮어들기를 시작헌개, 고 주검으로부텀 죽음이 시나브로 떠올라와설랑, 왼갖 고쟁이로 다 흩어져뻐려.
>
> (박상륭, 「심청이」,[16] 481-482쪽)

처용의 행위와 처용의 방 풍경이 소설 「최판관」이나 「심청이」의 장면에서 보여진다. 소설 「최판관」에서는 저승의 최판관 앞에서 촌로가 말하는 대목에서 작가는 처용이 자기 아내와 귀신의 관계 현장을 목격하는 극적 순간이 도래하기 이전의 상황을 묘사하고 있다. 즉 무엇인가 벌어질 수 있는 가능성의 공간 직전까지 격발의 이미지를 촉발시켜 보여주고 있다. 또 박상륭은 소설 「심청이」에서 산과 바다와 야합하는 의미에 처용 처와 귀신이 야합하는 이미지를 대비시켜 묘사하고 있다.

이런 점에서 두 단편소설에서 차용된 처용 모티프는 사건 촉발의 가능성과 야합의 이미지로 나타나고 있다.

2) 도통과 악마적 구도법, 남성 심리의 반응 유형 – 『죽음의 한 연구』

다음으로, 장편소설 『죽음의 한 연구』(1975)에서 나타나는 처용 관련 장면을 보자.

> 그 늙은 중의 이야기는 그렇게 시작되고 있었다.
> 늙었다는 것 모두 빼놓고 소탈히 계산해도, 그 중은 보통키도 못되게 형편없이 작았고, 다리도 몹시 깡마른데다 빈약해서, 대체 그런 체신으로 어떻게 그 먼 거리며 그 많은 고장들을 좁히고 다닐 수 있었는가 그런 의심부터 일으켰는데도, 그래도 그의 이야기엔, 밤늦게 돌아와 제놈의 신방 빼꼼히 열어보고 눈치챈 처용 이놈만큼은 뭣엔가 통해져 있는 것도 같았고, 또 눈에는, 할멈무덤 옆에 자기 누울 헛묘 봉분 만들어놓고, 자기 무덤 위에 요요히 앉아 한 대의 골통 담배를 태우는, 저 촌로의 눈에 담긴 흥그렁함 같은 것을 또 담아놓고도 있었다.
>
> (박상륭, 『죽음의 한 연구』(상),[17] 10-11쪽)

이 부분은 늙은 중[僧]의 이야기 내용 중에 도통한 처용이 비유되고 있는 대목이다. 여기에서 처용은 노승의 대화 항목에서 도통과 해탈의 이미지로 비유되고 있음을 알 수 있다.

> 일시에 파열되어진 저 고요함의 가운데에, 육시럴허게, 오백 근도 삼 년전쯤 이야기였을 비계 한 봉우리가 빙산처럼 솟아올라 있고, 그것은 물개 가죽보다 기름진 피부였고, 그래서 물까지도 그 몸에는 부착하지를 못하고 있었고, 수은 방울모양 굴러내리고 있었고, 희디흰 살이었고, 부푼 살이었고, 가는 거머리새끼모양 털은 흰 대가리에 두엇 오그라져 붙어 있었고, 비계를 빨아먹고 있었고, 글쎄 내가 보니 내가 어느덧 존자의 몸을 빌려 거기 쳐들어가 앉아 있었고, 나는 분노할 수가 없었고, 밤드리노니다가드러사자리보곤가르리네히어라, 일종의 더러움으로 느껴지는 그런 방식에 의해서 저 샘의 정절이 깨뜨려져버린 것을 아주 즐기고 있었고, 나는 홍분하고 있었다. 하기는 그러나 그것도, 하나의 수도이기는 할 것이었다.
>
> (박상륭, 『죽음의 한 연구』(상), 65-66쪽)

이 부분에서 주인공 나는 남근 전체로 둔갑한 듯한 느낌을 주며, 나아가 자신과 존자의 교합이 순수한 샘물에서 정절이 깨지는 듯한 장면으로 드러난다. 남자인 나와 남자인 존자 두 남자의 야합으로 드러내고 있는 부분은 작가가 특유하게 드러낸 색色을 통한 도통道通의 한 방법이라 할 수 있다.

나는 어쩌면 그를 잘 알고 있을는지도 모른다. 글쎄 그는, 한 곳에 심긴 세번째 나무거나, 어쩌면 첫번째 나무일지도 모른다. 그의 눈은 충혈되어 번들거리고 있을 것이며, 입술엔 습기가, 가슴엔 불이, 치골엔 가려움증이 일고 있는 것이었다. 제

일의 처용은 숨어서 보고, 제이의 처용은 각시의 뒤에서 자고, 제삼의 처용은 각
시의 앞에서 잔다.

(박상륭, 『죽음의 한 연구』(상), 282쪽)

이 대목에서 처용은 고유명사가 아닌 보통명사의 남자로 나온다. 그럴 때
어떤 남자는 숨어서, 때로는 각시 뒤에서, 때로는 각시 앞에서 자는데, 이는
잠자리 심리 위치와 관련지어 남자들의 심리 반응 유형을 장면화했다고 볼
수 있다. 그것은 사내와 내가 한 곬에 심긴 세 번째 나무거나 첫 번째 나무
라고 불려지는 장면에서 확인된다. 이런 면은 자신의 심리를 보면서 타자의
모습 속에 내재되어 있는 자신과 같은 심리까지 알 수 있게 한다.

그리하여 우리는, 저 3장의 기사가, 자연의 단계를 깊이 살피고 난 뒤에 씌어진
것을 알게 되는 바, 하와가 먼저 뱀과 동침하고, 그런 뒤 아담과 동침했다라는, 그
런 처용가處容歌가 그래서 들려지기도 합니다. 그것들을 고지식하게 춘담으로만
듣지 않는다면, 자연력 또는 남성적 작용력으로서의 뱀의 현장은, 대지로서의 하
와를 떠나서는 있을 수 없다는 것을 알게 되고, 그래서 여자가 먼저 뱀을 수용하
고, 다음으로 남자를 유혹했다는 순서는 완벽한 것입니다.

(『죽음의 한 연구』(하), 28-29쪽)

우리 민속에 의한다면, 이 관계는, 귀신-아내-처용處容의 관계로 나타날 수도 있
다는 것은 첨언할 수도 있을 것입니다.

(『죽음의 한 연구』(하), 51쪽)

이 대목은 『성경』 창세기 중 아담과 이브 신화에 등장하는 뱀까지 포함하
여, 남녀의 성性 생명력의 삼각관계를 유비시켜 드러내고 있다. 또 이 부분은

〈처용가〉에 나온 삼각관계인 처용과 처용의 처, 역신으로 대비시켜 해석할 수 있다. 창세기 중의 삼각관계인 하와-뱀-아담의 관계를 처용가의 처용-귀신-아내의 삼각관계로 대비시켜 볼 수 있다. 여기에서 주체의 관계를 여자에서 뱀으로, 다시 남자로 바꿔 보여주는 것이 특징이며 이는 작가가 처용 모티프에 남성적 작용력을 덧붙여 보여주었다고 볼 수 있다.

이상 『죽음의 한 연구』에서 처용 모티프는 처용에 비유된 남자의 심리를 표현하는 경우, 〈처용가〉 노래의 한 대목이 그대 차용되는 경우, 제일·제이·제삼의 처용으로 남자의 뭇 자아를 분리시켜 잠자리 위치와 심리를 드러낸 경우, 『성경』의 대목과 관련된 삼각관계로 본 경우, 귀신-아내-처용의 관계로 남성적 작용력을 해석한 경우로 나타났다.

3) 인간 심리의 원형적 은유 – 『칠조어론』의 경우

박상륭의 『칠조어론』(1994)에서는 〈처용가〉를 여러 단계로 재해석하면서 인간의 심리를 드러내기 위한 원형적 은유로 표현[18]하고 있다.

첫째, 박상륭은 인간 세상적 안목에서 〈처용가〉가 비화현非化現 의종意種-화현化現의 도식이며, 이러한 〈처용가〉적 비의를 빌려와 우주적 비밀의 방을 훔쳐 보며, 신중한 의미를 담아 내고 있는 수수께끼로 해석하고 있다.

處容네 房事를 두고, 우리가 이만큼이나, 뭣이 그리도 궁금해싸서 못 견딜 노릇이면, 우리가 밝혀보아야 하는 것은 무엇보다도, '神은 靈體'라, '조악한 질료로 된 몸(肉身)'을 입고 있는 것이 아닌데, 그렇다면, '살'(몸)을 갖지 않는 것이 어떻게, '살'(몸)을 갖는 것의 '몸'(살) 속으로 짐승처럼 찌르고 들어, 그 '살' 속에서, 다른 '몸'의 生成을 가능하게 할 수가 있을 것인가, 그것이겠습지. 글쎕지, 이것만은, 竊視가 아니라, 正視되어져야 할 것이 아니겠는갑? 觀雜說.

물론, 이 자리에서의 우리들의 話頭가 되어 있는, 이 「處容歌」도, 그 현현하기의 형태에 있어서는, 巫覡들의 三世的 娼行, 면行, 竊視 등을 통해 밝혀진 바와 같은, '氣의 降臨'이나,' 靈媒' '接神'이라고 부르는 것 등과 다름이 없으되, 그러나 이 것은, 그 두번째의 되풀이 이후부터, 갑자기, 그 地方色, 方言性을 뛰어넘어버려 있어, 우주적 형태를 드러내고 있다는 것이 다르겠습지.

(박상륭, 『칠조어론』 1, 109-110쪽)

위의 장면에서 볼 수 있는 것처럼 작가는 처용 당사자를 무속과 접맥시켜 무격의 삼세적三世的 남창행男娼行과 절시竊視, 기氣의 강림降臨과 영매靈媒, 접신接神 등을 통해 〈처용가〉의 특성을 보여주고 있다. 이 부분은 처용가가 울산과 경주 지방에서 일어난 사건이라는 지역적인 의미를 벗어나 무당들의 과거-현재-미래를 넘나드는 접신의 세계를 응시하기 등의 보편적 의미를 포함한 확장된 해석이라 할 수 있다.

둘째, 박상륭은 〈처용가〉의 되풀이로써 또 한 부분은 최초의 말세이자 생명의 수복이 가능하게 하는 물활론적物活論的 우주로 보여주고 있다. 특히 이 양일음二陽一陰 구조는 육조六祖의 법의法意인 화현化現과 진화進化, 역화현逆化現이라는 우주적 밀사密事를 정형률定形律에 의존하여 요셉과 마리아와 정혼한 사이에 성령의 내방이 있고, '요셉+마리아+성령'의 관계 역시 이양일음二陽一陰의 〈처용가〉 구조를 취하고 있다고 보았다. 여기에서 '요셉은 남성 역인 양력陽力, 마리아는 여성 역인 음력陰力, 성령은 남성 역인 양력의 구조'를 취한 것은 이양일음의 삼각심리라 볼 수 있다.

여기서 박상륭이 덧붙여 보인 해석인 우주적 양력陽力은 삼위일체三位一體 중의 일위一位가 성령聖靈이며 이 부분은 〈처용가〉를 『성경』에서 예수 탄생 배경 신화와 대비하여 인간 원형의 상상력 만들기로 보여주고 있다. 또 그는 〈처용가〉의 특징을 우주의 창조와 파괴, 진화와 퇴행의 구조, 프라브리티의 양극을 이루는 자장인, 가학증과 피학증으로 보여주고 있다.

셋째, 박상륭은 영매 접신가로서의 처용을 보여주고 있다.

> 그 한 좋은 예가, '딘본(眞本)處容歌' 인뎁지, 누구나 알다시피, 남편 있는 아낙네가, 남편이 집 비운 사이, 외간 남자를 불러들여 농간하다 들리는 일이란, 말씀드린 바의, 항간 다반사 중의 하나이거니와, 處容네 경우의 다름은, 그 '情夫' 의 역이, 이웃이나, 또는 건넛동네의 어느 놈이 아니라, '鬼神' 이 되어 있는 점이고, 그런데도 본서방 處容이, 그 雜夫를 쫓되, 도끼를 꼬나들었다거나 해서, 연놈 지랄 중에 뛰어든 것도 아니고, 婉曲語法的으로, 자기가 그 현장에 있음을 알려주고 있어, 鬼情이 움직인 것이 분명한바, 이후, 處容의 각시를 가운데 두고, 저 邪鬼와 處容간에 묘한, 그것은 相剋的, 균형이 이뤄져, 處容은 마누라를 鬼妾(巫女)으로 보낸 일로, 巫界로 들어갑습지. 그래서 저것은, 더 이상 항간 다반사 중의 하나에만 머물지 않고, 하나의 巫儀를 이룹습지. (오래잖아 處容은, 짚신에 묶어놓았던 발을 뽑아 후후 불어 비단에 싸고, 뒤꿈치를 굴리는 대신, 사인교에 타고 逐鬼에 나섰겠고나. 鬼神은 앞서 다니며 해코지하고, 處容은 뒤따라가 점잖이 달래고, 處容의 각시님은 헤헤, 치마폭에다 逐鬼 값을 거둬싸고……그럴 일이 아니라 화상을 치십습지, 수염 보숭보숭한 處容의 화상을 쳐서 내다 팔면, 아으 公들은, 뭣보다도 먼저, 거 보숭보숭한 화상을 몇 장이고 사다가, 처첩들의 불두덩에 붙여두고, 둔덕에 앉아 잘 지켜보겝, 혹간 화상에 꺼스르한 수염이 돋는 수가 있으면, 옥문김 쐬어 올됐다고 그렇게 알면 될랑갑?)

(『칠조어론』 1, 111쪽)

위의 부분은 축귀 당사자와 연관시켜 처용을 그려내고 있다는 대목이다. '진본眞本 처용가'의 내용에는 남편 있는 아낙네가 외간 남자를 불러 농간하거나 사귀邪鬼와 처용간의 관계, 또 처용은 마누라를 귀첩으로 보내고 무계巫界로 들어가며, 처용 화상이라 불려지는 계기로 설정하고 있다.

이는 박상륭이 〈처용가〉를 처용의 부인 귀첩鬼妾, 무巫의 반신半神의 문화화 등에서 무속과 접맥시켜 보여주며, 처용의 양면성에서 한 면을 무巫로 본 것이라 할 수 있다. 처용은 무이면서 동시에 무를 몸주로 모시는 신이다. 여기에서 처용은 신을 모시고 있는 강신무이며 처용의 주신은 동해 용신[19]으로 볼 수 있다. 이와 달리 처용의 처는 보통사람이어서, 무적巫的인 주능呪能이나 영력靈力이 없기에 역신疫神의 침범을 인지할 수 없었다고 본다. 처용은 역신이 함께 누워 있는 것을 구축驅逐하기 위하여 창가 작무唱歌作舞를 하는 것이며, 이 행위는 무당의 치병治病굿[20]으로 볼 수 있기에 〈처용가〉를 무속적 향가로 볼 수 있다.

이상과 같이 볼 때 박상륭은 『칠조어론』에서 처용가를 여러 원형 심리로 재해석하고 있다. 첫째, 우주적 비의秘儀의 공간 미학으로, 둘째, 종합된 구조의 의미망인 인간 심리 원형의 상상력 정립으로, 셋째, 영매 접신가이자 축귀逐鬼의 당사자로서 처용을 보여주었다. 특히 처용 차용의 방법론에서 한국의 신화를 『창세기』 관련 신화, 불교의 육조 관련 항목과 대비하면서 인간 심리의 원형 규명을 비교인류학적 은유로 재해석했다고 볼 수 있다.

4) 불교의 아수라도 이미지 - 『신을 죽인 자의 행로는 쓸쓸했도다』 외

박상륭은 『칠조어론』 이후에도 「아으, 누가 저 毒龍을 퇴치하여 공주를 구할 것이냐-동화 한 자리 3」(1995), 「산해기」(1999), 「混紡된 상상력의 한 형태

1- 童話에서 神話를, vice versa」(2000), 『神을 죽인 자의 행로는 쓸쓸했도다』(2003)
등의 작품에서 지속적으로 처용 모티프를 재해석하며 드러내고 있다.

> **에켄드리야**–어훔, 그런즉 알겠도다, 알겠는 것은, 모든 잃어졌던 새콤한 것들,
> 예를 들면 시인들의 넋이며, 현자들의 눈, 음장音匠들의 신명의 불알이나 공알, 또
> 는 무희들의 율동의 뒤꿈치 등 흐흐흐, 그녀러 것들이, 어떻게 어디로 흘러빠져
> 버렸었던지, 그것을 알겠는도다. 에엑, 뭐라구? 말이지 그러니까, 짐이 들먹인 그
> 런 품목들도 독' 의 범주에 속하느냐 묻는다? 보게라, 공알은 객귀客鬼에게 쏙 빼
> 멕이고시나는, 오줌 눠버린 뒤, 돌아눕는 계집이 있다면, 처용處容에 대해 그 마누
> 라는 뭣이나 같겠느냐? 그녀려 옥문이 독구毒狗의 독구毒口나 같잖겠느냐?
> (박상륭, 「아으, 누가 저 毒龍을 퇴치하여 공주를 구할 것이냐-동화 한 자리3」,[21] 36쪽)

위의 인용문은 물질의 대왕 에켄드리야가 대화를 나누는 가운데 아수라
도阿修羅道 중 독毒의 범주와 관련시켜 처용과 그 마누라를 통해 드러내는 대목
이다. 이 작품에서는 물질 시대의 의미를 가미하고 있다.

짜라투스트라는 투덜대듯 중얼거리며, 아까는 어디 발치 자리라도 구걸하려 했
었으되, 지금은, 속俗에 몸을 드러내버린 거룩함(모순 어법이려니!)이 되어, 대제장석
이라고 여겨지는 자리에 앉고, 거드럭거려보았다(라고 해도, 누구 하나 그를 개의하는가?)
선수들의 대기실은, 바로 그 아래쪽에 있었거니와, 그 관람석이 놓인 자리는, 특
히 조감적鳥瞰的이었으므로 해서, 짜라투스트라는, 그 경기장을, 자기의 의사에
좇아, 한 우주만큼 넓혀서도, 반대로는 한 겨자씨만큼 줄여서 관람할 수 있다고
알았다. 그의 눈 아래에서는, 응원하는 이들이 들고 흔들어대는 여러 색깔의, 수
백의 깃발들이, 맑고 밝은 날, 그 한 천지를 서기의 봉황떼로 후두둥 날려보내고

있었는데, 바람살에 물결이 일자, 활짝 피는 천 이파리 붉은 연蓮, 은, 쑤물거리기
에 좇아, 그 시울 끝이 검붉은 두 잎짜리 연이 되고도 그랬다, 두 잎짜리 붉은
연?(저런, 저런 순 물림당해야 될 객귀客鬼 한 놈이, 본동 처용處容의 마누라의 두
가라리를 휘감아 누웠구나.)

(박상륭, 「산해기」,[22] 191-192쪽)

이 인용문에서는 에켄드리야의 새끼들(色鬼)의 머리 없는 괴유정怪有情 좀비
대목에서 짜라투스트라가 경기를 관람하면서 응원하는 이들과 관련지어 처
용이 나타난다. 이때 처용은 객귀 한 놈이 처용 마누라의 두 가라리를 휘감
아 누워 있는 장면에서 나오고 있어, 처용의 정황은 박상륭 스스로 자주 인
용하는 장면으로 다만 표현의 차이를 보이고 있을 뿐이다.

그러는 동안, 그 스스로 짐승을 극복하려 할지도 모르며, 어쨌든 하루 중의 반은,
그것도 은밀해야 되는 그 시간엔, 그는 사람의 남자인데, 뿐만 아니라, 수피를 입
은 그는 그대로, 늠름할 뿐만 아니라, 자랑스럽고 사랑스럽다는 것 또한 부인할
수도 없던 것이다. 아으, 처용댁處容宅의 공화적共和的임이여, 그래서 계집들마다
짐승을 낳는 것이러람. '어머니' 란 그래서 짐승을 낳는 여자의 의미일 터인데,
(이 자리에 표절되어진 두 童畫의 法을 따른다면,) 그 허물이나 털을 벗겨주는 자도 또한 어머
니되, 이번엔 (남자의) 아내라고 불리는 듯하다.

(박상륭, 「混紡된 상상력의 한 형태 1-童話에서 神話를, vice versa」,[23] 157쪽)

이 작품에서는 처용 모티프를 '각론 2-돼지왕자(아도니스) 얘기' 중 공주와
왕자의 관계를 짐승의 수피獸皮와 관련지어 나타낸다. 특히 처용 모티프를
'처용댁의 공화적 성격' 으로 드러내면서, 성性적 측면의 사회정치적 심리를

가미시켜 해석을 덧붙이고 있다.

마지막으로 『신神을 죽인 자의 행로는 쓸쓸했도다』(2003)를 살펴보자.

(처용處容이 탄식하는 자리도, 저기 어디쯤이다. 처용의 처, 자식 아프수의 어미,
티아마크가, 자식을 휘감아 틀어 누워 있는 것을, 아프수의 아비 처용이 엿보게
된다. 그리고 탄식하여 이런다, 가라리 네히어라, 둘은 내해엇고 둘은 누해런고?
호호호, 이 탄식의 노래를 들은 귀들이, 화글바글 웃고 있구나, 웃다가 뒈지도록
키들캐들 웃고 있구나, 웃다가 숨막혀 캑캑 뒈지고 있구나–노자는 아마도, 양陽
하나를 놓치고 못 본 듯하다. 라는 말은, 「처용가處容歌」가 시사하는 바를 좇으면,
모든 창조의 비밀한 방에는, 일음이양一陰二陽, 또는 이음일양二陰一陽이 어우러져
있는 듯하다, 라는 말인 것. 그러나 이 음사淫事를 두고는, 이미 다 밝혀져버린 비
밀인즉, 더 주억거리려 할 일은 아닌 듯하다.) (287쪽)

거기서 한참 벗어난 데서부터는, 나무꾼들의 왕래가 잦았던지, 아니면 비 올 때
로만 생기는 도랑이 흘렀던지, 제법 걸을 만한 오솔길이 트여져, 산로는, 자기의
행망行望에 가락이 잡히기 시작한다고, 좀 후후거리며, 길섶의 이슬을 찼다. "사
람은 조금이라도 형편이 나아지면," 이라고, 산로는 중얼거렸다. "마음부터 먼
저, 처용댁을 끌안고 논다. 사련邪戀이려니, 간음이려니……" 산로는 그리고, 아
마도 사람 사는 데에 대한 사련 탓이겠지러, 속이 뜨거워지며, 울렁거린다고, 일
부러 목구멍을 왝왝거렸다. (311쪽)

허, 허허, 일진 사나운 날, 저 한 요셉은, 보디발Potipal의 마누라가 풍겨낸 암내에,
잘못 취했던 것이었어?, (튠행이 왈) "씨발지목(十伐之木) 믿지 마오, 씨븐 아니 줄 터
이오"라 한다 해도, (옹가년 왈 "씨발지목이라는디, 찍어만 보씨요, 해딱 까져 누
워, 씨밢줄년 어딨답뎌?"라되, 씨발(十伐)녀러 도끼를 쥔 손이, 어찌 노상 나무꾼의
것이라야 말이지. 옹가년은 옥문 속에 도끼 가져, 두 고을에 좆 단 놈을 남기지 않

게 벌목을 해제겼다 하고, 보디발의 마누라는, 양단에 비수가 달린 칼을, 공알로
해갖고 있음시나, 앞에 배 붙인 귀신을 찌르고서나, (그 칼을) 힘껏 뽑아 챘다 하면,
뒤쪽 처용이 크액 뻐드러져 자빠진다. 앞년(옹가년)과 달리, 뒷년은, 남편이란 자가
문을 열어 들어섰을땐, 제 손톱으로 제 허벅지를 긁어 피를 보이고, 모로 누워 통
절히 울며, 피 묻은 손가락으로 객귀를 가리킨다.

(박상륭, 『神을 죽인 자의 행로는 쓸쓸했도다』,[24] 356-357쪽)

비교적 길게 인용된 소설 대목 첫 부분에서는 〈처용가〉의 원문 노랫말이
그대로 차용되고 있다. 이 소설의 또 다른 대목에서는 산로山老의 행망行妄의
가락에서 사람의 사련邪戀이나 간음과 관련시켜 처용댁을 나타내고 있다. 이
어 산로는 옹가년과 보디발의 아내와 관련해 빨리 끝내는 병법을 쓰면서 뒤
쪽 처용을 무너뜨리는 것과 관련지어 나타낸다.

위의 소설 대목에는 처용의 모티프가 처용과 마누라의 관계, 객귀와 처용
마누라의 관계, 처용댁의 공화적 성격, 처용가의 일음이양의 의미, 뒤쪽 처
용의 문제 등으로 다양하게 차용되고 있다.

4. 처용설화의 원형적 패턴과 해석적 재생산의 의미

이상과 같이 볼 때 〈처용설화〉를 재창작한 작품의 경우 다음과 같은 특성
을 꼽아 볼 수 있다.

먼저 처용설화를 새롭게 쓴 네 편의 소설은 각각 그 특징을 드러내고 있
다. 방기환의 「처용의 적」은 처용과 그 친구의 관계를 처용과 역신의 구조로
보여주면서 무관심과 방관자 심리를 표출하고, 윤후명의 「처용나무를 향하
여」는 주인공 마음속의 역신과 처용을 추악함과 선함의 양면성으로, 또 꿈

과 치유의 처용나무를 통해 보여주고 있다. 윤대녕의 「신라의 푸른 길」은 삼촌과 조카를 각도 이전의 처용과 각도 이후 환생한 처용으로 병치시켜 궁극적으로 도달해야 할 길로 암시하고 있다. 또 이인성의 「강 어귀에 섬 하나」는 페르소나 화자의 변주자인 시인과 여러 탈을 쓴 여자를 등장시켜 인간 무의식 세계인 이드와 리비도를 남성의 심층심리 입장에서 처용–역신–아내 구조로 다양하게 나타내고 있다.

이렇게 보면 네 편의 소설은 처용이라는 캐릭터의 심리와 그 의미망을 통해 한 인간의 내면 심리의 미추美醜 양면성으로, 각도한 남자와 각도 이전의 남자 두 유형의 모습으로, 한 인간의 무의식 리비도와 이드의 세계의 다양한 변주로 보여주었다. 즉 네 명의 작가 방기환, 윤후명, 윤대녕, 이인성은 역신에 대한 처용 심리를 다양하게 대변하여 무관심과 방관자와 가학적 깨달음으로, 각도 노정에 있는 자와 비극적 부활을 꿈꾸는 자로 그려냈다고 볼 수 있다.

다음으로 처용 모티브를 지속적으로 차용하여 창작을 계속해 온 박상륭의 경우, 70년대 소설 「최판관」으로부터 2000년대 『신을 죽인 자의 행로는 쓸쓸했도다』까지 그 의미를 다양하게 해석하고 있다. 그 의미는 극적 장면, 야합의 의미, 「창세기」 대목을 대비한 삼각관계, 우주적 비의의 방, 인간 심리 원형의 상상력, 축귀 당사자 등 본 노랫말이 그대로 쓰이는 경우, 확장된 의미로 해석되는 경우, 수사적 의미 등 다각도로 차용되고 있다.

이상과 같이 살펴볼 때 〈처용설화〉를 모티프로 다시 쓴 작품들에서는 대체로 다음과 같은 특성을 찾아 볼 수 있다. 인간 심리의 두 원형들인 캐릭터의 두 양상–처용과 역신의 모습을 통해 이상적 인물과 현실적 인물, 긍정적 인물과 부정적 인물, 도통 인물과 일탈적 욕구의 인물, 의식의 인물과 무의식의 인물 등 인간의 다양한 모순적 양면을 투영하고 있다. 박상륭의 처용 모티브 차용은 인간 원형이 간직된 설화나 이야기로 접맥시켜 의미화하며 확장·해석하는 과정을 보여주고 있다.

공교롭게도 이 장에서 살펴본 5명의 작가가 모두 남성 작가들이다. 그들은 남성의 심리적 상태를 처용과 역신의 심층심리를 독특하게 남성에 내재되어 있는 내면 세계로 재조명했다고 볼 수 있다. 여성적 처용의 모습을 그려낸다든지, 처용의 아내를 주체적 화자나 서술자로 하는 작품을 발견할 수 없는 점이 아쉽다고 볼 수 있다.

액자구조로 다시 쓴 '처용가'의 의미[*]
- 신상성, 김소진, 구광본 소설을 중심으로

1. 〈처용가〉의 의미와 액자구조로 다시 쓴 '처용가'

〈처용가〉處容歌[1] 설화는 동해바다 용왕의 아들인 '처용'이 '헌강왕'을 따라 서울에 와 벼슬을 하였는데, 어느 날 밤 그의 '아내'를 범하는 '역신'에게 처용가 노래를 불러 물러나게 했다는 내용으로 되어 있다. 이 〈처용가〉는 인간에 대한 집단적 상상력이 녹아 있어 끊임없이 생명력을 유지하며, 현대에도 작가들에 의해 계속 재창작되면서 그 내재적 의미가 부활되고 있다.

그동안 처용가를 재창작해 온 장르는 크게 시, 희곡, 소설로 나누어 볼 수 있다. 그 중 처용가를 소재로 하여 재창작된 시에 대해 이창민은 「전통의 분기–처용가 관련 현대시의 유형과 의미」에서 김춘수, 신석초, 윤석산, 서정주 시[2]를 여러 유형으로 분석하고 있다. 또 처용가를 희곡으로 재창작한 작품으로 유치진의 「처용의 노래」[3]와 오태석의 「팔곡병풍」[4] 등이 있다.

* 「액자구조로 다시 쓴 '처용가'의 의미」는 『유관순 연구』제11집, 백석대학교 유관순연구소, 2007, 123-173쪽에 실린 원고임.

처용가 관련 소설에 대해서는 여러 평자들이 언급하고 있다. 먼저 황도경은 「우리 시대의 '처용'」에서 김춘수, 윤후명, 윤대녕, 김소진의 작품에 차용된 처용의 모티프를 해탈의 꿈과 처용나무, 해탈의 처용, 탈 벗기기[5] 등으로 살펴보고 있다. 곽근은 「'처용설화'의 현대소설적 변용 연구」에서 신상성, 윤후명, 김소진, 김장동, 이인성의 작품을 중심으로 처용가의 전통 복원에 대한 창조적 접근과 고전의 현대적 계승이란 차원[6]에서 의의를 지적하고 있다. 조미숙은 「패러디 소설의 방법들」에서 특히 '처용' 관련하여 김소진과 윤후명의 작품[7]을 '처용 부정하며 고쳐쓰기'와 '처용 닮아가기'라는 구조로 분석하고 있다. 임금복은 「처용가 관련 현대소설의 유형과 의미」에서 캐릭터 '처용'과 '역신'의 심리학과 그 의미망 및 창작적 수용과 상상력의 변천을 방기환, 윤후명, 윤대녕, 이인성, 박상륭 소설[8]을 중심으로 분석하였다.

이 논문에서는 처용가 관련 소설 중에서도 특히 액자구조 기법으로 처용가를 다시 쓴 작품을 살펴보려고 한다. 즉 각 작품 속의 작중 사이코드라마, 작중희곡, 작중소설에 보이는, 다시 쓰여진 처용가의 내용과 형식들을 살펴보려는 것이다.

즉, 이 논문에서는 신상성의 「처용의 웃음소리」(1981) 중 작중 사이코드라마인 동명 제목의 '처용의 웃음소리', 김소진의 「처용단장」(1993) 중 작중희곡인 동명 제목의 '처용단장', 구광본의 『처용을 어디서 다시 볼꼬』(1994) 중의 작중소설 '처용은 노래한다' 등을 중심으로 분석해 보기로 한다.

2. 심리적 기능과 결말 액자로써의 작중 사이코드라마
'처용의 웃음소리'

– 신상성의 소설 「처용의 웃음소리」(1981)

신상성의 소설 「처용의 웃음소리」는 사이코드라마 형식의 작중 작품이 '처용의 웃음소리'로 삽입되어 진행되는 액자구조를 취하고 있다. 이 소설에서는 같은 고향에서 자란 세 명의 동창생(장번쾌, 노들비, 한마태오)과 같은 고향 친구인 여학생 '예하'가 중심 등장인물로 나오고 있다. 예하는 그 중 '장번쾌'와 결혼했는데 남편의 친구가 되는 '노들비'와 오해를 살 일이 벌어지면서, 그로 인해 질투와 복수심, 뿌리깊은 집안의 갈등까지 아울러 밝혀지게 된다. 그러던 중에 장번쾌는 정신과 치료를 받게 되는데, 그 병과 아울러 궁극적으로 병원에서 기획한 사이코드라마를 통해 모든 갈등이 해소되는 서사로 되어 있다. 신상성의 소설 「처용의 웃음소리」의 액자소설 기법을 분석하기 위해 외부 스토리는 '처용'역과 '처용의 아내'역 그리고 '역신'역의 비유적 의미망으로, 내부액자는 작중 사이코드라마 '처용의 웃음소리'로 나누어 살펴보기로 하자.

외부 스토리
처용(장번쾌)——처용의 아내(예하)

역신(노들비)

내부 결말액자
사이코드라마 '처용의 웃음소리'
군중 처용무

신상성의 「처용의 웃음소리」 액자구조

1) 삼각관계로써의 외부 스토리

　: 처용(장번쾌)―처용의 아내(예하)―역신(노들비)

　신상성의 소설 「처용의 웃음소리」의 주요 등장인물은 장번쾌와 그의 아
내 예하, 그의 동창 노들비와 기타 한마태오병원 원장, 싯달타 예수 등이다.
이들 중에서 장번쾌는 처용 역으로, 예하를 처용의 아내 역으로, 노들비를
역신 역으로 대체하여 해석해 볼 수 있다.

> 그날은 들비가 어렸을 적 생각이 불현듯 떠올라 앨범을 보여달라고 하자 예하가
> 침실로 들어가 찾았던 것이다. 그러나, 한국에 온 지 일 년이 넘도록 짐과 책은 정
> 리가 못된 채였다. 그것은 번쾌가 연구에 계속 쫓겼기 때문에 전문서적을 분류할
> 여유가 없었던 것이다. 구석에 처박힌 짐과 책들을 꺼내 먼지를 털면서 찾고 있
> 는 예하를 들비가 곁에서 같이 거들어 주었다. 그리고 앨범을 찾아 넘기면서 옛
> 날을 같이 회상했던 것뿐이다. 그것이 전부다.
> 그 현장을 번쾌는 오해했던 것 같다. 그동안 혼자서 소심하게 축적해 왔던 콤플
> 렉스가 우연한 현장 목격으로 폭발한 것이다.
>
> (신상성, 「처용의 웃음소리」,[9] 20-21쪽)

　위의 소설 장면처럼 어느 날 장번쾌는 자신의 집에서 아내 예하와 고향 친
구 노들비가 안방에서 앨범을 찾고자 함께 있는 것을 목격하고 둘 사이를 오
해하게 된다. 장번쾌는 어린 시절부터 노들비에 대한 복수심과 경쟁 의식을
잠재의식 속에 지니고 있었는데, 그날 목격한 장면 때문에 마루에서 정신병
의 한 증상같은 거품을 물게 되고 심적 괴로움에 신음하는 나날을 보내게 된
다. 그날 이후 장번쾌의 행동 사이클은 바뀌기 시작한다. 장번쾌는 통근 치

료를 받지만 아내에 대해 병적 결벽증을 갖고 살아간다. "「사랑하기 때문이야. 내 아내에 대해 나는 병적인 결벽증을 갖고 있거던. 자네에겐 그만큼한 우정이고.」「하아, 이 사람, 예하가 그렇게 값싼 여자도 아니지만, 내가 그렇게 더러운 친구인가? 아니 어떡하면 자네가 그런 오해를 싹 씻을 수 있겠나, 대관절?"(45-46쪽)이라는 대화 장면에서도 그 점을 엿볼 수 있다. 이 일 이후 처용 캐릭터 장번쾌는 처용 처 캐릭터 예하와 역신 캐릭터 노들비의 관계를 의심하며 정신병 증세를 보이며, 한마태오의 병원에 입원하게 된다. 장번쾌가 아내 예하와 친구 노들비와의 관계를 의심하는 이면에는 고향 동네에서 있었던, 장씨 집안 사람인 장번쾌가 노씨 집안인 노들비 집에 갖는 콤플렉스도 뿌리 깊게 자리 잡고 있기 때문이다.

그러던 중 정신과 의사 한마태오에 의해 기절한 장번쾌가 병원 치료실로 오게 되면서 이들의 숙명적 갈등이 하나씩 하나씩 밝혀진다. 원래 장번쾌, 노들비, 한마태오 등 세 명은 고향 친구들이다. 노들비는 국회의원 비서로 출발하여 현재 정계의 젊은 각료로 발탁된 자다. 장번쾌는 중성자 연구로 엠아이티 공대에서 공부를 했고, 특히 장번쾌와 노들비는 집안끼리 뿌리깊은 숙명적 갈등이 있는 관계이다. 장번쾌의 아내 예하는 같은 고향의 소꿉친구이다. 이런 관계인 장번쾌와 노들비는 서로 다투었고 그런 중 장번쾌는 실신을 하게 된 것이다.

신상성의 소설은 장번쾌가 한마태오의 병원에 입원하고 그 병원 입원 환자들인 싯달타 예수, 변 다이나마이트, 나노미, 송탁 등을 중심으로 외부 스토리가 진행된다. 또한 한마태오와 노들비의 학문적 토론이 서사 중간 중간에 삽입되는데, 이때의 입장은 서로 다르게 나타난다. 한마태오는 인간적인 관점과 직업상 장번쾌의 쾌유를 바라고, 한편 노들비는 국가적으로 중요한 프로젝트에 장번쾌가 없어서는 안 될 중요한 인물이기에 정부 각료의 입장에서 그의 쾌유를 바란다. 한때 호전되어 퇴원하였던 장번쾌는 노들비와 심한 싸움을 벌이고 다시 병원으로 실려오기도 한다.

그러던 장번쾌에게 나자로 마을 창설 기념 행사에서 사이코드라마 공연에 참여할 기회가 오며, 이 공연에는 모든 사람이 참여하게 된다.

2) 사이코드라마 '처용의 웃음소리'
  : 군중 처용무에 참여한 처용(장번쾌)의 춤

신상성의 소설에서 내부액자는 결말액자 형식을 취하고 있다. 내부 액자는 한마태오가 각본을 쓴 '처용의 웃음소리' 라는 사이코드라마이다. 이 드라마를 통해 장번쾌를 비롯한 정신병원 환자들이 모두 카타르시스를 느끼며 서사가 마무리된다. 이때 장번쾌가 맡은 처용의 역할이 정신병원의 다른 환자들에게까지 감정의 정화를 맛보게 한다.

여기서 처용가의 수용 양상은 심리적 기제 장치로써 삽입된 결말액자인 한마태오 각본의 작중 사이코드라마를 중심으로 잘 보여주고 있다. 이 작품의 제목은 신상성의 소설과 동명의 제목인 '처용의 웃음소리' 로 4막 5장으로 이루어졌으며, 이 드라마는 치유와 해탈의 장치로서 기능하고 있다. 이 사이코드라마는 나자로 마을 창설 기념 행사에서 공연되는데, 이 공연의 기획은 싯달타 예수, 연출은 장번쾌, 진행은 나노미, 주연은 변 다이나마이트, 귀신은 송탁이 맡았다.

그 중요 장면을 보자.

〈아ㅿ놀 엇디 ᄒ릿고〉. 한 곡이 끝날 때마다 이 구절이 후렴귀로서 고조되었다.

인간의 심장 속 흥분이 아닌 천상의 어떤 앙금들의 결정이었다.

〈시벌 볼기ᄃ래……아ᄉᆞ놀 엇디 ᄒᆞ릿고〉

이미 다음 장면을 연출해야 하는데, 이 탈춤 부분이 끝날 줄 몰랐다. 아니 진행부서든 관중이든 누구 하나 그걸 의식하지 못했고, 오히려 다음 장면은 이 판국에 난발이다. 어느 새 번쾌 주위에는 마태오며 들비가 흔들거렸고, 싯달타 예수도 가까이에 있었다. 번쾌의 얼굴은 땀과 눈물이 줄줄이 흘러내렸다. 아니 모든 배우들의 가슴 속에는 장대비가 걸태질했다.

그들의 탈춤은 극장 밖으로 나와 운동장 한복판에서 자연스럽게 이어졌다. 누군가 근처에다 장작을 쌓아놓고 불을 질렀다. 불꽃은 하늘높이 충천했다. 와아! 얼쑤 좋다! 환자고, 직원이고, 주민들이고 한데 엉겼다. 캠프 화이어는 밤새도록 흔들렸다.

번쾌는 이미 무대에 뛰어오를 때 무릎을 친 것이다. 처용의 아량에 감복했다. '아ᄉᆞ놀 엇디 ᄒᆞ릿고'의 높깊은 함축성, 그것은 체념이나 아량만이 아닌 하나의 삶의 방법이다. 연출을 하면서도 전혀 못 느낀 걸, 격한 감동의 춤사위에서 번쾌는 전율한 것이다. 자기 중심의 두꺼운 소라 껍질을 후딱 벗어 버린 것이다. 오해의 소라 껍질, 의처증의 각질을 쾅 깨뜨렸다. 그는 크게 크게 웃었다.

(신상성,「처용의 웃음소리」, 50-51쪽)

위 부분처럼 드라마의 마지막 장이 바로 '처용무' 판이고, 환자들 전부 처용을 중심으로 원무圓舞를 춘다. 이 춤은 하나의 물결이며 흥분의 도가니를 일으키고, 우주가 감정의 물결로 출렁이게 한다. 이때 장번쾌도 춤 중간에 끼어들게 되며, 처용의 뜻을 몸으로 느끼며 "아ᄉᆞ놀 엇디 ᄒᆞ릿고"라는 구절에서 처용의 넓은 마음을 이해하게 된다. 장번쾌는 주위의 한마테오와 노들비, 싯달타 예수 등과 밤새 캠프파이어를 하면서 처용의 아량에 감복하며, "아ᄉᆞ놀 엇디 ᄒᆞ릿고"가 바로 하나의 삶의 비결이라 생각한다. 이때 장번쾌는 마치 자기 중심적인 두꺼운 소라 껍질을 벗어 버리는 것 같은 느낌을 갖게 된다. 또 오해라는 이름의 소라 껍질인 의처증 각질을 깨뜨리며 크게 웃음으로 끝을 맺는다.

이상으로 신상성의 소설 「처용의 웃음소리」를 통해 외부 스토리와 결말 액자를 중심으로 살펴보았다. 처용 캐릭터인 장번쾌, 처용 아내 캐릭터인 예하, 역신 캐릭터인 노들비의 관계가 유지되나, 원전과 다른 허구적 인물이 등장하고 플롯도 상당히 달라진 양상을 보인다. 그러나 체념과 관용을 '처용의 웃음소리'로 해석하는 주요 모티프는 그대로다. 다만 그것을 소설 구조상 액자구조로 만들어 가는데 소설의 종반부에 사이코드라마 '처용의 웃음소리'라는 작품을 공연하는 결말액자 형식으로 보여준다. 즉, 액자구조 속의 작중 사이코드라마로 처용의 아량과 감동의 춤사위로 결말을 이끌어 낸 것이다. 특히 이 사이코드라마는 소설 플롯상 처용 캐릭터 장번쾌에게 생각의 전환을 마련하는 전환 기제로 작용하여 모두를 화해로 이끄는 역할을 한다.

3. 체념과 관용의 동일시 심리와 이중 교차액자로써의 작중희곡 '처용단장'
– 김소진의 소설 「처용단장」(1993)

김소진의 소설 「처용단장」에서의 액자구조 형식은 주인공 '나'의 대학 동창 '권희조'의 작중희곡 작품 '처용단장'을 친구에게 소개하는 것으로 삽입되어 있다. 이 형식은 외부 스토리와 액자구조가 교차되는 기법으로 되어 있다. 이 소설에서 나(남편)는 주류 연구원으로 지내는 '아내'가 '나'의 고시공부를 뒷바라지하여 드디어 고시에 합격하게 된다. 막상 남편이 고시에 합격하자 남편과 아내는 소원한 관계가 된다. 그러던 중 우연히 대학 동창 권희조를 만나게 되고, 나는 아내와 동창 권희조가 연결되어 있음을 알게 된다. 특히 대학 동창은 희곡작가로 데뷔했고, 그는 자신의 작품 '처용단장'의 내용을 나에게 알려 준다. 작중희곡에는 처용과 내 자신의 상황을 비교해 가며 이해하는 여정이 그려지고 있다. 그리하여 현재의 '나-아내-대학 동창(권희조)'과 작중희곡 속의 '처용-아내(교선)-헌강왕'의 관계가 이중 '처용단장'으로 진행되고 있다.

먼저 외부 스토리의 처용(나)과 처용의 처(라윤미), 역신 역(권희조)의 의미망과 액자구조로 나타나는 작중희곡 '처용단장'의 처용과 처용의 아내 교선, 헌강왕으로 나누어 분석해 보자.

〈김소진의 「처용단장」 액자구조〉

외부 스토리 1
나(서영태) - 처용의 아내(라윤미)
역신(권희조)

내부 교차액자 1
작중희곡 '처용단장'
처용-처용의 아내(교선)
역신(헌강왕)

외부스토리 2

내부 교차액자 2
작중희곡 '처용단장'

외부스토리 3

내부 교차액자 3
작중희곡 '처용단장'

1) 삼각관계로써의 외부 스토리

  : 나(서영태)—처용의 처(라윤미)—역신(권희조)

　김소진의 소설에서 주요 등장 인물은 '나'(서영태), '아내'(라윤미), 그리고 나의 대학 친구 '권희조'이다. 여기서 나는 처용 캐릭터, 아내는 처용의 처 캐릭터, 권희조는 역신의 캐릭터로 비유해 생각해 볼 수 있다.

　주인공 나는 아내가 도망친 이후 답답하게 지내고 있다. 아내는 주류酒類 연구원으로 주로 밖에서 떠도는 인물이다. 현재의 나는 사법고시 2차에 합격한 상태인데, 소주 개발에 바쁘다는 아내는 나와의 동침 약속 날짜에는 꼭 외근을 한다. 나는 원래 착한 남자로 그동안 아내의 뒷바라지로 사법고시 준비를 했고, 이제 비로소 합격을 한 상태다. 그동안 나는 고시 공부를 하느라 수도자처럼 성생활을 절제했었다. 그러던 나는 오랜만에 대학 시절의 운동권 친구였던 권희조를 만나 그가 쓰고 있다는 희곡의 스토리를 듣게 된다.

　권희조가 쓴 작중희곡의 제목은 '처용단장'이며, 그 희곡은 처용과 그의 아내 교선, 그리고 헌강왕의 삼각관계를 그리고 있다. 그런데 권희조를 만나면서 나는 아내와 권희조의 관계를 의심하게 되고, 결국 그 관계를 확인하지만 이해하고 넘긴다. 권희조는 내가 나중에야 밝힌, 자기가 만난 여자가 나의 아내라는 사실을 듣고 경악하며 죄의식에 사로잡힌다.

　내가 요즘 사련邪戀에 빠져 있는 거 아니? 뭐라고 사련? 사련 좋아하고 자빠졌네. 처녀 총각이 만나는데 사련이고 자시고가 어딨어? 쉬운 말로 불륜의 관계지. 희조 니가 정말로? 응. 그럼 유부녀랑 말이지? 하긴 너란 놈은 일찍부터 여복이 있었던 놈이지. 상대는 누군데? 고향 후밴데 남편하고는 일이 잘 안 되나 봐. 누구는 좋겠다. 나는 조금 빈정거리는 말투로 대꾸했다. (225쪽)

나는 처음에 희조가 처용단장을 떠벌릴 때부터 어떤 직관에서 한발짝도 벗어나
질 못했다. 희조가 사련의 관계를 맺고 있다는 여인이 혹시 아내가 아닐까. 물론
나는 이 직관이 사실이 아니길 바라며 골백번도 더 부정해 왔다.

(김소진, 「처용단장」處容斷章,[10] 241쪽)

대학 동창 권희조는 학원 강의로 생활비를 벌고 있는데 어느 날 학생으
로부터 '〈처용가〉의 주제가 불교적 체념으로 승화된 세계라고 하지만, 역
사상 사실과 다른 것이 많다.'는 질문을 받게 된다. 그 학생의 주장은 〈처용
가〉가가 신라 말기 골품 제도의 모순과 왕권의 몰락, 대권 쟁탈전으로 말미
암은 지배층의 분열과 상쟁, 그리고 육두품과 도당 유학생과 지방 호족들의
발호, 또 지식인들의 노장적 허무주의에 경도한 혼란한 사회라는 것을 그리
고 있다는 것이 요점이었다. 그러면서 권희조는 자신의 희곡이 처용의 생애
를 다룬 '처용단장'임을 일러주었다. 그리고 희곡 작품의 말미에 들어갈 향
가 하나를 말한다.

배고픈 중생의 밥마저/ 빼앗거늘/ 무슨 나라가 이런고/ 지혜로운 자들이 많이 떠
나 도성이 깨지더니/ 아아 낭이시여 아직껏 모르는가/ 달 밝은 깊은 밤에/ 서러운
접동새/ 떠난 님을 좇아 울며 다니는구료.

(김소진, 「처용단장」, 229쪽)

위 인용 부분은 작중희곡 속에 덧붙여진 향가로, 정치 풍자에 이용되는 도
참요라 할 수 있다. 후에 나는 권희조와 사련의 관계인 여인이 바로 아내임
을 알게 되면서, 이제 자신은 30살의 처용으로서 해탈할 나이에 이르렀다고
자조한다. "풍자냐, 해탈이냐, 나는 그 숨이 막히는 길목에 오늘도 우두커니

서 있는 셈이었다. 그래, 나는 서른 살의 처용이다. 하루에 한 번쯤은 해탈을 할 나이다. 그런데 해탈은 어떻게 하는 거지. 나는 짐짓 힘차게 대문을 주먹으로 쾅쾅 두드리며 소리내어 아내의 이름을 길목이 떠나갈 듯 크게 불러 제꼈다."(243쪽)에 드러나듯이 자신은 체념과 해탈로 자조하고 만다.

다음으로 내부 교차액자로 나오는 작중 희곡작가 권희조의 작중희곡 '처용단장' 을 중심으로 살펴보자.

2) 내부 교차액자로써의 작중희곡 '처용단장'
  : 처용─처용의 아내(교선)─역신(헌강왕)

김소진의 소설에 등장하는 친구 권희조는 계간지에 희곡 부문 신인상을 수상한 이후 작가로 활동하고 있다. 나를 만나면서 그는 처용의 생애를 다룬 자신의 최근작인 '처용단장' 이라는 제목의 작중희곡의 내용을 알려준다. 권희조는 그 작품에서 지식인으로서의 처용과 교선이라는 처용의 아내, 권력의 맛을 본 처용 그리고 권력 화신의 헌강왕 등을 보여주며, 여자를 사이에 둔 남자들의 질투심을 그리면서 그러한 것은 세간의 필부나 군왕이 다 마찬가지라 말한다. 또 그는 최치원과 처용의 생을 대비시켜 말해 주고 있다.

─진골인 자윤 앞에서 이런 말을 하는 게 어떨지 모르겠지만 난 골품제도 때문에 출세의 길이 막혔기 때문에 당나라로 유학을 가서 그곳 빈공과 과거에 급제하고 문명을 떨친 뒤 돌아오겠어. 아버님은 내게 십 년 안에 급제하지 못하면 아들로 여기지 않을 테니 열심히 공부하라고 하셨거든.

─계림이 변해야 한다는 것은 두말할 나위가 없겠지. 나는 곧 화랑에 입문하게 돼. 고운은 당에서 열심히 학문 수양을 하고 난 이곳에서 절차탁마하여 실력을

기른 다음 훗날 계림을 위해서 할 수 있는 일을 함께 찾아보자고. 우린 반드시 다시 만날 수 있을 게야. 목숨보다 소중한 다짐을 두세.(231쪽)

당시에는 지식인이 오늘날처럼 중간계층이 아니라 바로 지배계급 쪽에서 나올 수밖에 없는 상황이잖니? 문자 이끌 권력이었으니깐. 그럴 때 당대의 모순에 온몸으로 고민했던 처용이라는 한 지식인의 고뇌와 결단 그리고 좌절과 변절의 역정을 살펴보는 것도 나름대로 의미가 있다는 생각이 안 들어? 나는 처용단장이라는 희곡에서 그걸 더듬고 싶었어. 흐흠, 지식인 처용이라…… 좋아, 계속해 봐.

(김소진, 「처용단장」, 233쪽)

권희조는 그의 작중희곡에서 인기 가객으로서의 처용이 그동안 사회성 짙은 향가를 창작했던 것으로 묘사하고 있다. 또 그는 헌강왕이 그 노래의 효용가치를 인정함으로써 권력 세계에 진입하는 것으로 설명하고 있다. 그것은 헌강왕이 가무를 통해 왕권의 절대적 신성함에 대한 관념을 유포하여 각박한 현실로부터 사람들의 관심을 돌릴 필요가 있었기 때문이라 한다. 이러한 여정 속에 거세된 남성 처용은 아내와 잠자리도 함께하지 않고 매일 연회에만 몰두하며, 그 결과 왕권은 안정되게 그린다. 또 권희조는 처용이 권력의 감미로운 단물에 빠져 정신을 가누기 힘들던 어느 날, 귀가하여 자기 집 규방의 방문을 열어 불륜의 현장을 목격하게 되는 장면을 넣어 보여주고 있다.

자기 아내의 벌거숭이 몸뚱이 위에 엎어져 뜨거운 숨결을 내뿜고 있는 사내는 다름 아닌 권력의 화신 헌강왕이었다. 처용에게 권력의 단맛을 배 준 왕이었단 말이다. 처용은 등짝이 땀으로 번질번질해져서 여자의 몸에서 내려오는 사내와 눈길이 딱 마주쳤다.

처용단장의 절정은 이 대목이야. 희조는 입술을 침으로 축이며 말했다. 이때의 처용의 마음을 적절하게 읽은 육십년대의 시인이 있었지. 그게 누군데? 두말할 것도 없이 시인 김수영이지. 그래? 그가 시론을 논하면서 응축해 놓은 비수 같은 말을 처용의 입을 통해 되풀이한다면 이렇게 될 걸. 아아, 향가여 침을 뱉어라, 풍자가 아니며 해탈이다. 이 비극적 상황, 자신의 변절로 이미 돌이킬 수 없는 권력의 늪에 깊숙이 휘둘린 걸 안 처용은 분노의 주먹 대신 체념의 춤을 출 수밖에 없었을테지. 이 노래처럼 인간의 희로애락을 극적으로 표현한 시가란 동서고금을 막론하고 세계시사(詩史) 어느 갈피에서건 찾아보기가 쉽지 않을 거야. 희조의 목소리가 사뭇 떨리고 있었다.

서라벌 밝은 달 아래

밤새도록 노닐다가

들어와 자리를 보니

가랑이가 넷이로구나

둘은 내 사람 것이 분명한데

둘은 도대체 누구 것인가

원래 내 사람이던 이를

빼앗아가니 낸들 어쩔 것인가

(김소진, 「처용단장」, 237-238쪽)

　　권희조가 쓴 작중희곡의 내용은 처용과 그의 아내 교선과 헌강왕의 삼각관계를 다루고 있다. 나는 친구의 작중희곡 내용을 통해 자신 역시 아내와 친구 권희조와의 삼각관계를 의심하고, 결국 그 관계를 확인하지만 이해하고 넘기는 것으로 끝낸다.

이상과 같이 김소진의 소설 「처용단장」을 살펴본 결과 외부 스토리는 나·아내·권희조의 삼각관계로 그리고 있고, 내부 교차액자 이야기에서는 헌강왕과 처용, 처용의 아내 교선의 관계를 통해 처용의 체념과 관용의 심리를 그리고 있다. 이어 외부 스토리에서는 나(처용), 라윤미(아내), 권희조(역신) 등의 등장인물을 내부 교차액자에서의 삼각관계의 인물(처용-아내-헌강왕)의 관계와 빗대어 보여주고 있다.

4. 시대 구원의 메시아 구현과 중첩액자로써의 작중소설 '처용은 노래한다'
– 구광본의 소설 『처용을 어디서 다시 볼꼬』(1994)

구광본의 장편소설 『처용을 어디서 다시 볼꼬』에서는 작중소설가 이태경이 기독교 계열 잡지에 연재하기로 했던 소설이 반려되면서, 이태경의 애인 민경숙, 유년기 친구이자 기독교 잡지사 사원 장용우, 기독교 맹신자 등 여러 인물의 이야기와 이들 주변의 기독교의 현실이 그려진다. 그 후 이태경은 실종되나 결국 기독교 공동체 마을로 복귀한 것으로 밝혀진다.

이 소설에서는 작중작가 이태경의 이상理想과 구광본의 작가의식이 결부되면서 1980, 90년대 한국사회에 대한 총체적 조망의 내용을 처용과 역신의 이분법적 구도로 대비시켜 비중 있게 보여준다. 여기에서 처용은 한국사회에서 요구되는 구원의 메시아상으로 그려진다. 또 역신은 한국 기독교 사회에 만연한 세속화, 광신주의자, 이단 심문관 등 다양한 측면과 연관시켜 보여주고 있다.

액자구조 속의 작중작가 이태경이 쓴 작중소설 '처용은 노래한다' 는 이태경의 여자 친구 민경숙과 유년기부터 친구인 장용우가 그 작중소설을 읽고 소감이나 내용을 분석·소개하는 방식으로 드러난다. 그 소설 분석 내용은 구광본의 소설 『처용을 어디서 다시 볼꼬』 1부에서는 '제6장 노래가 시작되다'와 '제9장 노래가 계속되다'에서 집중적으로 소개되고 있다.

구광본의 소설에서 액자구조는 외부 스토리와 내부액자로 나누어 살펴볼 수 있다. 거기에 소설 구조를 더 복잡화하기 위해 구광본 소설은 내부액자 속의 서사를 작중작가 이태경의 작중소설 '처용은 노래한다' 속에 또 액자구조를 차용하여 전개하는, 액자 속의 액자라는 중첩액자구조를 취하고 있다. 이를 외부 스토리와 내부액자인 작중소설 '처용은 노래한다'로 나누어 살펴보자.

<구광본의 『처용을 어디서 다시 볼꼬』 액자구조>

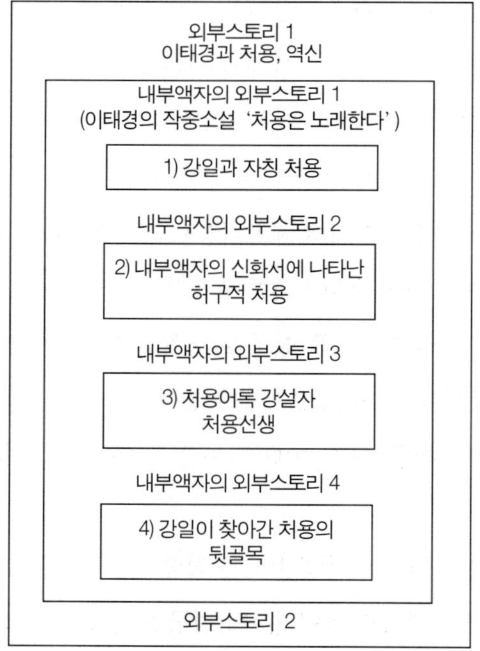

1) 내부액자구조 밖의 외부 스토리 1
  : 장용우와 민경숙의 작중소설 '처용은 노래한다' 읽기

구광본의 소설에서 외부 스토리는 작중작가 이태경과 여교사 민경숙의 첫 만남, 황인주라는 화가의 별장 생활과 타인에게 얽매이지 않은 그들의 자유로운 일과로 시작된다. 이태경의 일과는 예술가의 삶에 발을 들여 놓고, 황인주의 바우하우스란 별장에서 유지된다. 그곳에서 민경숙은 황인주의 소개로 이태경을 만나게 된다. 그러나 얼마 후 이태경은 실종되고 그로부터 민경숙에게 부쳐온 작중소설 '처용은 노래한다' 를 둘러싼 여러 가지 내용이나 글, 책이 소개된다. 그 여러 가지들은 실제 혹은 허구의 책의 인용과 이태경이 쓴 글을 토막 내어 배치하거나 표지판 기법을 활용하여, 또 장편소설 후기와 창작집 해설문 등으로 하나하나 다층적으로 밝혀진다.

작중작가 이태경이 쓴 소설 '처용이 노래한다' 가 반려되면서 그 소설을 읽는 독자는 출판사에 근무하는 장용우와 여자 친구 민경숙이다. 그 둘이 밝히는 소감을 중심으로 내용을 정리해 보자.

(1) 장용우의 '처용은 노래한다' 읽기

장용우는 작중작가 이태경이 쓴 소설이 이태경 자신의 자기 증명을 하나님의 존재와 성서의 역사성과 예수 그리스도의 부활에 대한 물음들을 통해 펼쳐나가고 있기에 그 결말을 궁금해 한다. 이태경은 작중소설에서 성서의 완전성은 닫힌 체계가 아닌, 역사 속에서 하나님과 사람 사이에 주고 받는 대화라는 열린 체계일 때 비로소 가능하다고 강변하고 있다. 이러한 이태경의 논리는 기독교 출판사인 바울서원 쪽에서 소설 연재가 어렵다는 통고를 받는 이유가 된다. 이러한 과정에서 구광본은 기독교계의 편협성을 작중작가

이태경을 통해 실감나게 드러내고 있다.

이태경과 유년기부터 친한 친구인 장용우는 현재 바울서원에 근무하고 있다. 바울서원의 출판부장은 교인에게 신앙의 길을 제시해야 할 기독교 잡지 '말씀'에 연재하기에는 이태경의 소설 내용은 맞지 않는다며, 장용우로 하여금 이태경의 원고를 반려하게 한다. 그러자 이태경은 소설 대신 다른 글을 실어 달라며 새로운 원고를 장용우에게 건네면서, 그의 다른 글은 자신이 왜 기독교인인지 밝히는 일종의 자기 변호라 말한다.

장용우는 이태경의 소설 반려를 둘러싸고 일어났던 소동을 마무리하며, 이태경이 가져왔던 장편소설이 그가 이전에 출간했던 창작집 '나귀 탄 성자' 표제작 중편소설과 흡사하다고 생각한다. 또 장용우는 이태경이 성서의 무오성無誤性까지 의문을 제기하는 것으로 인해 그가 비신앙으로 빠진 것이라 생각하며 반 년 동안 연재하기로 했던 것이 취소된 것이라 생각한다.

한편 이태경은 이미 바울서원에서 청탁받았을 때 게재되지 않을지도 모른다는 생각을 했었다. 자신의 기독교관과 바울서원의 기독교관의 차이가 크다는 것을 알았기 때문이다. 그럼에도 단지 가느다란 희망을 안고 자신의 기독교관으로 독자를 포섭할 수 있을지 모른다는 생각 때문에 원고를 보냈다는 것을 장용우는 알게 된다. 또 장용우는 이태경의 글이 기독교의 역사와 한국에서 기독교의 첫걸음을 정리한 것임을 알게 된다.

그러한 이태경과 연관해서 장용우는 이태경의 유년 시절을 생각한다. 장용우는 이제 이태경이 하나님을 등졌다고 생각하지만, 반면 그의 소설은 어린 시절의 반석마을을 복원해 놓은 글이라 생각한다.

(2) 민경숙의 '처용은 노래한다' 읽기

이태경의 여자 친구 민경숙은 이태경이 부쳐 온 등기물을 펼쳐본다.

프린터로 뽑아낸 소설 「처용은 노래한다」의 첫 페이지와 겉장 사이엔 메모지가 끼여 있었는데 거기엔 다만 이렇게 씌어 있을 따름이었다. 〈오직 한 사람을 위한 노래라, 모세의 율법과 예수의 복음과 모하메드의 계시 이후 이 세계의 마지막 예언자 처용의 노래라.〉 이게 뭐야? 메모지를 뒤집어 이리저리 보는데 저도 모르게 웃음이 나왔다.

(구광본, 『처용을 어디서 다시 볼꼬 1』, 143쪽)

민경숙은 이태경이 보내 온 소설이 바로 연재가 취소된 장편소설임을 직감한다. 이 작중소설의 내용은 외부 스토리 여기저기에 흩어져 있어 교차액자구조 형식으로 소개되고 있다. 특히 그녀는 이태경에게 부쳐져 온 소설 중 고딕체 부분에서 민족신에서 세계신으로 변신한 야훼를 드러내고, 당신을 섬기는 당신 종의 영혼을 처용이 그 목표를 향해 봉사하도록 만들 수 있느냐 없느냐 고뇌하는 장면도 접하게 된다.

또 작중소설에서 특이한 장면은 그 소설의 주인공이자 작중소설가인 강일이 애인 혜련에게 한 사랑 고백이 받아들여지지 않자 충격을 받는데, 이때 강일에게 접근하는 이상한 사나이를 바로 처용으로 드러낸다. 이 외부 스토리에 등장하는 교사 민경숙과 소설가 이태경의 만남이 내부액자의 외부 스토리에는 여고교사 혜련과 소설가 강일로 바뀌어 드러난다. 그 두명이 만난 지 2년이 되었고, 길평 지역에 삶의 토대를 두고 있는 강일이 현실을 적응하지 못하는 듯한 장면을 읽으며, 민경숙은 이태경과 자신 둘의 이야기와 연결지어 생각한다.

작중소설 '처용은 노래한다' 의 스토리에서는 강일이 혜련에게 사랑을 고백한 것은 외로움 때문이라 한다. 또 강일은 대학 진학과 함께 10년간 집을 떠나 있었던 것을 생각하면서 자신의 유년기의 집은 보통 집과 다르게 마을 전체가 강일의 집이었던 시절임을 떠올린다. 여기에서 반석이란 뜻을 가진 베드로가 마을 이름이었고, 그때의 아버지는 가장이자 촌장이었다. 아버지는 아들인 강일에게 촌장직을 물려주려 했으나, 아들은 그곳으로 돌아갈 마음이 없었다. 또 강일은 사회자체가 악마에게 시험 받는 것 같은 상황은 인류사의 온갖 질곡들이 사상가들과 권력자들 탓에 비롯된 결과이며, 또 만국의 처용당 당원들이 울부짖기 때문이라 밝히고 있다.

　민경숙은 이태경이 보낸 이런 내용의 작중소설을 읽으면서 현실의 두 사람과 허구의 두 인물을 자꾸 비교하고, 또 이태경의 실종이 장승집 살인사건을 목격했던 경험 때문이 아닌가 생각한다. 즉 민경숙은 이태경이 경험했던 장승집에서 벌어졌던 사건에서 칼을 든 강도가 장승에 도끼질을 했던 일을 떠올리며, 이태경의 행방불명을 불길한 상상 쪽으로 밀어붙이게 된다. 어쨌든 민경숙은 그동안 소설뭉치만을 보낸 채 묘연해진 이태경의 행방과 바울서원에서 연재 불가 통보를 받게 된 경위, 그리고 이태경의 소설 나머지 부분에 대한 궁금증을 계속 갖고 있는 인물이다.

2) 작중소설 속의 내부액자 '처용은 노래한다' 속의 여러 처용

　잡지사에서 반려된 이태경의 작중소설 '처용은 노래한다' 가 민경숙에게 보내져 읽혀지고, 또 장용우에게도 읽혀진다. 작중소설은 그 소설의 또다른 중첩액자를 통해서 등장인물들인 강일과 혜련·애랑·헌강왕과 처용·처용 선생·처용의 뒷골목 등이 시공을 넘나들며, 꿈이나 환상 기법·복선의 역할을 하는 표지판 기법 등으로 복잡하게 얽히고, 이는 본줄기 소설의 서사 외부 스토리와 교차되면서 복잡한 구조양식을 취한다. 그 중에서 〈처용가〉와 관련되는 내용을 자칭 처용, 허구적 처용, 처용 선생, 처용의 뒷골목 부분으

로 나누어 살펴보자.

(1) 작중소설 속의 작가 강일에게 다가온 '자칭 처용'

작중작가 이태경의 작중소설 '처용은 노래한다' 에서는 작중작가 강일과
혜련의 이야기가 펼쳐지며, 어느 날 이상한 사나이가 자신을 처용이라 소개
하며 강일에게 다가오는 내용이 나온다. 그 사내는 자신은 운수행각 중인 걸
승이라면서, 동해용왕의 셋째인 처용이 고민을 풀어드리며 사람들 가슴에
불을 질러대는 방화범이라 말한다. 자칭 처용인 걸승은 복수의 불똥을 튀게
하는 일이 자기 본분이라며 고매한 강일의 혼을 자신에게 팔라고 한다. 이런
상황을 접했던 강일은 자칭 처용이란 걸승이 사라진 후 섬뜩함에 짓눌린다.
강일은 스스로 어지러운 마음 때문에 어떤 일도 손을 댈 수 없는 지경이 되
며, 대학 시절 하숙집의 선배였던 낯선 사람을 생각하며 자신의 성장사를 떠
올린다. 이어 그 자신이 경주에서 나서 대구에서 자랐고 사제의 길에 입문했
다가 문학을 전공하기 위해 학교를 바꾸었던 것이 생각났다. 또 강일은 문학
에의 열망과 그것의 추구 과정에서 단련된 영혼을 팔아 버리고, 지금은 허깨
비의 삶밖에 없기에 극심한 혼돈에 휩쓸려 있는 자신을 발견한다.
이 부분은 민경숙에게 보내 온 이태경의 작중소설의 일부분을 통해서 알
려진 내용이다. 자칭 처용인 운수행각 걸승은 작중작가 강일에게 혼을 팔라
고 불을 질러대고, 강일을 두 번이나 스쳐가는 인물로 나오고 있다.

(2) 작중소설 속의 '신화서' 에 나타난 '허구적 처용'

또 이태경의 작중소설 '처용은 노래한다' 에서 작중작가인 강일은 10년
전 스승으로부터 추천받은 '신화서' 를 읽는다. 강일이 접하는 내용은 제49
대 헌강왕 시절 대왕과 신하들이 개운포로 가서 놀이할 때 갑자기 지척 분간

이 어려웠는데, 이때 일관은 동해의 용이 부린 조화 때문이라고 말하는 부분이다. 또 그 신화서에서 일관은 계속해서 용을 위해 절을 지어야 한다고 말해서 왕은 개운포에 절을 짓고 동해 용왕의 덕을 찬양하며 춤을 추는 부분도 본다. 그리고 왕의 정사를 보좌하는 자의 이름이 처용이며, 그에게 미인을 아내로 주고 급간이란 벼슬도 주었던 부분도 그 책을 통해서 읽는다. 그 밖에 역신이 사모했던 처용의 아내와 동침할 때 처용가가 소개되고, 처용은 노여워하지 않는 것, 처용의 모습을 보면 귀신이 물러가고 경사로운 일은 맞이한다고 하는 부분도 그 책을 통해서 읽는다.

강일은 이 신화서를 읽으며 작가로서 자신 역시 처용가의 뒷골목 이야기가 궁금하며, 이차돈 순교 사건처럼 그려 보는 것이 자신이 구상한 첫 장편 소설의 내용이라 생각한다.

이 신화서에 등장한 처용은 작중작가 강일이 읽은 신화서에 나오는, 말 그대로 허구 속 인물인 '허구적 처용'이며, 강일은 그를 창작의 강력한 동기로 밝히면서 토로하게 된다.

(3) 작중소설 속의 '처용어록' 강설자 '처용 선생'

또 작중소설 '처용은 노래한다'에 나오는 소설 속 작중작가 강일이 지하철에서 만나는 소시민 사내를 통해 알게 된 처용의 모습은 세 번째 처용이 된다. 내부액자 이태경의 소설 '처용은 노래한다'의 작중작가 강일에게는 그가 처용 종말의 사도로 읽혀지고, 또 그의 행위는 꿈과 망상 속에 나타날 정도로 시대의 타락함에 대한 반증으로 읽게 된다.

그러면서 강일은 '처용어록'이라는 책을 알게 되며, 처용이란 자에게 혼을 팔고 만 자가 누구일까 궁금해 한다. 우연히 만난 낯선 자는 강일에게 처용 선생에 관심이 많으냐고 묻고, 현대의 사랑의 본질을 깨쳐야 한다며 복화

술사처럼 이야기를 구사한다. 낯선 자가 말하는 처용 선생 이야기는 마누라와 놈팽이에게 자신이 당하는 것을 꿈으로 시사했고, 그 장면과 똑같게 꿈에서는 마누라에게 진짜 현장으로 보여주었고, 지금도 자신은 마누라의 부정 현장을 덮치러 가는 길이라 한다. 그러면서 처용 선생은 자신의 마누라의 부정을 알려주기 위해 꿈에 나타났다고 한다. 우연히 만났던 소시민 승객을 통해 강일은 그가 바로 처용과 아내, 그리고 역신의 과정을 겪었고, 그것을 해결해 준 자가 꿈에 보인 처용 선생이라 생각하게 된다.

그 이후 강일은 처용어록을 강설했던 처용 선생이 중앙경찰서에 연행되었다는 연락을 받는다. 처용 선생은 당을 와해시키려는 세력들의 모함으로 경찰서에서 조사를 받게 되며, 그는 우리들에게 행동을 자제하라는 메시지를 전한다. 그러나 처용 선생은 모든 청중에게 받들여지고 있고 그것은 처용어록이 불태워지지 않는 힘을 얻었기 때문이라 한다. 즉 처용 선생은 어떤 무리들의 시기와 음모에도 불태워지지 않을 힘, 그것이 바로 승리의 원천이라고 대중에게 설파했었다.

> 「자 이제 용은 비상을 합니다. 우리의 경전은 어떤 정치권력과 금력에도 불태워지지 않을 힘을 얻었습니다. 우린 승리할 것입니다. 감개무량한 순간입니다. 모두들 흥분을 가라앉히시고. 물론 저의 강설은 다 끝났습니다만, 여러분의 질문을 받도록 하겠습니다.」
>
> (구광본, 『처용을 어디서 다시 볼꼬 1』, 177쪽)

위의 소설 대목은 처용 강설자인 처용 선생이 힘은 바로 민중의 변함없는 지지라고 밝히는 부분이다.

처용 지지자들은 마지막으로 한강 고수부지에서 모두 춤을 출 예정이라 한다. 강일 역시 지지자들이 모인 집회장 입구에서 처용의 얼굴이 그려진 천 조각 처용탈을 받아서 그 집회에 참여하게 된다.

(4) 작중소설 속의 작가 강일이 찾아가는 '처용의 뒷골목'

처용의 뒷골목 부분은 구광본의 소설 『처용을 어디서 다시 볼꼬』 '제6장 노래가 시작되다' 와 '제9장 노래가 계속되다' 의 액자소설 구조를 취하고 있고 작중소설가 이태경의 작중소설 형식으로 서술되고 있다. 그 작중소설 중 처용의 사상 체계에 일대 변혁이 일어나고, 자신이 진보적인 사상을 갖게 된 까닭을 소개한다.

특히 작중소설 속의 작중작가 강일은 자신이 일본 여행을 하던 중 불시착하는 비행에서 낙하산을 타고 비상 탈출했던 경험도 삽입하고 있다. 이때 강일이 도착된 곳이 환상 기법으로 펼쳐지고 있다. 이 장면에서는 강일이 가엾은 여자 애랑과 함께 비상 탈출하여 목격한 서라벌의 시대 경주가 그려지고 있다. 강일은 애랑과 낙하산을 덮고 잠을 자고 난 후, 괴한과 우연히 부딪쳤을 때 자기들은 지금 혼례를 치르는 길이라 밝힌다. 둘을 발견한 괴한은 칼로 낙하산을 찔러 보는데, 두 사람은 자신들이 혼례를 치르기 위해 절을 찾는다는 이유로 둘러델 때 노승이 다가와 이들에게 처용의 행방을 알려준다.

여기에서 노승은 처용어록을 강설했던 바로 그 사내였다. 사내는 마누라 단속을 못했으니 볼 낯이 없다며, 도성의 소식을 알아보러 몰래 잠입했다고 한다. 그러면서 처용은 세상을 얻은 것은 아니나 도성의 백성들이 자신을 버리지 않았음을 발견하였다 이야기한다.

강일과 애랑은 경주 남산을 내려오면서 도성의 백성들이 역신을 막기 위해 처용화상을 집집마다 붙인 것을 알게 된다. 처용화상을 보며 강일은 이곳이 바로 자기가 생각했던 처용의 뒷골목이라 여긴다. 찾아온 뒷골목에서 두

사람은, 처용을 마누라 하나 제대로 단속하지 못해 권위를 떨어뜨렸다며 지
도층 인사들이 임금에게 그의 해임을 요구하고, 자객들마저 설쳐대는 것도
접하게 된다. 이때 강일은 애랑을 스튜어디스라고, 또 자신을 소설가라고 하
면 누가 믿겠는가 반문해 본다. 강일은 다시 하네다 공원을 이륙하면서 작품
구상에 몰두하게 된다. 여기에서 처용은 백성들의 힘의 중요성을 강조하는
인물이라고 생각해 볼 수 있다.

이윽고 입을 뗀 처용은 백성들의 힘이었음을 강조했다. 그렇지. 이건 백성들의
힘이고 말고. 처용이 그래도 자신들을 위한다는 걸 안 때문이리라. 누굴 믿으랴.
금란가사승들이야 중생제도의 길을 외면하고, 귀족들이야 권력으로 백성들의 노
동력을 수취해 저택이나 짓고 있으니. 한 백성을 두고 몇 곳에서 세금을 거두어
들이니 어떻게 견디랴. 폭정에 시달리다 농사 내팽개치고 무리지어 도적질로 나
선 자가 어디 한둘. 이런 현실을 타개하기 위해 헌강왕은 처용을 서라벌로 데려
왔을 터이다. 귀족들과 금란가사승들이 눈엣가시로 여긴다는 사실을 도성의 백
성들이 왜 몰랐겠으며, 그의 처가 외간남자와 정을 통한 사건은 개혁조치의 입안
실행자인 그를 밀어내려는 음모임을 왜 그들이. 음모를 눈치챈 백성들이 곧장 소
문을 퍼뜨렸을 것이다. 처용이 자기 처를 범한 역신을 손 한번 쓰지 않고 노래로
물리치고 항복까지 받아냈다고. 패배해 쫓기던 그를 단번에 승리자로 만든 것이
다. 백성들은 노래로 패배와 좌절의 기억을 역전시키는 힘을 가지고 있다. 그들
의 힘이 다시 처용을 도성으로 부른 것이다. 강일은 처용가의 뒷골목을 대충 그
렇게 짐작해 본다. 처용이 애랑에게 들려주는 이야기는 그의 짐작대로다.
「……백성들의 부름을 어찌 외면하겠소. 자객이 목을 노리더라도. 그들에게 내
가 보답할 수 있는 길은 지금까지의 개혁조치를 끝까지 밀고 나가는 것. 지금 곧
바로 전하를 뵈러 가야겠소.」

또 구광본은 작중작가 이태경의 '처용은 노래한다'를 통해 중첩 액자방식을 취해 보여준다. 즉 작중작가 강일은 자신이 광주의 5월을 피하고 고도古都 경주에 매달리게 된 것과, 불붙었던 떨기나무, 애랑, 왕과 처용 등을 생각하며 처용이 자객에게 당할 뻔한 이야기도 환상기법을 활용하여 털어 놓는다. 또 시공을 가로지르는 강일은, 진골 귀족들은 왕권에 도전하고 도덕은 땅에 떨어지고 무력만이 활개친 시절, 현실 타개를 위해 개운포 골짜기의 소인을 발탁해서, 나라를 중흥케 했던 것도 이야기한다. 또 강일은 골품에 얽매이지 않고 적인을 등용했으나, 난관에 봉착한 것은 기득권을 쥐고 있는 귀족들 때문이라는 것도 밝힌다.

강일이 정한 사회에서 처용은 난관의 현실을 타개하기 위해 전하의 권세가 강성해지는 수밖에 없다며, 전하께서 남산 포석정에서 연회를 열고 춤을 추는 방법뿐이라고 말한다. 즉 남산신의 말씀을 가장해서 순리로 백성을 다스리는 게 성왕의 도리라는 점을 말하고 비상 수단을 동원하여 마치 법흥왕과 이차돈의 순교 사건처럼 꾸미라고 한다. 이때 도깨비 같은 사내들은 이방인의 하수인이 되어 신라 근간을 뒤흔들 반역을 꾸미고 있는 사람들의 죄를 협박하며, 자신들은 하나님을 따르는 자라 말한다. 그러면서 이상한 사내들은 '처용 일당'이 국체國體의 근본을 흔든 자들에게, 그것은 처용이 보좌 왕정을 맡아 도모한 일 때문이라고 밝힌다.

그 후 왕권이 다시 탈취되며 처용이 복권되었다는 소식이 들려왔고, 포석정 연회의 날, 처용을 비롯한 헌강왕 측근들은 그 이후 '처용화상'과 처용가를 서라벌 거리에 유포시키는 일에 주력했다. 이때 참석한 귀족들과 승려들은 어리둥절한 표정만 지을 뿐이다.

작중작가 강일은 그의 작품집 마지막에 실린 단편에 처용으로부터 소식이 끊긴 지 벌써 며칠째, 작품의 후기를 밝힌다. 그것은 귀족들에 쫓겨났다는 불길한 소문이 들려오고, 처용에 대한 관심을 드러낼 수밖에 없는 불가사의한 상황이 바로 그 작품을 표출하게 된 것이라 밝힌다. 그러면서도 강일은 자신의 작가로서의 삶 전체를 경주와 신라인에 대한 사랑으로 승화시켰다고 말한다. 아울러 처용을 포함한 신라의 혼은 성속을 넘나들며 원융무애한 삶을 산 대자유인 원효와, 용서의 노래와 화해의 춤으로 삶의 비극성을 극복하고자 한 처용과 연관지어 고뇌해 볼 때 의의가 있다고 보았다.

구광본은 작중소설가 이태경이 쓴 작중소설 '처용이 노래한다'에서 주인공이자 작가인 강일이 경험했던 환상의 장면을 통해, 처용과 헌강왕 그룹을 목격하는 것으로 드러냈다. 또 구광본은 자신의 독특한 분신이자 분신작가인 이태경과 강일의 사유를 융합시키는데 그것은 처용을 접하면서 신라 당대 사회의 구원 양상을 신라혼의 상징으로 표출해 내고 그것을 환상기법으로 '처용의 뒷골목'을 찾아가는 것으로 설정하여 그려내고 있다.

3) 내부액자구조 밖의 외부 스토리 2
: 장용우와 민경숙의 '이태경과 그의 문학' 읽기

장용우와 민경숙이 읽어낸 이태경의 작중소설 '처용은 노래한다'에서 중요한 의미는 강일이 처용과 영혼의 계약을 맺으며, 계시의 혈통과 도의 융합을 꿈꾸며 원대한 세계의 실현 가능성을 피력한 것이라 볼 수 있다.

그렇다면 구광본의 소설 『처용을 어디서 다시 볼꼬 2』에서는 어떻게 다음 이야기가 펼쳐지고 있는가를 장용우와 민경숙의 독법을 통해 살펴보자.

(1) 장용우가 생각하는 '작중작가 이태경'의 삶과 글

장용우는 예전에 알았던 이광우 형제가 기독형제단을 탈퇴한 배경이 생각나면서 자신이 현재 근무하는 잡지사 바울서원은 기독교인이 운영하는 회사로 자본의 논리에 철저히 종속되어 있음도 생각한다.

장용우는 경숙이 가져온 이태경의 작중소설 '처용은 노래한다'에서 성령체험을 뒤집는 악마스런 힘의 작용을 읽어낸다. 또 그는 이태경의 갈등이 하나님의 뜻을 제대로 실천할 수 있을까 회의하며, 이는 엄청난 소명 앞에서 당연한 회의이기도 하다고 생각한다. 또 장용우는 이태경이 아브라함과 이삭과 야곱의 하나님, 반석마을을 지키는 야훼를 경험하며, 군부대의 사악한 무리에 괴롭힘 당하던 종을 보았다는 것도 밝힌다. 또 장용우는 이태경이 반석마을을 다른 모습으로 비추어본 배경에 해방 신학이나 민중 신학도 있었다는 것도 연관시킨다. 그것이 이태경을 외경外經과 영지주의靈智主義 쪽에 기울어지게 하며, 장용우는 태경의 신앙적 위기 때 이태경의 작중창작집 '나귀 탄 성자'를 통해서 잘 드러냈다고 보았다. 또 장용우는 최근에 반려된 태경의 소설에 이르기까지 반신反神의 소설을 계속 써 왔으며, 종적을 감춘 채 던져 놓은 그것도 모두 이태경의 자전적 요소라고 생각한다. 용우는 작중소설 속의 주인공 강일과 그 작품을 쓴 작중소설가 이태경이 본질적으로 종교인이었고, 군대에 가서 새로운 신을 모색해 나아갔고, 악마 처용에게 혼을 팔고 악마의 도움으로 복수에는 성공했다고 보았다. 그러나 용우는 태경의 문학과 신앙에서는 파멸될 것이라 생각한다.

장용우는 태경의 소설 '처용은 노래한다'를 통해 이태경의 어린 시절의 마을 풍경을 읽을 수 있었다. 그가 어린 시절 살았던 마을인 반석마을이 피난처로서 역할했던 것과 영성 공동체가 삶의 곤핍함을 모면하기 위해서가 아니라 영적 이상을 위한 구성원의 수련과 대대적인 활동이 겸비되어야 했던

사실을 말이다. 장용우는 이태경의 시각에 동감하며, 다락교회에서 하나님 말씀을 따르려던 이광우 형제를 이태경의 실종과 연루시켜 생각해 본다. 그가 바라본 이광우 형제는 율법의 수호자로서 누군가를 추적하고 있고, 그 형제의 행위에 대해서 이방인의 우물에서 영적 갈중을 해소하는 것인가에 대해서 반문해 본다.

(2) 민경숙의 '작중작가 이태경' 문학의 다층적 독서와
메시아일 가능성으로써의 '처용'

　모세의 율법과 예수의 복음과 모하메드의 계시에 이어지는 작중소설가 이태경의 작중소설 '처용은 노래한다'에서 작중 등장인물 나(처용)는 아랍인의 후손이다. 처용의 관심은 정치 개혁에 한정된 것이 아니고, 계시의 혈통에서 태어나 도의 깨침을 성인의 근본으로 삼는 동방에서 살게 되는 것이다. 그러면서 작중작가 태경은 이 처용의 계시와 도를 융합시키는 모색이야말로 인류사적 대망이라 한다. 즉 태경은 그의 소설적 분신인 처용의 특별한 의지로 완성된 자신의 '처용어록'은 신라의 혼에 관심을 갖게 되고, 계시와 도의 결합이라는 원대한 세계의 실현 가능성을 목표로 두었던 것을 드러낸다. 또 민경숙은 이러한 내용으로 된 이태경의 작중소설을 읽으면서 혼돈에 휩쓸려 심상찮은 느낌을 받는다. 경숙은 점점 이태경을 둘러싼 장애물이 많아지며, 이태경이 행방불명된 것도 그 나름의 하나의 복수이며, 영혼을 매매한 계약서 때문이라고 생각한다. 또 경숙은 처용과 영혼의 계약을 맺은 소설가는 태경은 반신의 길로 들어선 것이고 그가 악마의 유혹에 흔들리는 모습이 예전의 소설과 다르게 나타났다고 보았다. 민경숙은 이태경이 복수의 성공을 위해 처용이란 악마에게 혼을 넘겨준 것이라고 보았다.

　민경숙은 작중소설에서의 처용에 또다른 인물 강일이 밝힌 시대적 사명과 그 현실의 한계를 밝혀주는 자로 인식하게 된다. 또 장용우와 달리 민경숙은 이태경의 행방이 묘연해진 후, 절정에 이른 무력감을 느끼며, 특히 이태경의 이상한 소설에서 그의 사랑이 복수를 위한 포석이자 가면이었다는 악마적 현실과 맞닥뜨리게 된다. 경숙은 예술가로서의 그녀 아버지의 삶이 자신에게 영향을 주었었는데, 이제는 애인 이태경에 의해 환희와 두려움이 비롯되고 있음을 발견한다. 그리고 경숙은 대림장의 그림에 씌어진 '제7계명을 어긴 자, 소돔과 고모라의 최후를 기억하라.'는 낙서가 바로 살인자, 즉 범인이 의도적으로 남긴 것이 아닐까 생각하며, 미치광이 범인은 자신이 소돔과 고모라를 유황불로 징벌하던 하나님인냥 착각하고 있는 것이라 생각한다.

또 민경숙은 독고 형사가 살인 사건의 현장인 장승집에서 발견한 이후 아무것도 풀지 못했다는 엉터리 계산식의 비밀과 콜크집에서 이태경이 반석마을로 이사했다는 인상을 강하게 받은 심상찮은 느낌 속에서, 자신과 태경 사이의 관계가 뒤섞여 있음도 확인하게 된다.

민경숙은 이태경의 또다른 작중작품 '나귀 탄 성자' 중 지하미사 부분을 읽다가 '처용은 노래한다'에 나왔던 독신자瀆神者가 이 소설에서도 등장하고 있음을 발견하며, 이 두 작품이 밀접하게 연결되고, 이 부분들은 이태경의 자전적 요소를 담고 있는 소설이라 생각한다. 그녀는 태경의 마지막 복수가 바로 현실 속에 구체적으로 설득력 있게 보여주기 위한 과정이라 생각한다. 강일이 이태경으로, 혜련이 민경숙으로, 장승집에서 발견되었던 해독 불능의 낙서가 솔내동산 살인 사건 용의자로 연결시켜 이해한다. 또 그녀는 경찰이 밝힌 피살자가 바로 장승 세우기 운동 열성자였다고 기독교 광신자로 지목하게 되고, 그것은 우상 숭배자에게 신의 징벌이 내릴 것이라 경고하는 전 과정으로 이해되기도 한다.

또 경숙은 이태경이 그의 소설을 반려받았을 때, 연재하기로 한 소설이 아닌 다른 장편소설의 제목을 못 정했다며 가져왔던 것을 생각해 본다. 그것은 문단 데뷔 전에 썼던 소설로 타자로 친 원고였고, 그 내용은 하나님과 악마의 논쟁이 큰 줄거리였는데 구약성서의 욥기를 모델로 한 것이었음을 경숙은 상기한다. 경숙은 그 소설에서 악마가 한 작가를 두고 하나님께 내기 거는 식, 그때의 단편을 모체로 하고 있는 작품이 바로 '처용은 노래한다' 라고 이해하게 된다.

> 뭐라고 할까, 그러니까 당시엔 하나님의 주권에 대한 회의 정도였다면, 이번에는 하나님께 반기를 들고 있잖습니까. 악마에게 혼을 팔아버린다는 행위는 이 세계에서 하나님의 주권을 인정하지 않는다는 걸 뜻한다고 보아도 무방할 겁니다. 혼은 창세기에서 보듯 하나님이 그 생기를 아담의 코에 불어넣어 주면서 시작된 것으로 하나님의 절대영역입니다. 그런데 그 혼을 악마에게 내주고 이 세상의 무엇을 획득한다는 것은 하나님의 주권에 맞선 행위라고 할밖에. 애인에게 복수하기 위해 혼을 팔아 악마의 도움을 받음은, 그런 행위는 반신의 뚜렷한 징표라고, 내겐 그렇게 보입니다.
>
> (구광본, 『처용을 어디서 다시 볼꼬』 2, 126-127쪽)

민경숙은 악마에게 유혹당하는 작가 이태경이 주변인물을 동원, 기독교 공동체가 예술가의 삶을 적극적으로 배치했고, 그것은 반석마을을 모델로 하고 있다고 보았다. 경숙은 이태경의 다른 작중소설 '광야의 시험' 을 통해 이태경이 '기독교인이 가장 많은 시대는 오늘날이라 밝히고 있으며, 많은 교회는 예수의 복음을 대중화·통속화하며 막강한 전도력으로 반신론에 공헌하고 있다' 고 말하는 메시지를 읽은 적이 있었다.

경숙은 이태경이 문학 때문에 종교를 버린 것일까를 생각했다. 그녀는 '처용은 노래한다'라는 작중소설은 인간극이며, 인간의 이해는 신의 이해가 따르지 않고서는 불가능하다고 생각한다. 경숙은 태경의 '광야의 시험' 중 몇몇 구절을 보는 순간 그것이 되살아났고, 그것은 이상한 계산식의 비밀, 악의 주문이라 생각한다. 이런 점을 생각하며 경숙은 기독교인의 정체성을 염두에 둔 이들에게 태경의 자기 증명은 더 이상 미룰 수 없음을 알게 된다. 이와 달리 이단 심문관들은 태경을 기독교인이 아니라고 판결하고 있는 것까지 경숙은 읽어내고 있다.

> 참으로 보고 싶었고 나아가 함께 어우러지고 싶었던 것은 남산 기슭의 우물 나정에서 시작되어 남산 기슭 포석정에서 막을 내린 신라의 혼이었고, 옛사람이 절은 하늘의 별처럼 많고 탑은 기러기처럼 솟아 있다고 했던 그 땅에서 살았던 사람들, 예컨대 성속聖俗을 넘나들며 원융무애圓融無碍한 삶을 산 대자유인 원효며 용서의 노래와 화해의 춤으로 삶의 비극성을 극복하고자 했던 처용이 아니고 무엇이었겠는가.
>
> (구광본, 『처용을 어디서 다시 볼꼬』 2, 162쪽)

민경숙은 태경의 작중 작품에서 또 지하미사 부분을 읽으며 그것은 태경에 의해 능욕과 복수를 위한 욕이며 음화일지 모른다는 것을 생각한다. 또 그녀는 태경의 작품을 계속 대하면서 신은 이 세상의 기원과 종말, 인간에 대해 전체적으로 일관성 있게 해명해 주는 것이라 생각하며, 부정 신학의 입장과 모든 종교는 계시 종교와 도의 종교로 구분된다고 생각한다. 이 부분은 이태경이 민경숙에게 보낸 소설에서 '계시와 도의 융합'이라 표현했던 것과 이어지고 있다.

민경숙은 이태경의 작중 작품 '광야의 시험' 중 오늘의 이단 심문관으로 부터 기독교를 비방하기 위한 이단자의 불온문서 취급을 받는 소설을 안타깝게 받아들인다. 또 그녀는 태경이 교회의 신조와 정면으로 부딪치는 방법을 선택하고 진정의 기독교인이라 불릴 수 있는 예수를 태경이 그의 행위를 따를 수밖에 없다고 보았다.

구광본의 소설 외부 스토리에서 마지막으로 민경숙은 친구 하인주와 함께 살인사건이 벌어졌던 장승집에 가 본다. 민경숙은 그 장승집에 모험을 무릅쓰고 들어갔다가 한 괴한을 만나게 된다. 그 괴한은 기독교 광신자여서 민경숙에게 죽음의 위협을 가한다. 그러나 경숙은 그 순간, 잠복중이던 형사에게 구조된다. 경숙은 기독교 광신자에 의한 살인 사건을 기억해 보면 이태경의 작중작품인 소설 '영광과 평화'가 연재 불가 통고를 받은 후, 이상과 영적 지혜를 간과한 신앙 행위는 미신과 광신에 다를 바 없다고 생각한다. 태경은 오늘의 교회 현실에 저항하는, 기독교에 충실했던 한 인물의 내면의 투쟁을 표지판 기법을 통해 밝혔다고 그의 작중 장편소설 후기에서 밝힌다.

결국 민경숙은 범인의 자백으로 구출되며, 독고 형사는 정신 이상자에게 수갑을 채우며, 그로부터 실종되었던 이태경은 그의 고향 기독교 공동체 반석마을에 잘 있다는 전언을 듣게 된다. 이로써 민경숙이 연인으로서 태경과 함께 떠난 여행과 이태경의 실종, 의문의 소설, 사건을 복잡하게 엉기게 했던 광신자의 살인, 처참하게 죽었으리라 생각했던 점박이 개의 귀가, 붙잡힌 살인범, 이태경의 행방은 모두 드러난 것이다.

작중작가 이태경은 첫 장편소설 '영광과 평화'를 콜크집에서 완성하였는데, 이 소설은 잡지사에 보냈던 소설의 연재 불가 통보를 받은 후, 정해지지 않았던 제목을 다시 생각하게 된 것이라고 한다. 그것은 태경에게 새로운 집필을 자극했고, 그 제목이 바로 '영광과 평화'였다고 한다. 그것의 내적 질서는 정교하게 다듬어졌고, 태경이 설화의 인물 처용을 허구적으로 되살려 내어 인류 보편의 구원의 길을 노래하게 하는 작품이었다. 그것은 반석마을에서 창작 활동을 하는 태경의 장편소설 후기에서 밝혀지고 있다. 이제 작중작가 이태경은 문학을 포기하지 않으리라고 준엄하게 자신에게 선고하며 '광야의 시험' 이 신앙 포기가 아니라 신앙의 갱신으로 나아가게 했다고 밝힌다. 처용 탈을 쓴 이태경과 씨름하느라 안간힘을 썼던 민경숙은 이태경이 소설과 신앙 어느 것도 포기하지 않았다는 확신을 갖게 된다.

이런 점을 통해 이태경은 작중소설 '처용은 노래한다' 가 한 사람을 위해 쓴 것이지만, 사랑의 시험으로 다가오며 가혹한 사랑의 시험으로 완성했다고 볼 수 있다. 또 태경을 예술가로서 받아들일 때 신앙인으로서 자신도 의식하며 깨우치고 있다고 볼 수 있다. 이 측면은 삶의 전체성의 회복은 초월성과의 교통이 없이는 불가능함을 말해 주는 것이며, 그것은 태경 스스로 인류 보편의 구원의 길을 찾아 오래 방황했던 자신에 대한 질문이기도 하다.

구광본은 작가의 분신 작중작가 이태경과 그의 분신작품 이태경과 그의 작중소설에서 구광본 자신의 꿈과 이상을 대변해서 보여주고 있다. 또 구광본은 작중작가 이태경을 통해 실제 반석마을로 내려가 공동체 마을의 삶에 동참시키며, 처용을 통해 정신계와 현실계를 통합시킨 메시아로서의 가능성을 시사하며 작가의식을 드러내고 있다.

5. 처용신화의 액자구조 구현과 의미 확장 기능

이상과 같이 볼 때 처용신화 관련 소설의 경우 신상성, 김소진, 구광본 작가는 무엇보다 액자구조 기법을 통한 처용의 이중 병치 또는 다중 병치 등의 방식으로 재창작했다고 볼 수 있다.

첫 번째, 신상성의 소설 「처용의 웃음소리」의 액자구조는 외부 스토리와 내부 결말액자를 중심으로 드러나고 있다. 외부 스토리에서 처용과 처용의 아내, 역신 삼각관계의 갈등 구조를 해결하지 못하고 있을 때 사이코드라마 '처용의 웃음소리' 공연을 통해, 마음의 변화와 승화를 가능하게 해주는 역할을 한다. 이런 점에서 신상성은 같은 제목의 작중 사이코드라마 '처용의 웃음소리'를 통해 외부 스토리와 내부 결말액자를 서로 연결시켜 한 편의 승화된 경지의 작품을 이끌어 낸 것으로 볼 수 있다.

두 번째, 김소진의 소설 「처용단장」에서는 허구적 인물을 통해 외부 스토리를 재창작하고, 내부액자는 처용설화를 그대로 차용하는 교차액자의 형태를 취하고 있다. 교차되는 액자구조 이야기는 원전을 그대로 차용하되, 역신의 정체를 헌강왕으로 해석하고 있어, 남녀의 삼각관계에서 뺏긴 자와 빼앗은 자라는 보편적 사랑의 구도로 다루면서 처용의 체념과 관용을 그대로 수용하고 있다. 김소진의 경우 표면 이야기의 삼각 구도를 액자구조 속의 이야기와 동일한 심리로 그리는 장치로 사용하고 있다.

세 번째, 구광본의 소설 『처용을 어디서 다시 볼꼬』에서는 처용을 종말의 시대를 구원하는 메시아로 설정하면서 소설 속의 소설, 즉 다층적 액자구조로 병치시키고 있다. 구광본의 소설은 처용과 역신 새롭게 쓰기 과정이다. 특히 구광본은 처용을 메시아적 의미로 다시 쓰는 과정을 여러 중첩된 의미망을 통해 보여준다. 작중작가의 작품 '처용은 노래한다'는 외부 스토리의 내부액자로 나오고 있지만, 외부 스토리 역시 다양한 액자의 병행을 통해, 시대 구원의 메시아적 처용을 형상화했다고 해석해 볼 수 있다. 구광본은 독특하게 객관적 거리의 확보와 의미 확장과 의미 중첩의 기법을 반복하면서, 작가의 외부 분신과 내부 분신인 이중 분신을 중첩된 작중작가를 통해 보여 주고 있다.

　결론적으로 〈처용설화〉를 액자구조로 새롭게 쓴 작품들의 특성을 다음
과 같이 정리해 볼 수 있다. 결말액자 사이코드라마에서의 처용춤판으로 심
리적 승화 장치를 마련한 현실의 심리적 활동, 교차액자로써 친구의 작중희
곡에서 심리적 양상과 동일시한 소설, 작중소설에서 중첩된 액자를 통해 다
양한 글쓰기 양식으로 시대적 메시아로서의 기능 등을 보여주고 있다. 신상
성과 김소진의 소설에서는 삼각 구도, 즉 처용과 역신과 아내의 관계에서,
그리고 구광본의 소설에서는 시대적 메시아 처용과 시대의 통속성 및 사회
의 역신이라는 이분법적 구도로 새로운 신의 출현을 구현하고 있다. 세 작가
의 액자구조를 통해 드러난 처용설화 다시 쓰기는 외부 스토리와 잘 다스려
지지 않는 춤판·희곡판·소설판에 허구 속의 허구를 잘 피력하고 있고, 그
것은 작가들이 상상의 세계를 이중으로 확장시키는 역할을 하며 객관적 거
리의 확보도 아울러 보여주는 기능을 하고 있다.

제4부_ 호동왕자와 낙랑공주
바보온달과 평강공주
황진이 새로 쓰기

여성작가가 새로 쓴 '호동왕자와 낙랑공주' 연구

반(反)신데렐라의 공주들

새로 쓴 '황진이' 연구

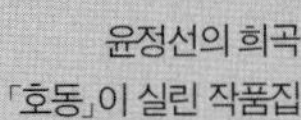
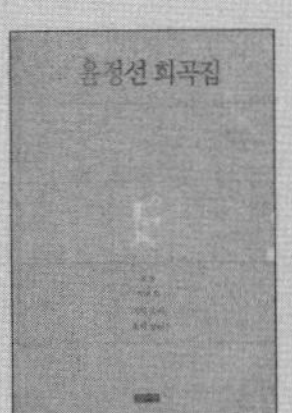

윤정선의 희곡 「호동」이 실린 작품집

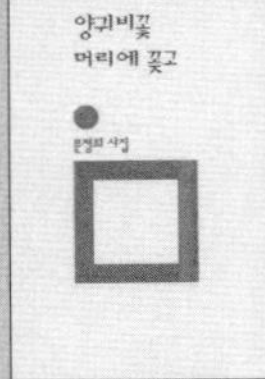

김혜순의 시 「낙랑공주」와 문정희의 시 「딸의 소식」이 실린 시집

박라연의 시집 「서울에 사는 평강공주」와 최은옥의 「평강의 푸른 피리」가 실린 작품집

김지원의 소설 「평강 공주와 바보 온달 이야기」가 실린 작품집

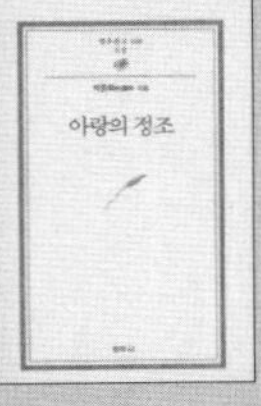

이태준의 소설집 「황진이」와 박종화의 소설 「황진이의 역천」이 실린 작품집

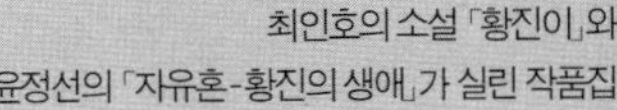
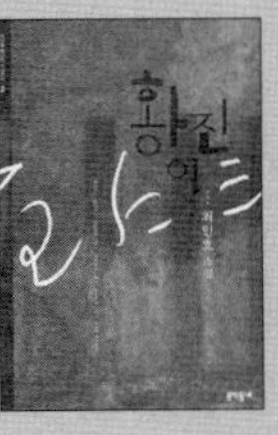
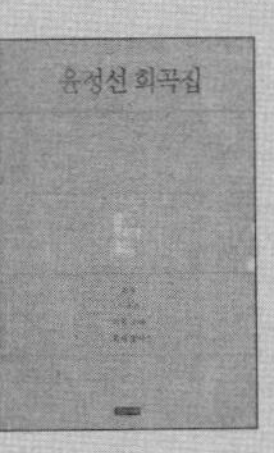

최인호의 소설 「황진이」와 윤정선의 「자유혼-황진의 생애」가 실린 작품집

여성작가가 새로 쓴 '호동왕자와 낙랑공주' 연구*
- 김혜순, 문정희, 윤정선 작품을 중심으로

1. 호동왕자와 낙랑공주의 의미와 이를 재창작한 작품들

〈호동왕자와 낙랑공주〉는 『삼국사기』 중 「고구려본기」 '제3 대무신왕 민중왕 모본왕' 편 중 '대무신왕조'[1]에 나온다. 설화를 서사 단락으로 정리하면 다음과 같다.

① 호동이 유랑하면서 낙랑왕 최리를 만나 그의 사위가 된다.

② 호동은 귀국하여 최씨의 딸에게 무고武庫를 파괴하라는 명을 내리고, 그러할 때 왕비의 예로 맞아들이겠다 한다.

③ 최씨의 딸은 무고를 파괴하고 이때 낙랑은 고구려에 의해 엄습 당한다.

④ 낙랑왕 최리는 자신의 딸을 죽이고 항복한다.

⑤ 차비 소생인 호동은 자살하고, 원비는 호동을 음란죄로 무고誣告한다.

⑥ 호동은 어머니의 악함을 드러내고 왕에게 걱정을 끼치는 일은 할 수 없다 하며, 칼에 엎드려 죽는다.

---

* 「여성작가가 새로 쓴 '호동왕자와 낙랑공주' 연구」는 『문학공간』 2007년 4월·5월호, 198-208쪽에 실린 원고임.

『삼국사기』에 따르면 호동은 지방 유람 중 우연히 만난 낙랑왕으로부터 사위가 되라는 제의를 받는다. 호동은 환국한 후 낙랑왕(최리)의 딸 최씨녀에게 신하를 파견하여, 낙랑의 비밀 군사시설인 무고武庫에 있는 고각鼓角을 부수라는 명령을 내린다. 그래야만 왕의 비로서 맞이하겠다는 것이다. 최씨녀는 호동의 명령대로 고각을 부순다. 호동은 고구려 왕에게 낙랑을 공격하기를 권하고 낙랑은 고구려의 습격을 당한다. 이 과정에서 낙랑왕은 자신의 딸이 군사 기밀시설인 무고를 부숴뜨려 전쟁에 패배하게 됨을 알고 그 딸을 죽이고, 결국 고구려에 항복하고 만다. 한편 왕자 호동은 적자를 낳은 왕비에 의해 모함을 받아, 왕의 처벌을 받게 된다. 그러나 호동은 왕비에게 받은 모함을 해명하면서도 자신의 정의를 드러내는 것을 원치 않을 뿐만 아니라 아버지의 근심거리가 되고 싶지 않아, 효도를 명분으로 내세우며 자살한다.

이 작품은 신화적 방어력(자명고)이 군사적 무력(고구려군의 군사력)에 패배하는 것이 은유된 작품[2]이라고 볼 수 있다. 낙랑공주와 호동왕자의 비극적인 이야기는 널리 알려져 많은 사람을 감동시키면서 새로운 창작 활동의 소재가 되어 왔다. 『삼국사기』에는 각기 논평을 달아 아버지와 아들을 함께 나무라면서, 아버지는 아버지의 도리를 저버렸으며 아들이 취한 행동 또한 마땅하지 않다고 했다. 고대 신화를 근거로 삼은 질서관이 무너지고 중세의 윤리는 아직 정립되지 않아 그 어느 쪽에서도 이해하기 어려운 기이한 혼란상이 나타난 것이라 조동일은 보았다. 다시 말해 부왕과 아들 사이의 동질적 관계를 아버지가 깨면 아들이 나서서 회복해 새로운 지배 질서를 이룩하는 것이 고대인의 행동 양상[3]인데, 호동왕자의 이야기에서는 이러한 양상이 구현되지 못하고 있다는 것이다.

역사적인 맥락으로 본 한반도의 정세에서 고구려는 강국 부여로부터 독립하여 신흥국가로 성장하면서, 제3대 대무신왕 무렵에는 바야흐로 강대국으로 도약하는 즈음이었다. 낙랑군은 한사군의 일부로 한반도에 자리 잡은 식읍지였다. 그럼에도 장기적인 국가의 안정과 발전을 지향하고 있었다. 이 이야기는 이렇게 대치한 나라의 공주와 왕자가 국경을 넘어 추구했던 순수한 사랑의 이야기로 볼 것인가, 자기 국가 위주의 파워 게임으로 볼 것인가가 주요 쟁점으로 자리매김될 수 있다. 그런 맥락에서 두 국가의 역학관계 속에 순수하게 사랑을 지키는 설화적 인물(낙랑공주)과 국가 파워를 지키려는 인물군(대무신왕, 낙랑왕 최리, 원비), 국가 파워와 효를 함께 생각하는 인물(호동왕자) 등으로 나누어 현대적 의미를 따져 볼 수 있다.

실제로 〈호동왕자와 낙랑공주〉 서사는 국경을 뛰어넘는 사랑이야기라는 측면과, 국가 파워 장악 및 유지라는 측면 등에 다양하게 초점을 맞추면서 현대 작가들에 의해 누차에 걸쳐 재창작되고 있다.

〈호동왕자와 낙랑공주〉 설화를 재창작한 장르는 시, 소설 및 야담, 희곡, 동화 등이 있다. 시의 경우 문정희,[4] 김혜순,[5] 임영조[6]는 낙랑공주의 입장과 신기한 무기 자명고를 중심으로 재창작하고 있다. 다시 쓰여진 소설이나 야담과 동화의 경우 윤백남의 「순정의 왕자호동」[7](1935), 김동인의 「호동왕자」(1936)[8], 이태준의 「왕자 호동」(1943)[9]과 강숙인의 「아, 호동왕자」(2000)[10]에서 다양한 서사적 특징을 보여주고 있다.

희곡적인 재창작의 경우 특히 많은 작가들이 관심을 보이고 있다. 이 설화는 극적 갈등과 그 해결의 요소가 풍부해 다른 장르보다 희곡으로서 활발하게 재창작되어 왔다. 작품으로 일찍이 이동규의 「낙랑공주」(1941)[11]와 유치진의 「자명고」(1947)[12]가 창작된 이후, 최인훈의 「둥둥 낙랑둥」(1978),[13] 신명순의 「왕자」(1979),[14] 박재서의 「A.D. 313」(1985),[15] 윤정선의 「호동」(1986)[16] 등이 뒤를 잇고 있다.

이러한 재창작된 작품을 분석한 논문으로 장혜전은 「호동 설화를 소재로

한 희곡 연구」(1987)에서 설화 수용 양상과 작품의 의미를, 1940년대 작품 이동규의 「낙랑공주」와 유치진의 「자명고」, 1970년대 작품 최인훈의 「둥둥 낙랑둥」과 신명순의 「왕자」를 중심으로 다루고 있다. 더불어 작가의식 및 시대 상황과의 관련[17]까지 분석하고 있다. 유임주는 「호동 설화 소재의 희곡 연구」(1993)에서 설화의 희곡적 의미 변형 구조와 의미 생산, 극적 의미 생산의 전략적 장치에 대해, 유치진의 「자명고」, 최인훈의 「둥둥 낙랑둥」, 윤정선의 「호동」을 중심[18]으로 다루고 있다. 이정연은 「현대 문학에 수용된 호동 설화의 변용과 의미」(2004)에서 호동 설화의 현대적 수용 양상에 대해 이태준의 「왕자 호동」과 최인훈의 「둥둥 낙랑둥」을 중심으로 텍스트에 드러난 인물상의 변용과 재창조의 시대적 의의[19]를 분석하고 있다. 이어 이미원은 「호동왕자 설화의 현대적 재구」(2004)에서 최인훈의 「둥둥 낙랑둥」, 신명순의 「왕자」, 박재서의 「A.D. 313」, 윤정선의 「호동」을 중심으로 호동 설화의 희곡화와 다양한 설화 전통과 전통 유산의 현재화[20]에 대해 분석하고 있다.

이 글에서는 〈호동왕자와 낙랑공주〉 설화를 재창작한 작품에서 시, 희곡, 동화 장르에 상관없이, 여성작가들이 여성 자의식을 잘 투영시킨 작품을 중심으로 살펴보고자 한다. 즉 김혜순의 시 「낙랑공주」, 문정희의 시 「딸의 소식」, 윤정선의 희곡 「호동」이 작품 분석 대상이다.

2. 여성 자의식과 발화의 이념들

1) 상극성의 소거와 상생적 평화의 갈망
  − 김혜순의 시 「낙랑공주」(2001)

김혜순[21]은 시 「낙랑공주」[22]에서 '호동왕자' 인 '나' 를 화자로 하여 '그녀’ 낙랑공주의 마음도 함께 보여주는 이중 화자 교차 기법으로 재창작하고 있다. 김혜순의 시는 다음과 같이 단락을 구분할 수 있다.

① 그녀가 온다. 북을 둥둥 치며 온다. 하늘의 고막을 둥둥 울리며 온다. 벼락을 안고 오는지 대문이 저절로 무너진다. 그녀가 온다. 한 발자국 한 발자국 내디딜 때마다 그녀의 마음이 내게로 온다.

② 내 마음이 둥둥 울린다.

③ 이렇게 두꺼운 아버지의 고막을 찢고 그에게 가리.

④ 나는 마치 바다를 깔고 누운 것 같다.

⑤ 커튼을 치고, 뇌파를 차단하고, 아아 그녀가 떠들썩한 텔레비전 방송국을 망치로 내리친다. 베개에 피가 번진다.

⑥ 내 온몸의 세포가 나를 떠나려 한다. 심장이 번개처럼 갈라진다. 나는 벼락 맞은 땅처럼 아프다.

⑦ 그녀가 온다. 내 몸속으로 온다. 일곱 시간째 걸어온다.

⑧ 파수병이 깰 것이다. 아 아 아버지의 군대도 깰 것이다. 잘 당겨진 북처럼 팽팽한 하늘을 달이 텅텅 친다.

⑨ 그녀가 온다. 태풍의 눈을 둥둥 두드리며 온다.

⑩ 나는 그녀가 잘 지나가라고 내 몸을 판판하게 펴준다. 내 몸 위로 말발굽이 지나간다.

⑪ 그녀가 내 몸속에 칼을 높이 치켜든다. 어디선가 전투기들이 출정한다. 멀리서 온 북양함대가 전멸한다. 텔레비전 방송국이 폭발한다 궁성의 우물들이 넘쳐흐른다. 그녀의 눈 속에서 샘물이 철철 솟아 흐른다. 안 보이던 별들이 비오듯 쏟아진다. 물쥐들이 머릿속을 갉아먹는다. 그녀가 온다. 아직도 온다.

⑫ 아버지의 궁성이 땅속으로 꺼지고 거기서 연못이 솟아오른다. 수양버들이 미친 듯 흔들린다. 그녀가 운다. 천둥 번개를 안고 운다.

⑬ 아버지의 북이 둥둥 울릴 때마다 내 안의 병사들도 출정한다. 내 몸 속에서 시냇물처럼 소리치며 쉼없이 흐르던 칼의 바다.

⑭ 그녀가 나를 부른다. 그녀의 쓰라린 맨발이 둥둥 내 빈 가슴을 울린다. 내 몸 속 우물이 철철 넘쳐흐른다.

⑮ 아 아 아버지, 이 북을 찢고 그를 만나러 가리, 그녀가 울면서 온다.

(김혜순, 「낙랑공주」²³ 전문, 번호 및 연 구분-필자)

위의 시 「낙랑공주」는 그녀(낙랑공주)와 나(호동왕자)라는 이중 화자가 교차되는 기법으로 쓰여져 있다. 그러면서 마지막 행에는 그녀가 나를 만나러 가려는 의지가 비극적 장면으로 그려지며 끝을 맺고 있다. 이 시에서 그녀의 마음은 호동왕자에게 온전히 사로잡혀 아버지를 배반하고 그에게 가고 있다. 여기서 호동의 상징적 의미는 지구라는 생명체다. 그래서 그녀에게 호동왕자는 바다처럼, 땅처럼, 빈 가슴처럼 느껴진다. 마치 남성 속의 여성성, 아니마 anima와 같다. 이처럼 나는 남성적 모성성을 상징하고 있으며 형상은 누워 있는 것같이 느껴진다.

그녀는 문명 이기利器의 한 상징체인 TV 방송국을 해체시키려 한다. 이때 나는 세포와 심장에 고통을 느끼며, 또 벼락맞은 땅처럼 아픔을 느낀다. 그러나 그녀는 나의 몸 속에 다시 온다. 그녀 아버지의 파수병과 아버지의 군대는 나에 의해 깨진다. 나는 그녀에게 잘 지내라고 내 몸을 평평하게 펴주고, 이때 내 몸 위에 말발굽이 지나간다. 그녀는 내 몸 속에 칼을 들이대며, 전투기를 출정시킨다. 그녀의 눈 속에서는 눈물이 넘쳐나고, 그 결과 아버지의 궁성은 사라진다. 이는 〈장자못 설화〉 중 장자의 집이 사라지고 연못이 솟아난 모티프와 유사하다. 그러나 아버지의 북이 울릴 때 내 안의 병사가 다시 출정한다. 이는 마치 여성 속의 남성성인 아니무스animus의 발현체처럼 작용하며, 이때 칼의 바다는 그녀의 맨발로 인해 공허한 가슴을 울리며 몸 속의 우물은 넘쳐 흐르는 모습으로 드러난다.

또 그녀는 북을 찢고 그에게 가겠다 노래하면서 운다. 그녀는 지구상 무기 강대국 통치자의 딸이며, 특히 남성성을 소유한 여성으로서 전쟁 무기를 스스로 제거하려 한다. 그에 비해 나는 지구의 평화를 지키기 위해 무기 강국을 제거하는 소임을 맡고 있다. 결국 그녀는 상생적 생명성의 의미를 추구하는 의식 표명을 지향하지만 현실의 벽은 높기만 하다.

김혜순의 시는 두 명의 화자가 교차적으로 나오며, 현대의 문명 이기인 텔레비전 방송국, 전투기, 칼, 말발굽, 함대, 궁성, 병사 등의 집합체가 가상의 현대 무기 강국과 결부되면서 과거 낙랑국의 공간이 아닌 현대의 상징 공간으로 환치되고 있다. 그러한 가상의 국가에서 벌어질 싸움에서 그녀는 무기 강국의 딸로서 무기를 소멸시키려 하지만 지구를 수호하며 지구의 생명을 갈망하는 나의 결의로 실제 힘은 드러내지 못하고 그 의지로만 그치고 있다.

또 김혜순의 시에서 그녀는 〈호동왕자와 낙랑공주〉 설화처럼 아버지의 국가 기밀 무기를 파괴했다고 아버지에게 죽임을 당하거나, 그녀의 아버지 나라 무기 강국이 패망한 것처럼 나오지도 않는다. 낙랑공주가 죽거나 낙랑국이 망하는 것으로 끝나지도 않고, 망한 나라의 후일담과 실패담도 모두 생략되고 있다. 모든 것은 그녀가 마음속에서 생각한 것이지 실제 실행한 것이 아니기 때문이다. 그 문제 속의 핵심 갈등은 시공을 초월하여 생명 살상의 무기, 즉 생명의 상극적 요소를 제거하려는 여성적 아니무스 속성인 여성 생명의 상생주의를 지향하는 데서 발생한다.

이런 측면에서 보면 그녀 낙랑공주는 아테나Athena 여신처럼 의로운 전쟁의 신으로 연상된다. 그에 비해 낙랑의 아버지는 강포한 전쟁의 신 아레스 Ares가 연상된다. 거기에서 상대측 나는 가이아Gaia 여신의 대지 속성의 소유자로 연상된다. 다만 딸의 입장에서 무기고를 가진 기득권자인 상극주의자 아버지 세계를 파멸시키느냐, 아니면 평화 지향적 새로운 세계인 신참자인 상생주의자 왕자의 세계로 가느냐의 기로에서, 아버지의 상극주의를 배반하고 상생주의자 남자를 선택한 것과 관련해 해석해 볼 수 있다. 또 무기 강국의 힘의 약화와 평화를 지향하는 상생의 힘의 강화로 집약한 시인의 의지로 볼 수도. 있다.

결국 「낙랑공주」의 시적 화자는 지구 평화와 상생주의를 위해, 그 반대 속성인 신무기인 자명고自鳴鼓를 깨뜨려 버림으로써 이 땅에서 전쟁을 없애고자 하는 의지를 잘 드러내고 있다. 그렇지만 그녀의 의지대로 실행하기에는 어려운 측면이 있기에 비극적인 결말로 맺어지고 있다. 김혜순의 시 「낙랑공주」는 여성 화자 낙랑공주를 통해 상생적 평화주의의 의지 표명은 잘 드러냈다고 볼 수 있다.

2) 국가 너머 여성 심연의 세계와 부조리 인식
– 문정희의 시 「딸의 소식」(2003)

문정희[24]의 시 「딸의 소식」은 딸인 낙랑공주가 화자가 되어 아버지 낙랑왕에게 자신의 운명과 상황을 대변하는 것으로 나오고 있다.

아버지, 저 여기 살아 있어요

그날 제 품에 숨긴 칼로 낙랑의 북을 찢을 때

제가 찢은 것은

적이 오면 저절로 운다는 자명고가 아니었어요

제 운명이었습니다

그리고 이 손으로 아버지의 나라를 찢었습니다

지금도 그 순간이 선명합니다

두려움과 죄의식으로 후들거리며

맹목 속에 온몸을 던진

저는 그때 미친 바람이었어요

호동은 달처럼 수려한 사내

하지만 북을 찢고 제가 따른 건 호동이 아니었습니다

제 사랑은 전쟁의 아찔한 절벽에 핀 꽃, 세상에

파멸로밖에 보여줄 수 없는 사랑이 있다니요

검은 보자기 홀로 뒤집어쓰고

손에 쥔 칼 높이 들어 북을 찢을 때

하늘의 별들 우르르 떨던

그 캄캄한 절망만이

온전히 제 것이었습니다.

(문정희, 「딸의 소식」[25] 전문)

문정희는 위의 시에서 딸인 낙랑공주라는 화자를 통해 아버지 낙랑왕을 배반하고 호동에게 갈 수밖에 없는 전 단계의 심리적 상황을 운명과 미친 바람, 캄캄한 절망에 처한 정황으로 그려내고 있다. 아버지를 배반한 실체는 아버지의 무기 자명고가 아니라 자신의 운명이었다고 토로한다. 이어 운명의 상징체이기도 한 아버지 나라를 파괴했다고 말한다. 파괴 이유는 사내 호동을 따라가기 위해서가 아니라 파멸적일 수밖에 없는 사랑과 캄캄한 절망 때문이라고 토로하고 있다.

문정희는 시 「딸의 소식」 부연 설명에 "낙랑에는 적이 쳐들어오면 저절로 우는 자명고라는 레이더가 있었다. 낙랑의 왕 최리의 딸은 북국 신왕의 아들 호동을 사랑하여 북을 찢었고 호동은 낙랑을 쳐들어왔다."는 『삼국사기』 내용을 소개하고 있다. 미친 바람이었던 자신이 자명고인 낙랑의 북을 찢었을 때, 그것은 물체가 아니라 자신의 운명이었고, 아버지의 나라였다고 한다. 또 호동에 대한 사랑은 한 사내를 사랑하는 것만이 아니요, 적대적 관계의 왕자를 사랑했기에 그 너머까지 연상되어 캄캄한 절망이라고 토로했던 것이라 한다. 이는 문정희 시의 시적 화자를 통해 낙랑공주의 자의식이 캄캄한 절망이었고, 그 이후 후속적으로 이어질 적대적 국가의 왕자와 공주, 남녀 사랑 너머의 세계를 통찰한 부조리를 인식한 것으로 볼 수 있다.

이처럼 문정희는 운명, 미친 바람, 절망, 자명고 너머의 심연, 온몸 너머의 미친 바람, 북 너머의 캄캄한 절망의 세계를 그리고 있다. 시인은 단순히 아버지를 배반하고 남자의 사랑을 따라가는 아리아드네Ariadne 공주와 테세우스Theseus의 왕자 이야기가 아닌 그 너머 세계인 국가 운명적 모순성과 개인 운명적 심연성을 통찰하며, 비극적 정황으로 표출하고 있는 것이다. 문정희는 딸이 아버지와 통합되던 시대에서 딸이 아버지와 분리, 남자에게 탈출하는 그 여정 전 단계에 여성 심연의 깊은 자의식을 드러내고 있다. 이때 그것이 바로 아버지 국가냐 남자 국가냐의 갈림길이 되며, 이런 자신이 처한 모순적이며 운명적 정황에 시인은 눈길을 돌렸던 것이다.

이렇게 볼 때 문정희의 시 「딸의 소식」은 아버지 나라의 한계를 철저하게 인식하며 그 너머 심연의 세계를 표현하고 있다고 볼 수 있다. 이는 여성 화자의 적극적 발화이자 여성 자의식을 낙랑공주를 통해 새롭게 보여주었다고 할 수 있다. 결국 문정희는 낙랑공주에 대해 사랑을 위해 아버지를 배신하는 공주만이 아닌 그 너머 부조리의 심연까지 읽어 내는 심리의 소유자로 재해석하여 보여주었다.

3) 질투와 야욕, 자아 각성과 사랑 의식
– 윤정선의 희곡 「호동」(1986)

윤정선[26]의 희곡 「호동」은 총 8막으로 이루어져 있다. 주요 등장인물은 '고구려의 왕비', '호동', '고구려의 왕 대무신왕', '낙랑의 공주' 등이다. 여기서는 크게 여성 자의식이 두드러진 인물인 왕비와 공주의 이야기를 중심으로 분석해 보겠다. 이 희곡의 서막은 고구려 궁성의 한적한 곳에서 점술사의 예언이 있고 왕비가 원자를 낳는 것으로 시작된다. 1막은 고구려 궁성의 한적한 곳에서 호동과 호동의 신하이자 친구인 득유가 대화하는 장면이다. 2막은 고구려 왕비의 처소에서 왕비와 시녀가 이야기를 펼쳐 나가는 장면이다. 3막은 낙랑궁의 후원에서 낙랑공주와 시녀가 등장하며, 4막·5막·6막은 고구려 왕비의 처소에서 진행되며, 종막은 다시 고구려 궁성의 한적한 곳에서 삭막한 겨울인 때에 이야기가 진행된다.

그 중 왕비의 서사는 2막과 4·5·6막을 중심으로 펼쳐지고, 공주의 서사는 3막을 중심으로 펼쳐진다.

(1) 질투와 야욕의 화신 캐릭터

이 희곡의 서막에서 점술사는 새로 태어난 아기가 오래 살기 어렵다고 예언한다. 그러나 왕비는 새로 태어난 왕자에게 기대를 걸면서 왕위를 빼앗긴 호동왕자가 늠름하고 사나이답고, 왕이 호동을 사랑함이 지나친 것에 예민한 반응을 보이고 있다. 그뿐만 아니라 왕비는 호동과 혼약이 맺어진 낙랑공주에게 유달리 질투를 느낀다. 그 여정들을 이 글에서는 왕비의 공주에 대한 질투, 왕비의 호동에 대한 야욕 드러내기, 왕비의 호동 음모하기로 나누어 살펴보고자 한다.

왕비의 공주에 대한 질투 부분은 '2막 고구려 왕비의 처소'에서 왕비와 시녀가 등장하면서 이야기가 전개되는 대목에서 드러난다.

이 막에서 왕비는 낙랑공주와 호동왕자가 맺어진 관계에서 특히 공주에 대해 강한 질투심을 드러내고 있다. 첫 번째 반응은 낙랑왕의 딸이 왕자와 혼인한다는 소식이 널리 퍼져 왕비의 귀에까지 들려왔을 때 나타났다. 왕비는 호동이 낙랑에 머물며 공주와 함께 지내는 것을 시기하여 마마의 환후라는 핑계로 호동을 불러 급히 고구려로 돌아오게 만든다.

특히 왕비는 호동에게뿐만 아니라 호동과 혼약한 낙랑공주에게도 질투심을 드러내고 있다. 이러한 왕비의 심리는 마치 뜨거운 사랑의 불덩이를 가슴 속에 담아 놓고 태우는 것처럼 그리움이 가득 차 있을 뿐만 아니라 대왕에 대한 죄악감으로 나타나기도 한다. 한편으로 왕비는 원자를 품에 안고 부끄러운 어미라며 자책을 한다. 또 한편으로 왕비는 사랑의 설레임을 감추어야 했지만, 들끓는 질투의 불길은 가슴 속에서 타올라 스스로를 가련한 목숨이라 느끼기도 한다. 이러한 왕비는 미의 여신 아프로디테Aphrddite처럼 왕자에게 비단띠를 주면서 왕자와의 사랑에 희망을 품었고, 그 연모심이 자신의 심장을 태우고 있다고 느끼기도 한다. 또 왕자가 공주와의 혼인이 이루어지자 이는 자신의 사랑에 대해 배신이라 여긴다. 이 대목은 프랑스 작가 라신(J.B.Racine, 1639~1699)의 극 〈페드라〉Phaedra에서 의붓어머니가 의붓아들을 사랑하는 심리와 비슷하다고 볼 수 있다. 왕비는 남편 대무신왕에게 죄의식을 느끼면서도 의붓아들 호동을 사랑하는 마음을 금치 못한다. 왕비는 호동의 연인 공주에게 강한 적대감을 드러내고, 나아가 공주를 죽음의 구렁텅이에 빠뜨리는 함정을 만든다.

또 왕비는 공주가 호동의 마음을 사려고 교태를 지으며 자신의 모든 것을 빼앗아간 여인이라 생각한다. 이러한 공주에 대한 질투 심리로 인해 왕비는 신성한 고구려 황실에 낙랑의 피를 섞을 수 없다는 논리를 내세우며, 또 호동에게도 국가의 대사를 두고 사사로운 정에 빠져 연연한다면 장부의 이름이 부끄러울 것이라 말하며 정식 결혼에 고난을 부가하는 역할을 한다. 그러면서 왕비는 호동에게 부왕에 대한 효심과 충성을 보여줄 뿐만 아니라, 고구려에 충성해야 한다고 말한다. 또 왕비는 왕자에게 이러한 것들은 공주에게 왕자비로서의 자격을 입증할 시험이 되는 것이라 말한다.

특히 왕비가 공주에 대한 질투에 사로잡혀 호동왕자에게 야욕을 드러내는 대목을 보자.

왕비 그렇다! 공주! 나는 용서할 수 없다. 절대로 용서할 수가 없다. 네가   만약 아름다운 여인이라면 왕자를 호린 그 아름다움을 용서할 수 없다. 네가 만약 못난 여인이라면 나의 사랑을 차지한 그 뻔뻔스러움을 용서할 수 없다. 네가 가지고 있는 그 충만한 젊음을 용서할 수 없다. 내가 숨어서밖에는 사랑할 수 없는 나의 님을 떳떳이 차지할 수 있음을 용서할 수 없다. 내가 벌하리라. 이 고구려의 왕비가 너를 벌하리라!

아아! 공주의 살내음에 아직도 취해 있을 왕자의 눈에, 질투로, 절망으로, 괴로움으로, 탄 재가 되어 버린 나의 몰골은 어떻게 보일까? 숨은 사랑에 질식하여 시들어간 나의 꽃다운 젊음은 어디에 가서 되찾는단 말인가? 가슴 찢어지는 고통을 털어 놓을 곳조차 없는……오!

(윤정선, 「호동」,[27] 39-40쪽)

이처럼 공주와 왕자가 지냈던 사실에 대해 특히 왕비는 공주의 아름다움, 뻔뻔스러움, 충만한 젊음 등 모든 요소에 질투로 반응한다. 이렇게 왕비가 드러내는 호동에 대한 야욕은 호동의 몸은 이곳에 있되 마음은 낙랑에 있을 것이라 추측하기도 한다. 또 왕비는 호동에게 효도냐 불효냐 난처한 선택을 내리게 해 부왕의 은혜에 보답하라며 구체적 방법을 제시한다. 첫째, 힘을 다하여 아버지의 생명을 보호하는 것, 둘째, 왕자는 이 나라에 남아 대왕의 생명을 위협하는 가장 무서운 적병, 자명고를 퇴치하는 것이다.

왕비의 계략적 말을 수긍한 왕자는 공주에게 전갈을 보내 낙랑국 병기고의 고각을 부수어 버리라고 명한다. 또 왕자는 공주에게 고구려의 며느리가 되고 싶다면 왕자를 도와 고구려의 지어미임을 밝히라 한다. 왕자는 왕비의 말대로 공주에게 그 고각을 없애 주지 아니한다면 예를 갖추어 왕자비로 맞을 수 없다 전하게 한다. 결국 왕자는 왕비의 야욕에 휘말리게 된다. 뿐만 아니라 왕비는 호동에 대해 사랑이라는 이름의 야욕을 호동의 거동을 낱낱이 주시하여 드러내는데 이 부분은 4막 고구려 왕비의 처소에서 잘 알 수 있다.

4막은 파발마 소식으로 대왕이 낙랑을 멸하였다는 대승 소식이 왕비에게 들려오는 이야기다. 왕비는 군사가 야음을 타 낙랑의 궁성을 에워싸 기습, 궤멸시켰고 그 결과 자명고 고각이 부서져 있음을 알게 된다. 한편 고구려에 궤멸당한 낙랑 태수는 딸로 인해 벌어진 것을 알고, 딸을 죽이고 항복하게 된다. 혈육에 배신당한 아버지는 공주를 살해하고, 모든 사실을 접하게 된다.

이때 왕비는 이렇게 경사로운 일에 호동의 거동을 살피라며, 이제 드디어 연적인 낙랑공주가 사라져 왕자가 자신이 맺어질 것이라 생각한다. 이어 왕비는 죽은 공주를 본 후에야 연적을 증오하지 않고 불쌍하다며 가슴을 뭉클해한다. 반대로 왕비는 죽은 공주에 대해 질투심을 드러내 왕자와 아버지와 저 자신까지 사랑하려는 것은 욕심이며 오만이라 말한다. 그러면서도 공주는 진정 호동을 사랑했다며 생전의 공주는 자신의 원수였고, 죽은 공주는 자신의 벗이라 말하기도 한다.

5막은 왕비의 처소에서 펼쳐진다. 왕비는 공주가 죽은 이래 호동이 한 번도 찾아오지 않는다며, 낙랑공주에 대한 양심의 가책도 애도도 과장되어서는 안 된다고 한다. 또 왕비는 죽은 공주의 세계가 아닌 산 왕비의 세계를 위해서라도 젊은 왕자에게 자기를 가지게 할 것이라 말한다.

이 부분은 왕비가 독백을 통해 자신의 사랑은 뜨거운 불꽃이고 타오르는 불길이라 말하는 데서 드러난다. 또 왕비의 심리는 호동에게 가면을 벗고 아우성치는 자신의 피의 소리를 들으라고 하는 데서 잘 나타난다. 이와 달리 공주는 자신의 목숨과 어버이와 나라와 백성을 돌보지 않고 호동 한 몸을 위해 사랑했었던 것으로 보여준다. 또 왕자는 적국의 공주에게 무심하였다고 자책하니, 왕비는 자신 역시 또 하나의 여인임을 너무 오랫동안 잔인하게 죽여 오고 있다고 호동에게 밝힌다.

다음 장면은 왕비가 호동에게 자신의 욕망을 드러내는 대목이다.

왕비 (점차 격앙되는 어조) 공주는 그의 사랑을 천지에 고하며 떳떳이 칼을 맞고 단숨에 죽어 갔으되, 그보다 더 오래 전부터, 왕자의 생각으로만 숨쉬며, 떨며, 한숨 지으며, 숨은 욕망의 부끄러움에 시들어, 아픈 사랑의 인두에 남몰래 지져지는 가슴을 부여안고 살아온, 또 한 여인은 어찌하려오? 사랑한다 외치며 죽어갈 수 있던, 님을 빼앗아간 공주를 질투하며, 그 타는 불길을 끄지 못하여 몸져 누워야 했던 한 목숨을 어찌하려오? 호동! 오오!(왕비, 호동을 끌어 안고 격정의 입맞춤을 퍼붓는다. 호동, 망연히 서 있다가, 저도 모르게 왕비를 마주 끌어 안는다⋯⋯ 오랜 입맞춤과 애무. 왕비, 웃옷 벗어 버리고 침상에 몸을 던진다.)

(윤정선, 「호동」, 65-66쪽)

왕비의 미묘한 상황에 말려든 호동은 왕비의 난감한 행동에 이곳은 아버지의 침소라 말한다. 결국 왕비는 호동을 파멸과 부끄러운 괴로움에 시달리게 하고, 공주에게 죄인이 되게 할 뿐만 아니라, 공주를 죽음으로 몰아넣었다는 사실에 직면하게 된다. 더군다나 호동은 왕비 자신을 배신자로 만들고, 호동을 가책의 그물에 빠뜨린 당사자─왕비를 보며 혼란에 빠지게 된다. 마침내 호동은 부끄러운 자존심마저 끊어 버린 왕비에게 마귀이자 구미호라 소리치며 자신의 영혼을 어디에서 구하냐며 증오하게 된다.

왕비는 자신의 몸부림에도 반응하지 않는 호동을 보며 이제 모든 것이 끝났다며, 수치심과 모욕을 느낀 끝에 감정의 방향을 바꿔 호동을 증오의 대상으로 삼는다. 또 왕비는 호동으로 인해 자신이 욕망의 부끄러운 덫에 허덕이며 괴로움에 죽어 가게 되었을 뿐만 아니라, 오랜 아픔으로 쌓아올린 자신의 사랑탑이 무참히 무너졌다고 토로한다. 계속해서 왕비는 호동을 파멸시켜, 오래 전부터 자신을 파멸시킨 죄를 갚게 하고, 복수할 것이라 다짐한다.

호동을 음모하는 왕비의 서사는 6막 고구려 왕비의 처소에서 잘 보여준다. 왕비는 호동이 무례하며 또 음란한 마음을 가졌다고 왕에게 무고한다. 또 왕자가 자신을 바라보는 눈빛이 이상하고, 왕자 해우가 태어난 이후 왕위를 빼앗겼다고 시기하는 빛이 역력하다고 말한다. 또 왕자가 자신의 비단띠를 보고 희롱하여 왕비의 침소에 들어와 치욕스런 일을 했다 말한다.

왕비가 야욕, 질투, 음모의 마음을 드러내는 반면, 호동은 왕비에 대해 어떤 마음을 갖고 있는가? 호동은 그런 꿈을 낳는 현실도 중요하며, 아버지께 불효한 셈이라 한다. 마음이 죄스럽고 우울해진 것이 부끄러우나 후회하지 않겠다며 울적한 마음을 털어 버리려 여행을 하려 하니 왕비가 나타나 만류한다. 호동에게 해우는 어리고, 왕은 자주 자리를 비우니 해우의 의지처가 되어야 한다는 것이다. 그러며 왕비는 직접 만든 비단띠를 선물로 주며, 여행을 떠나는 호동에게 속히 돌아오라 말한다.

왕자는 자신을 모함에 빠뜨린 왕비에 대해 삶은 비열한 함정들의 연속이며, 빠져나올 수 없는 죽음의 덫인가 의문한다. 왕비는 자신의 뜻대로 왕자가 자신을 따라주지 않자 참소한다. 왕비는 그 근거로 음란죄를 품고 있는 마음과 허리띠를 증거물로 내세운다. 호동 자신은 이제 이 세상 사람이 아니라며, 아버지가 죽이기 전에 자결하는 것이 자식의 마지막 도리라 생각한다.

자신의 결백, 어머니의 사악함을 밝히고 아버지에게 다시 한번 씻을 수 없는 욕됨을 맛보임으로써 이 목숨을 구하는 의미가 무엇인가, 또 효의 이름으로 받아들이고 왕의 아들인 자신의 배신을 왕비의 배신으로 맞바꾸어 드린다면 무슨 의미가 있는가? 결국 왕자는 아버지의 불행을 효의 이름으로 받아들이고 죽음은 아버지의 잘못이 아닌 것이라고까지 변명한다.

> 나는 왕비가 부럽네. 그 악랄함이, 그 끓어오르는 육체의 욕망이 못내 부럽네. 공주를 죽게 하고, 지아비를 속이고, 그리고 사랑하였던 사내를 죽이려 하는 왕비의 치열한 삶이 나의 것보다는 멋지게 느껴지네. 아비의 침소에 아들과 뒹굴려던 그 욕정! 지아비의 아들 앞에 알몸으로 타오르던 그 살의 뜨거운! 나는 그 불타는 사랑을, 그 생명의 몸부림을 부당하게 모독하였어. 나는 그를 증오하거나 원망할 수 없네. 사랑하던 사람을 모함하는 그 악마의 불꽃에도 생명의 은총은 있어. 그는 적어도 그의 방식대로 아직도 사랑하고 있는 것이야. 자네도 인정할 걸세. 어느 의미에서 그 여인들은 둘 다 승리자임을 하나는 순정으로 다른 하나는 사악으로 선택의 강요 앞에 그들이 택한 것은 다르지마는, 그네들은 자신도, 삶도 사랑할 줄을 알았던 거야. 하나는 육신을 버렸고 또 하나는 영혼을 팔았지 그러나 나는 버릴 것도 팔 것도 없네.[28]

위의 장면처럼 왕비는 왕자에게 지나치게 진실하려 드는 것도 욕심이며,

무엇보다 절실한 것은 자신의 생명이라 한다. "절실한 것은 하루하루 숨쉬는 것뿐이다. 마비 속에서도 삶은 여전히 괴로웠고, 권태 속에 삶은 여전히 징그럽게 생생했다." 한다. 우리의 세월들은 모두가 우리 자신의 덫을 파고 그물을 짜고 올가미를 조이는 과정일 뿐이라며, 단순함 속에 평안히 머물고 싶다고 한다. 왕자는 왕비의 야욕이나 공주의 진실한 사랑 사이에 자신은 부조리덩어리의 소유자라 인식하며 더 이상 삶의 의미를 찾지 못함을 인식하고 생을 종결한다.

프랑스 고전주의 작가 라신이 쓴 〈페드라〉는 아테네의 왕비 페드라Phaedra가 의붓아들 이폴리트Hippolyte를 사랑하면서 두 사람이 모두 파멸하게 된다는 그리스 신화에 바탕을 둔 작품이다. 페드라는 이룰 수 없는 사랑에 몸부림치는 비극적인 여인상을 보여준다. 이에 비해 윤정선의 희곡 중 왕비는 왕자를 파멸시키는 욕망과 질투의 화신으로 표출된다.

(2) 인형의 삶으로부터 자아 각성과 사랑의 캐릭터

윤정선의 희곡 「호동」 중 공주의 서사는 3막으로 '낙랑궁'의 후원에서 '낙랑공주'와 '시녀'가 등장하는 이야기다.

낙랑공주는 호동왕자가 혼약을 맺고 떠난 이후 그동안의 자신이 궁궐의 인형이었다는 점을 깨닫는다. 즉, 그동안 자신의 삶은 살았으되 산 것이 아니었고, 이제 죽었던 삶이 비로소 생명을 받았다고 토로한다. 낙랑공주는 왕자가 자신의 마음과 몸을 기쁨으로 깨어나게 했다고 한다. 또 자신의 영혼에 향기를 주고 벙어리의 가슴에 음악을 흐르게 했을 뿐 아니라, 세상이 비로소 충만하게 됐다고 한다.

공주 아아! 이런 안타까움이 사랑인 줄 알았다면 차라리……그러나 왕자님의 사랑을 알지 못하였던 지난 날들이 무슨 뜻이 있었으리. (중략) 호동, 그로 하여 세상은 비로소 충만하다. 세상은 온통 호동의 이름을 지니고 있다. 저 돌도, 저 나무도 내게 호동, 호동하고 인사를 한다. 발 아래 이름 모를 풀꽃들, 그 품에 나랠 접는 나비들도, 둥지 속에 조잘대는 졸리운 새들도……떠오르는 달님도, 호동, 호동이라 눈짓한다. 별님들도 호동 호동! 개구리도 호동 호동!……목덜미에, 허리에 와 감기는 바람마저도 왕자님의 부드러운 손길을 전하여 주는데…… 아! 님의 귀엔 들리지 않는 것일까, 내게 들려 오는 이 모든 소리, 그리움으로 떨리는 생명들의 소리가……천지는 서로 부르고 답하는 영혼들의 소리로 가득하고, 서로 눈짓하고, 서로 부둥켜 안으며 서로를 확인하고 있건만……오! 그리운 왕자님의 음성! (후략)

(윤정선, 「호동」, 46- 47쪽)

　위의 장면에 나타난 것과 같이 공주의 이러한 마음과 달리 왕자로부터 한 명령이 다가왔다. 즉 호동왕자는 시종을 통해 자기 나라를 지켜온 신기의 무기 자명고를 없애라는 전갈을 전해온 것이다. 낙랑공주의 아버지에게 이 무기는 낙랑의 자존심과 같으며, 아버지의 심장과 같은 것이다. 왕자는 그 무기를 찢지 못한다면 공주를 버릴 수밖에 없다고 하는데, 공주는 부왕의 뜻을 거스르는 불효를 저지를 수 없다며 갈등한다. 고구려 왕자의 효심은 중요하고 낙랑의 공주인 자신에게 아비의 가슴을 찢는 행동을 하라는 명령은 상극적 모순의 세계라 생각한다. 공주는 왕자가 자신을 선택한 것이 아니라 이 나라 낙랑국을 탐냈던 것이냐며 반문한다. 공주는 '왕자의 마음은 무엇인가? 인간의 도리냐 정복의 야망이냐 사나이의 보람이냐. 이 잔인은 어디에서 온다는 말인가' 반문하며 자신은 사랑밖에는 보지 못했었다고 토로한다. 공주는 지금까지 축복이라 여기던 사랑이 재앙이 될 뿐만 아니라, 자신의 나라를 무너뜨리고, 자신의 아버지 등을 찌르게 하는 현실에 깊이 의문을 던진다. 그 때문에 공주는 왕자를 사랑하고 자신의 손으로 죽여 버린 나라의 시체를 등에 업고, 시체의 냄새를 고구려의 침실로 몰고 가 왕자의 사랑을 받으라는 현실에 깊은 절망을 한다. 이렇듯이 공주의 자의식은 처절하다.

그런 마음이 있으면서도 공주는 왕자를 처음 보는 순간 자신 마음 속의 자명고를 찢어 버렸음을 고백한다. 이에 대해 공주는 불효도 아니고 배신도 아니고, 자신의 마음이 저지르고 있는 이 끔찍한 죄는 엄청난 죄를 저지를 것이면서도 자신의 마음은 그것을 명하는 왕자만 부르고 있다고 한탄한다. 공주는 자신을 사랑하는 아버지가 망국의 비통을 안고 무참히 쓰러질 것을 보아야 함에도 자신에게 왕자가 전부라고 느낀다.

또 공주의 자의식은 무도한 사랑의 소유자인 자신은 괴물이라며, 사랑에 빠지고 왕자의 사랑을 얻는 데 방해가 되는 모든 것을 이미 다 부수어 버린 지 오래였다고 자인한다. 그 결과 인륜과 도리까지 저버린 자신은 이제 호동에 대한 하나의 양심만 있을 뿐이라 한다. 더군다나 공주는 왕자에게도 사랑으로 괴물이 되어 버린 흉악한 자신을 사랑할 수 있는가 의문을 던진다. 어쨌든 처음 보던 날 공주는 왕자의 아름다운 눈동자에 익사해 버렸기에 지금 죽는다 해도 새로이 죽는 것도 아니고, 이제 다른 길은 없다 한다. 그러한 공주는 결국 아버지에게 죽임을 당해 생은 종결된다.

그러한 공주의 삶의 고뇌, 생의 종결과 달리 공주에 대한 왕자의 생각은 어떠한가? 이미 죽어 버린 공주를 보며, 왕자는 삶은 비열한 함정들의 연속이며, 빠져나올 수 없는 죽음의 덫인가 의문하며, 죽은 공주가 비수가 되어 자신의 영혼의 심장을 찔렀다 생각한다.

더군다나 호동은 낙랑공주가 자신의 비겁과 사악함으로 죽어 갔다고 자책을 한다. 낙랑왕은 공주에 앞서 배신자인 자신의 혼을 베었으며, 비겁자에게는 이 칼날도 사치라고 왕자는 자조한다. 그러며 왕자는 자신의 생명을 버린 것은 용서받지 못한다고 말한다. 그렇지만 역사는 미움의 힘으로 흐르는 것이며, 인간은 비겁과 잔인과 파괴를 반복하여 왔다고 하며, 또 왕자는 공주를 진실되게 사랑하지 못하였다고 고백한다.

왕자의 자의식이 토로되는 장면을 보자.

> **호동** ……나는 공주가 부럽네. 사랑을 믿어 사랑 외에는 아무것도 보지 않을 수 있었던 공주가……나는 그에 비하면 너무도 초라한 죽음을 맞으려 하네. 나는 죽어서도 공주의 곁으로 가지 못할 것일세. 그런 사랑을 모름으로 하여…… (중략) 자네도 인정할 걸세. 어느 의미에서 그 여인들은 둘 다 승리자임을……하나는 순정으로, 다른 하나는 사악으로……선택의 강요 앞에 그들이 택한 것은 다르지마는, 그네들은 자신도, 삶도 사랑할 줄을 알았던 거야. 하나는 육신을 버렸고 또 하나는 영혼을 팔았지……그러나 나는……버릴 것도 팔 것도 없네…….
>
> (윤정선, 「호동」, 82-83쪽)

위의 대목처럼 왕자는 신하이자 벗에게 공주가 부럽다고 말한다. 공주에 대해 왕자는 사랑을 믿어 온 것 말고 아무것도 보지 않았기에 부럽다 한다. 그리고 왕자 자신에게 선과 악이란 뜻없는 말이 되며, 죽음 역시 권태로부터의 또다른 도피이며 또 하나의 비겁이라 한다. 죽음조차도 자신의 종교가 되지 못하니, 자신에게 종교와 진정의 존재란 무엇이며 있음이란 실로 있음인가 반문을 한다. 분명 그것은 왕자의 덫이라며, 존재의 덫에 걸린 영원히 풀지 못한 절망을, 죽음이 이 올가미를 자를 수 없기에 쉬고 싶다고 말한다. 왕자는 죽음이 휴식이라는 희망마저 버렸으며 무의미하고 잔인한 존재의 장난

속에 숨이 막힌다고 고백하며, 숨을 거둔다.

　왕자는 왕비의 야욕이나 공주의 진실한 사랑 사이에 자신은 부조리 덩어리의 소유자라 인식하며 더 이상 삶의 의미를 찾지 못함을 인식하고 생을 종결한 것이다.

3. 상생과 심연, 야욕과 자아 각성 여성 자의식 규명하기

　『삼국사기』 소재의 대표적 설화 〈호동왕자와 낙랑공주〉의 주제 의식은 다시 쓰여진 작품들을 통해 다양하게 나타났다. 즉, 국경을 초월한 사랑이냐, 나라 수호를 위한 배신이냐? 부녀지간인 낙랑왕 최리와 최씨녀인 낙랑공주의 고각 부수기 모티프를 애증의 관계 속에 드러내며, 다양한 갈등 양상을 드러내 보여 왔다.

　그러나 위의 작품을 통해서 볼 때 김혜순, 문정희, 윤정선 등 여성작가들의 시선으로 재창작된 〈호동왕자와 낙랑공주〉의 여주인공들은 남달리 여성 자의식이 강한 면모를 보여주었다. 여성의 사회 참여 증대와 여성 의식의 변화로 인해, 첨예한 현실과 이상적 사랑이란 실존적 문제를 깊게 관찰해 온 결과라 볼 수 있다. 이처럼 여성 자의식이 두드러진 작품을 중심으로 고찰한 결과 〈호동왕자와 낙랑공주〉의 재창작은 그 발화된 이념의 의미망을 평화적 상생주의와 부조리 심연의 세계, 육욕적 생명력 등으로 해석해 볼 수 있다.

　먼저 김혜순의 시 「낙랑공주」에서 시적 화자는 여성 화자 낙랑공주를 통해 상생적 평화주의의 의지는 잘 드러냈다고 볼 수 있다. 이는 기존 질서를 파괴(전쟁, 국가 이기)하는 대신 상생적 평화 정신을 지향한 것이라 볼 수 있다.

　또, 문정희의 시 「딸의 소식」에서 시적 화자는 아버지 나라의 한계를 철저하게 인식하며 그 너머 심연의 세계를 표현하고 있다. 이는 부조리 너머 심연 읽기의 소유자로 낙랑공주를 재해석한 것이라 볼 수 있다.

윤정선의 희곡 「호동」은 왕비의 서사와 낙랑공주의 서사로써, 왕비의 호동에 대한 육욕적 질투와 공주의 자아 각성과 사랑을 잘 드러내고 있다. 그 중 왕비의 서사는 공주에 대한 질투, 왕자에 대한 야욕, 왕자 음모하기로 나타나는데, 특히 여성의 남성에 대한 강한 육체적 야욕을 잘 드러냈다고 볼 수 있다. 사랑이 아닌 애욕으로 집착하면서 호동을 파멸시키는 야욕적 인물인 왕비는 질투와 야욕의 화신이며, 여성으로서 육욕적 자의식을 강하게 드러내는 인물이라 볼 수 있다. 또 낙랑공주는 결국 아버지와 조국을 배신하고 왕자에게 모든 것을 바친다. 그럼에도 낙랑공주는 왕자와의 진실한 사랑을 통해 인형의식에서 벗어난 변화된 자아를 발견하게 된다. 여기에서 왕비와 공주는 각각 호동에 대한 사랑을 다르게 나타냈다. 왕비의 호동사랑은 육욕적 질투와 야욕으로, 공주의 호동에 대한 사랑은 진정한 자아 각성으로 잘 드러나고 있다.

원본 설화가 당대의 사회 의식을 반영한 결과로 캐릭터가 재창작된다고 볼 때, 세 여성작가 김혜순, 문정희, 윤정선의 여성 자의식은 상생주의와 심연, 육욕과 욕망의 화신과 인형적 여성으로부터 자아 각성의 여성 자의식을 규명해 새로운 설화 성격의 캐릭터로 재조명되었다고 볼 수 있다. 다시 말해 낙랑의 상생적 평화 세계 갈망, 국가 너머 심연의 세계 드러내기, 부조리 덩어리의 자의식 인식하기 등의 주제의식과 사랑만을 위해 호동에게 달려갔던 사랑의 낙랑공주와 적자의 아들을 위해 왕권에 집착하는 왕비라는 캐릭터는 같은 소재로 보여준 남성 작가들의 다시 쓰기 양상과 다르다고 볼 수 있다. 최씨의 딸은 무고를 파괴하고 낙랑은 엄습당하고, 원비는 호동을 음란죄로 무고하는 것으로 드러나는 『삼국사기』 설화에서 무고 파괴 이전의 최씨의 딸을 평화적 상생주의, 부조리 심연주의, 자아 각성 등으로 시대에 맞게 투영시켜 주고, 왕비는 여성의 육욕적 자의식의 화신으로 보여주고 있다. 이 모두가 이 시대를 투영한 시적 화자들이 여성 발화의 적극성을 표명했다고 볼 수 있다.

반反신데렐라의 공주들*
- 여성작가 김지원, 박라연, 최은옥의 '평강공주' 연구

1. '평강공주' 캐릭터의 현대적 의미 재현

〈온달〉설화는 '온달'과 '평강공주'의 사이의 이야기를 통해 신분을 초월한 사랑과 신분 상승, 여성의 주체적 힘 등의 다양한 의미로 생각해 볼 수 있다. 더욱이 이 설화에서 비롯된 온달 콤플렉스[1]라는 남성의 내면 심리가 여성 학자들에 의해 명명되면서, 신데렐라 콤플렉스[2]와 대비되는 심리로 언급되고 있다.

그렇다면 온달은 남성형 신데렐라라 부를 수 있을까? 평강공주는 반反신데렐라라 부를 수 있을까? 〈신데렐라〉에서 왕자와 〈온달〉설화에서 공주를 힘있는 자로, 또 반대편의 인물 신데렐라와 온달을 나약한 자로 연결지어 볼 수 있다. 〈신데렐라〉는 가부장의 질서에 자리매김된 왕자에게 실존인 신데렐라가 최고로 높은 사회에 진입하는 이야기라면, 〈온달〉설화는 평강공주와 결혼한 온달이 결국 고구려 사회의 중심 질서에 편입되는 이야기가 될 수 있을 것이다.

* 「반신데렐라의 공주들」은 『문학과의식』 2007년 여름호, 2007, 134-156쪽에 실린 원고임.

이렇듯이 신데렐라와 온달은 자기 주체적인 힘에 의한 신분 상승이 아닌 힘 있는 자(권력자-왕자님과 공주님)와 제휴되어 신분 상승된 캐릭터로서도 끊임없이 현대인의 관심을 끄는 소재가 되어 왔다. 그렇다면 공주 개인의 캐릭터와 온달 개인의 캐릭터를 여성작가들은 어떠한 의식을 투영시켜 재창조하고 있는가?

이 설화의 원전은 『삼국사기』 권45, 열전 제5 〈온달〉[3]편에 실려 있다. 이 이야기의 핵심 서사는 첫째, 온달과 공주 각각의 삶, 둘째, 온달과 공주의 시련과 결합, 셋째, 국가에 출사한 온달, 그리고 온달의 죽음 등으로 축약해 볼 수 있다.

먼저 설화 속의 주인공 온달은 바보이지만 명랑한 마음씨를 갖고 있고, 가난한 걸인이지만 어머니를 봉양하며 지내 왔다. 반면 평강 개인의 신분은 공주였다. 공주가 16세 혼인 적령기가 되자 아버지(왕)는 상부에게 시집보내려 했다. 이때 공주는 식언食言하지 않음을 중시하는 입장을 내세우면서, 아버지 대왕의 명령을 따르지 않는다. 그로 인해 공주는 아버지와의 관계가 단절되고 아버지로부터 분리되는 것에서 그녀의 고난이 시작된다.

그 이후 공주는 어머니가 챙겨준 보물을 들고 궁궐을 나와, 자신의 뜻대로 온달과 결혼하기 위해 온달의 집을 수소문한다. 온달의 집을 찾아온 공주에게 온달의 모친은 아들의 행방을 설명해준다. 그러나 공주를 만난 온달은 자신의 처지와 너무 다른 공주를 보고 사람이 아닌 귀신이나 여우라 판단하며, 온달은 어머니와 마찬가지로 공주의 배필이 될 수 없다고 거절한다. 이에 공주는 옛사람의 말을 빌려 진실로 마음이 맞는 것을 강조하며 설득한다. 그 후 공주는 온달과 결혼을 하고, 자신의 패물을 팔아 집 등 모든 살림살이를 갖춘다. 또 공주는 온달에게 국마國馬 사는 법을 알려준다. 이렇듯 공주는 자신의 부와 안목의 힘으로 정상적인 가정을 이룰 뿐만 아니라 온달의 미래를 위해 철저히 준비한다.

결국 온달은 고구려 사냥대회 때 그동안 갈고 닦은 최고의 실력을 보여준다. 나아가 후주의 무제가 요동을 칠 때 선봉장이 되어 승리를 이끌게 되며 왕은 그런 온달을 사위로 인정한다. 온달은 작위 대형을 하사 받고 그 후로부터 그는 은총과 영화, 위엄과 권세가 점점 성하여진다. 그러나 온달은 영양왕 즉위 때 신라군을 정벌하는 과정에서 전사한다. 죽은 온달의 시신을 담은 관이 움직이지 않아 공주가 위로하여 장례를 치르는 것으로 이 설화는 끝을 맺는다.

〈신데렐라〉[4] 이야기의 주요서사를 세 가지로 생각해 볼 수 있다. 첫째, 신데렐라의 어머니의 죽음과 아버지의 재혼으로 인한 새로운 가족 형성, 둘째, 신데렐라 아버지의 딸들에 대한 선물, 그리고 신데렐라의 의붓 식구들의 괴롭힘에서 견디기, 셋째, 신분 상승이 가능한 무도회에 참여한 신데렐라가 잃어버린 구두 한 짝을 찾아온 왕자와 결혼하는 것 등이다.

미천한 온달이 공주의 재력과 무사武士 교육을 통해 강한 인간으로 거듭나고, 또 국가 사냥 대회에서 승리하고 국왕에게 인정받는 여정을 생각한다면, 이 이야기는 온달에게 신분 상승의 스토리가 될 수 있다. 또 잿빛 소녀 신데렐라가 어머니에게 기도를 하고 하느님에게 기도를 해 계속 어려움을 이겨내고, 또 무도회 때 잃어버린 한 쪽의 구두를 찾는 왕자의 눈에 띄어 결합한 것을 생각하면 이 동화는 신데렐라에게 신분 상승의 스토리가 될 수 있다. 기본적으로 바보 온달은 착하고 밝으며, 성실하고 효도하는 심성이 고운 캐릭터로 나타난다. 신데렐라 역시 착하며 신앙심이 깊은 아이로 간절하게 기도하는 여정에서 개인 성격이 드러난다. 그러한 심성들이 공주의 남편이 되어 왕가에 편입하거나 왕자의 부인이 되어 왕가에 편입하여 모두 신분 상승이 이루어지는 계기로 작용한다.

결국 〈온달〉 설화에서는 부친인 왕이 의식 변화를 보이고, 바보인 온달이 무사적 능력 소유자 장군으로 상승된 신분의 인정을 받게 되고, 〈신데렐라〉에서는 기도의 능력인 선력으로 무도회 참가 요건을 갖추게 되며, 최고의 신분인 왕자님과 결혼하는 과정이 드러나게 된다. 온달이든 신데렐라든 수동적 능력의 소유자로서 능동적으로 찾아온 공주와 왕자의 힘을 빌려 신분 상승을 하게 된 것이다. 그렇다면 평강공주는 신데렐라의 이야기 중 신데렐라 상대편에 있던 왕자에 해당되기에 반신데렐라라 불릴 수 있으며, 반대로 온달은 왕자의 상대편에 있던 신데렐라에 해당되기에 남성형 신데렐라라 부를 수 있을 것이다. 그동안 발표된 〈온달〉 설화를 재창작한 작품에 대한 논문으로 먼저 최지선이 「온달 설화의 전승과 수용」에서 김지원, 최은옥, 최인훈, 조령출의 작품을 통해 변용 양상의 다양성을 탐색[5]하고 있다. 또 최현정은 「온달 설화의 현재적 변용된 양상」에서 희곡, 뮤지컬, 드라마 등을 통해서 현대적 변용 양상을 중심으로 분석[6]하고 있다.

이 글에서 필자는 여성작가에 의해 재창작된 김지원의 소설 「평강공주와 바보언달 이야기」,[7] 박라연[8]의 시 「서울에 사는 평강공주」, 최은옥[9]의 희곡 「평강의 푸른 피리」 등을 통해 평강공주와 온달의 캐릭터[10]를 중심으로 의미를 탐색해보기로 한다.

2. 여성작가가 새로 쓴 '공주들'

여성작가 김지원, 박라연, 최은옥에 의해 쓰여진 〈온달〉 이야기 중 반신데렐라라 부를 수 있는 '평강공주'는 어떠한 캐릭터로 구현되고 있는가? 정치적 힘의 주체자인가? 사랑의 주체자인가? 우주적 생명 사랑 정신 소유자인가? 이러한 의문에 대한 해답 모색을 중심으로 세 여성작가의 작품을 분

석해 보며, 아울러 공주 옆에 선 남성형 신데렐라라 부를 수 있는 '온달들'
의 의식의 세계를 따라가 보자.

1) '여왕이 될 수 없는 공주'의 남성 왕 대리 출세욕
– 김지원[11]의 소설 「편강공주와 바보언달 이야기」(1985)

김지원의 소설 「편강공주와 바보언달 이야기」는 평강공주를 '편강공주'
로 명명, 한쪽이 기울어진 느낌을 유발시킨다. 또 온달 역시 바보온달이 아
닌 '바보언달'로 명명 역시 무언가 강하게 자기 발언을 하는 자로 유추해 볼
수 있게 한다. 이 소설의 주인공 편강공주는 아버지로부터 남자에 대한 모든
것을 배우며 성장했으며, 결국 아버지를 노엽게 하고 궁에서 쫓겨나게 된다.
어머니는 가난뱅이에게 떠나는 딸 공주에게 패물과 비단 옷을 싸 준다. 공주
는 궁을 나서면서도 결혼에 대한 자신의 내면화된 동기가 분명 어머니와 차
별화된 삶이라고 강조한다. 즉 그녀는 어머니처럼 사는 인형적인 삶을 거부
하고 있다. "저는 부귀와 명예 있는 분에게 가고 싶지 않아요. 그늘 속에 사
는 어머니의 비통함을 보았습니다. 공주는 생애의 첫 남자를 떠나 다음 남자
에게로 가야 되는 아픔과 불안을 분노로 표시하였습니다."에서 볼 수 있듯
이 과거에 살아왔던 여성들, 어머니의 삶의 방식을 통해 구현된 여성과 다른
삶을 살기를 원하면서 아버지 세계와 분리한다.

이윽고 공주는 언달의 집인 초막에 이르고, 언달은 공주의 아리따운 모습
을 보고 혼이 나간다. 이때 공주는 언달의 뛰는 가슴을 느끼게 된다. 이로써
공주는 언달의 아내가 되고, 그 후 공주는 남편 언달에게 말타기와 활쏘기
연습 등 무사 훈련을 시킨다. 또 스님을 모셔다 글 공부까지 시킨다. 그리하
여 언달은 무술 대회 날 늠름한 무사로서 공을 크게 세운다.

　그동안 분리되고 관계가 두절되었던 공주의 아버지 왕은 무사로서 능력을 발휘한 사위 언달에게 딸 대신 사랑을 베풀기 시작하나 곧 죽게 된다. 사위 언달은 장인인 왕의 뒤를 이어 언달왕이 되고 공주는 왕비가 된다. 이 대목은 『삼국사기』에 평강왕 사후 영양왕이 즉위하는 것으로 되어 있으나 이 작품에서는 실제 역사와는 달리 언달이 왕위를 계승하는 것으로 허구화시키고 있다. 여기에서 주목할 점은 왕위 계승의 문제를 딸 평강공주가 하는 것이 아니고 사위가 대신하고 있다는 점이다. 이는 작가 김지원이 고구려 시대 여성 정치인인 여왕이 등장하지 못한 시대의 한계를 반영하여, 대신 남성 왕을 등장시킨 대리 출세 방식으로 드러낸 것이라 볼 수 있다.

　그런데 정작 왕이 된 후 언달은 그동안 공주와의 관계를 남편의 시각에서 '아내를 보면 완전무결한 아내여서, 한 번도 편안해 본 일이 없다.' 고 인간적인 고백을 한다.

「우리는 원수끼리 만난 것이오.」

언달은 한숨을 쉬며 말하였습니다.

「원수? 당신과 제가 원수입니까?」

「그렇소이다.」

「당신은 저의 거울이고 제 꿈의 실체입니다. 저는 당신을 통하여 제 인생을 살아 왔습니다. 저는 당신 자식 핏줄 속에 당신의 피를 넣어주었습니다.」

아내의 입술은 바람맞은 꽃잎처럼 떨리고 가녀린 어깨는 흐느낌으로 물결같이 요동쳤습니다.

「우리는 원수를 만난 것이며, 그 원수란 자신 안에 이미 있었던 것이오. 아내여 슬프지 아니한가요. 우리가 서로에게서 끌어내는 원수란 자기 속에 있는 제 자신이니 아무리 애써도 글러 버린 무엇이 우리 사이에 있는 것이오.」

(김지원, 「편강공주와 바보언달 이야기」,[12] 214쪽)

위 대목과 같이 언달은 자신들이 원수끼리 만난 것이라 한다. 이와 반대로 편강은 언달이 자신의 거울이며, 꿈의 실체였다고 다르게 말한다. 이는 한 남자로서의 삶을 의식하는 언달과 여왕이 될 수 없지만 자아 성취 욕구를 남성을 통해 대리로 드러내는 편강공주 사이의 건널 수 없는 의식의 격차라 볼 수 있다. 여성 편강에게 콤플렉스를 느낀 언달은 주체적인 강한 여성과 결별하려 하고 자신과 같은 처지의 여성에 관심을 갖는다. 즉 언달은 깊은 산속의 맑은 처녀 하나를 데려오라고 명하는데 이는 일반 사내들의 여성에 대한 기득권적 방식을 그대로 따라하는 것이다.

어떤 의미에서 이 부분은 편강공주의 성인의 삶이 부녀 갈등에서 출발하지만 그것이 다시 언달과의 결혼으로 해소되지 않으며 다시 부부 갈등의 차원으로 옮겨진 것일 뿐이다. 궁극적으로 공주의 부녀 갈등의 원인이 가부장적 상하 질서의 질곡으로부터 연유되었듯이 대상이 아버지에서 남편으로 바뀌었을 뿐이고, 부부 갈등 역시 거기에서 벗어나지 않고 있음을 보여주고 있다. 이로써 김지원은 "남성 중심적 사회, 가부장적 사회에서 여성의 자아 성취란 어디까지 가능한 것인가 하는 문제에 관심을 갖고 살펴보려 한다. 또 여성의 결혼이 부부에게 인간적 성취를 주는 것이 아니라 또 하나의 자아 상실을 의미하는 것일진대 남자와 여자에게 그것을 극복하는 길은 어떻게 열려 있는가에 대한 질문을 던지고 있다."[13]고 지적한 바 있다. 그러나 공주는 끝까지 자신의 생각과 자신의 정치적 자아 욕구를 남편을 통해 실현해 보려 했던 것이다.

2) '상승의 힘 부재 공주'의 최고의 마음결
– 박라연[14]의 시 「서울에 사는 평강공주」(1990)

동짓달에도 치자꽃이 피는 신방에서 신혼 일기를 쓴다 없는 것이 많아 더욱 따뜻
한 아랫목은 평강공주의 꽃밭 색색의 꽃씨를 모으던 흰 봉투 한 무더기 산동네의
맵찬 바람에 떨며 흩날리지만 봉할 수 없는 내용들이 밤이면 비에 젖어 울지만
이제 나는 산동네의 인정에 곱게 물든 한 그루 대추나무 밤마다 서로의 허물을
해진 사랑을 꿰맨다
…… 가끔…… 전기가…… 나가도…… 좋았다…… 우리는……

새벽녘 우리 낮은 창문가엔 달빛이 언 채로 걸려 있거나 별 두서넛이 다투어 빛
나고 있었다 전등의 촉수를 더 낮추어도 좋았을 우리의 사랑방에서 꽃씨 봉지랑
청색 도포랑 한땀 한땀 땀흘려 깁고 있지만 우리 사랑 살아서 앞마당 대추나무에
뜨겁게 열리지만 장안의 앉은뱅이저울은 꿈쩍도 않는다 오직 혼수며 가문이며
비단 금침만 뒤우뚱거릴 뿐 공주의 애틋한 사랑은 서울의 산 일번지에 떠도는 옛
날 이야기 그대 사랑할 온달이 없으므로 더더욱

(박라연, 「서울에 사는 평강공주」[15] 전문)

박라연의 시 「서울에 사는 평강공주」의 시적 화자는 가난한 여성이다. 그
녀는 아름답던 옛날을 '색색의 꽃씨를 모으던 흰 봉투'로 기억하고 있으며,
비록 산동네의 삶이었지만 남편과 이별마저 '서로의 허물을 해진 사랑을 꿰
맨다'는 시어로 아름답게 표현하고 있다. 그러면서도 현재는 솔로로서 고독
하게 살아가는 자신을 옛날과 대비해 보여주고 있다. 박라연 시인의 데뷔작
이기도 한 이 시는 가난한 신혼 부부의 사랑을 그리면서 시가 갖추어야 할

기본적 요소, 올바른 현실 의식과 신선한 감수성 그리고 언어의 긴장을 향한 절제의 노력이 골고루 포함시켜 보여주고 있다. 즉 "한 개인과 집단의 가난한 삶이 가정이라는 만남 속에서 뼈아픈 실상으로 나타나면서도 그것이 동시에 바로 그 가정 혹은 그 시절의 사랑을 통해 고급스런 유머로 극복된다."[16]고 볼 수 있다.

이 시에서 공주와 온달 부부는 산동네에서 어렵게 살아가고 있지만 원망하거나 싸우지 않고 지냈었다. 그들의 사랑은 어떤 객관적 현실에 의해서도 훼손되지 않는 사랑이며, 도리어 그 같은 현실을 무력하게 만드는 사랑이었다. 그렇게 산동네 신방에서 신혼 일기를 쓰던 사랑이 지켜지고 이루어지고, 익혀졌으나, 생활은 전혀 나아지지 않았다. 세월이 흘러 결혼에 필수적인 혼수와 가문, 비단금침이 받쳐주지 못해 생활이 뒤우뚱거리게 되고, 모두가 사라져버린 지금 공주의 애틋한 사랑만 옛이야기로 남아 고백되고 있다. 왜냐하면 공주는 현재 사랑할 온달이 없기 때문이다. 공주는 온달과 결별 이후 홀로 실존하는 모습으로 과거의 추억을 생각하며 고독을 드러낼 수 있을 뿐이다. 공주에게는 자신이 반평강공주임을 비극적으로 고백하고 있다. 한마디로 가난하고 아름다운 사랑의 추억이 있지만 산동네를 벗어날 힘이 없어서 온달은 떠나가 버리고 공주만 홀로 남아 있는 것으로 그것은 아름다운 비극이기 때문이다.

박라연의 「서울에 사는 평강공주」에서 공주는 온달을 그리워하는 마음만 있었는지, 온달을 작은 동네에서 탈출시킬 경제력과 안목의 힘, 즉 장안의 앉음뱅이저울을 움직일 만한 힘이 없어서인지 결별한 것으로 보인다.

3) '문화적 자궁의 생명 애친자 공주'의 우주적 실존 고뇌
– 최은옥[17]의 희곡 「평강의 푸른 피리」(2002)

최은옥의 작품 「평강의 푸른 피리」는 '죽은 온달' 앞에서 평강공주가 1인 극으로 독백하는 총 7막으로 된 희곡이다. 희곡 기법은 액자구조와 이중 병치 기법, 즉 과거와 현재의 교차가 동시에 활용되고 있다. 1막은 온달의 죽음 이후 관 앞에서 독백하는 공주, 2막은 공주 아버지 지철로왕과 부녀 관계에서 홀로 서기 과정, 3막은 아버지 대왕의 남근적 생명력 기호 드러내기, 4막은 어머니와 언니들의 삶과 차별화된 공주의 의식, 5막은 사위의 힘과 제휴하는 아버지 지철로왕, 6막은 죽은 온달의 소리 독백, 7막은 다시 숲 속에서 홀로 서기하는 공주의 과정으로 그려지고 있다.

먼저 1막은 온달의 죽음 이후 관 앞에서 독백하는 평강으로, 부부이자 사자와 생자로서 온달과 평강의 이야기, 현재와 과거가 병치되어 나타나고 있다. 아내이자 어머니이자 여자인 평강공주는 온달을 보호자 남편이자 아들, 연인이자 아기라 생각한다. 또 평강은 밤과 낮, 여자와 남자, 당신과 나, 이 우주 안에서 가장 모순된 존재들이, 이 밤의 숲에서 여기 저기 흩어져 있다고 생각함으로써 공주가 자의식을 우주적 실존자로서 인식하는 성향을 보여준다.

특히 1막, 죽은 온달에게 독백하는 장면에서 공주의 자의식이 두드러진다. 여기에서 공주가 처음 온달을 만났던 시절 모습을 나무 삼매경에 처한 모습으로 표출하는 대목을 보자. "내가 그렇게 겹겹이 앞을 가로막고 있는 세계의 벽들을 죽을 힘을 다해 하나씩 하나씩 밀어내면서 한 발 한 발 가까스로 당신에게, 나의 아기에게 다가가고 있을 때, 당신은 고작 나무 하나를 찍어 내기 위해 이 세상에 태어나기라도 한 듯, 씩씩거리며 나무와 싸우고 있었지요."라며 온달과 첫 상봉의 장면을 묘사하고 있다. 온달을 아기와 대비시키거나, 나무와 싸우는 것처럼 묘사하는 것은 미출산 의지의 태아처럼 느끼며, 태아를 바라보는 어머니의 심정으로 공주 자신을 그리고 있는 것이다. 그때 공주는 온달 스스로가 마치 세상에 태어나지 않으려는 태아와 같다고 보았으며, 그 태아 심리는 어머니의 오장육부 속에 포근포근 머물고 싶어 하는 것으로 보았다. 또 공주는 어머니가 태어나지 않은 수많은 아기들의 쭉 늘어선 줄을 보는 듯이 온달과 자신의 관계를 아기와 어머니의 힘겨운 싸움으로 읽었다. 그러면서도 공주는 온달이 숲의 태아로 무구하게 살고 싶었지만 공명심에 대한 욕망에 목말라 있다고 보았다. 즉 공주는 숲 속에 지낼 때의 온달에 대해 생각하며 자신은 온달의 내부 잠재의식을 읽어내며 우주적 무의식과 사회적 자의식의 소유자로 온달은 통찰해서 보여주고 있다.

또 공주는 무의식적으로 요구하는 하나의 생명체로서 이 세상에서 살다가 저 세상으로 돌아가는 진정한 의미는 무엇인가에 대해 고뇌한다. 그것은 열정의 근원이며 회한과 잔인한 무심함이며, 얼굴 없는 점령자이자 연옥의 마을 점령자라고 보았다.

자, 온달님, 자리에 앉을 때는 이렇게 다리들을 서로 엮어서, 이렇게 앉는 거지요. 어디 한번 해보세요, 네 맞아요, 잘했어요. 어 어 안 돼요. 손으로는 먹어서는 안 된다고 말씀드렸잖아요. 보세요. 이렇게, 이렇게 하셔야 착한 분이십니다. 음식을 입에 넣고, 똥을 누고, 기본적인 욕구의 충족도 예를 갖춰야 하는 법이죠. … 그런데 좀 전에 뭐라고 중얼거리셨죠? 아니 그 말 말고, 좀 전에 뭐라고 했잖아요. 네 맞아요. 쓸데없이 복잡하게 사는 거예요. 그게 문화예요. 그게 승냥이의 사회가 아닌 인간의 사회인 거예요. 참고, 인간의 사회를, 게임의 규칙을 받아들이세요… 말을 살 땐 사인私人의 말을 사서는 안 되죠. 삐쩍 마른 거라도 국마國馬

를 사서야 합니다.

… 아니에요, 꾀가 있어야죠. 계책을 세우셔야 합니다. 천진난만하고 정직하게만
바라봐서는 안돼요. 마음 굳게 먹고 속여 볼 생각도 하세요.

(최은옥, 「평강의 푸른 피리」,[18] 152쪽)

위의 대목은 공주가 온달을 힘 있는 장수로 준비하는 과정에서 표출된 내
용이다. 특히 공주는 자신의 정체성을 문화적 자궁을 가진 존재이며, 모성으
로서 거구의 아이를 출산시킬 힘을 가진 자로 보았다. 또 공주는 온달과의
관계성에서 온달을 경외감을 지닌 남자로 보면서도, 자신을 우주적 어머니
로 인식하고 있다. 그러면서 자신은 교육자로서 문화적 변신을 꽤하는 인간
사회의 승리에 자부심을 갖는 자로 드러내고 있다. 여기에서 공주는 온달의
변화과정을 세 가지로 이야기하고 있다. 첫째, 본능 위주가 아닌 교양적 태
도로, 둘째, 주변부 사회의 습성이 아닌 중심부 사회의 태도로, 셋째, 천진한
전략이 아닌 치밀한 계책 등의 변화에 대해 이야기 하고 있다. 또 공주 자신
은 근원적 자애심과 신의 사랑을 증거하고, 약자에 대한 연민과 분노를 가진
어머니이자 아내라는 입장을 강하게 드러내고 있다. 공주의 특별한 의식에
걸맞게 온달은 국가에서 거행되는 사냥 대회에서 힘을 떨치고, 그 후 신라군
을 패배시키는 능력을 보여준다.

그 상황에 대해 공주는 10년간 대장군을 지냈던 최후 승자 온달은 자신의
아드님이라며 자부심을 드러낸다. 즉 "당신은 다시 태어난 거죠. 물어뜯는
사내들의 세상에서 당신은 최후의 승자가 되셨습니다. 네, 물론이죠. 내 아
드님이 자랑스러웠죠."라고 고백한다. 그러면서도 공주는 온달이 자신의 적
수가 되지 못한다며, 하늘이기 전에 자신의 새끼이며, 남편이자 아이라며 모
성적 우월성과 포용성을 드러낸다. 그러나 온달은 사위로서 인정하는 아버

지 지철로왕의 권좌 근처에서 보좌하다 정치적 희생 제물이 되어 버리고 만다. 지금 평강은 아버지의 정치적 희생양의 삶을 살아왔던 온달의 주검앞에 앉아 과거를 회상하고 고백하는 것이다.

2막은 공주의 아버지 지철로왕과 부녀의 관계 시대에, 바보 각시가 될 것인가 귀부인이 될 것인가의 갈림길에 선 모습이 사생아를 낳아 탑에 갇혀 자신의 악기 피리를 빼앗긴 채 살아가는 과거 이야기로 피력된다. 특히 공주는 그들 신분에 항상 따르는 시종 감옥으로부터 독립을 선언하여 자유로운 삶을 표방하고자 했다. 그것은 오빠와 아버지처럼 자유롭게 살아가는 욕구를 드러낸 것이다. 공주는 시종에게 구속된 자신의 삶이 동물과 다를 것이 없다는 의식을 표명하고 있고, 아기의 출산 후에도 자신은 어머니가 아니고 그저 평강 자신의 실존일 뿐이라 강조한다. 그러면서 공주는 자신이 피리를 부는 예술가임을 선언하며, 자신의 시간과 경험의 정수가 궁금할 뿐이라 밝힌다. 또 공주는 어느 것보다도 시간만이 우리를 무릎 끓게 하는 힘을 가지고 있다고 강변한다. 또 아버지 왕의 타오르는 욕망의 불 중앙으로 들어가는 자신을 발견하며 강탈자인 아버지에게 대항한다는 점을 강조하고 있다.

3막은 아버지 지철로왕에 대해 고백하고 있다. 그는, 부왕의 서자로서 왕으로 등극할 무렵 피바람을 일으켰던 장본인으로 소개되고 있다. 또 그는 모든 정치적 희생양의 남근을 과감하게 절단하도록 시행하는 물릴 줄 모르는 대식가이자 탐식하는 정력가이다. 그러면서도 아버지는 지략과 대담함을 겸비하여 문물 제도를 정비한 바도 있다. 특히 대왕의 생명 기호는 남근 크기에 비유되어, 거대하고 강력한 음경의 소유자로 그려지고 있다. 그러기에 여인들을 탐식하며, 이와 관련된 왕의 음경 관련 노래가 불려지기도 한다. 이에 대하여 공주는 왕국 욕망의 식민자인 어리석고 가여운 분이 지철로왕이라 생각한다. 여기에서 작가 최은옥이 공주의 아버지를 『삼국사기』 중 평강왕이 아닌 지철로왕으로 그려낸 것은 허구적 캐릭터인 남근왕 이미지를 그려 내기 위해서라고 볼 수 있다.

4막은 어머니와 언니들과 관계에서 특히 언니들을 정숙하고 뜨개질을 잘하는 여인 등으로 그리고 있다. 또 어머니는 자매들 간의 질투심과 경쟁심을 자극시키려 했다고 나타내고 있다. 그러나 평강공주는 자신만의 느낌을 찾고 싶을 뿐이며, 스스로 발견하는 일과 시간만이 자신의 것이라는 생각을 드러낸다. 즉 이 부분은 다른 자매와 달리 공주가 우주적 대 인생으로 자각한 인생의 모습이 잘 드러나는 부분이다. 특히 그 자각은, 자신만의 시간관과 자의식을 남다르게 드러내는 대목이라 볼 수 있다.

5막은 평강이 온달의 관 앞에서 자신은 기쁨과 행복을 차지하려는 붉은 심장 하나만을 가지고 있다고 고백하는 장면으로 시작한다. 공주는 온달의 주검을 대면하며 현실은 슬픔과 외로움을 배워 가는 자리이며, 서로 존엄함이 확인되는 자리라 밝히고 있다. 더욱이 저 세상으로 가버린 온달의 영혼에 대해 돌아올 길 없는 출전과 출분의 길, 나라에 대한 충성심, 공적인 윤리인가?에 대해 다시 반문해 본다. 아버지 지철로왕은 욕망에 주린 사람이며 또 욕망의 거대한 빈 그릇으로, 정치적 재기를 위해 온달이란 희생양이 필요했던 것이라는 사실을 고백한다. 부왕은 정치적 거래를 위해 자신과 화해할 수 없는 일개의 공주, 딸에게 손을 내밀었던 것도 고백한다. 늙은 부왕은 항상 두려움을 느끼며, 100여 명의 자식들 가운데 누군가가 자신을 죽일 수도 있다는 의심과 두려움 속에서 자식들을 견제할, 잔인한 복수에 온달을 이용했던 것도 고백하고 있다. 그러면서 평강공주는 온달의 희생과 아울러 아버지 남성의 상징적 기호인 남근의 힘 소유자인 아버지 지철로왕의 사내성 및 수컷성의 확장을 원용하여 그 위협도 아울러 그려내고 있다.

6막은 온달의 소리로 고백되고 있다. 온달의 소리는 공주를 욕심 많은 자신의 종달새라 지칭한다. 공주와 온달 중 누가 주인을 섬기는 충직한 시종인 가? 온달은 전쟁터란 사내들의 게임 장소며 자신의 빈털터리 시절이 즐거웠 다고 한다. 그런데 공주가 자신에게 와서 밥과 옷, 지혜, 부와 권력을 주었고, 자신은 공주의 사랑을 잃을까 두려워 자신의 어머니처럼 생각했다고 온달 의 소리로 들려온다. 공주는 자신의 주인이 되었고, 또 자신은 공주의 아들 이자 충직한 하인으로 있는 동안 힘을 가진 사내로 변신해 왔다고 소리로 고 백한다. 온달은 그 세월 동안 자신에게 남근의 힘이 생기는 것을 발견했으나 즐겁지 않았다고 고백한다. 더욱이 공주를 여자로 본다는 것 역시 참을 수 없는 모욕감, 죄책감을 일으킨다고 얘기한다. 온달은 공주를 다가갈 수 없는 존엄함으로, 자궁처럼 완벽한 그 사랑, 훼손되지 않는 고결함으로 생각하면 서 그것은 공주를 생각하는 유일한 방법이라 소리로 강변한다. 자신은 앞으 로 나아갈 수 있는 사람이 아니었고 자신의 음경이 말랑한 시절을 되돌아 보 았으나, 상처입은 종달새가 가로막고 있어 돌아갈 수 없다고 그의 소리는 고 백한다. 이렇게 소리로 들려오는 온달의 의식은 영원한 충직의 근성을 가진 야인적野人的 무구성無垢性, 2인자로서의 자신을 드러낸 것이라 볼 수 있다.

7막은 다시 평강의 고백으로 이어진다. 이제 평강은 거대한 숲 속에서 도 끼 소리는 들리지 않으나, 고독 속에서 잊혀진 시간 속에 자신이 고요히 서 있을 뿐이라 인식한다. 공주는 기쁨의 맛에 주려 있고, 푸른 피리는 먼지를 뒤집어 쓰고 있다고 하나, "내 장난꾸러기 피리가, 어둠 속에서, 그동안 노래 를 참고 있느라 얼마나 힘이 들었을까요."라며 피리를 불며 온달에 대한 사 랑을 재확인하겠다 한다. 이때 피리를 부는 평강은 시간과 경험의 정수에 대 해 궁금해 하며, 경험과 느낌들의 시간 속에 태어나서 시간과 함께 늙어가는 자신을 발견하겠다 한다.

공주는 자신의 이상적 욕구를 우주적 실존자로 인식, 독립적이며 예술적

인 자의식 표명, 아버지에 대한 연민, 어머니와 언니들과 차별화된 여인의
삶, 자궁의 완벽한 사랑 등으로 모두 보여주려 했다. 이런 점은 공주의 여성
관련 의식을 우주적 실존 의식, 시간 의식, 독립된 자아 의식, 예술가 의식,
완벽한 사랑의 의식 등으로 보여주었다 할 수 있다.

3. '반신데렐라 공주'의 주체적 삶의 표현

이상에서 여성작가 김지원, 박라연, 최은옥의 작품에 등장하는 평강공주
들, 즉 반신데렐라 공주들의 의식을 살펴보았다. 김지원은 정치적 힘의 주체
로서의 공주를 드러내지 못했고 그것은 여성 왕 부재의 시대적 한계를 드러
내고 있다. 또 박라연이 그리는 사랑의 힘 주체로서의 공주는 상승의 힘의
기반인 경제적 재기의 힘의 부재를, 최은옥이 그리는 우주적 생명애 공주의
경우에는 권력 구조의 소외자 주변인에서 인형 의식이 탈각된 실존적 독립
의 길을 걷는 것으로 보여주고 있다.

먼저 김지원의 소설 「편강공주와 바보언달 이야기」에서는 편강은 언달을
교육시키고, 스님의 정신적 협조를 통해 사회적으로 성공시켜 최고 자리를
오르는 것을 보며 대리 만족을 느낀다. 이는 김지원이 공주가 여왕이 될 수
없는 시대의 한계 속에서 남성 왕을 통해 대리 출세를 드러낸 것이라 볼 수
있다. 그래서 공주는 여왕이 될 수 없는 자신의 정치 의식을 남편을 통해 대
리 정치욕을 펼치려 하나 남성 언달은 신분의 콤플렉스로 기득권 소유의 사
내들의 삶을 그대로 재현하며 살 뿐이다. 남성 언달은 그동안의 여정은 모두
잊은 채 남성들의 일반적 삶, 권좌에서 취첩을 하는 형태로 나아간다. 이 역
시 내면화된 가부장제를 강하게 반증할 뿐이다. 그렇지만 공주 입장에서는
여왕이 될 수 없는 시대의 공주로서 남성 왕의 대리 출세욕으로 자신의 의식

을 드러냈다고 볼 수 있다.

다음으로 박라연의 시 「서울에 사는 평강공주」에서 공주는 온달과의 관계에서 신분을 상승시킬 힘을 갖지 못한 자로 등장하고, 사랑만 가득하고 그것을 현명하게 해결해 산동네를 벗어날 외적 힘이 부재하기에 온달과 결별로 치달았다고 고백하고 있다. 그래서 지금의 공주는 온달과 살았던 그 시절 사랑만을 추억할 뿐이며 솔로 공주의 고독만 강하게 드러내고 있다. 시인은 화자를 통해 산동네라는 가난한 사회 속에 그 사회를 벗어날 수 있는 기반 부재와 한 여성의 무기력, 그러나 마음결만은 최고의 공주인 것을 표출하고 있다. 이는 공주의 내면적 힘을 승화된 심미성으로 드러내고 있지만, 아울러 상승의 힘이 부재한 공주의 추억과 솔로 공주의 고독한 현실을 그렸다고 볼 수 있다.

최은옥의 희곡 「평강의 푸른 피리」에서는 공주 스스로 우주적 연민을 느끼는 우주적 어머니이자 우주적 자궁의 소유자로 인식하였기에 온달은 숲의 태아, 우주적 야인을 잠재된 무의식으로 통찰해 보여주었다. 그러면서도 온달의 잠재된 사회 의식을 공명심, 권력의 권좌에 나아가 드러내는 사나이 의식도 투영시키고 있다. 평강은 우주적 자궁의 소유자로 자신 스스로 바보를 남자로 거듭나게 하는 과정을 통해 문화적 메커니즘 변모 당사자로 보여주고 있다. 이 희곡은 문화적 자궁의 생명 애친자로서의 공주를 통해 우주적 실존의 고뇌를 드러낸 작품이라 볼 수 있다.

이렇게 세 여성작가가 새로 쓴 평강공주들은 정치적 자의식, 사랑에 대한 심미적 자의식, 우주적 실존 의식으로 여성의 주체적 삶을 드러내고 있다. 이는 신데렐라 공주 시대의 수동성·인고성·기다림만의 여성 모습이 아닌 능동성·주체성·적극성·자립성·정치적·우주적인 인식 소유자로서의 여성 모습의 전환으로 반신데렐라 유형을 보여주었다고 할 수 있다. 1970년대 이후 여성들의 삶은 여성들의 자의식이 다각도로 구현되고 표출될 수 있었다. 지금 이 시대에 앞서가는 의식의 여성들, 공주들은 더 이상 신데렐라를 꿈꾸지 않고 스스로 반신데렐라가 되어 힘차게 나아나고 있음을 여성작가들은 보여준 것이다. 여성작가의 세 편의 작품은 시대의 관계 속, 실제적 폐쇄 속에 정치적 희생양이라는 부정적 요소가 개입되고 있지만 적어도 강하게 자신들의 목소리는 반신데렐라로 표출한 것으로 본다.

새로 쓴 '황진이' 연구 *
- 이태준, 박종화, 최인호, 윤정선의 '황진이'를 중심으로

1. 이태준의 첫 '황진이'와 후대에 다시 쓰여진 '황진이'

2004년 탄생 100주년을 맞은 이태준(1904~?)은 1930년대 「달밤」, 「까마귀」, 「복덕방」 등의 주옥 같은 명작을 발표했을 뿐만 아니라 문단 내에서 '구인회'를 주도하고, 근대 문학의 문체 확립에 주력한 작가다. 그는 광복 후 좌익 계열의 문학 단체에 적극적으로 참여하여 단편 「해방 전후」를 발표하면서 사상적 전환을 보였으며, 벽초 홍명희와 함께 또 1946년에 월북하였다. 1946년 8월 10일에서 11월까지 평양조선문화협회 방문 사절단 일원으로 소련을 방문하였다. 그 이후 1956년까지 조선인민공화국 민청 직속 청년예술단 부단장, 국립출판사 문학예술 부장, 문화선전성 기관지 부주필 등을 지냈다. 그가 월북한 이후의 행적의 끝은 1956년 1월 13일 평양시 당관하 문화예술 출판부 내 열성회의에서 김일성 직계파였던 안막과 한설야 일파에 의하여 숙청된 일이다.[1] 그의 작품은 지하에서 돌려보는 것에 만족하다가, 1988년 7월 월북 작가들의 작품이 해금되면서 연구가 자유로워졌다. 해금 이후 16년

* 「새로 쓴 '황진이' 연구」는 『창작21』 2005년 봄호, 215-231쪽에 실린 원고임.

이나 지난 지금까지 기본적 서지 사항 중심의 연구,[2] '정치로 죽기와 작가로 서기의 이태준',[3] 한국 근대소설의 성격을 드러낸 작품 세계,[4] '정신적 문화주의로 본 이태준[5] 등의 다양한 입장에서 연구되었다. 최근에는 '상허학회'가 주축이 되어 매년 학술발표가 진행되며 그 결과물[6]이 발간되고 있다.

최근까지 지속적으로 다시 쓰여지고 있는 황진이가 남한(전경린의 『황진이』)·북한(홍석중의 『황진이』)에서 동시에 출간된 것을 보면서, 먼저 황진이 그려내기의 최초의 작품인 이태준의 『황진이』를 통해, 시대나 이데올로기를 초월한 역사 인물의 재창조 미학을 살펴보자. 이태준은 1936년 〈조선중앙일보〉(1936.6.2-1936.9.4. 연재, 1946.8. 동광당서점에서 단행본 출판)에 『황진이』를 연재했다. 그는 500년 전에 실존했던 여성 인물 황진이를 찾아내 다시 부각시킨 최초의 작가라는 점에서 그의 작품 세계를 집중적으로 조명하고자 한다.

이어 1950년대 박종화가 그려낸 황진이(『황진이의 역천』),[7] 1970년대 최인호가 그려낸 황진이(『황진이』),[8] 1980년대 윤정선이 그려낸 황진이(『자유혼-황진의 생애』)[9] 등을 통해 황진이가 계속 쓰여지고 있는 이유도 아울러 살펴보려 한다.

먼저 『어유야담』에 등장하는 황진이의 일생[10]을 정리하면 대략 세 가지 대목으로 요약해 볼 수 있다. 첫째, 황진이의 화담 서경덕 유혹, 둘째, 이생원과 함께 하는 황진이의 금강산 유람, 셋째, 황진이의 선전관 이사종과 6년간 계약적 동거이다.

먼저 16세기 중엽 송도松都의 이름난 창기娼妓 황진이는 여자 가운데 호걸로 기개 있고 호방하고 용감한 사람이다. 이러한 그녀는 은거하면서 학문에 정통하다는 화담 서경덕의 남성성을 유혹하며 시험해 보나 서경덕이 흔들리지 않는 부분이다.

다음으로 진이는 천하명산 금강산에 꼭 가고 싶었지만 동행할 사람이 없었다. 이때 진이는 금강산 청유淸遊에 동행하자고 권한 이생원과 함께 서로 벗하며 선랑仙郎을 받들고 선유하며 금강산 곳곳을 자유롭게 돌아다니게 된다. 또 여러 선비들과 술과 노래를 함께 하다가 남루한 모습으로 고향으로 돌아오게 되는 부분이다.

마지막으로 진이는 우연히 선전관 이사종의 절창을 듣게 되며, 그를 찾아가 친근한 정을 나누며 6년만 함께 살자고 한다. 진이와 이사종은 서로가 3년씩 비용을 각자의 집에서 마련하여 똑같은 방식으로 보답하다가 약속대로 작별하게 되는 부분이다.

이후 진이가 병들어 죽으면서 그녀의 유언은 자신이 죽은 후 산골이 아닌 큰 길가에 묻어달라고 했다. 후에 임제林悌는 평안도 감사가 되자 송도松都에 들러 글을 지어 진이의 묘에 제를 지내주었는데 이 때문에 조정의 비판을 받게 된다.

이처럼 『어유야담』에 실린 진이의 일생 중 이태준은 황진이의 어떤 면을 재창조하고 있는가, 그의 소설 『황진이』를 중심으로 살펴보기로 하자. 이어 50년대 박종화의 소설 「황진이의 역천」, 70년대 최인호의 소설 「황진이」, 80년대 윤정선의 희곡 「자유혼-황진의 생애」에 나타난 황진이에 대해서도 아울러 살펴보자.

2. 푸른 비참으로 본 신분 자각과 풍류 여성으로서의 여정
- 이태준의 첫 『황진이』(1936)

현대적으로 처음 다시 쓴 이태준의 『황진이』는 『어유야담』에 나오는 장면과 관련해서는 '서경덕'을 시험해 보는 것, '이사종'과의 관계만 연결이 되고, 다른 사항은 다른 야담집을 참조한 것이거나 작가의 상상 및 고뇌를 바탕으로 쓰여졌다. 이태준 소설의 중심축은 가난한 총각의 섬세한 심리, 진이의 자기 신분에 대한 고뇌, 여성 풍류객의 여정 등으로 나누어 살펴볼 수 있다.

1) 겸손한 사나이의 순정과 섬세한 심리

먼저 이 소설에서 만날 수 있는 서사는 12세가 된 '진이'를 우연히 본 후, 다시 18세 가량이 된 진이를 짝사랑하다 상사병으로 죽은 총각의 심리가 아주 치밀하게 묘사되어 있다. 어느 날, 한 소년은 배를 서리하러 진이 집에 들어갔다가 진이에게 발각된 적이 있었다. 이때 소년은 진이에게 자신은 먹골 글방에서 공부 중이라 밝힌 적이 있다.

다시 몇 년의 세월이 흐르고 동저고리 바람의 총각 하나가 연을 찾으러 담을 넘어오게 되고, 공교롭게 거기가 진이네 집이었다. 이 총각이 바로 예전의 그 소년이었는데 그는 진이를 마치 선녀처럼 바라본다. 그 후 총각은 눈에서 잊혀지지 않고 환영幻影으로 계속 진이를 사모하다가 어느 날 밤, 진이의 문 앞까지 몰래 들어와 방문에 구멍을 뚫고 진이를 엿보게 된다. 그때 진이에 대한 총각의 심리를 보자.

> 총각은 그제야 처녀의 성명은 황진이요, 명월이란 호까지 가진 것을 알았다. 그리고 진이의 그 눈이 부신 외화뿐만 아니라 그 그림그림, 그 글씨쏨, 그리고 그 고아한 취미에 더욱 감격되어, 그를 한아름에 넣어 으스러뜨리고 싶은 정욕도 정욕이려니와 또 그를 금불(金佛)과 같이 고이 받들어, 일생을 두고 자기의 태양과 같이 그의 광채와 그의 그늘에서 살며, 그를 섬기고 싶은 일종의 신앙심까지 끓어오른다.
>
> (이태준, 『황진이』,[11] 34쪽)

위 소설 대목처럼 진이를 금불金佛로 여기던 총각은 진이를 생각하면 피가 거꾸로 흐르는 듯, 야수에 가까운 식욕 같은 정욕이 치밀기도 한다. 이렇듯 이태준은 진이를 생각하는 총각의 심리를 불성과 야수성의 오르내림 심리로 미묘하게 묘사한다. 진이를 환상으로 생각해 보며, 다스려지지 않는 심리 때문에 몰래 진이의 집에 잠입한 총각은 진이가 지체 높은 집안과 결혼한다는 소리를 듣고 자신의 지체를 다시 비관한다.

그러는 와중 사내는 상사병으로 죽는다. 죽기 전에 총각은 유일하게 친구에게 자신의 마음을 고백하게 된다. 즉 진이를 짝사랑한 일, 진이의 꽃신 한 짝을 가져온 일, 그리고 꽃신을 관에 넣어달라는 얘기 등이다. 이러한 내용과 사연들은 총각의 상여가 진이네 집 앞에서 떠나가지를 않자, 총각의 친구가 진이에게 전한다. 사연을 전해 들은 진이는 총각의 심리를 생각해 본다.

'나 때문에 죽어! 왜 그처럼 간절할진대 말이야 못해 보았나?'
진이는 콧날이 찌르르해졌다. 자기를 사모하다 치맛자락 한번 스쳐 보지 못하고 목숨이 끊어지도록 그리워만 한 그 사나이, 뼈가 찌릿하게 감사한 생각이 올려솟는다. 자기를 절름발이 양반이니, 서녀니 하고 타박을 하는 사람들에다 이 너무 황송하여 제 목숨이 끊어질지언정 말 한마디 내어 보지 못하고 짝사랑을 품은 채 청춘을 땅 속에 묻는 겸손한 사나이를 대이면 얼마나 자기가 끔찍이 알아주어야 할 사람이냐? 하는 생각이 들고, 그런 목숨을 내어놓도록 자기를 사랑하는 사람이 자기가 알기도 전에 왜 죽어버렸나! 하는 안타까움도 없지 않다.

(이태준, 『황진이』, 81쪽)

결국 진이는 죽은 총각을 위해 자신의 적삼을 끌러 주니 총각의 상여는 진이집을 떠나게 된다. 이때 진이는 자신이 온전한 양반이 아닌 절름발이 양반이듯, 자신의 행위로써 이제 자기는 온전한 처녀가 아닌 절름발이 처녀라고 자조하게 된다. 죽은 총각 상여에 옷을 올려 놓았던 자신의 행위는 어떤 면에서 자신의 적삼 속에 처녀로서의 명예 전부가 싸여간 것이라 여기게 된다. "날더러 온전한 양반이 아니라고! 인전 날더러 또 온전한 처녀도 아니랄 테지! 흥……구구한 도덕이나 그 따위 고열한 제도에 묶여져 살 나도 아니다!"라며 기생이 되겠다고 진이는 마음을 먹게 된다.

2) 신분 의식
– 푸른 비참에 대한 자각

또한 이태준의 소설 『황진이』에서는 진이의 18년간의 인생에서 처음으로 느껴 보는 모욕으로 인해 깨닫게 된 신분 의식을 그려 보이고 있다. 진이는 자신의 혼사 관련해서 여러 가지가 오고가면서 장차 시댁이 될 측에서 진이를 뛰어난 외양으로 박명薄命한다는 말, 반쪽이 양반이라는 말들을 중매장이로부터 듣게 된다. 그것에 대해 진이는 스스로 미에 대한 자긍심을 가져보고, 신분에 대한 의식의 눈도 뜬다.

그러면서 진이는 자신의 신분에 대해 서녀庶女로서의 슬픔이나 세상에서 멸시받는 상인常人의 마음, 서자녀의 마음으로 느끼면서, 신분에 대해 자각한다. 또 태생의 모순에 대해서도 자각한다.

'아니 양반의 맘은 어떤 거며 상인의 마음은 어떤 거란 말인가? 양반의 건 선하고 상인의 건 포악하단 말인가? 그럼 악인은 상인이나 서자손에게만 있고 양반이나 적자손에겐 하나도 없단 말인가? 상인이나 서자손에겐 어진 사람은 하나도 없단 말인가? 나도 악인이란 말인가? 천진이 없단 말인가? 조물주는 인간이 태어날 때

(이태준, 『황진이』, 69쪽)

계속해서 진이는 자기 신분에 대해 모멸에 가까운 비평과 울분을 느끼면서 남자의 사랑이 과연 무엇인가 의문을 던져 본다. 남자에게는 끝까지 변치 않는 사랑이 없을까? 계집에게 열녀가 있듯이 목숨을 바쳐 한 계집을 사랑하는 그런 다정한 사나이는 없을까? 자문해본다. "상인과 서자녀의 표가 어디 있는가? 내 가슴 속에 세상에서 멸시 받는 상인의 마음, 서자녀의 마음이 들어 있다는구나."라고 자조하며, "일체중생이 개유불성皆有佛性이 아니냐."며 선악심이 따로 없다고 깨달으며, 중이 되겠다는 생각을 한다.

그러나 진이는 결국 기계妓界로 진출하며 '명월'이라는 이름을 더 자주 쓰며 지낸다. 이때 '송유수'의 놀이에 초대된 진이는 중매장이의 말을 통해 절름발이 양반이라 거절했던 집인 김참판도 만나게 된다. 김참판은 진이에 대해 꽃보다 고운 인간이라면서도, 자신의 지인 송유수가 드러낸 진이에 대한 애욕을 질투한다. 이때 진이는 김참판에 대한 복수를 생각한다. 한편 김참판은 황진사의 서녀 진이가 기생이 되었다는 얘기를 듣고, 자신의 아들과 혼담이 있었을 때, 어미가 상인이라 퇴한 것을 잘 했다고 생각하게 된다. 그러면서도 김참판은 며느리가 되려던 계집 진이와 진이의 미모에 대해 일종의 비밀스런 흥미를 느끼기 시작한다. 김참판은 진이와 어울리는 송유수에게 질투를 느끼며, 진이를 한번 보는 것으로 정욕의 끝을 맺으리라 결심한다. 김참판은 계속해서 송유수와 진이의 동정을 살피며 기회를 엿본다. 진이 역시 김참판이 자신을 절름발이 양반이라 퇴했던 그 양반임을 알고 자기가 당한 것으로 무안을 주리라 벼르게 된다. 그러는 와중 진이는 송유수와 김참판들의 관계에서 계집의 정을 끌기 위해 친구도 체모도 돌보지 않는 양반들의 적나라함을 보게 된다. 한편 진이는 송유수의 비위를 맞추던 중 자신에게 '어떤 사나이면 흡족할 것인가' 자문하는 장면을 보자.

여기에서 진이의 사내에 대한 사랑관이 피력된다. 진이는 "내가 사랑할 수 있는 사나이, 서로 사랑할 수 있는 사나이, 풍류나 풍월을 알고, 나를 사랑할 수 있는 호협 남아"를 거론하면서, "날 그리다 죽은 사람! 날 죽게 하는 님은 없는가?", "애정, 너는 대체 무엇이길래 나를 이처럼 괴롭히나?", "너는 과연 우리의 꽃다운 목숨을 통째 바쳐도 아깝지 않을 만치 그다지 존귀한 것이냐?"며 의문을 던진다.

또 진이는 김참판에 의해 시회詩會가 열린다는 송악산 자락으로 가게 된다. 그때 진이는 우연히 자신의 남편이 될 뻔했던 김참판의 아들 김지학을 만나 시회 대신 귀법사 지족선사가 있는 곳으로 함께 길을 떠난다. 이미 선비 김지학의 혼은 진이의 품 속에 들게 되고, 진이는 그러한 선비와 함께 지족에게로 간다. 진이는 지족이 얼음에 덮인 곤륜산의 최고봉같이 우뚝하게 솟은 사나이로 보이고, 그에게 한번 잴그러지게 안겨보고 싶은 충동을 느낀다. 다시 절에서 내려온 진이는 김참판의 아들 김지학을 반은 향락으로 반은 그들 부자에 대한 농락으로 허탄虛誕히 지낸 일을 생각하며, 자신에 대해서는 스스로 부르튼 정열의 어루만져질 손길이 없어 아쉽게 느끼기도 한다.

3) 풍류 여성으로 길 열기

또 이태준의 『황진이』에서는 진이를 풍류 여성으로 처음 길을 열어나가는 모습을 보여준다. 그동안 진이가 기계에 나가 세속적 권세자 송유수나 김참판 부자를 만나는 장면 외에도 풍류 남아나 학자, 구도자들과의 접촉도 다각도로 보여준다. 여기서 풍류 남아란 소세양이나, 선전관 이사종, 학자 서경덕과 지족선사를 모두 이르는 말이다.

대제학大提學 소세양蘇世讓, 일명 소제학小提學은 당대 일류의 문장가였다. 그들은 어느 자리에 가든 윗자리에 앉을 사나이였다. 그중 소제학이 진이와 만났을 때 둘의 감정은 "모든 취흥에 어우러진 속에서도 단둘이만 서로 맑아지는 정신으로 부딪쳐짐은 서로 말은 없어도 말이 있는 이상으로 통함이 있었다. 어떤 때는 명월이가 부끄러워 얼굴을 숙이었고, 어떤 때는 소제학이 수줍은 총각처럼 무안을 느끼었다."로 표현되고 있다. 또 조용한 처소에서 만난 둘은 마치 첫날 신랑처럼, 또 첫날 신부처럼 서로 입이 얼어 버린 듯하다고 표현되기도 한다. 소제학과 헤어진 후 진이는 떠나 버린 소제학을 자기의 온 넋을 바쳐 버린 사나이라고는 믿지 않는다 해도 기다리는 사람으로는 자리매김한다. 한번은 소제학이 진이에게 벽계수라는 사내를 한번 만나보라는 편지를 보낼 뿐이다. 진이는 이런 벽계수를 만나 보나 한낱 사나이에 불과할 뿐이라고 느끼고 또 선전관 이사종과 만나 6년을 함께 지내 보다 헤어지지만 그것 역시 이사종과 헤어지는 것보다 자신의 청춘과 헤어지는 것을 더 마음 아프게 생각할 뿐이다.

특히 진이는 기생으로서 원업寃業을 느끼며 회의를 갖고, 그만둘 것을 생각해 본다. 그러면서 진이는 선지식을 친견하고 마음을 밝힐 사람을 모색하던 중, 예전에 목격했던 지족선사를 만나게 된다. 또 진이는 지족선사가 산같이 큰 사나이라 생각하면서 설법을 들어 보기를 소망한다. 실제 진이는 지족선사의 무릎 위에 쓰러져 보나, 선사는 손가락 하나 움직이지 않는 돌부처처럼 태연할 뿐이다. 그런 상황에서 진이는 자신이 외로움에 처해 있음을 괴로워하며 태연한 지족에게 소리를 치고 흙덩이를 던져 본다. 이때 진이는 움직이지 않는 지족을 보며 자신은 도에 애달팠던 것이 아닌 정에 애달팠음을 깨달는다. 즉, 진이는 자신이 애욕의 덩어리이며 정의 덩어리도 갈망하고 있음을 알게 된다.

그후 진이가 화담 서경덕을 만났을 때는 그가 아우로 대하며 붓글씨로 고기 어魚자를 물 대접에 써 담그니 고기가 철썩거려 물을 엎는 것을 본다. 또 용 용龍자를 냇물에 던지니 청룡 황룡이 뒤트는데, 이러할 때도 화담은 태연해하나 진이는 모골이 송연해진다. 이때 화담은 손인 진이에게 이런 것은 잡기라며 참된 남아는 명리지학明理之學을 공부할 뿐이라 말한다. 화담이 진이에게 자신의 곁에서 잠을 자라 하여 그날 밤을 화담곁에서 지내나 화담은 조금도 규범에 어긋나는 일이 없이 쿨쿨 잘 뿐이다. 진이는 다시 여러 가지로 화담을 시험해 보지만, 도통하고 의연한 화담의 여러 태도에 도리어 감명을 받게 된다. 진이는 결국 송도에 삼절, 박연 폭포의 절승과 선생의 도덕과 자신의 용모가 있다고 자평한다. 이제 진이는 화담 곁에 있으면 있을수록 구속이 느껴져 결국 화담 곁을 떠나게 된다.

진이는 세월이 지나 옛일을 생각하며, 지족에 대해 다시 궁금해 한다. 6년 전 진이는 무안을 주었던 지족을 생각하며 이와 같은 사나이에게 은근히 정을 느끼게 된다. 진이는 반대로 지족에게 무안당했다고 생각하고 그것에 대해 복수하기 위해 진이는 송악산으로 향하지만, 지족은 여전히 의연하게 앉아 있을 뿐이다. 진이는 그러한 지족에게 꽃을 던지며, 위선덩어리라 소리치나, 지족은 무심한 표정 그대로다. 진이는 지족의 무릎에서 단가를 부르다 잠들었는데, 이때 지족의 후들후들한 손길이 느껴진다.

그러나 못난이로는 너무나 크다.

'아픈 건 아픈 게여. 다른 별 건 아니여…… 얼마나 단순한 말인가? 구태 속살 경영할 건 아니여…… 얼마나 변두리 없이 넓은 말인가? 지족이야말로 거물이로다!

붙잡을 모서리가 없는!'

생각이 고쳐 든다.

명월은 무릎을 치며 일어났다.

이런 거대한 사나이를 가져봄이 흐뭇하다.

지족도 여러 해 만에 자세를 고쳐 본다. 오래 고정되었던 사지는 뻐그럭거리는

사개처럼 우직우직 소리가 난다.

달빛은 방 안에 요 하나를 편 만치 폭이 넓어졌다.

(이태준, 『황진이』, 220- 221쪽)

날이 샌 후 진이는 지족암을 나서며 서로 헤어진다. 진이는 다시 화담 선생과 작별을 하고 금강산으로 가리라 마음을 먹는다. 그러나 화담 선생을 찾으니 이미 고인이 된 지 여러 해가 되었다 한다. 화담이 앉았던 조대釣臺로 내려가니 육 년 전의 환상은 억만년을 기다린들 다시 나타날 리는 없었다. 진이는 노래 한 수를 부르며 금강산으로 떠났다.

산은 옛산이로되 물은 옛물 아니로다

주야에 흘러가니 옛물이 이실손가

인걸도 물과 같아여 가고 아니 오더라

(이태준, 『황진이』, 222쪽)

이상의 내용을 통해서 보면 진이의 여정은 풍류 여성으로서 길 떠나기와 자유로운 삶 추구하기로 요약해 볼 수 있다. 덧붙여 이태준의 『황진이』에서는 주인공들의 심리를 대변하는 옛 노래가 많이 삽입되어 있다. 이개의 노래, 〈청산별곡〉, 〈만전춘〉, 〈헌화가〉, 길재의 시조, 나옹화상의 〈서왕가〉,

<정석가>, <해어화사> 등 많은 옛 노래가 삽입된 것이 큰 특징이다.

이태준의 『황진이』는 여타의 황진이와 다른 맛을 느낄 수 있는 풍류 여성으로서의 삶과 길 떠나기, 자유로운 삶을 추구한 여성의 실존은 특히 여성에게 더 폐쇄되었던 조선사회의 시대의 벽을 초월해 보여주었다고 할 수 있다.

3. 후대에 다시 쓰여진 황진이
– 박종화, 최인호, 윤정선의 경우

1930년대 이태준에 의해 현대적으로 처음 다시 쓰여진 소설 『황진이』와 달리, 50년대 박종화, 70년대 최인호, 80년대 윤정선에 의해 다시 쓰여진 황진이의 세계를 살펴보자. 세 작가의 작품에서 만난 황진이는 문인들과 시적 화자로서 만나거나, 육체적 상상력의 화신으로 그려졌거나, 우주적 영혼과 합일된 자유의지 소유자로 조명되고 있다. 그 세계를 살펴보자.

1) 문인들과 시적 화자로서 만남
– 1950년대 박종화의 소설 「황진이의 역천」

시인이며 소설가인 박종화의 소설 「황진이의 역천」(1955)은 도입 액자에서 400년 뒤의 작가가 황진이를 흠모하는 마음으로 그녀의 시조에 답하는 것으로 시기법을 소설기법에 첨가하여 시작한다. 이에 비해 소설 본문은 황진이의 출생과 사망, 그리고 사후의 일화까지 여러 인물과의 만남을 통한 인생 편력을 다루고 있다. 박종화는 이미 알려진 일화를 소설적인 구성과 문체로 사건과 인물을 생동감 있게 표현하고 있다.

먼저 박종화의 소설에서 진이는 동네의 가난한 20세 총각이 상사병으로 죽고, 그 소문을 듣게 되는 것으로 시작된다. 죽은 총각의 관이 진이의 집 앞에서 뜨지 않고, 죽은 총각의 외로운 혼은 황진이를 골려 주고, 진이의 옷이 상여 위에 덮인 후에야 그 총각의 혼은 북망산으로 간다. 그러나 진이는 가난한 총각의 죽음 이후 철학과 인생관이 바뀌게 된다. 즉, 진이는 풀무도가니 같은 총각의 뜨거운 정으로 인해 현모양처가 되는 것을 자책하며, 인생에 대해 저주와 반항하는 마음을 갖는다. 그것에 대해 진이는 자신의 인생 20년의 꿈이 깨어지게 된 웃음이자 울음이라며 기안妓案에 몸을 박게 된다.

또한 「황진이의 역천」에서는 문장 호걸의 적수인 득도한 사나이에 대해 가假 도덕자들이며 그들의 거짓 인격을 밟아주자고 다짐하며, 벽계수에게 황진이는 요부가 된다. 또 지족은 10년 공부의 아미타불을 부르며 진이가 있는 그 자리에 쓰러지고 만다. 그러나 진이는 서화담 선생의 경우 마음을 흔들게 하나 성의 구별을 두지 않는 화담은 무너뜨릴 수 없었다. 이러던 진이는 40세에 이르러 골수에 병이 들어 죽으면서 유언을 남긴다. 진이의 유언은 자신의 무덤 앞에 입우물을 파놓는 것인데, 약수를 얻어 먹으려면 진이의 무덤 앞에 엎드려 절을 하지 않으면 안되게끔 한다는 것이다. 또 자신이 죽거든 산에 버려 오작의 밥이 되게 해달라 해서 그의 시신은 장단 판교리에 묻어준다. 이는 길을 지나가는 후대 사람들에게 잊혀지지 않게 하려는 것으로 진이는 죽어서도 풍류객과 함께 하려는 느낌이 강하게 든다. 후대에 임제 시인은 개성까지 왔다가 진이의 무덤을 찾아 시를 읊어 진이를 조상하고, 마음속으로 진이를 존경하고 사랑하는 것으로 나온다.

박종화는 소설가이지만 또 시인답게 황진이의 네 수의 시조에 대해 400년 뒤의 시적 화자와 화답을 나누는 어법을 쓰며 보여주고 있다.

진이보다 사백 년 뒤에 진이가 살고 있던 이 땅에 태어난 나는 사백 년 전의 진이를 흠모하여 이렇게 황진이의 시조를 화답해 본다.

월침삼경月沈三更 옛 무덤에 진이眞伊 찾아 이르기를,

고운 살 스러지니 미인美人인들 뉘찾으리

낙엽성落葉聲 한을 마소 어여뿌다 삼절三絶이

춘풍春風 이불 밑에 오실 어른 그 뉘시오,

동짓달 긴 밤은커녕 추야장秋夜長 기러기 우짖을 때,

서리고 감고 구비쳐 넘노신들 화담花潭 선생이야 네 어이리.

고은일래 병이 되어 죽은 관棺이 못뜨다니,

살아서 괴었던들 가랴마는 제 구타여

보내고 그리는 정情은 나도 몰라하노라.

화담花潭, 지족知足이야 내 알아 무삼하리

글짓고 난초蘭草치고 거문고도 잘 탄다네,

아깝다 내 당대當代런들 말해 봄직 하다마는.

(박종화, 「황진이의 역천」,[12] 45-46쪽)

　　황진이의 일생을 시적으로 형상화한 박종화의 작품 「황진이의 역천」은 황
진이 관련 설화에서 크게 벗어나지 않는다. 박종화는 황진이의 긍정적인 인
간적 면모에 초점을 맞추어 형상화했다. 전해 오는 황진이의 시조를 보면서,
정신적으로 존경하는 황진이에 대한 생각을 글로 표현하겠다는 박종화의
의도가 초입부에 서술자 시선과 시적 기법이 결부, 첨가되어 있기 때문이다.
무엇보다 박종화는 시적 화자로서 황진이를 만나는 데에 의의를 두고 있다.

후대 문인 임제 시조 역시 시적 화자로 만남을 보여준 일면이다.

2) 육체적 상상력의 영혼 화신(化身)
― 1970년대 최인호의 소설 「황진이」

1970년대 새로 쓰여진 최인호의 소설, 「황진이 1」(1972)은 황진이를 짝사랑하던 이웃집 머슴이 죽어 뱀이 되고 그 뱀이 진이의 목을 감고, 진이의 육체와 영혼까지도 소유하여 넋을 사랑하는 것으로 그리고 있다. 최인호 역시 벽계수와 황진이의 만남 일화를 소재로 취택하였다. 이 소설에서 한양에서 진이를 찾아 송도에 온 선비는 피리 소리로 무덤을 열고 보이지 않는 자의 보이지 않는 빛, 들리지 않는 자의 들리지 않는 소리로 황진이의 꿈과 교감을 나누게 한다. 황진이는 피리 곡의 음률에 따라 나신이 되며, 현란한 비늘이 되는 꿈을 통해 실제 현실에서 자신을 찾아 온 선비를 만나게 된다.

이어 '마라의 딸'이라는 부제가 붙어 있는 「황진이 2」는 인간의 욕망을 길들이고 잠재운 지족선사에 대한 뭇사람의 선망과 기대, 지족선사에 대한 진이의 시험 의지가 잘 드러난 소설이다. 이 소설에서 상복을 입고 지족선사의 암자를 찾는 진이의 산행과 진이의 목욕과 월광, 지족선사의 선불과 심적 동요 등이 나타난다. 또 이 소설은 욕망과 정욕의 흔들림을 거부하는 인간 지족선사의 번민을 세밀하게 포착하고 있다. 인간의 욕망을 읽어 내고 관능을 자유롭게 표현한 존재로서의 진이는 지족선사에게는 사바 세계에서 보낸 욕망의 화신, 즉 마라의 딸로 인식된다. 이 부분은 동물의 짝짓기와 대비시켜 지족과 진이의 만남을 숨가쁘게 진행시키고, 지족의 파계는 진이의 손에 포착된 반딧불로 상징화해서 관능적으로 나타내고 있다. 이후 파계승이 된 지족은 봉두난발에 맨발로 뭇아이들의 놀림감이 되었고, 이러한 사내에게 우물의 물을 길어 떠주는 행동을 보여주기도 한다.

　이러한 최인호의 소설 「황진이」의 경우에는 진이 스스로 자신의 신분에 대한 자각 의식이 드러나지 않는다.

　또한 최인호의 「황진이 1」의 경우, 이웃집 머슴 녀석이 죽어 뱀으로 환생한 혼은 관 뚜껑을 뚫고 황진이의 방을 찾아 들어와 그녀의 혼과 교정交情하는 뱀의 모습으로 보여준다.

> 그 뱀이 그대의 목을 감고 있네.
>
> 녀석의 혼이 관 뚜껑을 뚫고 뱀으로 변해 칠흑처럼 어두운 산길을 타고 목마르면 산 계곡물에 목을 축이고 황진이 네 방을 찾아 들었지.
>
> 그 뱀은 너의 고운 잠자리를 파고 들어 독기로 너의 얼굴을 핥고, 빛나는 비늘로 너의 몸을 씻었다. 그리고 너의 몸을 타고 올라 날름이는 혀로 너의 잠든 혼을 불러내어 천 년보다 깊은 정을 맺어 너의 끓어오르는 핏속에 뜨거운 정액을 뿌리었거늘 황진이, 그대는 그 뱀이 너의 몸이 죽어 한줌의 흙이 될 때까지 너의 목을 감고 있음을 어이 긴 한숨 한 번 내보이지 않고 참아내었던가.
>
> 황진이.
>
> 그대의 목에는 뱀이 있네.

(최인호, 「황진이」, 11-12쪽)

　또 최인호의 「황진이」에서 서울에서 내려온 한 사내가 황진이의 집에 머물게 되는 부분이 있다. 여기에서 진이의 집에 머물던 사내의 피리 소리로 인해 진이는 벌거벗겨지고, 그녀의 나신에 비늘이 돋기 시작하게 묘사하고 있다. "황진이는 피리 속에서 투명한 손이 튀어나와 자신의 옷을 벗기고 있었음을, 그리고 그 피리의 곡聿 음률 하나하나가 현란한 비늘이 되어 자라고 있었음을 의식한다. 그녀의 뜨거운 피를 피리 소리는 불러 춤추게 한다.”(26쪽)에서 보여진다.

또 지족선사가 수도로 생불生佛이 되었다는 소문을 듣고 육체의 쾌락에는 고민이 따르는 법이라 진이는 선사에게 최후의 중도中道를 달라 한다. 최인호 소설에서 진이는 계속해서 육체로써 교감하는 풍류로만 삶을 열고 있다.

> 반딧불을 잡았다. 어둠을 뛰어노는 반디를 쥐었다.
>
> 그녀는 조심스레 손 안을 들여다보았다. 손바닥 안에 든 반딧불이가 탈출을 꾀하려고 필사적으로 몸부림친다. 반딧불이가 몸부림치면 칠수록 반딧불의 빛은 더욱 빛나오른다. 손금이 비쳐 보인다. 손톱이 말갛게 비쳐 보인다.
>
> 그처럼 크나큰 반딧불이의 욕망. 지족의 욕망은 황진이의 한 손에 걸리었다. 손밖을 뛰쳐나갈 수가 없다.
>
> 인간의 욕망은 한갓 벌레의 욕망과 뜻이 같아서, 인간의 욕망이 한갓 흐르는 물과 뜻이 같아서, 인간의 욕망이 한갓 미풍에 떨리는 나뭇잎과 같아서, 하늘을 가리는 인간의 욕망이 한갓 한 줌의 손아귀에 갇혀서 스스로의 몸에 불을 밝힌 채 떠나고 있다.
>
> (최인호, 「황진이」,[13] 49쪽)

결국 지족은 진이로 인해 한 송도 성내에 미친 사내로 떠돌아다니는 모습으로 전락하고 만다.

최인호의 「황진이 1」은 부제가 ‘상사뱀’, ‘송도의 달’로 각각의 에피소드가 지닌 공통점은 남성으로부터 쉽게 유혹 당하는 황진이의 면모가 드러난다. 또 「황진이 2」는 지족선사를 유혹하는 면모를 드러내고 있다. 이렇게 보면 최인호의 두 작품은 황진이란 인물이 지닌 육체적 욕망의 복합적 측면이 드러난 소설이라 할 수 있다.

3) 우주적 영혼과 합일된 자유의지
― 1980년대 윤정선의 희곡 「자유혼―황진의 생애」

윤정선이 80년대 희곡으로 그려낸 「자유혼―황진의 생애」에서 황진이는 가난한 청년, '이사종', '벽계수', '지족선사' 등과 연관지어 진이의 의식반경을 드러내고 있다.

윤정선의 희곡에서 진이는 한양 나리인 이사종과 보냈던 시절을 회상하며, 세상 모두를 바꾼 정인이지만, 약속된 세월이 흘러 헤어지자는 약속을 지킨 바 있다. 또 사랑 도둑이 들어도 투기조차 잊어야 하는 현숙한 여인들이 그 당대의 삶이었는데, 그런 사나이들의 아낙이 되는 일은 모욕적인 일이라며, 진이가 기녀가 된 것으로 설정되어 있다. 그것은 진이가 정실부인이 되어 사는 삶이 기녀가 되어 사는 삶보다 더한 모욕의 삶이라고 생각한 때문이다. 이렇게 진이는 조선 당대의 여성 억압 의식에 대한 반기로써 기계로 진출하게 된다.

윤정선의 작품에서는 진이 앞에서 상여가 움직이지 않자 적삼을 덮어주는 장면으로 진이의 마음을 드러내는 대목이 있다.

「자유혼―황진의 생애」에서 진이는, 벽계수는 세인의 조롱거리가 되게 하며, 또 30년의 면벽 수행을 지켜왔던 지족선사를 농락하여 파계시킨다. 남존여비의 죄를 묻는 이사종에게, 진이는 삼종지덕, 부덕, 칠거지악의 설움은 결국 여인들끼리 핍박한 증거라며, 여성 인식에 대한 의식을 전환하여 보여준다. 또 진이는 하늘과 땅의 구별론을 언급하는 이사종에 대해, 하늘과 땅은 화락하는 사이라 생각을 달리 보여준다.

진 선생님께선 노자가 허무를 말하고 부처가 적멸을 말한 것은 이기의 근원을
모르는 것이라 하셨었지요? 기란 무시무생無始無生이어서 종할 것도 멸할 것
도 없다시면서요.

경덕 그래.

진 그리고……기의 밖에 리가 있는 것이 아니라, 리란 기의 주재로, 기보다 앞설
수 없는 것이지요, 기는 처음이 없는 것이라 리도 본래 처음이 없다 하셨지
요. (111쪽)

경덕 진정한 도란 형식과 껍데기에 있는 것이 아니라는 멋들어진 비유였겠다!

진 지족이 깨어진 것은 삼십 년 면벽의 껍데기가 깨어진 것입니다. 진정 생불이
었다면 그 실상은 남이 무어라건 사라질 수 없는 것이겠지요…그러나 만나
기도 전에 저는 그가 다만 껍데기인 것을 알았었어요.

경덕 어떻게 말인가?

진 불쌍한 중생을 제도하는 자비의 마음 가운데에 어찌 대하여 보지도 못한 일
개 기녀를 비웃을 마음이 인단 말입니까? 그것은 구도자의 눈을 가리는 하나
의 아상我想이지요. 하늘은 태산을 보면 태산만큼 올라가고 마른 풀을 보면
마른 풀 만큼 내려옵니다.

경덕 그는 그러하군!

(윤정선, 「자유혼-황진의 생애」,[14] 114쪽)

한편 진이는 서경덕을 시험해 보려고 했던 자신을 상기하며, 세상에는 껍
데기 구도자가 많으나 경덕만을 진정한 불도인 무애無碍의 경지에 이른 자로
인정한다. 또 진이는 자유인이기에 한 사내에게 매이지 않겠다고 한다.

그후 진이는 이승상 댁 자제를 시종侍從 삼아 금강산으로 떠나 인간의 보잘
것 없음을 느끼며 사람의 생사가 오락가락할 때 살 껍데기가 뭐가 중요하냐

며 몸을 보시한다. '살, 내 살 아니고, 흙이 내 살이고, 흙이 곧 내 뼈'라며, 세
상에 내던져져 뜯김을 당해야 하는 그녀의 운명에 대해 살, 피, 마음, 뜯어주
어야 할 자에게 뜯어주겠다며 운명이 허락하는 대로 큰 삶의 무한한 법도를
지키겠다고 한다.

산 속.

아름다운 숲, 보오얀 안개……잎새들 사이로 부드럽고 투명한 저녁 햇살이
새고 있다. 나무를 등지고 안장 있는 진. 지친, 그러나 화평한 모습이다. 산새
들 소리……진의 얼굴에 조용한 미소가 떠오른다.

진 산아, 네 품안에서만은 진이는 외롭지 않구나. 산아, 네 품안에서만은 진이의
마음은 한가롭구나. 산아, 너하고 있을 때만은 진이는 젖먹이처럼 행복하구
나……

나무야, 돌아, 낙엽아……우리는 모두 하나이면서 마음은 하나가 아니었구
나. 죽음이 모두를 하나로 만들면 마음 또한 하나가 되겠지……새야, 풀아,
바위야……함께 있으되 다른 시간을 겪어야 했던 우리들……산아, 이제 쉬
려 하니 나를 품어다오. 내 너를 품으려 하였듯이…… (149쪽)

진 ……낙엽 속에 잠자던 씨앗처럼, 알 속에 잠자던 날개처럼, 우린 언젠가 다시
깨어나지요……우리의 무덤은 새로운 영혼을 깨어나게 하는 잠의 알이랍니
다. 졸립군요……나는 너무 졸립군요……(진, 조용히 눈을 감는다)

사방이 어두워진다.

새벽 어스름. 북과 피리 소리……흥겨운 듯 쓸쓸한 듯 서러운 듯……이상하고 애
달픈 가락에 실려가는……꽃향기 짙은 상여 하나……

— 막

위의 대목처럼 윤정선은 진이라는 인물을 여성의 절대적 주체의 자유 인식을 피력하고 있다. 또 작가 윤정선은 조선의 가부장제 모순까지 꿰뚫고 체제마저 초탈한 여성 주체 의식의 소유자로 그려낸 황진이의 영혼은 우주와 합일된 죽음, 재생을 꿈꾸는 우주적 구도자의 자세를 지닌 여성으로 표출하고 있다. 특히 윤정선의 경우, 숲 속에서 낙엽을 덮고 아이들이 꽃을 덮어 주는, 재생을 꿈꾸는 황진이의 아름다운 죽음의 장면을 통해 이념적 자연이 아닌 경험적 자연을 그리고 있다. 또한 윤정선은 이 작품을 통해 불가역적 자연이 아닌 가역적 자연의 세계를 그려내고 있다.

4. 황진이가 계속 재창작되는 이유
– 미적 욕망과 초월적 구도의 상상적 캐릭터

이 글에서는 이태준이 창작한 소설 『황진이』(1936)에서 진이에 대한 가난한 총각의 미묘한 심리적 추이, 진이의 신분에 대한 자각, 풍류 여성으로의 길을 중심으로 보여주었음을 살펴보았다. 또, 1950년대 박종화가 소설로 그려낸 황진이, 1970년대 최인호가 소설로 그려낸 황진이, 1980년대 윤정선이 희곡으로 그려낸 진이의 의식을 살펴보았다. 이들 작가들이 구현한 세계는 시인으로서의 황진이, 육체적 미학의 소유자로서의 황진이, 자유의지의 실현자로서의 황진이였다.

이태준 소설의 경우 처연한 마음의 소유자로서의 황진이와 풍류객으로서의 황진이를 그리고 있는데 그 면모를 살펴보면 다음과 같다.

첫째, 가난한 총각의 심리, 둘째, 황진이 스스로의 신분 자각 의식, 셋째,

풍류 여성으로서의 진이의 삶이라는 세 특성으로 살펴볼 수 있다.

먼저, 총각이 진이를 향해 마음을 두고, 그녀의 집에 몰래 잠입해 가졌던 심리, 진이가 환영으로 떠오르는 심리, 이루어질 수 없는 사랑으로 인해 죽게 된 그의 성정인 겸손한 사나이로서의 순정과 미묘한 심리가 아주 치밀하면서도 비중 있게 그려진다.

다음으로, 신분으로 인해 푸른 비참을 느꼈던 진이는 절름발이 양반에 대한 자각을 계기로 삼아 기계妓界로 뛰어들고, 신분의 한계에 대한 강렬한 자각 의식이 드러나고 신분 자각에 의한 이중의 복수 의식과 도전 의식을 펼쳐 보이는 것이 특징이 된다. 이어서, 진이가 풍류 여성으로서의 삶과 길 떠나기를 실행한 여정과 자유로운 삶 찾기를 볼 수 있다. 결국 풍류 여성으로서 진이는 마지막으로 금강산으로 풍류의 길을 떠난다.

다음으로 후대에 문인 박종화, 최인호, 윤정선 작품에 그려진 황진이를 보면 다음과 같다.

박종화의 소설 「황진이의 역천」은 서술자 시선이 첨가되어 후대 문인과의 시적 교감이 두드러진다. 최인호의 소설 「황진이」는 뱀 상사와 마라의 딸과 관련시켜 육체적 상상력에 치우친 황진이의 면모와 그 관련 인물을 그려내고 있다. 변신의 상상력이 돋보인다.

윤정선의 희곡 「자유혼-황진의 생애」에서는 진이가 여성의 절대적 주체의 자유 인식의 소유자로 피력된다. 조선의 가부장제 모순까지 꿰뚫고 체제마저 초탈한 여성 주체 의식을 보여준다. 여러 사람에 의해 황진이의 시조가 읊어지며 우주와 합일된 죽음, 재생을 꿈꾸는 황진이의 혼은 우주적 구도자의 자세를 지닌 면모로 남성 작가의 시선과 아주 다르게 보여주고 있다.

그 밖에도 김탁환의 소설 『나, 황진이』[15]는 멸망한 왕국의 수도였던 송도는 당시 허무와 퇴락의 분위기에 쌓여있으면서도 보수적인 한양과 달리 진보적 학풍을 꽃피웠던 곳이라며 황진이라는 뛰어난 개인 뒤에는 송도의 분위기와 서얼까지 감싸 안았던 서경덕 학파라는 배경이 있었다고 지적하며, 황진이가 유학자 서경덕을 농락한 기생 수준으로 전락한 데는 기록자들의 악의가 개입됐다는 것[16]을 보여준다.

최근작인, 전경린의 『황진이』[17]는 황진이의 여러 면모 중 시대의 허위와 가식을 조롱한 근대인으로, 또 자결적 생애를 살다간 인물이라는 점에 초점을 맞췄다. 긴 세월 동안 고독하게 득세해 온 남성에게는 그들에게 대적할 만한 담대한 인격과 신비로운 운명과 미적 권력을 가진 매혹적인 아니마로서, 여성에게는 실종된 여성성의 긴 공백을 단번에 메울 수 있는 존재론적 자유혼의 표상으로서 황진이는 시대를 넘어서 거듭 불려온 그리운 이름이다.[18]

홍석중의 『황진이』[19]는 북한판으로 황진이에 나오는 에로틱한 장면들이 현대 한국 소설의 성애 묘사 수준에는 미치지 못하지만 정치범 수용소가 산재한 통제 국가 북한이라는 이미지를 훌쩍 뛰어넘는 수준[20]이라는 점이 특징으로 지적된다.

이상에서 살펴본 바와 같이, 시대나 이데올로기와 상관없이 황진이가 지속적으로 창작자에게 관심의 대상이 되는 이유는 미적 욕망의 화신이자, 구도적 상상력을 자극하는 모티프라는 상극적 요소를 완비한 캐릭터 때문이 아닌가 생각된다. 특히 이태준은 『황진이』에서 진정한 미의식의 갈구자로 진이의 모습을 재현한다. 진이를 풍류 여성으로서 길을 열어가는 구도 방식으로 풍류 남성에 대적되는 풍류 여성의 모습을 두드러지게 부각하고 있어, 소극적인 여성적 자아의 황진이로서보다는 내면 세계에 깊이 몰입하는, 시대를 초극하여 존재의 의미를 불러일으키는 인간 황진이로 그려낸 점에 의의를 찾을 수 있다.

부록

〈바리공주〉

바리공주 줄거리

옛날 어느 나라에 한 임금과 왕비가 살았는데, 그들은 딸만 계속 낳아서 일곱이나 되었다. 화가 난 임금은 일곱째로 낳은 딸을 내다버렸다. 뒤에 임금 부부는 병이 들어 죽게 되었는데, 버림을 받았던 일곱째 공주는 갖은 고생을 무릅쓰고 영약靈藥을 구해다가 부모를 회생回生시킨다. 뒤에 일곱째 공주는 무조巫祖가 되었다. (출전 : 김진영·홍태한, 『서사무가 바리공주전집 1』, 민속원, 1997)

비리데기 모티프

① 대장군님의 딸 일곱에서 막내딸의 유기遺棄 모티프

② 병이 난 대장군님과 서천서역국 약물만 효험이 있는 모티프

③ 여섯 명의 딸의 구약救藥 거부 모티프

④ 오구마님의 비리데기 수색搜索 모티프

⑤ 약수를 구하기 위해 미륵님의 아들 7형제를 낳는 모티프

⑥ 비리데기의 생명수와 생명의 꽃을 구하는 모티프

⑦ 대장군님과 비우님의 회생回生 모티프

(출전 : 김태곤, 『黃泉巫歌硏究』, 창우사, 1966)

분석 작품

김선우, 『바리공주』, 열림원, 2003.

박상륭, 『칠조어론』, 문학과지성사, 1994.

송경아, 「바리 - 불꽃」·「바리 - 동수자」·「바리 - 돌아오다」, 『엘리베이터』, 문학동네, 1998.

장진영, 「바리데기」, 『제1·2회 옥랑 희곡상 수상작품집』, 옥랑문화재단, 2000.

기타 창작품 1

박용구는 뮤지컬 대본뿐만 아니라 발레로 〈바리〉를 재창작하였다(1998.11.6-8 국립 중앙극장 초연). 박용구는 같은 바리 모티프를 뮤지컬에서는 「바리·이승편」과 「바리·저승편」으로 이분화해서 보여주었는데, 발레에서는 두 가지를 조합하여 간결하게 춤사위로 보여주고 있다. 특히 「이승편」에서 숨은 구원자로 '개비'를 등장시킨다. '무장생'의 모습을 대장장이 신으로 상정하여 신기구를 발명하는 것은 그리스 신화 중 헤파이스토스 대장장이 신의 모습이 형상화된 듯하다. 박용구의 발레 「바리」는 탈일상적 공간인 탈성대, 여원의 숲, 욕망의 늪, 현사각 등, 저승 공간이 미약한 한국 문학 공간에 서구식 상상력(단테의 〈신곡〉 등)을 동원하여 저승의 공간을 설정하고 있다. 탈성의 통과제의, 여원의 숲에 등장하는 세계사 속의 여성들이 집결되고, 현사각 역시 세계사 속의 철학자들이 모두 등장하고 있다. 음의 세계를 갱의 코너, 투명 코너, 배정 코너로 설정한 것 역시 새로운 공간과 의미로 설정하고 있고, 거룡의 이미지는 요나의 뱃속을 통과한 성경의 이미지에서 재탄생되는 이미지를 그려내고 있어, 한국 문학의 보편적 세계적 공간을 확장해 보여주고 있다.

기타 작품 2

강은교, 「비리데기의 여행노래 - 三曲·사랑」, 『남자들은 모른다』, 마음산책, 2001.

박용구, 「바리·이승편」, 『문예중앙』, 1994년 가을호.

──────, 「바리」, 朴容九 作品集, 『바리』, 지식산업사, 2003.

──────, 「바리·저승편」, 『朴容九作品集 바리』, 지식산업사, 2003.

한겨레옛이야기2, 『바리공주 - 저승 세계를 찾아간 소녀』, 한겨레아이들, 2002.

〈구천, 구지가, 풍요, 변강쇠가〉

구천 노랫말

리로 리런나

로리라 리로런나

로라리 리로리런나

오리런나

나리런나

로런나 로라리로 리런나

(출전 : 임동권, 〈九天〉, 『한국 민요집 1』, 집문당, 1975)

〈구지가〉 원문과 노래

천지天地가 개벽한 후로 이곳에는 아직 나라 이름이란 없었다. 그리고 또 군신君 臣의 칭호도 없었다. 이럴 때에 아도간我刀干・여도간汝刀干・피도간彼刀干・오도 간五刀干・유수간留水干・유천간留天干・신천간神天干・오천간五天干・신귀간神鬼干 등 아홉 간干이 있었다. 이들 추장酋長들이 백성들을 통솔했으니 모두 일 백호戶 로서 7만 5천명이었다. 이 사람들은 거의 산과 들에 모여서 살았으며 우물을 파 서 마시고 밭을 갈아 먹었다.

후한後漢의 세조世祖 광무제光武帝 건무建武 18년 임인壬寅 3월 계욕일禊浴日에 그 들이 살고 있는 북쪽 구지龜旨에서 무엇을 부르는 이상한 소리가 났다. 중서衆庶 2, 3백 명이 여기에 모였는데 사람의 소리 같기는 하지만 그 모양을 숨기고 소리 만 내서 말한다. "여기에 사람이 있느냐?" 구간 등이 말한다. "우리들이 있습니 다." 그러자 또 말한다. "내가 있는 곳이 어디냐." "구지龜旨입니다." 또 말한다. "하늘이 나에게 명하기를 이곳에 나라를 새로 세우고 임금이 되라고 하였으므로 일부러 여기에 내려온 것이니, 너희들은 모름지기 산봉우리 꼭대기의 흙을 파면 서 노래를 부르되 **'거북아 거북아, 머리를 내밀라. 만일 내밀지 않으면 구워먹겠 다."** 하고, 뛰면서 춤을 추어라. 그러면 곧 대왕을 맞이하여 기뻐 뛰놀게 될 것이 다."

구간九干들은 이 말을 좇아 모두 기뻐하면서 노래하고 춤추다가 얼마 안 되어 우 러러 쳐다보니 다만 자줏빛 줄이 하늘에서 드리워져서 땅에 닿고 있었다. 줄 끝을 찾아보니 붉은 보자기에 금합金閤이 싸여 있으므로 열어보니 해처럼 둥근 황금 알 여섯 개가 있었다. 여러 사람들은 모두 놀라고 기뻐하여 함께 백배百拜하였다. 얼 마 있다가 다시 싸안고 아도간我刀干의 집으로 돌아와 합榻 위에 놓아 두고 여러 사람은 각기 흩어졌다. 이런 지 12시간이 지나, 그 이튿날 아침에 여러 사람들이 다시 모여서 그 합을 여니 여섯 알은 화해서 어린아이가 되어 있는데 용모가 매우 훤칠했다. 이들을 평상 위에 앉혀 여러 사람들이 절하고 하례賀禮하면서 극진히 공경했다. 이들은 나날이 자라서 10여 일을 지나니 키는 9척으로 은殷나라 천을天乙과 같고 얼굴이 용과 같은 것이 한漢나라 고조高祖와 같다. 눈썹이 팔자八字로 채색이 나는 것은 당唐나라 고조高祖와 같고, 눈동자가 겹으로 된 것은 우虞나라 순舜과 같았다. 그가 그달 보름에 왕위에 오르니 세상에 처음 나타났다고 해서 이름을 수로首露라고 했다. 혹은 수릉首陵이라고도 했다. 나라를 대가락大駕洛이라 하고 또 가야국伽耶國이라고도 하니 이는 곧 여섯 가야伽耶 중의 하나다.

(출전 : 일연, 이민수 역, 『삼국유사』 권 제2 「가락국기」, 을유문화사, 1982)

〈구지가〉 기타 작품

서정주 시인은 「처녀가 시집갈 때」와 「가야국 김수로왕 때」에서 김수로왕의 비인 허황옥과 김수로왕 때를 그리워하는 사람들을, 권혁웅 시인은 「거북아 거북아」에서 거북이를 부르면서 화자의 위리안치圍籬安置된 삶에 새 삶이 오기를 갈망하는 시로 나타내고 있다.

〈풍요〉 원문과 노래

중 양지良志는 그 조상이나 고향에 대해서는 자세히 알 수 없다. 오직 신라 선덕왕善德王 때에 자취를 나타냈을 뿐이다. 석장錫杖 끝에 포대 하나를 걸어 두기만 하면 그 지팡이가 저절로 날아 시주施主의 집에 가서 흔들면서 소리를 냈다. 그 집에서 이를 알고 재齋에 쓸 비용을 여기에 넣는데, 포대가 차면 날아서 돌아온다. 때문에 그가 있던 곳을 석장사錫杖寺라고 했다. 양지의 신기하고 이상하여 남이 헤아릴 수 없음이 모두 이와 같았다. 게다가 한편으로 여러 가지 기예技藝에도 통달해서 신묘함이 비길 데가 없었다. 또 필찰筆札에도 능하여 영묘사靈廟寺 장육삼존상丈六三尊像과 천왕상天王像, 또 전탑殿塔의 기와와 천왕사天王寺 탑 밑의 팔부신장八部神將, 법림사法林寺의 주불삼존主佛三尊과 좌우 금강신金剛神 등은 모두 그가 만든 것이다. 영묘사와 법림사의 현판을 썼고, 또 일찍이 벽돌을 새겨서 작은 탑 하나를 만들고, 아울러 삼천불三千佛을 만들어, 그 탑을 절 안에 모셔 두고 공경했다. 그가 영묘사의 장육상丈六像을 만들 때에는 입정入定해서 정수正受의 태도로 주물러서 만드니, 온 성 안의 남녀들이 다투어 진흙을 날라다 주었다. 그때 부른 풍요風謠는 이러하다.

"오다 오다, 오다 인생은 서러워라.

서러워라 우리들은, 공덕功德 닦으러 오네."

지금까지도 시골사람들이 방아를 찧을 때나 다른 일을 할 때에는 모두 이 노래를 부르는데 대개 이때 시작된 것이다. 장육상을 처음 만들 때에 든 비용은 곡식 2만 3,700석이었다. 의론해 말한다. "양지 스님은 가위 재주가 온전하고 덕이 충족充足했다. 그는 여러 방면의 대가大家로서 하찮은 재주만 드러내고 자기 실력은 숨긴 것이라 할 것이다."

(출전 : 일연, 이민수 역, 『삼국유사』 권 제4, 〈양지사석〉, 을유문화사, 1982)

〈풍요〉 관련 기타 작품

임보 시인은 「신풍요」에서 설움에 겨운 중생들에게 공덕을 닦으러 오라고 쓰고, 박희진 시인은 「풍요」에서 선정 삼매에 들던 양지를 따르던 이들과 함께 풍요를 불렀다는 배경 설화를 쓰며, 이승훈 시인은 「풍요」에서 Cogito-자아, 이 땅에 시를 쓰러 온다는 내용의 시로 다시 쓰고 있다.

〈변강쇠가〉 원전

〈변강쇠가〉·〈변강쇠타령〉·〈횡부가橫負歌〉라는 이름으로 불리기도 한다. 현재 창으로 전승되지는 않지만, 송만재宋晩載가 1843년에 쓴 〈관우희觀優戲〉와 이유원李裕元의 〈관극팔령觀劇八令〉 가운데 칠언시로 기록되어 있어 그 내용을 짐작할 수 있다. 특히 이 작품은 실전失傳 판소리 일곱 마당 가운데 유일하게 신재효에 의해 판소리 사설로 정착된 작품이기 때문에 실전 판소리를 연구하는 데 중요한 자료로 이용되고 있다. 신재효가 사설로 정착시킨 시기는 작품 중의 '신기년괴역' 辛己年怪疫이란 구절을 통해 신미년(1881) 이후로 추정되고, 또한 조선 말기의 명창 송흥록·장자백 등이 잘 불렀다는 기록이 있어 적어도 19세기 말까지 연행되다가 20세기 이후 판소리의 전승 과정에서 소리의 맥이 끊겼음을 확인할 수 있다. 최근 박동진朴東鎭이 신재효 사설을 바탕으로 소리를 재현하여 가끔 부르고 있다.

그 내용은 크게 두 부분으로 나뉜다. 전반부는 평안도의 음녀淫女 옹녀와 삼남 三南의 잡놈 변강쇠가 청석골에서 서로 만나 함께 사는 내용이다. 옹녀는 여러 도회지를 전전하며 들병장사, 막장사 등으로 어떻게든 살아보려고 노력하는데, 강쇠는 이에 아랑곳하지 않고 온갖 못된 짓을 저지른다. 이에 옹녀는 강쇠를 달래 지리산으로 옮겨가 살게 되었는데, 어느 날 강쇠가 땔감으로 장승을 베어다 때어 장승 동티로 죽게 된다. 후반부는 이렇게 죽은 강쇠의 장례를 치르기 위해 시신을 치우는 과정이 복잡하게 전개된다. 결국 뎁득이가 강쇠의 상을 치르는 것으로 끝맺게 되는데, 그 과정에서 등장하는 많은 인물, 특히 사당패·풍각쟁이패·초라니 등 유랑연예인과 그들의 놀이 모습은 조선 후기 하층 민간생활의 일면을 생생하게 보여준다. 이 작품은 단순히 음란한 성에 대한 경계에 그치는 것이라기보다, 하층유랑민의 비극적 생활상이 광대들의 자술적 전기와 결부되어 있다는 점에서 문학사적 의의가 있다. 19세기 농촌공동체의 경제적 분화 과정에서 발생한 유민층이 농촌공동체를 지키고자 했던 집단에 의해 패배해 간 사회적 현실이 잘 반영되어 있다. (출전 : daum 백과사전)

〈변강쇠가〉 관련 기타 작품

'장승' 관련 시는 조호영의 「장승」, 유안진의 「장승」, 리태극의 「장승」, 진단시 동인의 테마 시집 『장승』이 주조를 이루고 있고, 신경림의 시 「네 무슨 변강쇠라」 역시 부제가 '장승의 노래' 로 되어 있다. 김상렬은 고전 속의 다양한 인물을 함께 어우러진 마당으로 등장시키고 있다. 변강쇠는 입산 수도에 임했다가 다시 파계하는 인물로 허생, 애랑과 함께 등장시키면서 허생과는 사업가적 수완을, 애랑과는 성적 요소가 중첩되는 측면으로 다루고 있다.

분석 작품

박상륭, 『칠조어론』(1 - 4부), 문학과지성사, 1990 - 1994.

기타 작품

권혁웅, 「거북아 거북아」, 『황금나무아래서』, 문학세계사, 2001.
김상렬, 「길놀이 마당 놀이」, 『김상렬희곡집, 마당놀이 황진이』, 백산서당, 2000.

박희진, 「풍요」, 『산화가』, 불일출판사, 1988.

서정주, 「처녀가 시집갈 때」, 「가야국 김수로왕 때」, 『학이 울고 간 날들의 시』, 소
　　　　설문학사, 1982.

신경림, 「네 무슨 변강쇠라」, 『달넘세』, 창작과비평사, 1985.

유안진, 「장승」, 『봄비 한 주머니』, 창작과비평사, 2000.

이승훈, 「풍요」, 『현대시학』, 1955년 4월호.

이태극, 「장승」, 『자하산사 이후 : 월하 이태극 시조집』, 토방, 1995.

임　보, 「신풍요」, 『운주천불』, 우이동사람들, 2000.

조호영, 「장승」, 『조호영 제2시조집 : 까치둥지』, 동인문예, 1995.

〈단군신화〉

원본 내용

옛날에 환인桓因의 서자庶子 환웅桓雄이 항상 천하에 뜻을 두고 인간 세상을 몹시
바랐다. 아버지는 아들의 뜻을 알고 삼위 태백三危太伯을 내려다보매 인간 세계를
널리 이롭게 할 만한지라, 이에 천부인天符印 세 개를 주어, 내려가 세상을 다스리
게 하였다. 환웅은 그 무리 3천 명을 거느리고 태백산太伯山 꼭대기의 신단수神壇
樹 아래에 내려와서 이곳을 신시神市라 불렀다. 이분을 환웅 천왕이라 한다. 그는
풍백風伯, 우사雨師, 운사雲師를 거느리고 곡식·수명壽命·질병疾病·형벌刑罰·선
악善惡 등을 주관하고, 인간의 삼백예순 가지나 되는 일을 주관하여 인간 세계를
다스려 교화시켰다.

　이때, 곰 한 마리와 범 한 마리가 같은 굴에서 살았는데, 늘 신웅(神雄, 곧 환웅)에
게 사람되기를 빌었다. 때마침 신神이 신령한 쑥 한 심지와 마늘 스무 개를 주면
서 말했다. "너희들이 이것을 먹고 백일 동안 햇빛을 보지 않는다면 곧 사람이
될 것이다." 곰과 범은 이것을 받아서 먹었다. 곰은 기忌한 지 21일[三七日] 만에 여
자의 몸이 되었으나, 범은 능히 삼가지 못했으므로 사람이 되지 못했다. 웅녀熊女
는 그와 혼인할 상대가 없었으므로 항상 단수壇樹 아래에서 아이 배기를 축원했
다. 환웅은 이에 임시로 변하여 그와 결혼해 주었더니, 그는 임신하여 아들을 낳

았다. 이름을 단군 왕검檀君王儉이라 하였다.

(출전 : 일연, 이민수 역,『삼국유사』, 권 제1, 〈고조선 왕검조선〉, 을유문화사, 1982)

분석 작품

김성희,「熊女」, 김성희 방송드라마선집,『황금물고기』, 연극과인간, 2001.
김승희,「호랑이 젖꼭지」,『김승희 소설집, 산타페로 가는 사람』, 창작과비평사,
　　　　1997.
박진규,『수상한 식모들』, 문학동네, 2005.
양귀자,「곰 이야기」,『제41회 現代文學賞 수상소설집 - 곰 이야기』, 현대문학,
　　　　1995

기타 작품 1

서정주의「곰 색시」는 사나운 계집애와 어리석은 계집애를 등장시키고, 환웅에게 쑥과 마늘을 얻어 깜깜한 굴 속에 참고 견디기를 겨루다가 곰 처녀가 환웅의 아내로 뽑히는 내용이다. 또「하느님의 생각」은 하느님이 아들 환웅을 데리고 땅 구석구석을 살펴본 후, 다스리고 싶은 나라를 고르라고 한다. 환웅은 우리 조선을 선택하는데, 이는 환웅이 태백산으로 내려오라는 뜻이며, 처음 열리는 나라 사람의 의젓한 본심으로 잘 지켜 나가라는 내용이다. 이어「환웅의 생각」에서 내 아버님인 하느님을 닮아 끝없어야 하는 것을 알고 살 것이라 작정한 환웅은 아내될 색시의 버릇을 고쳐놓기 위해 참고 견딜 줄 알아야 자손만대 이어지고, 잘 견디는 여자만을 자신의 마나님으로 해주겠다는 내용이다. '단군'은 환웅이 곰 처녀와 가까이 지내며, 당굴은 단군으로 하늘이란 뜻이며, 사람은 두루 하늘 다와야 한다는 뜻을 드러내고 있다.

정한숙은 그의 소설,「熊女의 後裔」에서 조상 토템으로 설정된 곰과 곰의 새끼들의 세계를, 생존 세계에 던져진 먹이사슬과 냉혹한 현실 세계에 처한 약자들의 모습으로 알레고리 기법을 통해 보여주고 있다.

박상륭은 그의 소설,『죽음의 한 연구』에서 '반쯤 계집된 호랑이'를 비유어법으로 차용하고 있다. 또,『칠조어론』에서 웅녀를 '웅녀중', '웅녀 신화'로 명명하여 주체적 메타포로 차용하고 있다. 웅녀가 〈단군신화〉에서 부차적인 존재,

즉 타자화된 존재라는 사실로 자리매김되어 있는 것과는 달리, 박상륭은 단군보다 웅녀를 부각시켜 그 이미지를 드러내고 있다.

전경린의 「새는 언제나 그곳에 있다」에서는 여성의 삶이 어둡고 길고 아무도 없는 동굴에서 쑥과 마늘을 먹는 기분, 동굴 속에서 자기를 향해서 걸어나오는 길일 뿐이라 보여주고 있다. 그래서 생이란 자신의 욕망에 충실한 것이라는 결론으로 비유하여 보여주고 있다.

이호림의 동화 『웅녀야 웅녀야』는 어른을 위한 동화로 신화의 세계와 현실의 세계를 이중 교차 기법으로 보여주고 있다. 소제목은 신화의 세계는 판소리 용어 제목으로, 현실 세계는 서양 음악의 용어로 붙이고 있다. 우리 민족의 근원적 얘기를 담고 있는 건국신화를 소재로 하여 이 시대에 어떻게 의미를 생성시킬 수 있는가를 과거 신화 시대의 이야기와 현재에 신화 같은 현실 이야기로 대비하며 이끌어 가고 있다. 특히 웅녀의 섭정과 단군의 홀로 서기 과정이 신화 부분에서 펼쳐지고 있다.

구상의 희곡 「檀君」(1969)은 첫째, '환인-환웅-환검' 의 3대의 이야기가 추가되면서도 환나라에서 동쪽으로 이동해 가는 환웅의 나라 세우기의 구조를 보인다. 둘째, '범네' 와 '곰네' 의 토템족에서 구원한 여성과 고급 문화국의 종주국으로 배달나라를 설정하는 과정이 보인다. 셋째, 환웅을 천문학과 역학의 전문인으로 설정하고 있다.

기타 작품 2

구　상, 「(오리지널 시나리오) 檀君」, 『(구상 희곡·시나리오選) 黃眞伊』, 자유출
　　　　판사, 1994.
박상륭, 『죽음의 한 연구』(상·하), 문학과지성사, 1997.
ㅡㅡㅡㅡ, 『칠조어론』(1부-4부), 문학과지성사, 1994.
서정주, 「곰 색시」, 「하느님의 생각」, 「환웅의 생각」, 『미당 서정주 시전집』, 민음
　　　　사, 1984.
이호림, 『웅녀야 웅녀야』, 미래문화사, 2002.
전경린, 「새는 언제나 그곳에 있다」, 『전경린 소설집, 염소를 모는 여자』, 문학동
　　　　네, 1996.

정한숙, 「熊女의 後裔」, 『창녀와 복권』, 청하, 1988.

〈주몽신화〉

원본 내용 1

고구려高句麗는 곧 졸본부여卒本扶餘다. 혹 지금의 화주和州 또는 성주成州라고 하지만 이것은 모두 잘못이다. 졸본부는 요동遼東 경계에 있었다.

『국사(國史)』〈고려본기〉高麗本記에 이렇게 말했다. 시조始祖 동명성제東明聖帝의 성姓은 고씨高氏요, 이름은 주몽朱蒙이다. 이보다 앞서, 북부여 왕 해부루解夫婁가 이미 동부여로 피해 가고, 부루가 죽자 금와金蛙가 왕위를 이었다. 이때 금와는 태백산太白山 남쪽 우발수優渤水에서 여자 하나를 만나서 물으니 그 여자는 말했다.「나는 하백河伯의 딸로서 이름을 유화(柳花)라고 합니다. 여러 동생들과 함께 물 밖으로 나와서 노는데, 남자 하나가 오더니 자기는 천제天帝의 아들 해모수解慕漱라고 하면서 웅신산熊神山 밑 압록강鴨綠江 가의 집 속에 유인하여 남몰래 정을 통하고 가더니 돌아오지 않았습니다. 부모는 내가 중매도 없이 혼인한 것을 꾸짖어서, 드디어 이곳으로 귀양보냈습니다.」

금와金蛙는 이상하게 여겨 그녀를 방 속에 가두어 두었더니 햇빛이 방 속으로 비쳐왔다. 그녀가 몸을 피하자 햇빛은 다시 쫓아와서 비쳤다. 이로 해서 태기가 있어 알[卵] 하나를 낳으니, 크기가 닷 되[五升]들이 만했다. 왕은 그것을 버려서 개와 돼지에게 주게 했으나 모두 먹지 않았다. 다시 길에 내다 버리니 소와 말이 그 알을 피해서 가고 들에 내다 버리니 새와 짐승들이 알을 덮어주었다. 왕이 이것을 쪼개 보려 했으나 아무리 해도 쪼개지지 않아 그 어머니에게 돌려주었다. 어머니는 이 알을 천으로 싸서 따뜻한 곳에 놓아 두니 한 아이가 껍질을 깨고 나왔는데, 골격과 외모가 영특하고 기이했다. 나이 겨우 일곱살에 기골이 뛰어나서 범인과 달랐다. 스스로 활과 화살을 만들어 쏘는데 백 번 쏘면 백 번 다 맞히었다. 나라 풍속에 활 잘 쏘는 사람을 주몽朱蒙이라고 하므로 그 아이를 주몽이라 이름했다.

금와에게는 아들 일곱이 있는데 항상 주몽과 함께 놀았으나 재주가 주몽을 따르지 못했다. 장자 대소帶素가 왕에게 말했다. 「주몽은 사람이 낳은 자식이 아닙니다. 만일 일찍 없애지 않는다면 후환이 있을까 두렵습니다.」 왕은 그 말을 듣지 않고 주몽을 시켜 말을 기르게 하니 주몽은 좋은 말을 알아보고는 적게 먹여서 여위게 기르고, 둔한 말은 잘 먹여서 살찌게 했다. 이에 왕은 살찐 말은 자기가 타고 여윈 말은 주몽에게 주었다.

왕의 여러 아들과 신하들이 주몽을 장차 죽일 계획을 하니 주몽의 어머니가 이 기미를 알고 말했다. 「지금 나라 안 사람들이 너를 해치려고 하는데, 네 재주와 지략을 가지고 어디를 가면 못 살겠느냐. 빨리 이곳을 떠나도록 해라.」 이에 주몽은 오이烏伊 등 세 사람을 벗으로 삼아 엄수淹水에 이르러 물을 보고 말했다. 「나는 천제天帝의 아들이요, 하백河伯의 손자이다. 오늘 도망해 가는데 뒤쫓는 자들이 거의 따라오게 되었으니 어찌 하면 좋겠느냐.」 말을 마치니 물고기와 자라가 다리를 만들어주어 건너게 하고, 모두 건너자 이내 풀어 버려 뒤쫓아오던 기병은 건너지 못했다. 주몽은 졸본주에 이르러 도읍을 정했다. 그러나 미처 궁실을 세울 겨를이 없어서 비류수沸流水 위에 집을 짓고 살면서 국호國號를 고구려高句麗라 하고, 고高로 씨를 삼았다. 이때의 나이 12세로서, 한나라 효원제 건소 2년 갑신에 즉위하여 왕이라 일컬었다. 고구려가 제일 융성하던 때는 21만 580호나 되었다.(출전 : 일연, 이민수 역, 『三國遺事』, 권 제1, 〈高句麗〉, 을유문화사, 1982)

원본 내용 2

동명성왕東明聖王의 성姓은 고씨高氏요, 위는 주몽朱蒙이다. (중략) 왕이 괴이히 여기어 사람을 시켜 그 돌을 옮겨 놓고 보니, 한 금색 와형蛙形의 소아가 있었다. 왕이 기뻐하여 말하되, 「이는 하늘이 나에게 현사賢嗣를 주심이라.」 하고 곧 데려다 길렀다. 이름을 금와金蛙라 하고 장성하매 태자를 삼았다. (중략) 주몽은 모둔곡毛屯谷에 이르러 세 사람을 만났다. 한 사람은 마의를 입고 한 사람은 수조의를 입었다. 주몽이 묻되 「그대들은 어떠한 사람이며 성명이 무엇이냐」고 하매, 마의 입은 사람은 가로되 이름이 재사再思라 하고, 납의 입은 사람은 가로되 무골武骨이라 하고, 수조의를 입은 사람은 가로되 묵거墨居라 하고 성은 말하지 아니하였다. 주몽은 재사에게 극씨란 성을, 무골에게 중실씨, 묵거에게 소실씨를 사하고, 부중에게 이르되, 「내가 지금 대명을 받아 국가의 기업을 개창開創하려 하는데 마침 이 세 현인을 만났으니 어찌 천사天賜가 아니랴.」하고 드디어 그 재능을 헤아려 각각 일을 맡기고 그들과 함께 졸본천에 이르렀다. 그 토양이 비미肥美하고 산하가 험고險固함을 보고 거기에 도읍을 정하려 하였는데, 궁실을 지을 겨를이 없어 비류수변沸流水邊에 집을 짓고 거기 거하여 나라를 고구려高句麗라 하고 인하여 고高로써 씨를 삼았다. (중략) 대답하되 「나는 천제天帝의 아들로 모처에 와서 도읍을 하였다.」고 했다. 송양이 가로되 「우리는 여기서 여러 대 동안 왕 노릇을 하였지만, 땅이 작아 두 임금을 용납하기는 어렵다. 그대는 도읍을 정한 지 며칠 안 되니, 우리의 부용附庸이 될 수 있겠느냐.」고 하매, 왕은 이 말에 분노하여 그와 시비를 하다가 또한 서로 활쏘기를 하여 재주를 시험해 보니 송양이 항거抗拒치 못하였다. (중략) 14년 8월에 왕모王母 유화가 동부여에서 돌아가매, 그 왕 금와가 태후太后의 예로 장사하고 드디어 신묘神廟를 세웠다. 10월에 사신을 부여에 보내어 방물方物을 바치어 그 덕을 갚았다. 19년 4월에 왕자 유리가 부여에서 그 어머니와 함께 도망하여 오매, 왕은 기뻐하여 태자太子를 삼았다. 9월에 왕이 돌아가니 나이 40세요, 용산에 장사하고 동명성왕東明聖王이라 시호(諡號)하였다.

(출전 : 김부식, 이병도 역, 『三國史記』(上), 〈高句麗本紀 第一〉, 을유문화사, 1984)

주요 서사

① 해모수와 유화가 만나 몰래 정을 통하고, 부모는 그녀를 귀양 보낸다.

② 유화는 햇빛으로 잉태 후 닷 되들이 알을 낳는다.

③ 왕은 알을 개, 돼지, 소, 말 등에게 버리나 동물들은 모두 알을 보호해준다.

④ 결국 유화에게 돌아온 알은 스스로 깨고 나온다. 골격이나 외모가 일곱 살에 이미 범인과 다르다.

⑤ 금와왕 아들 대소와 주몽은 활쏘기 시합을 해서 주몽이 이기나 대소에게 모함을 받는다.

⑥ 유화는 주몽을 탈출시킨다.

⑦ 주몽은 물고기와 자라 등이 다리를 놓아주어 건넌 후 졸본주에 도읍을 정하고 나라를 세운다.

『삼국사기』소재 〈주몽신화〉의 주요 서사

① 해부루왕은 곤연에서 금와형의 소아를 데려와 아들로 삼는다.

② 동해 가에 가섭원이라 풍요로운 땅에 동부여를 세운다.

③ 금와는 태백산 우발수에서 한 여자를 얻는다. 유화는 압록에서 천제의 자 해모수에게 유인당한 얘기를 하고, 그 부모는 귀양살이를 하게 한다.

④ 금와는 그를 집에 가두니 일광이 비치어 태기가 있고 닷 되들이 알을 낳는다.

⑤ 왕은 개, 돼지, 우마, 새에게 버리나 모두 보호하거나 피해간다.

⑥ 다시 유화에게 돌아온 알은 스스로 깨고 나온다. 일곱 살에 다른 아이와 다르고 궁시를 만들어 백발백중한다.

⑦ 금와의 장자 대소는 주몽의 후환을 두려워한다.

⑧ 주몽은 현명하게 말을 관리한다.

⑨ 계속하여 위험 속에 놓여진 주몽은 모친의 조언에 따라 삼인과 탈출한다. 엄고수에서 어별이 다리를 놓아준다.

⑩ 모둔곡에서 재사, 무골, 묵거 등의 세 현인을 얻는다.

⑪ 궁실을 비류수 변에 집을 짓고 고구려라 하고 고씨를 성으로 삼는다.

⑫ 비류국 송양을 찾아가 활쏘기로 힘을 겨룬다.

⑬ 왕모 유화는 동부여에서 죽는다.

⑭ 왕자 유리가 부여에서 어머니와 도망하여 오매 태자를 삼는다. 죽은 후 동명성왕이 된다.

분석 작품

서정주,「東盟」,「高句麗 始祖 東明聖王 高朱蒙의 四柱八字」,『미당 서정주 시 전집』, 민음사, 1984.

송수권,「柳花夫人」,『꿈꾸는 섬』, 문학과지성사, 1983.

송하춘,「河伯의 딸들」,『하백의 딸들』, 문학과지성사, 1994.

윤금초,「주몽의 하늘」,『주몽의 하늘』, (주)문학수첩, 2004.

이광수,『사랑의 동명왕』,『이광수대표작선집』10, 삼중당, 1974.

TV드라마 「주몽」[MBC(월, 화) 정운현 기획, 이주환 · 김근홍 연출, 최완규 · 정형수 극본] 작품 기획 의도: 우리 민족이 가장 아름다웠던 시간, 우리 민족이 세계의 중심이었던 시간. 그 시간을 만난 적이 있는가! 드라마 「주몽」은 감히 아무도 찾아가 보지 못했던 시간 속으로 벅찬 장정을 나선다. 중국 제국을 무릎 꿇리고 두려움 없이 세계와 맞섰던, 역사상 가장 놀라운 승리의 시간이 2,000년의 벽을 넘어 브라운관으로 찾아온다. 줄거리는 2,100여 년간 북방의 대륙을 지배했던 고조선 이후부터 시작된다. 주몽의 역사는 고조선이 무너지는 순간부터이다. 천제의 아들 환웅이 홍익인간의 이념으로 지상에 내려와, 웅녀와 혼인하여 단군을 낳았고, 그 단군이 건국했다는 고조선, 그 나라가 무너지고 나라의 유민들이 뿔뿔이 흩어진 순간. 드라마 「주몽」은 시작된다. 분열과 파괴! 그러나 잊혀진 시간, 기원전 108년의 시간에서부터 전쟁…. (http://www.imbc.com/broad/tv/drama/jumong)

〈처용가〉

원본 내용

〈처용가〉處容歌는 신라 49대 헌강왕 때 처용이 지었다는 향가로, 『삼국유사』 〈처용랑조〉에 실려 있다. 용의 아들인 처용이 헌강왕을 따라 서울에 와서 벼슬을 했는데, 어느 날 밤 그의 아내를 범하는 역신에게 이 노래를 불러 물러나게 했다. 이 향가의 주인공 처용은 신라 헌강왕 때의 사람으로 왕의 순행 중에 기형 궤복으로 나타나 가무를 하다 궁궐에 따라 들어와서 벼슬하였는데 달밤이면 춤과 노래를 하였다 하며, 그 춤이 악부에 처용무라 전해온다.

원문

> 서울 밝은 달에
> 밤들어 노니다가
> 들어서야 자리를 보니
> 가랭이가 넷일러라

둘은 내 것인데

둘은 뉘 것인뇨

본디는 내 것이다마는

앗은 것을 어찌할꼬

(출전 : 일연, 이재호 역, 『삼국유사』 1, 〈처용랑과 망해사〉, 솔, 1997)

분석 작품

구광본, 『처용을 어디서 다시 볼꼬』 (전2권), 세계사, 1994.

김소진, 「處容斷章」, 『열린 사회의 그 적들』, 솔, 1997.

박상륭, 「최판관」·「심청이」, 『아겔다마』, 문학과지성사, 1997.

───, 『죽음의 한 연구』 상·하, 문학과지성사, 1997.

───, 「아으, 누가 저 毒龍을 퇴치하여 공주를 구할 것이냐-동화 한 자리 3」,
 『산해기』, 문학동네, 1999.

───, 「산해기」, 『산해기』, 문학동네, 1999.

───, 『칠조어론』 (1 - 4), 문학과지성사, 1990-1994.

───, 「混紡된 상상력의 한 형태 1 - 童話에서 神話를, viceversa」, 『잠의 열매를
 매단 나무는 뿌리로 꿈을 꾼다』, 문학동네, 2002.

───, 『神을 죽인 자의 행로는 쓸쓸했도다』, 문학동네, 2003.

방기환, 「處容의 敵」, 『한국대표단편문학전집 方基煥 篇』, 正漢出版社, 1975.

신상성, 「처용(處容)의 웃음소리」, 『處容의 웃음소리』, 동호서관, 1981.

윤대녕, 「신라의 푸른 길」, 『남쪽 계단을 보라』, 세계사, 1995.

윤후명, 「處容나무를 향하여」, 『원숭이는 없다』, 민음사, 1989.

이인성, 「강 어귀에 섬 하나-처용 환상」, 『강 어귀에 섬 하나』, 문학과지성사,
 1999.

기타 작품

처용가 관련 희곡 재창작품으로, 유치진의 희곡 「처용의 노래」와 오태석의 희곡
「팔곡병풍」 등의 작품이 있다.

유치진의 작품은 처용과 가야, 반인반수 성격의 역신을 삼각구도로 설정하고

있다. 질투자 역신은 가야를 실신시키고 취하나 역신은 결국 남을 해치는 힘보다 큰 죽은 사람을 살리는 처용의 힘 앞에 물러서며 자각하는 모습을 보여준다.

오태석의 작품에서는 처용이 관용적이며 담대한 인간이 아니고 인간적 고뇌를 가지며 아내의 또다른 남자에 의해 죽임 당하는 것으로 그려지고 있다. 억울하게 죽은 처용의 넋을 건지기 위해 씻김굿을 치르면서, 처용이 죽은 후에야 자신의 모습을 반납하는 호귀마마가 등장하고 있다. 처용의 넋이 용으로 승천하는 환상으로 결말을 처리하고 있다. 이 희곡에서 낭자와 처용 아비와 호귀마마의 관계는 남자 둘과 여자 하나 사이의 삼각관계를 이중으로 겹쳐 보여주고 있다.

오태석, 「팔곡병풍」, 『오태석 희곡집 4·도라지』, 평민사, 1994.

유치진, 「처용의 노래」, 『東郎 柳致眞 全集·3』, 서울예대출판부, 1993.

〈호동왕자와 낙랑공주〉

원본 내용

사월에 왕자 호동好童이 옥저沃沮 지방을 유람하고 있던 차, 낙랑왕 최리崔理가 출순出巡하여 그를 보고 「군君의 얼굴을 보매 보통 사람이 아닌 듯하니 혹 북국신왕北國神王의 아들이 아니냐.」 하고 드디어 그를 데리고 돌아와 사위를 삼았다. 그 후 호동이 귀국하여 비밀히 사람을 보내어 최씨 딸에게 이르되, 「너의 나라 무고武庫에 들어가 고각鼓角을 부수면 내가 예禮로써 맞이할 것이요, 그렇지 않으면 맞지 않겠다.」고 하였다. 앞서 낙랑에는 고각이 있어 적병敵兵이 오면 저절로 우는 까닭에 부수게 한 것이었다. 이에 최녀는 잘 드는 칼을 가지고 몰래 무고에 들어가 북의 피면皮面과 취각吹角의 주둥아리를 부순 후 호동에게 알리었다. 호동은 왕을 권하여 낙랑을 엄습하였다. 최리는 고각이 울지 아니하므로 방비防備치 않고 있다가 갑자기 아병我兵이 성하城下에 닥친 후에야 고각이 다 부서진 것을 알았다. 그래서 드디어 그 딸을 죽이고 나와 항복하였다. 11월에 왕자 호동이 자살하니 그는 왕의 차비次妃, 즉 갈은왕曷恩王 손녀의 소생이었다. 호동의 얼굴이 미려美麗하여 왕이 매우 사랑하는 까닭에 이름을 호동이라 한 것이다. 원비元妃는 적적嫡을 뺏어 호동으로 태자太子를 삼을까 염려하여 왕에게 참소하되, 「호동이 나를 예로써 대접치 않으니 아마 나에게 음란하려 함이 아닌가 합니다.」 하였다.
왕이 가로되, 「다른 아들인 까닭으로 해서 네가 미워하느냐.」 하자 비는 왕이 믿
지 아니함을 알고 화가 미칠까 두려워 울면서 고하되, 「청컨대 대왕은 가만히 엿
보셔서 만일에 이러한 일이 없으면 내가 스스로 죄를 받겠습니다.」 하였다. 이에
대왕은 의심치 아니할 수 없어 장차 호동에게 죄를 주려 하매, 어떤 사람이 호동
에게 이르기를, 그대가 왜 스스로 변명치 아니하느냐고 하였다. 대답하되, 「내가
만일 변명하면 이는 어머니의 악함을 드러내어 왕의 걱정을 끼쳐 줌이니 어찌
효라 할 수 있으랴.」 하고 이내 칼에 엎드려 죽었다.

(출전 : 김부식, 이병도 역, 『三國史記(上)』, 〈高句麗本紀 第二 大武神王 閔中王 慕本王〉,

을유문화사, 1984)

호동왕자와 낙랑공주 서사 단락
① 호동이 유랑하면서 낙랑왕 최리를 만나게 되고 그의 사위가 된다.
② 호동은 귀국하여 최씨의 딸에게 무고를 파괴하라는 명을 내리고, 그러할 때
　왕비의 예로 맞아들이겠다 한다.
③ 최씨의 딸은 무고를 파괴하고 낙랑은 엄습 당한다.
④ 최리는 자신의 딸을 죽이고, 항복을 한다.
⑤ 차비 소생인 호동은 자살을 하고, 원비는 호동을 음란죄로 무고誣告한다.
⑥ 호동은 어머니의 악함을 드러내고 왕을 걱정끼치는 일은 할 수 없다 하며, 칼
　에 엎드려 죽는다.

분석 작품
김혜순, 「낙랑공주」, 『2001현장비평가가 뽑은 올해의 좋은 시』, 현대문학, 2001.
문정희, 「딸의 소식」, 『문학동네』, 2003년 여름호.
윤정선, 「호동」, 『윤정선 희곡집』, 청하, 1988.

기타 작품
야담과 동화의 경우 윤백남의 「순정의 왕자호동」(1935), 김동인의 「호동왕자」
(1936), 이태준의 「왕자호동」(1943)과 강숙인의 「아, 호동왕자」(2000)에서 다양한 서

사적 특징을 보여주고 있다.

희곡의 경우 많은 작가들이 재창작에 관심을 보이고 있다. 이 장르는 극적 갈등과 그 해결의 요소가 풍부해 다른 장르보다 활발하게 재창작되고 있다. 작품으로 이동규의 「낙랑공주」(1941)와 유치진의 「자명고」(1947)가 창작된 이후, 최인훈의 「둥둥 낙랑둥」(1978), 신명순의 「왕자」(1979), 박재서의 「A.D. 313」(1985) 등이 있다.

임영조의 시 「자명고 1-5」에서는 현대인의 삶과 위상을 '자명고적인 삶'으로 비유하고 있다. 「자명고 1」에서는 "도처엔 또 멀쩡한 녀석들이 오자誤字가 되어 잡아내도 잡아내도 세상은 내내 그 세상이다."로 표현되고 있다. 「자명고 2」에서는 그 현대인의 일상을 벗어나기 위해 "나도 이젠 모자를 벗어 흔들며 전생前生의 내 친구 고구려 석공石工이나 만나러 갈까."로 마무리짓고 있다. 「자명고 3」에서는 일상을 떠나고자 하는 마음이 생각만큼 쉽지 않음을 "사표辭表 쓰는 연습을 하고 싶다네. 버린다는 것이 얻는다는 뜻임을 알기 위해서."로 나오고 있다. 「자명고 4」에서는 "우리들 가락은 비비꼬여도 입은 모두 반듯한 시민인 걸요." "하느님은 노상 하늘에 있고 우리는 땅에 사는 시민인 걸요." "가난 속에 씻어낸 우리들 노래 빳빳이 목을 세워 노래나 하죠."로 나오고 있다. 「자명고 5」에서는 "애초부터 못난 개는 초저녁에 짓더라." "그래서 네놈은 결국 천생天生에 속죄 못할 개가 된 것을 나는 오늘 너를 보고 알았다."로 나오고 있다. 임영조 시인은 현대인의 어쩔 수 없이 살아가는 삶을 '자명고'에 유비하여 보여주고 있다고 할 수 있다.

기타 작품 2

강숙인 장편역사동화, 『아, 호동왕자』, 푸른책들, 2000.

김동인, 「왕자호동」, 『사담집, 동인전집 제9권』, 홍자출판사, 1964.

박재서, 「호동왕자와 낙랑 공주」, 『박재서 희곡선』, 동문선, 1991.

신명순, 「왕자」, 『우보시의 어느해』, 예니, 1988.

유치진, 「자명고」, 『동랑 유치진전집 1』, 서울예대출판부, 1993.

윤백남, 「순정의 호동왕자」, 『월간야담』, 1935년 제8호.

이동규, 『樂浪公主』, 명문당서점, 소화 16년.

이태준, 『왕자 호동』, 깊은샘, 1999.

임영조, 「자명고 1-5」, 『바람이 남긴 은어』, 고려원, 1985.

최인훈, 「둥둥 낙랑둥」, 『최인훈전집 10 - 옛날 옛적 훠어이훠이』, 문학과지성사, 2000.

〈바보온달과 평강공주〉

〈온달전〉 원본 내용

온달은 고구려 평강왕 때 사람이다. 얼굴이 파리하고 우습게 생기었지만 맘씨는 명랑하였다. 집이 매우 가난하여 항상 밥을 빌어다 어머니를 봉양하였는데, 떨어진 옷과 해어진 신으로 시정간에 왕래하니, 그때 사람들이 지목하기를 '바보 온달'이라 하였다. 평강왕의 어린 딸이 울기를 잘하므로 왕이 희롱하여 "네가 항상 울어서 내 귀를 시끄럽게 하니 커서 대장부의 아내가 될 수 없고 바보 온달에게나 시집보내야 하겠다." 하며, 왕은 매양 말하였다. 딸의 나이 16세가 되매 상부 고씨에게로 시집보내려 하니 공주가 대답하기를, "대왕께서 항상 말씀이, 너는 반드시 온달의 아내가 된다고 하셨는데 지금 무슨 까닭으로 전의 말씀을 고치시나이까? 필부도 식언을 하지 않으려 하거늘 하물며 지존이겠습니까? 그러므로 왕자는 희언이 없다고 하는 것입니다. 지금 대왕의 명령은 잘못된 것이오니 소녀는 감히 받들지 못하겠습니다." 하였다. 왕이 노하여 이르기를 "네가 나의 가르침을 따르지 않는다면 정말 내 딸이 될 수 없다. 어찌 함께 있을 수가 있으랴? 너는 갈 데로 가는 것이 좋겠다."고 하였다. 이때 공주는 보물 팔찌 수십 개를 팔꿈치에 매고 궁궐을 나와 혼자 길을 가다가, 한 사람을 만나 온달의 집을 물어 그 집에 이르렀다. 맹인 노모가 있음을 보고 앞으로 가까이 가서 절하고 그 아들이 있는 곳을 물으니, 노모가 대답하기를 "우리 아들은 가난하고 추하여 귀인이 가까이할 인물이 못됩니다. 지금 그대의 냄새를 맡으니 향기가 이상하고, 손을 만지니 부드럽기 풀솜과 같은즉 반드시 천하의 귀인이오. 누구의 속임수로 여기까지 오게 되었소. 내 자식은 굶주림을 참지 못하여 산으로 느릅나무 껍질을 벗기러 간 지 오래인데 아직 돌아오지 않았소." 하였다. 공주가 나와 걸어서

산 밑에 이르러 온달이 느릅나무 껍질을 지고 오는 것을 보고, 공주가 더불어 소회를 말하니 온달이 성을 내며, "이는 어린 여자의 행동할 바가 아니다. 반드시 사람이 아니라 여우나 귀신이다. 내 곁으로 오지 말라." 하며 그만 돌아보지도 않고 갔다. 공주는 혼자 돌아와 사립문 아래서 자고, 이튿날 다시 들어가서 모자에게 자세한 것을 말하였는데, 온달은 우물쭈물하며 결정을 내리지 못하였다. 그 어머니가 말하기를 "내 자식은 지극히 누추하여 귀인의 배필이 될 수 없고, 내 집은 지극히 가난하여 귀인의 거처할 곳이 못 되오." 하였다. 공주가 대답하기를 "옛 사람의 말에, 한 말 곡식도 방아를 찧을 수 있고, 한 자 베도 꿰맬 수 있다고 하였습니다. 마음만 같다면 어찌 반드시 부귀한 후에야 함께 지낼 수 있겠습니까." 하고, 이에 금팔찌를 팔아 전지, 주택, 노비, 우마와 기물 등을 사니 용품이 다 갖추어졌다.

처음 말을 살 때에 공주는 온달에게 이르기를 "아예 시장인의 말을 사지 말고, 꼭 국마를 택하되 병들고 파리해서 내다 파는 것을 사오도록 하시오." 하였다. 온달이 그 말대로 하였는데, 공주가 먹이기를 부지런히 하여 말이 날마다 살찌고 또 건강해졌다.

고구려에서는 항상 봄철 3월 3일이면 낙랑 언덕에 모여 전렵田獵을 하고, 그 날 잡은 산돼지, 사슴으로 하늘과 산신천에 제사를 지내는데, 그날이 되면 왕이 나가 사냥하고, 여러 신하들과 5부의 병사들이 모두 따라 나섰다. 이에 온달도 기른 말을 타고 따라갔는데, 그 달리는 품이 언제나 앞에 서고, 포획하는 짐승도 많아서, 그와 같은 사람이 없었다. 왕이 불러 그 성명을 물어보고 놀라며 또 이상히 여겼다. 이때, 후주의 무제가 군사를 보내어 요동을 치니, 왕이 군사를 거느리고 나가 배산 들에서 맞아 싸울새, 온달이 선봉장이 되어 날째게 싸워 수십여 명을 베매, 여러 군사가 승승분격하여 크게 이겼다. 공을 의논할 때에 온달로 제일을 삼지 않는 이가 없었다. 왕이 가탄嘉歎하여 "이 사람은 나의 사위라." 하고, 예를 갖추어 맞이하여 작위를 주어 대형을 삼았다. 이로 해서 은총과 영화가 더욱 우악하고, 위엄과 권세가 날로 성하였다.

양강왕이 즉위하자 온달이 아뢰기를 "신라가 우리 한북의 땅을 빼앗아 군현을 삼았으니, 백성들이 통한하여 일찍이 부모의 나라를 잊은 적이 없습니다. 원컨대 대왕께서는 우신을 불초하다 하지 마시고 군사를 주신다면 한번 가서 반드시

우리 땅을 도로 찾아오겠습니다." 하였다. 왕이 허락하였다. 떠날 때 맹세하기
를 "계립현과 죽령 이서의 땅을 우리에게 귀속시키지 않으면 돌아오지 않겠다."
하고, 나가 신라 군사들과 아단성阿旦城 아래서 싸우다가 유시에 맞아 넘어져서
죽었다. 장사를 행하려 하였는데 영구가 움직이지 아니하므로 공주가 와서 관을
어루만지면서, "사생이 이미 결정되었으니, 아아 돌아갑시다." 하고 드디어 들
어서 장사지냈는데, 대왕이 듣고 비통해 하였다.

(출전 : 김부식, 이병도 역주, 『삼국사기』(下), 권 제45, 〈온달〉, 을유문화사, 1984)

바보 온달과 평강공주 핵심 서사

〈온달〉 핵심 서사를 축약하면 첫째, 온달과 공주 각각의 삶, 둘째, 온달과 공주
의 시련과 결합, 셋째, 국가에 출사한 온달, 그리고 죽음 등으로 생각해 볼 수 있
다.

　먼저 온달 개인은 바보이나 명랑한 마음씨를 갖고 있고, 가난한 걸인으로 어
머니를 봉양하며 지내왔다. 반면 평강 개인은 신분은 공주이나 울보였고, 16세
혼인 적령기가 되어 아버지 왕이 상부에게 시집보내려 하나 공주 개인의 인간관
인 식언食言하지 않음을 내세워 대왕의 명령에 거부하여 부녀 관계가 단절되고
아버지로부터 분리되는 것에서 고난이 시작된다.

　다음으로 공주는 보물을 들고 궁궐을 나와 온달의 집을 수소문한다. 온달의
집을 찾아온 공주에게 온달의 모친은 아들의 행방을 설명해준다. 그러나 공주를
만난 온달은 사람이 아닌 귀신이나 여우라 판단하며, 어머니와 아들 모두 귀인
의 배필이 될 수 없다고 거부한다. 공주는 옛사람의 말을 빌어 진실로 마음이 맞
는 것을 강조하며, 자신의 패물을 팔아 집 등 모든 살림살이를 갖춘다. 또 온달에
게는 국마國馬 사는 법을 알려준다. 이렇듯 공주는 자신의 부와 새로운 안목의 힘
으로 정상적인 가정을 이룰 뿐만 아니라 온달의 미래를 위해 철저히 준비한다.

　마지막으로 온달은 고구려 사냥대회 때 그동안 갈고 닦은 실력을 최고로 보여
준다. 나아가 후주의 무제가 요동을 칠 때 선봉장이 되어 승리를 이끌게 되며 왕
은 온달을 사위로 인정한다. 온달은 작위 대형을 하사 받고 그 후 은총과 영화,
위엄과 권세가 성하여진다. 그러나 영양왕 즉위 때 신라군을 정벌하는 과정에서
전사하게 된다. 죽은 온달의 시신을 담은 관이 움직이지 않아 공주가 위로하는

것으로 끝맺는다.

분석 작품

김지원, 「편강공주와 바보언달 이야기」, 『문학사상』, 1985. 2.
박라연, 「서울에 사는 평강공주」, 『서울에 사는 평강공주』, 문학과지성사, 1990.
최은옥, 「평강의 푸른 피리」, 『제3, 4회 옥랑희곡상 수상작품집』, 옥랑문화재단,
        2002.

기타 작품

서정주, 「바보 溫達 大兄의 죽엄을 보고」, 『학이 울고 간 날들의 시』, 소설문학
        사, 1982.
윤석산, 「溫達傳」 연작시 11편, 『온달의 꿈』, 정음사, 1986.
이현주, 『작은 영혼과 바보 온달의 이야기』, 성서원, 2002.
전상국, 「우리 시대의 온달」, 『우리 시대의 온달』, 작가정신사, 1994.
조영출, 『온달전』, 평양; 문예출판사, 1984.
최인훈, 「어디서 무엇이 되어 만날까」, 『옛날 옛적 훠어이 훠이』, 문학과지성사,
        1979.

〈황진이〉

원본 내용

황진이의 일생을 간략히 정리해보면 다음과 같다; 16세기 중엽 송도의 이름난 창기 황진이는 여자 가운데 호걸로 기개있고 호방하고 용감한 사람이다. 그녀는 은거하는 학문에 정통하다는 화담 서경덕을 시험해 보나 그는 흔들리지 않는다. 천하의 명산 금강산 청유淸遊에 동행하는 자 이생원과 함께 서로 벗하며 선랑仙郎을 받들고 선유仙遊해 본다. 또 선전관 이사종의 절창을 듣고 친근한 정을 나누며, 6년만 함께 살자고 한다. 이들은 서로가 3년씩 비용을 각자의 집에서 마련하여 똑같은 방식으로 보답하다가 약속대로 작별한다. 이후 진이가 병들어 죽으면

서 유언하기를 죽은 후 큰 길가에 묻어달라고 했다. 후에 임제가 평안도 감사가
되자 송도에 들러 글을 지어 묘제를 지어주었다는 내용이 실려 있다.

(출전 : 이월영 역주, 『어유야담-보유편』, 한국문화사, 2001, 68-71쪽.)

분석 작품

박종화, 「황진이의 역천」, 『아랑의 정조』, 범우사, 2004.
윤정선, 「자유혼-황진의 생애」, 『윤정선 희곡집』, 청하, 1988.
이태준, 「황진이」, 〈조선중앙일보〉, 1936. 6.2-1936.9.4. 연재.
최인호, 「황진이」1·2, 『황진이』, 문학동네, 2002.

기타 작품

구   상, 「황진이」, 『구상 희곡·시나리오선, 황진이』, 자유출판사, 1994.
김탁환, 『나, 황진이』, 푸른역사, 2002.
―――――, 『나, 황진이-판』, 푸른역사, 2004.
전경린, 『황진이』 1, 2, 이룸, 2004.
홍석중, 『황진이』 1, 2, 대훈닷컴, 2004.

참고문헌

〈TV드라마 주몽〉 http://www.imbc.com/broad/tv/drama/jumong/.

"북한소설 황진이 에로티시즘 빗장 걸었다-원광대 김재용 교수 분석", 〈동아일보〉, 2004. 2. 19.

"조선 명기 황진이 자유 영혼의 상징"-전경린의 소설 황진이, 〈문화일보〉, 2004. 8. 5.

가린 미하일롭쓰끼, 〈천 년 묵은 지네 이야기 1, 2〉, 『백두산 민담 1』, 김녹양 옮김, 창작사, 1987.

강은교, 〈비리데기의 여행노래-三曲ㆍ사랑〉, 『남자들은 모른다』, 마음산책, 2001.

곽근, 「'처용설화'의 현대소설적 변용 연구」, 『국어국문학』 제125호, 국어국문학회, 1999.

구상, 《(오리지널 시나리오) 檀君》, 『(구상 희곡ㆍ시나리오) 黃眞伊』, 자유출판사, 1994.

구광본, 『처용을 어디서 다시 볼꼬』(전 2권), 세계사, 1994.

구상, 〈황진이〉, 구상 희곡ㆍ시나리오선, 『황진이』, 자유출판사, 1994.

김기영, 〈하녀〉(1960), 영화진흥공사 기획ㆍ엮음, 『한국 시나리오 선집』 제2권, 집문당, 1996.

김동인, 〈왕자호동〉, 『동인전집 제9권』, 홍자출판사, 1964.

김부식, 〈高句麗本紀 第一〉, 『三國史記(上)』, 이병도 역, 을유문화사, 1984.

————, 〈온달〉, 『삼국사기』(下), 이병도 역주, 을유문화사, 1984.

————, 〈호동왕자와 낙랑공주〉, 『三國史記(上)』, 이병도 역, 을유문화사, 1984.

김선우, 『바리공주』, 열림원, 2003.

김성희, 〈熊女〉, 김성희 방송드라마선집, 『황금물고기』, 연극과인간, 2001.

김소진, 〈處容斷章〉, 『열린 사회의 그 적들』, 솔, 1997.

김승희, 「웅녀 '신화' 다시 읽기-페미니즘적 독해」, 안숙원 외 공저, 『한국여성문학비평론』, 개문사, 1995.

————, 〈호랑이 젖꼭지〉, 김승희 소설집, 『산타페로 가는 사람』, 창작과비평사, 1997.

김영숙, 「여성중심 시각에서 본 '바리공주'」, 최동현ㆍ임명진 편, 『페미니즘 문학론』, 한국문학사, 1996.

김정호, 「'웅녀' 다시 읽기」, 『이야기문학과 여성 연구』, 민속원, 2005.

김주연, 「작은 의식의 큰 사랑-박라연의 시」, 『서울에 사는 평강공주』, 문학과지성사, 1990.

김지원, 〈편강 공주와 바보 언달 이야기〉, 『알마덴』, 圖書出版東亞, 1988.

김진영ㆍ홍태한, 『바리공주전집 1』, 민속원, 1997.

——————, 『서사무가 바리공주전집 1』, 민속원, 1997.

김탁환, 『나, 황진이』, 푸른역사, 2002.

김탁환, 『나, 황진이-판』, 푸른역사, 2004.

김태곤,『黃泉巫歌硏究』, 창우사, 1966.

김택호,『이태준의 정신적 문화주의』, 월인, 2003.

김학동 외,『서정주 연구』, 새문사, 2005.

김학성,「'처용설화'의 서술구조와〈처용가〉의 성격」,『한국 고시가의 거시적 탐구』, 집문당, 1997.

김현,「세 개의 산문」,『박상륭 소설집』, 민음사, 1971.

김현실 외,『한국 패러디소설 연구』, 국학자료원, 1996.

김현실,「운명적 사랑과 자아성취에 대한 현대적 물음」,『한국 패러디소설 연구』, 국학자료원, 1996.

김혜순,〈낙랑공주〉,『한 잔의 붉은 거울』, 문학과지성사, 2004.

다카사키 소지,『식민지 조선의 일본인들』, 이규수 옮김, 역사비평사, 2006.

문정희,〈딸의 소식〉,『양귀비꽃 머리에 꽂고』, 민음사, 2004.

미우라 아츠시,『하류사회-새로운 계층집단의 출현』, 이화성 옮김, 씨앗을 뿌리는사람, 2006.

민충환,『이태준 연구』, 깊은샘, 1988.

박라연,〈서울에 사는 평강공주〉,『서울에 사는 평강공주』, 문학과지성사, 1990.

박상륭 ,『神을 죽인 자의 행로는 쓸쓸했도다』, 문학동네, 2003.

――――,『죽음의 한 연구』상·하, 문학과지성사, 1997.

――――,『칠조어론』1-4부, 문학과지성사, 1990-1994.

――――,〈산해기〉,『산해기』, 문학동네, 1999.

――――,〈심청이〉,『아겔다마』, 문학과지성사, 1997.

――――,〈아으, 누가 저 毒龍을 퇴치하여 공주를 구할 것이냐-동화 한 자리 3〉,『산해기』, 문학동네, 1999.

――――,〈최판관〉,『아겔다마』, 문학과지성사, 1997.

――――,〈混紡된 상상력의 한 형태 1-童話에서 神話를, vice versa〉,『잠의 열매를 매단 나무는 뿌리로 꿈을 꾼다』, 문학동네, 2002.

박용구,〈바리·저승편〉, 朴容九 作品集,『바리』, 지식산업사, 2003.

박용구,〈바리·이승편〉,『문예중앙』, 1994년 가을호.

박재서,〈호동왕자와 낙랑공주〉,『박재서 희곡선』, 동문선, 1991.

박종화,〈황진이의 역천〉,『아랑의 정조』, 범우문고 198, 범우사, 2004.

박진규,『수상한 식모들』, 문학동네, 2005.

박헌호,『이태준과 한국 근대소설의 성격』, 소명출판, 1999.

방기환,〈處容의 敵〉,『한국대표단편문학전집 方基煥 篇』, 正漢出版社, 1975.

상허학회,『근대문학과 이태준』, 깊은샘, 2000.

서대석,『한국무가의 연구』, 문학사상사, 1988.

서정주, 〈곰 색시〉, 〈환웅의 생각〉, 『미당 서정주 시 전집』, 민음사, 1984.

──────, 〈東盟〉, 〈高句麗 始祖 東明聖王 高朱蒙의 四柱八字〉, 『미당 서정주 시 전집』, 민음
　　　　사, 1984.

송경아, 〈바리-돌아오다〉, 『엘리베이터』, 문학동네, 1998.

──────, 〈바리-동수자〉, 『엘리베이터』, 문학동네, 1998.

──────, 〈바리-불꽃〉, 『엘리베이터』, 문학동네, 1998.

송수권, 〈柳花夫人〉, 『꿈꾸는 섬』, 문학과지성사, 1983.

송하춘, 〈河伯의 딸들〉, 『하백의 딸들』, 문학과지성사, 1994.

신명순, 〈왕자〉, 『우보시의 어느해』, 예니, 1988.

신상성, 〈처용(處容)의 웃음소리〉, 『處容의 웃음소리』, 동호서관, 1981.

앨리스 워커 원작 소설, 〈컬러 퍼플〉을 영화화한 미국 영화 〈칼라 퍼플〉 http://movie.naver.
　　　　com.

양귀자, 〈곰 이야기〉, 『제41회 現代文學賞 수상소설집 곰 이야기』, 현대문학, 1995.

여성을 위한 모임 지음, 「슈퍼우먼 콤플렉스」, 『일곱가지 여성 콤플렉스』, 현암사, 1992.

──────────────, 「온달 콤플렉스」, 『일곱가지 남성 콤플렉스』, 현암사, 1994.

유성호, 「서술성을 통한 현대시조의 양식론적 확장」, 『주몽의 하늘』, (주)문학수첩, 2004.

유임주, 「'호동설화' 소재의 희곡 연구」, 부산대 교육대학원 석사학위논문, 1993. 2.

유치진, 〈자명고〉, 『동랑 유치진전집 1』, 서울예대출판부, 1993.

윤경수, 「'동명왕편'에 나타난 곡신·신목·신조에 대하여」, 『도해 한국 신화와 고전문학의
　　　　원형상징성』, 태학사, 1997.

윤금초, 〈주몽의 하늘〉, 『주몽의 하늘』, (주)문학수첩, 2004.

윤대녕, 〈신라의 푸른 길〉, 『남쪽 계단을 보라』, 세계사, 1995.

윤백남, 〈순정의 호동왕자〉, 『월간야담』, 1935년 제8호.

윤석산, 〈溫達傳〉 연작시 11편, 『온달의 꿈』, 정음사, 1986.

윤정선, 〈자유혼-황진의 생애〉, 『윤정선 희곡집』, 청하, 1998.

──────, 〈호동〉, 『윤정선 희곡집』, 청하, 1988.

윤후명, 〈處容나무를 향하여〉, 『원숭이는 없다』, 민음사, 1989.

이광수, 〈사랑의 동명왕〉, 『이광수대표작선집 10』, 삼중당, 1974.

이명원, 「한국영화 중흥기의 작품들」, 영화진흥공사 기획·엮음, 『한국시나리오 선집』 제2
　　　　권, 집문당, 1996.

이문재, 「수상작가 인터뷰-질주하는, 전복적인, 쾌활한 환상성」, 『수상한 식모들』, 문학동네,
　　　　2005.

이미원, 「'호동왕자' 설화의 현대적 재구」, 『한국문화연구』 2권, 경희대민속학연구소, 2004.

이어령, 『신화 속의 한국정신』, 문학사상사, 2003.

이월영 역주, 『어유야담-보유편』, 한국문화사, 2001.

이인성, 〈강 어귀의 섬 하나 - 처용 환상〉, 『강 어귀에 섬 하나』, 문학과지성사, 1999.

이정연, 「현대 문학에 수용된 '호동설화' 의 변용과 의미」, 성균관대 교육대학원 석사학위논문, 2004, 8.

이창민, 「전통의 분기 - '처용가' 관련 현대시의 유형과 의미」, 이창민 평론집, 『전언의 향방』, 월인, 2002.

이창식, 『온달 문학의 설화성과 역사성』, 박이정, 2000.

이태준, 『왕자 호동』, 깊은샘, 1999.

―――――, 「황진이」, 『이태준문학전집 12』, 깊은샘, 1999.

이호림, 『웅녀야 웅녀야』, 미래문화사, 2002.

이효인, 『하녀들 봉기하다 영화 감독 김기영』, 하늘아래, 2002.

일연, 〈高句麗〉, 『三國遺事』, 이민수 역, 을유문화사, 1982.

――, 〈단군신화〉, 『삼국유사』, 이민수 역, 을유문화사, 1982.

――, 〈처용랑과 망해사〉, 『삼국유사』 1, 이재호 역, 솔, 1997.

임금복, 「 '처용가' 관련 현대소설의 유형과 의미」, 『문예창작논문』 명지대 문창과, 2007.

―――――, 「고전문학의 현대적 계승과 장르적 변용 연구」, 『박상륭을 찾아서』, 푸른사상, 2004.

―――――, 「그리스 사유로 읽는 '칠조어론'」, 『새국어교육』 제63호, 한국국어교육학회, 2002.

―――――, 「그리스 신화로 읽는 '칠조어론'」, 『돈암어문학』 제15집, 돈암어문학회, 2002.

―――――, 「새로 쓴 '단군신화' 연구」, 『유관순 연구』 제5집, 천안대유관순연구소, 2005.

―――――, 『죽음의 한 연구 깊이 읽기』, 푸른사상, 2000.

―――――, 『박상륭 소설의 창작 원류』, 푸른사상, 2004.

임동권, 〈九天〉, 『한국 민요집 1』, 집문당, 1975.

임재해, 「고구려 시조 주몽의 영웅성과 유리태자의 슬기」, 『민족신화와 건국영웅들』, 천재교육, 1995.

장덕순 외, 『구비문학개설』, 일조각, 1981.

장덕순 · 조동일 · 서대석 · 조희웅, 『구비문학개설』, 일조각, 2006.

장진영, 〈바리데기〉, 『옥랑 희곡상 수상작품집 제1회, 제2회』, 옥랑문화재단, 2000.

장혜전, 「 '호동설화' 를 소재로 한 희곡 연구」, 『이화어문논집』 9권, 이화여대 한국어문학연구소, 1987.

전경린, 『황진이』 1, 2, 이룸, 2004.

―――――, 〈새는 언제나 그곳에 있다〉, 전경린 소설집, 『염소를 모는 여자』, 문학동네, 1996.

전상국, 〈우리시대의 온달〉, 『우리 시대의 온달』, 작가정신사, 1994.

정출헌 외, 『고전문학과 여성주의 시각』, 소명출판, 2003.

정출헌, 「조선 후기 하층 여성의 인생 역정과 그 문학적 형상」, 『고전문학과 여성주의 시각』,

소명출판, 2003.

정출헌, 「판소리계 소설에 나타난 여성 형상과 그 의미」, 『고전문학과 여성주의 시각』, 소명출판, 2003.

정한숙, 〈熊女의 後裔〉, 『창녀와 복권』, 청하, 1988.

정현기, 『이태준』, 건국대 출판부, 1994.

조동일, 『한국문학통사 1』, 지식산업사, 1982.

조미숙, 「패러디 소설의 방법들-허생전, 처용설화를 중심으로」, 『창조문학』, 2004년 가을호.

조영출, 『온달전』, 평양, 문예출판사, 1984.

조현설, 「여신의 서사와 주체의 생산」, 『고전문학과 여성주의 시각』, 소명출판, 2003.

조현설, 「웅녀·유화 신화의 행방과 사회적 차별의 체계」, 『고전문학과 여성주의 시각』, 소명출판, 2003.

최윤 소설, 〈저기 소리 없이 한 점 꽃잎이 지고〉를 영화화한 한국 영화 〈꽃잎〉 http://movie.naver.com.

최은옥, 〈평강의 푸른피리〉, 『제3, 4회 옥랑희곡상 수상작품집』, 옥랑문화재단, 2002.

최인호, 〈황진이 1, 2〉, 최인호 작품집, 『황진이』, 문학동네, 2002.

최인훈, 〈둥둥, 낙랑둥〉, 『최인훈전집 10-옛날 옛적 휘어이 휘이』, 문학과지성사, 2000.

최인훈, 〈어디서 무엇이 되어 만나랴〉, 『최인훈전집 10 : 옛날 옛적 휘어이 휘이』, 문학과지성사, 1979.

최지선, 〈온달 설화의 전승과 수용〉, 성신여대 대학원 석사논문, 2005.

최현정, 〈온달 설화의 현재적 변용 양상〉, 아주대 교육대학원 석사논문, 2007.

한겨레 옛이야기 2, 『바리공주-저승 세계를 찾아간 소녀』, 한겨레아이들, 2002.

한국영상자료원 편, 이효인 외 『한국영화사 공부 1960-1979』, 이채, 2004.

한승옥, 「이광수 소설의 의미와 구조」, 『이광수 문학 사전』, 고려대출판부, 2002.

허병식, 「메트로섹슈얼 농담의 기원-박진규 소설 '수상한 식모들'」, 『문학동네』 2006년 봄호.

호현찬, 『한국영화 100년』, 문학사상사, 2003.

홍석중, 『황진이』 1, 2, 대훈닷컴, 2004.

홍영·정일근 외, 『송수권 시 깊이 읽기』, 나남출판, 2005.

홍태한, 『서사무가 바리공주 연구』, 민속원, 2000.

황도경, 「우리 시대의 처용-처용의 소설적 수용과 변용」, 김현실 외, 『한국 패러디 소설연구』, 국학자료원, 1996.

황패강, 「동명왕 주몽신화 연구」, 『한국 신화의 연구』, 새문사, 2006.

주석

고전문학의 현대적 계승과 장르적 변용 연구

1 박상륭, 『칠조어론』(1-4부), 문학과지성사, 1990-1994.
2 『칠조어론』에 수용된 고전으로 경전류와 문학류, 신화류가 있다.
   경전류로는 『성경』, 『육조단경』, 『반야심경』, 『장자』, 『손자』, 『티벳 사자의 서』 등.
   문학류로는 1) 호메로스의 『오딧세우스』에서는 영웅담, 예언담, 낙원담, 2) 소포클레스의
   『오이디푸스왕』에서는 오이디푸스 복합 심리, 라이우스 복합심리, 3) 헤로도토스의 『역사』
   에서는 남성 헤게모니의 관념 육체성 심리, 4) 이솝의 『우화집』에서는 축생도, 수사학적 압
   력의 카르마로 재창작하고 있다.
   신화류로는 1) '아도니스 신화'를 윤회 신화와 축생도 우주의 신화로, 2) '시지포스', '이카
   루스', '제우스와 프로메테우스'를 신에 도전한 신화로, 3) '나르키소스'를 신의 나르시시
   즘 신화로, 4) '헤르메스'는 연금술 신화로, 5) '오르페우스'를 저승 여행 신화로, 6) '히드
   라', '사튀로스와 판', '메두사', '에뤼직톤', '케르베로스'를 괴수(怪獸) 신화로 재창조하고
   있다.
   임금복, 「그리스 사유로 읽는 '칠조어론'」, 『새국어교육』 제63호, 한국국어교육학회, 2002,
   325-345쪽.
   임금복, 「그리스 신화로 읽는 '칠조어론'」, 『돈암어문학』 제15집, 돈암어문학회, 2002, 363-
   396쪽.
3 임금복, 「수사학적 통우주주의와 삼천대천세계 조각내어 읽기―박상륭의 '칠조어론 1'을
   중심으로」, 『문예연구』, 2003년 겨울호, 74-109쪽.
4 김승희의 소설 〈호랑이 젖꼭지〉, 양귀자의 소설 〈곰 이야기〉, 구상의 희곡 〈단군〉, 이호림
   의 동화 『웅녀야 웅녀야』에서 각각, 잃어버린 야성을 부각시키거나, 통과제의형 시련의 모
   티프를 수용하거나, 단군의 삼대(환인-환웅-단군)가 잘 부각되거나, 웅녀의 정치학적 입지
   의 여정이 드러나면서도 '얼음 인간'과의 교차 기법으로 짜여져 있다.
5 조현설, 「웅녀·유화 신화의 행방과 사회적 차별의 체계」, 『고전문학과 여성주의적 시각』,
   소명출판, 2003, 12쪽.
6 박상륭, 『칠조어론』 1, 문학과지성사, 1990.
7 이어령, 『신화 속의 한국 정신』, 문학사상사, 2003, 25쪽.
8 부제가 〈南道 3〉으로 '혼처(魂處)·혼처(混處)·혼처(婚處)'라는 소제목이며, '심청'의 죽음
   을 연금술적 죽음과 풍수적 죽음으로 다루고 있다.
9 『죽음의 한 연구』에서 〈심청전〉 대목이 '애비 눈뜨게 하기', '인당수', '공양미 삼백석' 등

으로 다양하게 차용하고 있다.

10 〈토생원전〉은 1967년 발표한 작품으로 작가 박상륭 자신도 찾을 수 없는 실종된 작품. 다만 김현의 「세 개의 산문」(1971)에서 소략하게 "주인공 원달이 간을 뺏길 때까지의 의식 변화가 방안에서 형성되고 있다."는 인용문을 볼 수 있다. 김현, 「세 개의 산문」, 『박상륭 소설집』, 민음사, 1971, 145쪽.

11 박상륭의 소설에서는 '별주부 자라'를 주인공으로 하는 고대소설 〈토끼전〉이나 판소리 〈수궁가〉의 주인공을 차용하고 있다.

12 〈흥부전〉에서는 옹기점 작대기 치기 모티프의 수용으로, '놀부'의 심보 오장칠부에서 유래하는 대목을 인간의 심보로 은유화하고 있다.

13 서정주 시인은 〈처녀가 시집갈 때〉와 〈가야국 김수로왕 때〉에서 '김수로왕'의 비인 '허황옥'과 '김수로왕' 때를 그리워하는 사람들을, 권혁웅 시인은 〈거북아 거북아〉에서 '거북이'를 부르면서 화자의 위리안치(圍籬安置)된 삶에 새 삶이 오기를 갈망하는 시로 나타내고 있다.

14 임보 시인은 〈신풍요〉에서 설움에 겨운 중생들에게 공덕을 닦으러 오라고 쓰고, 박희진 시인은 〈풍요〉에서 선정 삼매에 들던 '양지'를 따르던 이들과 함께 '풍요'를 불렀다는 배경 설화를 쓰며, 이승훈 시인은 〈풍요〉에서 Cogito—자아, 이 땅에 시를 쓰러 온다는 내용의 시로 다시 쓰고 있다.

15 임동권 편, 〈九天〉, 『한국민요집 1』, 집문당, 1975, 542-543쪽.

16 박상륭은 전통적인 무가 중 〈구천〉을 그의 중편 〈유리장〉에도 차용하고 있다. 성년제를 거행하는 '따님'이 부르는 노래임과 아울러, 여사제 '따님'이 성년 입사식에서 신의 강림적 상황의 교령(交靈) 작용을 무가의 사설로 수용하고 있다.

17 첫째, 신과 인간, 선과 악, 삶과 죽음 등의 사이에 낀 갈등적 현 존재로서의 우리의 비극적 존재 인식을 드러내는 대상이라는 것은, 김춘수의 〈처용〉을 통해서다. 둘째, 우리를 구속하는 현실적 제약과 갈등적 상황을 포용, 초월하는 지향적 대상으로서의 '처용'은 윤후명의 〈처용나무를 향하여〉와 윤대녕의 〈신라의 푸른 길〉을 통해서 보여준다. 셋째, '헌강왕'을 따라 뭍으로 들어온 '처용'을 권력에 편입한 지식인의 초상으로 비판적으로 수용한 세계는 김소진의 〈처용단장〉을 통해 알 수 있다. 황도경, 「우리 시대의 처용—처용의 소설적 수용과 변용」, 김현실 외, 『한국 패러디소설 연구』, 국학자료원, 1996, 102-104쪽.

18 박상륭의 『죽음의 한 연구』에 수용된 〈처용가〉는 노래 한 소절이 수용되고, '처용'과 '처용의 처', '귀신'의 삼각 구도 모티프가 수용되고 있다.

19 김학성, 「〈처용설화〉의 서술구조와 〈처용가〉의 성격」, 『한국 고시가의 거시적 탐구』, 집문당, 1997.

20 서대석, 『한국 무가의 연구』, 문학사상사, 1988, 292-293쪽.

21 김선우의 동화, 『바리공주』에서 동화적 상상력으로 '바리'와 '무장생'과의 만남과 약수

를 구하는 과정에 진정한 사랑을 가진 자만이 약수를 구할 수 있게 설정하고 있다. 송경아의 연작 소설, 〈바리〉는 3부작으로 '바리공주'를 한국 상황만이 아닌 인류의 창조 신화와 접맥을 해서 보여주고 있다. 이윤택의 희곡, 〈오구―죽음의 형식〉에서는 죽음의 양상을 희화적이며 해학적으로 다루고 있다. 박용구의 뮤지컬, 〈바리·이승편〉과 〈바리·저승편〉은 '죽음의 코너'에서 '갱의(更衣) 코너', '배정(配定) 코너', '투명(透明) 코너', '현사각(賢士閣)과 여원(女怨)의 숲' 등을 설정 세계 문학과 고전이 만날 수 있는 상황으로 수용하여 보여주고 있다.

22 김진영·홍태한,『서사무가 바리공주전집 1』, 16-37쪽.

23 김태곤,『黃泉巫歌硏究』, 창우사, 1966, 192-198쪽.

24 조현설,「여신의 서사와 주체의 생산」,『고전문학과 여성주의 시각』, 소명출판, 2003, 47-48쪽.

25 '장승' 관련 시는 조호영의 〈장승〉, 유안진의 〈장승〉, 리태극의 〈장승〉, 진단시 동인의 테마 시집 '장승'이 주조를 이루고 있고, 신경림의 시 〈네 무슨 변강쇠라〉에서 역시 부제가 '장승의 노래'로 되어 있다.

26 김상렬은 고전 속의 다양한 인물을 등장시켜 함께 어우러진 마당으로 등장시키고 있다. '변강쇠'는 입산 수도에 임했다가 다시 파계하는 인물로 '허생', '애랑'과 함께 등장시키면서 '허생'과는 사업가적 수완을, '애랑'과는 성적 요소가 부각되는 측면으로 다루고 있다. 김상렬의 마당놀이, 〈길놀이 마당 놀이〉, 김상렬 희곡집,『마당놀이 황진이』, 백산서당, 2000.

27 정출헌,「조선 후기 하층 여성의 인생 역정과 그 문학적 형상」,『고전문학과 여성주의 시각』, 소명출판, 2003, 207쪽.

28 정출헌, 위의 논문, 204쪽.

29 임금복의 앞의 논문,「그리스 사유로 읽는 '칠조어론'」에서 헤로도토스의『역사』중 한 이야기를 차용하면서 남성 헤게모니로 보여주고 있다.

30 정출헌,「판소리계 소설에 나타난 여성 형상과 그 의미」, 195쪽.

여성작가가 새로 쓴 '바리공주' 연구

1 김진영·홍태한,『서사무가 바리공주전집 1』, 민속원, 1997, 12쪽.

2 장덕순 외,『구비문학개설』, 일조각, 1981, 127쪽.

3 강은교의 시, 〈바리데기의 여행노래-三曲·사랑〉,『남자들은 모른다』, 마음산책, 2001.

4 박용구의 뮤지컬 〈바리·이승편〉은『문예중앙』, 1994년 가을호에 수록되어 있고, 〈바리·저승편〉은 朴容九 作品集,『바리』, 지식산업사, 2003에 수록되어 있다. 박용구는 뮤지컬 대본 뿐만 아니라 발레로도 〈바리〉를 재창작하고 있다. 박용구의 발레 〈바리〉는 朴容九 作品

集, 『바리』, 지식산업사, 2003에 수록되어 있고, 1998. 11. 6-8 국립중앙극장에서 초연되었다. 박용구는 같은 '바리' 모티프를 뮤지컬에서는 〈바리·이승편〉과 〈바리·저승편〉으로 나누어 이분화시켜 보여주었는데, 발레에서는 두 이분법을 조합시켜 간결화시켜 춤사위로 보여주고 있다. 특히 〈이승편〉에서 숨은 구원자로 '개비'를 등장시킨다. '무장생'의 모습을 대장장이 신으로 연상시켜 신기구를 발명하는 것은 그리스 신화 중 '헤파이스토스' 대장장이 신의 모습이 형상화된 듯하다. 박용구의 발레 〈바리〉는 탈일상적 공간인 '탈성대, 여원의 숲, 욕망의 늪, 현사각' 등, 저승 공간이 미약한 한국 문학 공간에 서구식 상상력(단테의 〈신곡〉 등)을 동원하여 저승의 공간을 설정하고 있다. '탈성의 통과제의, 여원의 숲'에 등장하는 세계사 속의 여성들이 집결되고, '현사각' 역시 세계사 속의 철학자들이 집결되어 등장하고 있다. 음의 세계를 '갱의 코너', '투명 코너', '배정 코너'로 설정한 것 역시 새로운 공간과 의미로 설정하고 있고, 거룡의 이미지는 '요나'의 뱃속을 통과한 성경의 이미지에서 재탄생되는 이미지를 그려내고 있어, 한국 문학의 보편적 세계적 공간을 확장하려고 드러내고자 애쓴 작가의 노력이 엿보인다. 남성 작가로서 박용구의 〈바리〉는 서사무가 '바리공주'를 그대로 보여주고 있다. 여성학적 의미의 재해석은 보이지 않는다.

박상륭의 장편 연작 소설 『칠조어론』, 문학과지성사, 1994에서 '바리공주'와 그 후일담을 다루고 있다. 소설 전편이 '바리공주'와 관련되기 보다는 한 대목에서 집중적으로 연관되고 있다.

임금복, 『박상륭 소설의 창작 원류』, 푸른사상, 2004, 222-229쪽 참조.

5 송경아 소설집, 『엘리베이터』, 문학동네, 1998.

6 송경아, 〈바리-불꽃〉, 송경아 소설집, 『엘리베이터』, 문학동네, 1998.

7 송경아, 〈바리-동수자〉, 송경아 소설집, 『엘리베이터』, 문학동네, 1998.

8 송경아, 〈바리-돌아오다〉, 송경아 소설집, 『엘리베이터』, 문학동네, 1998.

9 장진영, 〈바리데기〉, 『옥랑희곡상 수상작품집 제1회, 2회』, 옥랑문화재단, 2001.

10 장진영, 〈바리데기〉, 『옥랑희곡상 수상작품집 제1회, 2회』, 옥랑문화재단, 2001.

11 김선우, 『바리공주』, 열림원, 2003.

12 김선우, 『바리공주』, 열림원, 2003.

여성작가가 재창작한 '단군신화' 연구

1 일연, 〈단군신화〉, 『삼국유사』, 이민수 역, 을유문화사, 1982.

2 김정호, 「웅녀 다시 읽기」, 『이야기문학과 여성 연구』, 민속원, 2005, 218쪽.

3 서정주, 〈곰 색시〉, 〈하느님의 생각〉, 〈환웅의 생각〉, 〈단군〉, 『미당 서정주 시 전집』, 민음사, 1984. 서정주의 각 시는 다음과 같다. 〈곰 색시〉는 사나운 계집애와 어리석은 계집애를 등장시키고, '환웅'에게 쑥과 마늘을 얻어 깜깜한 굴 속에 참고 견디기를 겨루다가 '곰 처

녀'가 '환웅'의 아내로 뽑히는 내용이다. 또 〈하느님의 생각〉은 하느님이 아들 '환웅'을 데리고 땅 구석구석을 살펴본 후, 다스리고 싶은 나라를 고르라고 한다. '환웅'은 우리 조선을 선택하는데, 이는 '환웅'이 태백산으로 내려오라는 뜻이며, 처음 열리는 나라 사람의 의젓한 본심으로 잘 지켜 나가라는 내용이다. 이어 〈환웅의 생각〉에서 내 아버님인 하느님을 닮아 끝없어야 하는 것을 알고 살 것이라 작정한 '환웅'은 아내될 색시의 버릇을 고쳐놓기 위해 참고 견딜줄 알아야 자손만대 이어지고, 잘 견디는 여자만이 자신의 마나님으로 해주겠다는 내용이다. 〈단군〉은 '환웅'이 '곰 처녀'와 가까이 지내며, 당굴은 '단군'으로 하늘이란 뜻이며, 사람은 두루 하늘다와야 한다는 뜻을 드러내고 있다.

4 정한숙은 그의 소설, 〈熊女의 後裔〉에서 조상 토템으로 설정된 '곰'과 '곰'의 새끼들의 세계를, 생존 세계에 던져진 먹이사슬과 냉혹한 현실 세계에 처한 약자들의 모습으로 알레고리 기법을 통해 보여주고 있다. 정한숙, 〈熊女의 後裔〉, 『창녀와 복권』, 청하, 1988.

5 박상륭은 그의 소설, 『죽음의 한 연구』에서 '반쯤 계집된 호랑이'를 비유어법으로 차용하고 있다. 또 『칠조어론』에서 '웅녀'를 '웅녀중', '웅녀 신화'로 명명하여 주체적 메타포로 차용하고 있다. '웅녀'가 〈단군신화〉에서 부차적인 존재, 즉 타자화된 존재라는 사실로 자리매김되어 있는 것에서, 박상륭은 '단군'보다 '웅녀'를 부각시켜 그 이미지를 드러내고 있다. 박상륭, 『죽음의 한 연구』(상·하), 문학과지성사, 1997. 박상륭, 『칠조어론』(전 4권), 문학과지성사, 1994. 임금복, 『박상륭 소설의 창작 원류』, 푸른사상, 2004.

6 전경린의 〈새는 언제나 그곳에 있다〉에서는 여성의 삶이 어둡고 길고 아무도 없는 동굴에서 쑥과 마늘을 먹는 기분, 동굴 속에서 자기를 향해서 걸어나오는 길일 뿐이라 보여주고 있다. 그래서 생이란 자신의 욕망에 충실한 것이라는 결론으로 비유하여 보여주고 있다. 전경린, 〈새는 언제나 그곳에 있다〉, 전경린 소설집, 『염소를 모는 여자』, 문학동네, 1996.

7 이호림의 동화 『웅녀야 웅녀야』는 어른을 위한 동화로 신화의 세계와 현실의 세계를 이중 교차 기법으로 보여주고 있다. 소 제목은 신화의 세계는 판소리 용어 제목으로, 현실 세계는 서양 음악의 용어로 붙이고 있다. 우리 민족의 근원적 얘기를 담고 있는 건국 신화를 이 시대에 있어서 어떻게 의미를 생성시킬 수 있는가를 과거 신화 시대의 이야기와 현재에 신화같은 현실 이야기로 이끌어 가고 있다. 특히 '웅녀'의 섭정과 '단군'의 홀로 서기 과정이 신화 부분에서 펼쳐지고 있다. 이호림, 『웅녀야 웅녀야』, 미래문화사, 2002.

8 구상의 희곡 〈檀君〉(1969)은 첫째, '환인-환웅-환검'의 3대의 이야기가 추가되면서도 환나라에서 동쪽으로 이동해가는 '환웅'의 나라 세우기의 구조를 보인다. 둘째, '범네'와 '곰네'의 토템족에서 구원한 여성과 고급 문화국의 종주국으로부터 배달나라로 설정하는 과정이 보인다. 셋째, '환웅'을 천문학과 역학의 전문인으로서 설정하고 있다. 구상, 〈(오리지널 시나리오) 檀君〉, 『(구상 희곡·시나리오選) 黃眞伊』, 자유출판사, 1994.

9 김성희, 〈웅녀〉, 김성희 방송드라마선집, 『황금물고기』, 연극과인간, 2001.

10 김승희, 〈호랑이 젖꼭지〉, 김승희 소설집, 『산타페로 가는 사람』, 창작과비평사, 1997.

11 양귀자 〈곰 이야기〉, 『제41회 현대문학상 수상소설집 곰 이야기』, 현대문학, 1996.

12 김성희, 〈熊女〉, 김성희 방송드라마선집, 『황금물고기』, 연극과인간, 2001.

13 김승희, 〈호랑이 젖꼭지〉, 김승희 소설집, 『산타페로 가는 사람』, 창작과비평사, 1997.

14 여성을 위한 모임 지음, 「온달 콤플렉스」, 『일곱가지 남성 콤플렉스』, 현암사, 1994, 83쪽.

15 양귀자, 〈곰 이야기〉, 『제41회 현대문학상 수상소설집 곰 이야기』, 현대문학, 1996.

16 여성을 위한 모임 지음, 「슈퍼우먼 콤플렉스」, 『일곱가지 여성 콤플렉스』, 현암사, 1992, 232쪽.

17 가린 미하일롭쓰끼 지음, 〈천 년 묵은 지네 이야기 1, 2〉, 『백두산 민담 1』, 김녹양 옮김, 창작사, 1987, 187-197쪽.

'단군신화' 속의 '호랑이' 의미 부활 창조

1 일연, 〈단군신화〉, 『삼국유사』, 이민수 역, 을유문화사, 1982.

2 서정주, 〈곰 색시〉 외, 『미당 서정주 시 전집』, 민음사, 1984.

3 그동안 〈단군신화〉 모티브로 재창작된 작품과 그 양상은 다음과 같다.
① 정한숙, 〈熊女의 後裔〉, ② 박상륭, 『죽음의 한 연구』, 『칠조어론』, ③ 전경린, 〈새는 언제나 그곳에 있다〉, ④ 이호림, 『웅녀야 웅녀야』, ⑤ 구상의 희곡 〈檀君〉에 대해서는 임금복, 「여성작가가 새로 쓴 '단군신화' 연구」, 『유관순 연구』 제5집, 천안대 유관순연구소, 2005. ⑥ 김성희의 희곡, 〈熊女〉(1977)에서는 기혼 남성의 삶과 기혼 여성의 삶에 전면적으로 실존적 문제를 제기하나 결론은 현실의 체제를 수용하는 보수적 입장으로 선택하며, 존재의 각성 후 정면으로 당당하게 맞서는 삶을 보여준다. 한 마디로 결혼한 여성인 '곰 여인 역' 의 계약적인 삶에 대한 존재 각성과 '호랑이 여인 역' 의 미혼 여성의 자유로운 사랑의 삶을 잘 대비해 보여준 작품이라 할 수 있다. 김성희, 〈웅녀〉, 김성희 방송드라마선집, 『황금물고기』, 연극과인간, 2001. 임금복, 「여성작가가 새로 쓴 '단군신화' 연구」, 『유관순 연구』 제5집, 천안대 유관순연구소, 2005 참조. ⑦ 양귀자의 〈곰 이야기〉(1994)는 제도적인 '곰 역' 의 후예인 전처와 제도 속에서도 자유로운 '호랑이 역' 후처의 두 모습을 유약한 남자의 시선으로 보여준 소설이다. 여성적인 면에서 보면 이 소설은 '곰 역' 의 전처는 무책임한 가장인 남성 대신 가정과 자녀를 힘겹게 지켜왔던 삶에서 남성과 시련의 고통 후 당당하게 자립적으로 살아가는 삶을 보여주었다. 후처인 재벌 2세는 자신의 노력이 아닌 주어진 풍족한 환경의 운명으로 어떤 것에도 구속당하지 않는 자유로움과 담담함의 삶을 영위하는 새로운 여성상을 보여준다. 다만 노력에 의한 '곰 여인' 전처의 삶과 우연에 의한 '호랑이 여인' 후처의 삶을 볼 때는 사회적 현상이 그대로 투영된 모습을 더 다양하게 보여주었다고 볼 수 있다. 양귀자, 〈곰 이야기〉, 『제41회 현대문학상 수상 소설집 곰 이야기』, 현대문학, 1996. 임금복, 「여성작가가 새로 쓴 '단군신화' 연구」, 『유관순 연구』 제5집, 천안대 유관순연구소,

2005. ⑧ 김승희의 소설, 〈호랑이 젖꼭지〉(1995)는 여성의 잠재된 무의식의 에너지 야성적인 자매애를 아주 독특하게 보여주고 있다. 그 여정을 '어머니'의 삶, '곰 은유적 시대의 삶'에 대비해 인고와 인내의 삶에 대해 이해하고 연민을 갖는 것을 먼저 살펴볼 수 있다. 그리고 '어머니'의 삶과 다른 '딸들'의 '호랑이 은유적 시대의 삶'은 자매의 삶을 통해 보여준다. 이는 여성 속에 잠재된 두 역학 에너지, 인내적 수동성과 야성적 능동성을 균형있게 읽어냈다고도 볼 수 있다. 김승희, 〈호랑이 젖꼭지〉, 김승희 소설집,『산타페로 가는 사람』, 창작과비평사, 1997. 임금복,「여성작가가 새로 쓴 '단군신화' 연구」,『유관순 연구』제5집, 천안대 유관순연구소, 2005.

4 작가 박진규는 경기도 파주에서 태어나 동국대 문예창작과를 졸업했다. 박진규의 장편소설『수상한 식모들』은 제11회 문학동네소설상 수상작이다. 이 작품은 박범신, 신경숙, 류보선이 심사를 했다. 필자는 개인적으로 '단군신화'를 모티프로 한 재창작 관련 작품을 분석하는 과정에서 이 작품을 발견, 신예 작가 박진규의 데뷔작이지만, 〈단군신화〉를 새롭게 재해석하고 있어 논문의 대상으로 삼았음을 밝힌다.

5 박진규,『수상한 식모들』, 문학동네, 2005.

6 일연, 〈단군신화〉,『삼국유사』, 이민수 역, 을유문화사, 1982.

7 김정호,「웅녀 다시 읽기」,『이야기문학과 여성 연구』, 민속원, 2005, 218쪽.

8 김승희,「웅녀 '신화' 다시 읽기-페미니즘적 독해」, 안숙원 외 공저,『한국여성문학비평론』, 개문사, 1995, 17-18쪽.

9 김승희, 위의 논문, 18쪽.

10 김승희, 위의 논문, 18쪽.

11 김승희, 위의 논문, 25쪽.

12 박진규,『수상한 식모들』, 문학동네, 2005.

13 허병식,「메트로섹슈얼 농담의 기원-박진규 소설 '수상한 식모들'」,『문학동네』, 2006년 봄호, 484-485쪽.

14 융 기본 저작집 2,『원형과 무의식』, 한국융연구원 C. G. 융 저작 번역위원회 옮김, 솔, 2002, 156쪽.

15 다카사키 소지 ,『식민지 조선의 일본인들』, 이규수 옮김, 역사비평사, 2006, 3쪽.

16 다카사키 소지, 위의 책, 176쪽.

17 이문재,「수상작가 인터뷰-질주하는, 전복적인, 쾌활한 환상성」,『수상한 식모들』, 문학동네, 2005, 321-322쪽.

18 미우라 아츠시,『하류사회-새로운 계층집단의 출현』, 이화성 옮김, 씨앗을뿌리는사람, 2006, 7쪽.

● 앨리스 워커의 원작 소설 〈컬러 퍼플〉을 영화화한 미국 영화 〈칼라 퍼플〉에서 흑인 식모가 흑인의 아내로 변화되지만 노예와 다름없는 삶으로 살아가는 모습에서 가정의 일탈

로 이끄는 여정이 모티프가 닮아 있다. 천성적으로 바보스러우리만치 착하기만 하고 오직 복종 밖에는 할 줄 모르는 '셀리' (후피 골드버그 분)는 14살 때 의붓아버지에게 몸을 빼앗겨 아이를 둘이나 낳는다. 그러나 의붓아버지는 그 아이들을 낳자마자 '새뮤얼 목사' 와 '코린 부부' 에게 갖다 줘 버린다. '셀리' 는 여전히 타인의 삶과 같은 삶을 살아가고 오직 낙이 있다면 두 살 아래인 여동생 '네티' (아코슈 부시아 분)와 서로 의지하며 다정하게 살아가는 것뿐이다. 그러나 의붓아버지는 이제 어린 '네티' 마저 건드리려 하고, 그러는 중에 40대 초반의 '미스터' (대니 글로버 분)라는 남자가 '네티' 를 자기 아내로 줄 것을 요청하나 의붓아버지는 '네티' 는 너무 어리다며 대신 '셀리' 를 데려가라고 한다. 이에 '미스터' 는 어린 '셀리' 를 아내로 맞아 데려간다. 그러나 '셀리' 의 삶은 '미스터' 의 전처 소생 아이들 등살과 '미스터' 의 난폭한 성격 때문에 노예보다 더 참혹한 생활을 하지만 착한 성품으로 오히려 모든 사람들을 따뜻하게 감싸 안아 준다. 그러던 어느 날 '네티' 는 의붓아버지의 손을 피해 '셀리' 네 집에 와서 살며 학교도 다니고 배운 걸 '셀리' 에게도 가르쳐 주며 행복하게 살아가나 '네티' 에게 흑심을 품고 있던 '미스터' 에게 겁탈 당할 뻔했다가 위기를 모면하지만 화가 난 '미스터' 에게 쫓겨나고 그 후 '미스터' 는 '네티' 한테서 온 '셀리' 의 모든 편지를 다 압수해 버린다. '미스터' 는 어릴 때부터 서로 연모하던 목사의 딸이자 떠돌이 가수 '셕' (마가렛 에이버리 분)이 공연을 왔다가 병으로 쓰러지자 집으로 데리고 와서 간호해 주며 함께 잠자리도 같이 하나 '셀리' 는 오히려 그러한 '셕' 을 사랑으로 따뜻이 보살펴 준다. 이에 감동한 '셕' 은 '셀리' 에게 새로운 삶에 대한 눈을 뜨게 만들어 주고 '미스터' 가 없는 틈을 타 집안을 뒤져 '네티' 한테서 온 편지를 찾아낸다. 그 편지에서 '셀리' 는 자기 아이들이 다 살아 있고 '네티' 와 함께 아프리카 선교지에서 자라고 있으며 곧 미국으로 오겠다는 내용을 읽고 그 모든 소식을 수십년 간이나 차단한 '미스터' 에 대한 증오는 분노로 바뀌어 순하디 순하던 성품이 적극적으로 바뀌어 '셕' 부부와 함께 새로운 삶을 찾아 떠난다. '셀리' 가 집을 나가고 오랜 세월 혼자 사는 데 지친 '미스터' 는 차츰 자신의 죄를 뉘우치고 '셕' 은 자신의 방탕한 생활을 미워했던 목사인 아버지께 돌아가 눈물겨운 화해를 한다. 그리고 마침내 '미스터' 의 주선으로 아프리카에 가 있던 '네티' 와 '셀리' 의 아들 '아담' 그리고 딸 '올리비아' 는 미국으로 와 수십년 만에 눈물겨운 가족 상봉을 한다. http://movie.naver.com.

● 한국영상자료원 편, 이효인 외 『한국영화사 공부 1960-1979』, 이채, 2004, 63쪽.

● 김기영 특유의 여성 묘사는 1960년 이후에 보다 더 능동적인 여성이 주인공으로 등장하면서 그의 대표작을 이루게 된다. 이효인, 「하녀-스틸사진으로 보기」, 『하녀들 봉기하다 영화 감독 김기영』, 하늘아래, 2002, 60쪽.

한 중산층 집에 식모로 들어온 반(半)백치의 여자가 그 주인집 남자와 잠자리를 가진다. 하녀와 주인집 남자의 더 깊은 욕망의 배설 혹은 하녀와 주인집 남자와 그 아내와의 삼각관계, 가부장제가 굳건하게 자리를 틀고 여성의 선택이라곤 눈곱만큼도 배려되지 않았던

1961년의 한국 사회에서, 김기영 감독은 여성에게 사회에게 사회적 발언권을 허락했다. 노예가 발언한 것이었다. 그리고 그녀의 발언은 악마적이다. 결국 주인집 남자는 식모와 같이 쥐약을 먹고 동반 자살하는 것으로 문제를 해결한다. (이효인, 위의 글, 78쪽.)

〈하녀〉의 식모는 지적으로 미숙하며, 주인 남자와 잠자리를 가진 뒤 쾌락적 본능과 혼인을 통한 신분 상승이라는 사회적 욕망에 눈을 떠 육체를 미끼로 집요하게 남자를 괴롭힌다. 남자는 그녀에게 성적인 매력에 이끌리지만, 성적 쾌락을 넘어 그녀가 자신의 가정을 파괴하고자 할 때는 저항한다. 하지만 그에게 문제를 해결한 결정적인 능력은 없다. 주인집 여자는 남편의 경제적 무능함에서 비롯된 가난을 극복하기 위해 궂은 일을 하면서 중산층 가정을 이룩했지만, 자신들의 경제적 풍요로움과 심리적 사치를 위해 고용한 하녀에 의해 그 세속적 욕망이 무너지는 경험을 해야만 한다. 그녀 역시 정숙하지만 욕망도 가지고 있으며, 유교적 남녀 관계에 침전되어 있지만 또 그만큼 근대적 중산 가정을 유지하기 위해 갖은 노력을 다하는 인물로 그려져 있다.(이효인, 위의 글, 110쪽.)

팜므 파탈, 즉 요부형의 여자들이 등장하는 영화들. 하녀에서 공장 노동자가 가정부로, 6, 70년대 중산층 가정 질서를 위협하는 괴물들로 그 당시의 주변적 인물들이 지목되고 있는 셈이다. 김기영 영화의 '요부들'은 농촌을 떠나온 노동 계급 출신이지만, 매력적으로 건강한 성적 자본을 갖춘, 즉 언제든지 중산층 가정을 위협할 수 있는 대상들이다. 즉 주로 중산층 부인들이 보는 스크린 속에서 요부들은 공동의 적으로 또 공식적으로 소비된 셈이다. 김기영은 근대화 과정에서 비롯된 사회 문제를 자신의 영화 속에 담고 있는 셈이다. (이효인, 위의 글, 115-122쪽.)

'하녀들'을 실컷 욕보이다가 우리들의 세상을 '욕보이는 것'으로 끝을 맺은 것이다. 결과적으로 김기영의 '하녀들'은 세상에 능욕 당하면서도 세상을 아니 우리들을 능욕한 것이었다.(이효인, 위의 글, 126쪽.)

「하녀-스틸사진으로 보기」중, "우리 생활을 봐도 절반은 하녀에게 맡기고 있거든." "애순아! 창순이가 쥐가 있다고 거짓말을 했어." "새집에 와서 너무 맘을 놓아, 쥐에 놀랬어요. 하여간 쉽시다." "과로야. 십년동안 재봉틀을 돌렸으니깐. 아니에요. 이게 행복일지 몰라요. 쥐에 놀라 몸이 어리광을 떨기도 했으니깐요." "너희들 이 쥐약은 조심해, 이걸 먹으면 죽어." "이거 사람도 죽어? 응 독약이건든." "쥐는 약으로 잡아. 쥐약이 선반에 있으니" "오늘은 쥐 제삿날이군." "쥐들이 약을 먹고 죽었어요, 몸이 편해졌으니깐 개꿈만 꾸나봐요." "아버지! 이거 내 거야? 아니야. 애순이거야." "그 물 먹지 말어. 쥐약이 들었으니깐." "그 물 먹지 말어. 이 물엔 쥐약이 들어가 있어." "언니가 창순에게 쥐약을 멕였어. 내가 먹인 건 수돗물이야." "내 국에 사탕이 들어가 있어." "바꿔먹을까? 놔둬요. 내 국엔 쥐약이 들어있는 거예요." (이효인, 「하녀-스틸사진으로 보기」, 『하녀들 봉기하다 영화 감독 김기영』, 하늘아래, 2002, 182-207쪽.)

김기영의 시나리오, 〈하녀〉의 한 장면 "129 김동식 居室" 장면이다.

129. 김동식 居室

첫 場面과 같은 현실이 된다.

신문을 읽고 난 부인이 깊은 한숨을 짓고

부인「결론적으로 교양과 인격이 있는 남자가 하녀에게 유혹 된다는 것이 이해 못하겠어요」

동식「그게 남자의 약점이야 높은 산을 보면 올라가고 싶고 깊은 물을 보면 돌을 던지고 싶고 여자를 보면 원시로 돌아가고 싶어」

　부인「듣기 싫어요. 원시가 뭐예요. 솔직히 남자란 야비한 동물이라고 하세요」

　김기영, 〈下女〉(1960), 영화진흥공사 기획·엮음,『한국 시나리오 선집』제2권, 집문당, 1996, 421쪽.

● 호현찬,『한국영화 100년』, 문학사상사, 2003, 126-127쪽.

● 풀벌레가 윙윙거리는 어느 날. 강변을 지나가던 인부 '장' 은 뙤약볕 속에서 강 건너편을 그리운듯 바라보던 '이상한 소녀' 와 만난다. 그녀가 무턱대고 인부 '장' 을 오빠라 부르며 따라온다. 그리고는 '장' 이 사는 창고 속으로 미끄러져 들어온다. 이때부터 둘은 함께 생활한다. 그러나 '장' 에게 지극한 무관심과 경계심을 보이는 '소녀' . 깨어지지 않는 침묵과 초점 잃은 시선, 무언가 무서운 일을 겪었던 것처럼 망가진 '소녀' 의 몸은 '장' 을 분노 속으로 빠트린다. 찌르듯 파고 들어오는 '소녀' 의 악몽에서 도망치고 싶은 '장' 은 강박관념으로 '소녀' 를 학대하지만 자신도 모르게 어느덧 무중력 상태와 같은 열병에 빠진다. 기차 뒷켠에 서있던 우리들은 '소녀' 를 찾아 떠난다.

의문사 당한 친구의 기일을 맞아, 그 가족을 찾아갔지만 '소녀' 의 어머니는 이미 죽고 하나 남은 혈육인 그녀 역시 사라져 버렸다는 것을 발견한다. 우리는 '소녀' 를 찾아 헤매기 시작한다. 마치 순례자처럼 황폐한 들판에서 '소녀' 를 발견했던 용달차 '임씨' , 시장 한 구석에서 조그만 선술집을 운영하는 '옥포댁' , 죽은 어린 연인의 환영에서 벗어나지 못하는 '김상태' … '소녀' 를 찾아 나섰지만 발견할 수 있는 것은 '소녀' 가 남긴 혼적뿐이다. 어느날 술에 취한채 '소녀' 를 학대하던 '장' 은 그녀의 비극 속으로 서서히 빨려들어간다. 주변에서 도는 오월 광주의 소문은 '장' 이 '소녀' 의 망가진 몸에서 그녀의 과거를 짐작케 하기도 하지만… 목욕을 시켜 주기도 하고 양치질을 시켜주기도 하고 '장' 은 그녀와 동화 되고자 한다. 어느날 '소녀' 가 홀로 무덤가를 헤맨다는 것을 알게 되고 그녀의 뒤를 추적하던 '장' 은 무덤 앞에서 진실을 고백하는 '소녀' 의 이야기를 듣는다.

죽어가는 어머니를 뿌리친 채 무더웠던 80년 오월! 악몽의 도시를 빠져나왔던 '소녀' 의 슬픔과 한은 그녀의 내면 속에 깊이 응어리진 채 고스란히 남아 있었던 것이다. 그녀를 가족에게 보내야겠다고 결심하는 '장' . 잠자는 '소녀' 의 머리맡에서 카메라 후레쉬가 터진다. 우리들은 허탈하게 돌아온다. 그리고 올해도 어김없이 다시 돌아온 친구의 기일을 맞이하여 하숙방에 모인다. 이때, 우리들 중 하나가 미친듯 달려들어 온다. 신문에 '소녀' 의 가족을 찾는다는 심인 광고가 실린 것이다. 마지막 희망을 품고, 우리들은 '장' 의 숙소로 향

19 이호림의 동화, 『웅녀야 웅녀야』에서 '얼음 여자'와 사랑을 나누었던 주인공의 기법이, 여자의 몸을 훑던 '나'는 짐승의 울부짖음 소리와 산처럼 거대한 하얀 북극곰인 '탱커'가 노려봐 굳어진다. 여자의 이름은 '혜경'이며 30살 동갑내기이다. 여자의 현실성에 의심한다. 여자는 '나'를 기억하고 낯설어하지 않는다. 원형의 집으로 다시 들어간 '나'는 자신은 외로운 사람이며 혼자 살아왔다 한다. 여자는 '탱커'라는 곰이 애완동물 이상의 관계이며 그녀의 통제 범위를 벗어나 있고 바깥이 뜨겁기 때문에 집 밖으로 나올 수 없다 한다는 내용인데 이 장면이 연상된다.

새로 쓴 '주몽신화' 연구

1 황패강, 「동명왕 주몽신화 연구」, 『한국 신화의 연구』, 새문사, 2006, 217쪽.

2 위의 책, 237쪽.

3 일연, 〈高句麗〉, 『三國遺事』, 이민수 역, 을유문화사, 1982, 59-60쪽.

4 김부식, 〈高句麗本紀 第一〉, 『三國史記(上)』, 이병도 역, 을유문화사, 1984, 252-254쪽에 실린 원문은 아래와 같다. "동명성왕(東明聖王)의 성(姓)은 고씨(高氏)요, 위는 주몽(朱蒙)이다. (중략) 왕이 괴이히 여기어 사람을 시켜 그 돌을 옮겨 놓고 보니, 한 금색 와형(蛙形)의 소아가 있었다. 왕이 기뻐하여 말하되, 「이는 하늘이 나에게 현사(賢嗣)를 주심이라」하고 곧 데려다 길렀다. 이름을 금와(金蛙)라 하고 장성하매 태자를 삼았다. (중략) 주몽은 모둔곡(毛屯谷)에 이르러 세 사람을 만났다. 한 사람은 마의를 입고 한 사람은 수조의를 입었다. 주몽이 묻되 「그대들은 어떠한 사람이며 성명이 무엇이냐」고 하매, 마의 입은 사람은 가로되 이름이 재사(再思)라 하고, 납의 입은 사람은 가로되 무골(武骨)이라 하고, 수조의를 입은 사람은 가로되, 묵거(墨居)라 하고 성은 말하지 아니하였다. 주몽은 재사에게 극씨란 성을, 무골에게 중실씨, 묵거에게 소실씨를 사하고, 부중에게 이르되, 「내가 지금 대명을 받아 국가의 기업을 개창(開創)하려 하는데 마침 이 세 현인을 만났으니 어찌 천사(天賜)가 아니랴」하고 드디어 그 재능을 헤아려 각각 일을 맡기고 그들과 함께 졸본천에 이르렀다. 그 토양이 비미(肥美)하고 산하가 험고(險固)함을 보고 거기에 도읍을 정하려 하였는데, 궁실을 지을 겨를이 없어 비류수변(沸流水邊)에 집을 짓고 거기 거하여 나라를 고구려(高句麗)라 하고 인하여 고(高)로써 씨를 삼았다. (중략) 대답하되 「나는 천제(天帝)의 아들로 모처에 와서 도읍을 하였다」고 했다. 송양이 가로되 「우리는 여기서 여러 대 동안 왕 노릇을 하였지만, 땅이 작아 두 임금을 용납하기는 어렵다. 그대는 도읍을 정한 지 며칠 안 되니, 우리의 부용(附庸)이 될 수 있겠느냐」고 하매, 왕은 이 말에 분노하여 그와 시비를 하다가 또한 서로 활쏘기를 하여 재주를 시험해 보니 송양이 항거(抗拒)치 못하였다. (중략) 14년 8월에 왕모(王母) 유화가 동부여에서 돌아가매, 기 왕 금와가 태후(太后)의 예로 장사하고 드디어 신묘(神廟)를 세웠다. 10월에 사

신을 부여에 보내어 방물(方物)을 바치어 그 덕을 갚았다. 19년 4월에 왕자 유리가 부여에서 그 어머니와 함께 도망하여 오매, 왕은 기뻐하여 태자(太子)를 삼았다. 9월에 왕이 돌아가니 나이 40세요, 용산에 장사하고 동명성왕(東明聖王)이라 시호(諡號)하였다." 『삼국사기(三國史記)』 권1, 252-254쪽.

5　임재해, 「해모수와 유화의 사랑과 해돋이 동명왕 주몽」, 『민족신화와 건국영웅들』, 천재교육, 1995, 110쪽.

6　임재해, 「해모수와 유화의 사랑과 해돋이 동명왕 주몽」, 위의 책, 114쪽.

7　위의 책, 123쪽.

8　임재해, 「고구려 건국시조 주몽의 영웅성과 유리태자의 슬기」, 위의 책, 132쪽.

9　위의 책, 151쪽.

10　장덕순·조동일·서대석·조희웅, 『구비문학개설』, 일조각, 한글개정판, 2006, 66쪽.

11　http://www.imbc.com/broad/tv/drama/jumong

12　서정주, 〈東盟〉, 『미당 서정주 시 전집』, 민음사, 1984, 575쪽.

13　이상우, 『현대소설의 원형을 찾아서』, 애플기획, 1996, 13쪽.

14　윤경수, 「고주몽신화의 성격」, 『도해 한국 신화와 고전문학의 원형상징성』, 태학사, 1997, 139쪽.

15　서정주, 〈高句麗 始祖 東明聖王 高朱蒙의 四柱八字〉, 『미당 서정주 시 전집』, 민음사, 1984, 579쪽.

16　송수권, 〈柳花夫人〉, 『꿈꾸는 섬』, 문학과지성사, 1983.

17　황패강, 「동명왕 주몽신화 연구」, 『한국 신화의 연구』, 새문사, 2006, 229쪽.

18　윤금초, 〈주몽의 하늘〉, 『주몽의 하늘』, (주)문학수첩, 2004.

19　유성호, 「서술성을 통한 현대시조의 양식론적 확장」, 『주몽의 하늘』, (주)문학수첩, 2004, 148쪽.

20　한승옥, 「이광수 소설의 의미와 구조」, 『이광수 문학 사전』, 고려대출판부, 2002, 593쪽.

21　이광수, 〈사랑의 동명왕〉, 『이광수대표작선집 10』, 삼중당, 1974.

22　송하춘, 〈河伯의 딸들〉, 송하춘 소설집, 『하백의 딸들』, 문학과지성사, 1994, 54쪽.

'처용가' 관련 현대소설의 유형과 의미

1　이창민, 「전통의 분기-처용가 관련 현대시의 유형과 의미」, 이창민 평론집, 『전언의 향방』, 월인, 2002, 277-300쪽.

2　'처용'과 '가야', 반인반수 성격의 '역신'을 삼각구도로 설정하고 있다. 질투자 '역신'으로 하여금 '가야'를 실신시키고 취하나 '역신'은 결국 남을 헤치는 힘보다 죽은 사람을 살리는 '처용'의 힘 앞에 물러서며 자각하는 모습으로 보여준다. 유치진, 〈처용의 노래〉, 『東

郎 柳致眞 全集 · 3』, 서울예대출판부, 1993.

3 '처용'이 관용적이며 담대한 인간이 아니고 인간적 고뇌를 갖으며 '아내'의 또다른 남자에 의해 죽임 당하는 것으로 그려지고 있다. 억울하게 죽은 '처용'의 넋을 건지기 위해 씻김굿을 치르면서, '처용'이 죽은 후에야 자신의 모습을 반납하는 '호귀마마'가 등장하고 있다. '처용'의 넋을 용으로 승천하는 환상으로 결말을 처리하고 있다. 이 희곡에서 '낭자'와 '처용' 아비와 '호귀마마'의 관계는 남자 둘과 여자 하나 사이의 삼각관계를 이중적으로 겹쳐 보여주고 있다. 오태석, 〈팔곡병풍〉, 『오태석 희곡집 4 · 도라지』, 평민사, 1994.

4 황도경, 「우리 시대의 처용-처용의 소설적 수용과 변용」, 『한국 패러디소설 연구』, 국학자료원, 1996, 55-109쪽. 김춘수의 〈처용〉에 대해서는 뭍으로 나온 '처용'의 입사식, 꿈으로의 퇴행과 자의식의 깨임, 상처입은 실존적 초상으로 다루고 있다. 윤후명의 〈처용나무를 향하여〉에 대해서는 일탈의 꿈과 붉은 꽃, 해탈의 꿈과 '처용나무'로, 윤대녕의 〈신라의 푸른 길〉에 대해서는 바다로 귀환하는 '처용', 맺힘과 풀림의 순화하는 길, 갈등의 '처용'에서 해탈의 '처용'으로, 김소진의 〈처용단장〉에 대해서는 불륜/변절 모티프의 겹침, 탈 벗기기 혹은 탈(脫)로 분석하고 있다.

5 곽근, 「처용설화의 현대소설적 변용 연구」, 『국어국문학』 제125호, 국어국문학회, 1999, 355-374쪽.

6 조미숙, 「패러디소설의 방법들- '허생전', '처용설화'를 중심으로」, 『창조문학』 2004년 가을호, 82-90쪽. 욕망 그리고 해탈- '처용설화'의 패러디텍스트들에서 〈처용단장〉은 부정하며 고쳐 쓰기로, 〈처용나무를 향하여〉는 상대에 지나친 의심과 독선에서 벗어나 '처용' 닮아가기로 분석하고 있다.

7 방기환, 〈處容의 敵〉, 『한국대표단편문학전집 20』, 정한출판사, 1975.

8 윤후명, 〈處容나무를 향하여〉, 윤후명 소설집, 『원숭이는 없다』, 민음사, 1989.

9 윤대녕, 〈신라의 푸른 길〉, 윤대녕 소설집, 『남쪽 계단을 보라』, 세계사, 1995.

10 황도경, 앞의 논문, 82쪽.

11 이인성, 〈강 어귀에 섬 하나-처용 환상〉, 이인성 소설집, 『강 어귀에 섬 하나』, 문학과지성사, 1999.

12 이광호, 「치명적인 사랑의 실험」, 이인성 소설집, 『강 어귀에 섬 하나』, 문학과지성사, 1999, 292-298쪽.

13 일연, 〈처용랑과 망해사〉, 『삼국유사』 1, 이재호 역, 솔, 1997.

14 김학성, 「〈처용설화〉의 서술구조와 〈처용가〉의 성격」, 『한국 고시가의 거시적 탐구』, 집문당, 1997.

15 박상륭, 〈최판관〉, 박상륭 소설집, 『아겔다마』, 문학과지성사, 1997.

16 박상륭, 〈심청이〉, 박상륭 소설집, 『아겔다마』, 문학과지성사, 1997.

17 박상륭, 『죽음의 한 연구』 상, 문학과지성사, 1997.

18 임금복,「고전문학의 현대적 계승과 장르적 변용 연구-'칠조어론'을 중심으로」,『박상륭을 찾아서』, 푸른사상, 2004, 194-217쪽에서 다섯 유형으로 고전 차용을 해석하고 있다. 1. 고전의 내용 중 회자되는 대목의 메타포 차용-〈단군신화〉외, 2. 고전 어구인 노랫말의 합성 및 변용-〈구지가〉외, 3. 고전에 투영된 인간 심리 재해석의 첨가-〈처용가〉, 4. 고전 결구에 덧붙여 표출된 후일담적 상상력의 구현-〈바리공주〉, 5. 고전에 표출된 주제 의식의 강화-〈변강쇠가〉로 분석하였다.

19 서대석,『한국무가의 연구』, 문학사상사, 1988, 290-291쪽.

20 서대석, 위의 책, 292-293쪽.

21 박상륭, 〈아으, 누가 저 독룡毒龍을 퇴치하여 공주를 구할 것이냐 동화 한 자리 3〉, 박상륭 산문집,『산해기』, 문학동네, 1999.

22 박상륭, 〈산해기〉,『산해기』, 문학동네, 1999.

23 박상륭, 〈混紡된 상상력의 한 형태 1-童話에서 神話를, vice versa〉,『잠의 열매를 매단 나무는 뿌리로 꿈을 꾼다』, 문학동네, 2002.

24 박상륭,『神을 죽인 자의 행로는 쓸쓸했도다』, 문학동네, 2003.

액자구조로 다시 쓴 '처용가'의 의미

1 먼저 〈처용가〉의 원문은 이렇다.

서울 밝은 달에

밤들어 노니다가

들어서야 자리를 보니

가랭이가 넷일러라

둘은 내 것인데

둘은 뉘 것인뇨

본디는 내 것이다마는

앗은 것을 어찌할꼬

일연, 〈처용랑과 망해사〉,『삼국유사』1, 이재호 역, 솔, 1997, 267쪽.

2 이창민,「전통의 분기-처용가 관련 현대시의 유형과 의미」, 이창민 평론집,『전언의 향방』, 월인, 2002, 277-300쪽.

김춘수는 설화와 실존의 유비로, 신석초, 전봉건, 박희진, 박제천은 내심의 추론적 기술로, 윤석산, 한광구, 정일근은 인물의 현대적 전이로, 서정주, 조동화, 박남수, 이향아, 문정희, 최두석, 오환영은 태도의 판정과 기술적 원용으로 분석하고 있다.

3 유치진, 〈처용의 노래〉,『東郎 柳致眞 全集·3』, 서울예대출판부, 1993 참조.

4 오태석, 〈팔곡병풍〉,『오태석 희곡집 4·도라지』, 평민사, 1994 참조.

5 황도경, 「우리 시대의 처용-처용의 소설적 수용과 변용」, 『한국 패러디소설 연구』, 국학자료원, 1996, 55-109쪽.

6 곽근, 「처용설화의 현대소설적 변용 연구」, 『국어국문학』 제125호, 국어국문학회, 1999, 355-374쪽.

7 조미숙, 「패러디 소설의 방법들-허생전, 처용설화를 중심으로」, 『창조문학』 2004년 가을호, 창조문학사, 82-90쪽.

8 임금복, 「처용가 관련 현대소설의 유형과 의미」, 『문예창작논문』(명지대학교 문예창작과, 2007). 무관심과 방관자 심리로서의 표출과 상동 구조-방기환의 〈처용의 적〉, 추악한 그림자 분신과 가학적 치유제로서 '처용나무'-윤후명의 〈처용나무를 향하여〉, 이중의 각도 비유-각도 이전의 떠돌이 '처용'과 생불로 환생된 '처용'-윤대녕의 〈신라의 푸른 길〉, 무의식 몽환 세계의 리비도의 변주와 명명의 언술-이인성의 〈강 어귀 섬 하나〉, 창작적 수용과 상상력의 변천-박상륭의 작품을 중심으로 분석하고 있다.

9 신상성, 〈처용의 웃음소리〉, 『處容의 웃음소리』, 동호서관, 1981.

10 김소진, 〈처용단장(處容斷章)〉, 김소진 소설집, 『열린 사회와 그 적들』, 솔, 1993.

여성작가가 새로 쓴 '호동왕자와 낙랑공주' 연구

1 김부식, 〈高句麗本紀 第二 大武神王 閔中王 慕本王〉, 『三國史記(上)』, 이병도 역, 을유문화사, 1984, 271-272쪽. 원문은 아래와 같다.
사월에 왕자 호동(好童)이 옥저(沃沮) 지방에 유람하고 있던 차, 낙랑왕 최리(崔理)가 출순(出巡)하여 그를 보고 「군(君)의 얼굴을 보매 보통 사람이 아닌 듯하니 혹 북국신왕(北國神王)의 아들이 아니냐」하고 드디어 그를 데리고 돌아와 사위를 삼았다. 그 후 호동이 귀국하여 비밀히 사람을 보내어 최씨 딸에게 이르되, 「너의 나라 무고(武庫)에 들어가 고각(鼓角)을 부수면 내가 예(禮)로써 맞이할 것이요, 그렇지 않으면 맞지 않겠다」고 하였다. 앞서 낙랑에는 고각이 있어 적병(敵兵)이 오면 저절로 우는 까닭에 부수게 한 것이었다. 이에 최녀는 잘 드는 칼을 가지고 몰래 무고에 들어가 북의 피면(皮面)과 취각(吹角)의 주둥아리를 부순 후 호동에게 알리었다. 호동은 왕을 권하여 낙랑을 엄습하였다. 최리는 고각이 울지 아니하므로 방비(防備)치 않고 있다가 갑자기 아병(我兵)이 성하(城下)에 닥친 후에야 고각이 다 부서진 것을 알았다. 그래서 드디어 그 딸을 죽이고 나와 항복하였다. 11월에 왕자 호동이 자살하니 그는 왕의 차비(次妃), 즉 갈은왕(曷思王) 손녀의 소생이었다. 호동의 얼굴이 미려(美麗)하여 왕이 매우 사랑하는 까닭에 이름을 호동이라 한 것이다. 원비(元妃)는 적(嫡)을 뺏어 호동으로 태자(太子)를 삼을까 염려하여 왕에게 참소하되, 「호동이 나를 예로써 대접치 않으니 아마 나에게 음란하려 함이 아닌가 합니다」하였다. 왕이 가로되, 「다른 아들인 까닭으로 해서 네가 미워하느냐」 하자 비는 왕이 믿지 아니함을 알고 화가 미칠까 두려워 울면서 고하되, 「청컨대 대왕은 가만히 엿보셔서 만일에 이러한 일이 없으면 내가 스스로 죄를 받겠습니다」하였다. 이에 대왕은 의심치 아니할 수 없어 장차 호동에게 죄를 주려 하매, 어떤 사람이 호동에게 이르기를, 그대가 왜 스스로 변명치 아니하느냐고 하였다. 대답하되, 「내가 만일 변명하면 이는 어머니의 악함을 드러내어 왕의 걱정을 끼쳐 줌이니 어찌 효라 할 수 있으랴.」하고 이내 칼에 엎드려 죽었다.

2 조동일은 〈호동설화〉를 영웅의 좌절을 보여주는 설화의 예로 들고 신화에서 전설로 이행되는 과도기적 작품임을 지적하고 있다, 조동일, 『한국문학통사 1』, 지식산업사, 1982, 88-89쪽.

3 조동일, 『한국문학통사 1』, 지식산업사, 2006(제4판), 102쪽.

4 문정희의 시, 〈딸의 소식〉, 『문학동네』, 2003년 여름호.

5 김혜순의 시, 〈낙랑공주〉, 『2001현장비평가가 뽑은 올해의 좋은 시』, 현대 문학, 2001.

6 임영조의 시 〈자명고 1-5〉에서는 현대인의 삶과 위상을 '자명고적인 삶'으로 비유하고 있다. 〈자명고 1〉에서는 "도처엔 또 멀쩡한 녀석들이 오자(誤字)가 되어 잡아내도 잡아내도 세상은 내내 그 세상이다."로 표현되고 있다. 〈자명고 2〉에서는 그 현대인의 일상을 벗어나기 위해 "나도 이젠 모자를 벗어 흔들며 전생(前生)의 내 친구 고구려 석공(石工)이나 만나러 갈까."로 마무리짓고 있다. 〈자명고 3〉에서는 일상을 떠나고자 하는 마음이 생각만큼 쉽지 않음을 "사표(辭表) 쓰는 연습을 하고 싶다네. 버린다는 것이 얻는다는 뜻임을 알기 위해서."로 나오고 있다. 〈자명고 4〉에서는 "우리들 가락은 비비꼬여도 입은 모두 반듯한 시민인걸요." "하느님은 노상 하늘에 있고 우리는 땅에 사는 시민인걸요." "가난 속에 씻어낸 우리들 노래 빳빳이 목을 세워 노래나 하죠."로 나오고 있다. 〈자명고 5〉에서는 "애초부터 못난 개는 초저녁에 짓더라." "그래서 네놈은 결국 천생(天生)에 속죄 못할 개가 된 것을 나는 오늘 너를 보고 알았다."로 나오고 있다. 임영조 시인은 현대인의 어쩔 수 없이 살아가는 삶을 '자명고'에 유비하여 보여주고 있다고 볼 수 있다. 임영조의 시, 〈자명고 1-5〉, 『바람이 남긴 은어』, 고려원, 1985.

7 윤백남, 〈순정의 호동왕자〉, 『월간야담』, 1935년 제8호.

8 김동인, 〈왕자호동〉, 사담집, 『동인전집』 제9권, 홍자출판사, 1964.

9 이태준, 『왕자 호동』, 깊은샘, 1999.

10 강숙인 장편 역사동화, 『아, 호동왕자』, 푸른책들, 2000.

11 이동규, 『樂浪公主』, 명문당서점, 소화 16년. 장혜전의 논문에 서지에 대한 자세한 출처가 밝혀 있다. 장혜전, 「'호동설화'를 소재로 한 희곡 연구」, 『이화어문논집』9권, 이화여대 한국어문학연구소, 1987.

12 유치진, 〈자명고〉, 『동랑 유치진전집 1』, 서울예대출판부, 1993.

13 최인훈, 〈둥둥 낙랑둥〉, 『최인훈전집 10-옛날 옛적 훠어이 훠이』, 문학과성사, 2000.

14 신명순, 〈왕자〉, 『우보시의 어느해』, 예니, 1988.

15 박재서, 〈호동왕자와 낙랑공주〉, 『박재서 희곡선』, 동문선, 1991.

16 윤정선, 〈호동〉, 『윤정선 희곡집』, 청하, 1988.

17 장혜전, 「호동설화를 소재로 한 희곡 연구」, 『이화어문논집』9권, 이화여대 한국어문학연구소, 1987, 127-150쪽.

18 유임주, 「호동설화 소재의 희곡연구」, 부산대 교육대학원 석사학위논문, 1993, 1-68쪽.

19 이정연, 「현대 문학에 수용된 '호동설화'의 변용과 의미」, 성균관대 교육대학원 석사학위논문, 2004, 1-65쪽.

20 이미원, 「호동왕자 설화의 현대적 재구」, 『한국문화연구』2권, 경희대 민속학연구소, 2004, 113-125쪽.

21 시인 김혜순(1955-)은 경북 울진 출생으로 1979년 계간 『문학과지성』을 통해 시단에 나왔다. 시집으로 『또 다른 별에서』, 『아버지가 세운 허수아비』, 『어느 별의 지옥』, 『우리들의 陰畵』, 『나의 우파니샤드, 서울』, 『불쌍한 사랑기계』, 『달력 공장 공장장님 보세요』 등이 있다. 김수영문학상, 현대시작품상, 소월문학상을 수상했다. 현재 서울예술대학교 문예창작과 교수로 재직 중이다

22 그녀가 온다. 북을 둥둥 치며 온다. 하늘의 고막을 둥둥 울리며 온다. 벼락을 안고 오는지 대문이 저절로 무너진다. 그녀가 온다. 한 발자국 한 발자국 내디딜 때마다 그녀의 마음이 내게로 온다. 내 마음이 둥둥 울린다. 이렇게 두꺼운 아버지의 고막을 찢고 그에게 가리. 나는 마치 바다를 깔고 누운 것 같다. 커튼을 치고, 뇌파를 차단하고, 아아 그녀가 떠들썩한 텔레비전 방송국을 망치로 내리친다. 베개에 피가 번진다. 내 온몸의 세포가 나를 떠나려 한다. 심장이 번개처럼 갈라진다. 나는 벼락 맞은 땅처럼 아프다. 그녀가 온다. 내 몸속으로 온다. 일곱 시간째 걸어온다. 파수병이 깰 것이다. 아 아 아버지의 군대도 깰 것이다. 잘 당겨진 북처럼 팽팽한 하늘을 달이 텅텅 친다. 그녀가 온다. 태풍의 눈을 둥둥 두드리며 온다. 나는 그녀가 잘 지나가라고 내 몸을 판판하게 펴준다. 내 몸 위로 말발굽이 지나간다. 그녀가 내 몸속에 칼을 높이 치켜든다. 어디선가 전투기들이 출정한다. 멀리서 온 북양함대가 전멸한다. 텔레비전 방송국이 폭발한다. 궁성의 우물들이 넘쳐흐른다. 그녀의 눈 속에서 샘물이 철철 솟아 흐른다. 안 보이던 별들이 비오듯 쏟아진다. 물쥐들이 머릿속을 갉아먹는다. 그녀가 온다. 아직도 온다. 아버지의 궁성이 땅속으로 꺼지고 거기서 연못이 솟아오른다. 수양버들이 미친 듯 흔들린다. 그녀가 운다. 천둥 번개를 안고 운다. 아버지의 북이 둥둥 울릴 때마다 내 안의 병사들도 출정한다. 내 몸속에서 시냇물처럼 소리치며 쉼없이 흐르던 칼의 바다. 그녀가 나를 부른다. 그녀의 쓰라린 맨발이 둥둥 내 빈 가슴을 울린다. 내 몸속 우물이 철철 넘쳐흐른다. 아 아 아버지, 이 북을 찢고 그를 만나러 가리, 그녀가 울면서 온다. 김혜순의 시, 〈낙랑공주〉 전문.

23 김혜순의 시, 〈낙랑공주〉, 『한 잔의 붉은 거울』, 문학과지성사, 2004, 47-48쪽.

24 문정희(1947-)는 전남 보성 출생하여 동국대학 국문과 및 동 대학원을 졸업, 1969년 『월

간문학』 신인상에 당선되어 등단하여, 초기 작품에서 그는 시적 대상을 감각으로 그려내었다. 삶, 현실, 소망을 자신의 시적 감각으로 정확히 포착하여 정서적 감각으로 묘사를 하던 시풍은 후기로 와서 얼마간 모습을 달리 한다. 점차 일상사에 대한 신변적 사항을 시에 담으려는 의지가 진행되며, 이는 그의 시를 보다 깊이있는 삶에 대한 통찰의 소산으로 볼 수 있게 한다. 시집으로 『꽃숨』(1965), 『문정희 시집』(1973), 『혼자 무너지는 종소리』(1984), 『아우내의 새』(1986), 『그리운 나의 집, 찔레』(1987), 『하늘보다 먼 곳에 메인 그네』(1988), 『제 몸 속에 살고 있는 새를 꺼내 주세요』(1990) 등이 있고, 현대 문학상(1975)을 수상했다.

25 문정희의 시, 〈딸의 소식〉, 『양귀비꽃 머리에 꽂고』, 민음사, 2004, 20쪽.

26 윤정선(1948-)은 서울대 문리과대학 국어국문과를 졸업한 후, 사범대 불어과에 학사 편입 수학하였다. 프랑스 몽벨리에 3대학 수학(언어학 학사, 문학박사), 현재 단국대 불문과 교수로 재직중이다. 시집 『우리들의 숲』, 장편소설 『당신께』, 역서로 『징표, 상징, 신화』, 『베를린 시선』 등이 있다. 작품 〈호동〉은 『문학사상』 지에 신인 발굴 작품으로 실리고 (1986, 10·11), 대한민국 문예진흥원 공연 예술 연극 부문 창작 지원을 받아 1986년 11월 문예회관 대극장에서 〈나는 어이 돌이 되지 못하고〉라는 제목으로 공연되었다.

27 윤정선, 〈호동〉, 『윤정선 희곡집』, 청하, 1988.

28 위의 책, 81-83쪽.

반反 신데렐라의 공주들

1 여성을 위한 모임, 「온달 콤플렉스」, 『일곱가지 남성 콤플렉스』, 현암사, 1994, 82-83쪽. '온달 콤플렉스'를 가진 남자가 겉으로는 "보리쌀 서 말이면 처가살이 안 한다"라고 말하면서도 "기왕이면 배우자나 처가가 경제적 여유가 있었으면…" 하고 내심 바라는 이중적 심리 상태다.

2 여성을 위한 모임, 「신데렐라 콤플렉스」, 『일곱가지 여성 콤플렉스』, 현암사, 1992, 84쪽. "신데렐라 콤플렉스는 억압된 태도와 불안이 뒤섞여 여성의 창의성과 의욕을 한껏 발휘하지 못하게 하고 일종의 미계발의 상태로 묶어두는 심리 상태"이다.

3 김부식, 〈온달〉, 『삼국사기 下』, 이병도 역주, 을유문화사, 1984, 342-343쪽.

4 김열규 옮김, 〈신데렐라〉, 『그림형제 걸작동화 선집』, 현대지성사, 1998, 105-115쪽.

5 최지선, 「온달 설화의 전승과 수용」, 성신여대 대학원 석사논문, 2005.

6 최현정, 「온달 설화의 현재적 변용 양상」, 아주대 교육대학원 석사논문, 2007.

7 김지원, 〈편강 공주와 바보 언달 이야기〉, 『문학사상』, 1985. 2.

8 박라연, 〈서울에 사는 평강공주〉, 『서울에 사는 평강공주』, 문학과지성사, 1990.

9 최은옥, 〈평강의 푸른 피리〉, 『제3, 4회 옥랑희곡상 수상작품집』, 옥랑문화재단, 2002.

10 기타 작품으로 남성 작가 작품의 경우, 최인훈의 희곡 〈어디서 무엇이 되어 만날까〉, 『옛날 옛적 휘어이 휘이』, 문학과지성사, 1979, 서정주의 시, 〈바보 溫達 大兄의 죽엄을 보고〉, 『학이 울고 간 날들의 시』, 소설문학사, 1982, 윤석산의 시 〈온달전〉, 『온달의 꿈』, 정음사, 1986, 전상국의 소설, 『우리 시대의 온달』, 작가정신사, 1984, 조영출의 소설, 『온달전』, 평양, 문예출판사, 1984, 이현주의 동화, 『작은 영혼과 바보 온달의 이야기』, 성서원, 2002 등이 있으나, 이 논문에서는 논외로 한다.

11 김지원(1942-)은 서울 출생으로 1965년 이대 영문과를 졸업했다. 1963년 『여원』에 〈늪 주변〉을 발표했으며, 1973년 미국 뉴욕으로 이민 갔다. 1975년 『현대 문학』에 〈사랑의 기쁨〉과 〈어떤 시작〉이 추천되어 문학활동을 시작했다. 첫 소설집은 자매소설집 『먼 집 먼 바다』, 지식산업사, 1977, 첫 창작집은 『폭설』, 수상사, 〈사랑의 예감〉으로 1997년 이상문학상을 수상했다.

12 김지원, 〈편강 공주와 바보 언달 이야기〉, 『알마덴』, 도서출판 동아, 1988.

13 김현실, 「운명적 사랑과 자아성취에 대한 현대적 물음」, 『한국 패러디소설 연구』, 국학자료원, 1996, 45쪽.

14 박라연(1951-)은 전남 보성에서 출생했으며, 1990년 「동아일보」 신춘문예에 시 〈서울에 사는 평강공주〉로 데뷔했다. 원광대 대학원 졸업 및 광주대 강사로 재직 중이며, 시집으로 『서울에 사는 평강공주』, 『생밤 까는 사람』, 『너에게 세들어 사는 동안』, 『우주 돌아가셨다』 등이 있다.

15 박라연, 〈서울에 사는 평강공주〉, 『서울에 사는 평강공주』, 문학과지성사, 1990, 11쪽.

16 신경림, 김주연, 〈서울에 사는 평강공주〉, 1990 신춘문예 심사평, 「동아일보」, 1990. 1. 1.

17 최은옥은 고려대대학원 국문과 박사과정을 수료했고, 논문으로 「오영진의 초기 작품에 나타난 소극성 연구」 등이 있다. 「평강의 푸른 피리」로 2002년 제4회 옥랑희곡상을 수상했다.

18 최은옥, 「평강의 푸른 피리」, 『제3, 4회 옥랑희곡상 수상작품집』, 옥랑문화재단, 2002, 141쪽.

새로 쓴 황진이 연구

1 정현기, 『이태준』, 건국대출판부, 1994, 20-21쪽.

2 민충환, 『이태준 연구』, 깊은샘, 1988.

3 정현기, 앞의 책.

4 박헌호, 『이태준과 한국 근대소설의 성격』, 소명출판, 1999.

5 김택호, 『이태준의 정신적 문화주의』, 월인, 2003.

6 상허학회, 『근대문학과 이태준』, 깊은샘, 2000.

7 박종화,「황진이의 역천」(1955),『아랑의 정조』, 범우사, 2004에 수록됨.

8 최인호,「황진이」1 · 2(1972),『황진이』(최인호 소설집), 문학동네, 2002.

9 윤정선,「자유혼-황진의 생애」,『윤정선 희곡집』, 청하, 1988.

10 이월영 역주,『어유야담-보유편』, 한국문화사, 2001, 68-71쪽.

11 이태준,「황진이」(1936),『이태준문학전집 12』, 깊은샘, 1999.

12 박종화,〈황진이의 역천〉(1955),『아랑의 정조』, 범우문고 198, 범우사, 2004.

13 최인호, 앞의「황진이」.

14 윤정선, 앞의 글.

15 김탁환,『나, 황진이-소설』, 푸른역사, 2002, 김탁환,『나, 황진이-주석판』, 푸른역사, 2002.

16 〈경향신문〉, 2002. 8. 17.

17 전경린,『황진이』1 · 2, 이룸, 2004.

18 「조선 명기 황진이 자유 영혼의 상징-전경린 소설 황진이」,〈문화일보〉, 2004. 8. 5.

19 홍석중,『황진이』1 · 2, 대훈닷컴, 2004.

20 「북한소설 황진이, 에로티시즘 빗장 걸었다-원광대 김재용 교수 분석」,〈동아일보〉,
   2004.2.19.

찾아보기

한국 신화 새롭게 쓰기

등 록 1994.7.1 제1-1071
1쇄 발행 2012년 10월 10일

지은이 임금복
펴낸이 박길수
편집인 소경희
편 집 김문선
마케팅 위현정
디자인 이주향
펴낸곳 도서출판 모시는사람들
        110-775 서울시 종로구 경운동 88번지 수운회관 1207호
전 화 02-735-7173, 02-737-7173 / 팩스 02-730-7173

출 력 삼영그래픽스(02-2277-1694)
인 쇄 (주)상지사P&B(031-955-3636)
배 본 문화유통북스(031-937-6100)
홈페이지 http://blog.daum.net/donghak21

값은 뒤표지에 있습니다.
ISBN 978-89-97472-15-4 93810

이 도서의 국립중앙도서관 출판시도서목록(CIP)은 e-CIP 홈페이지
(http://www.nl.go.kr/ecip)에서 이용하실 수 있습니다.
(CIP제어번호: 2012004270)